철서의 우리
鐵鼠の檻

TETSUSO NO ORI
ⓒ Natsuhiko Kyogoku 1996
All rights reserved.
Original Japanese edition published by KODANSHA LTD.
Korean publishing rights arranged with KODANSHA LTD.

Korean translation copyright ⓒ 2010 Book in Hand Publishing.

이 책의 한국어판 저작권은 일본 고단샤[講談社]와의 독점계약으로
도서출판 손안의책에 있습니다. 저작권법에 의해 한국 내에서 보호를
받는 저작물이므로 무단전재와 복제를 금합니다.

철서의 우리

中

교고쿠 나츠히코(京極夏彦) 지음 | 김소연 옮김

손안의책

일러두기

1. 외래어의 표기는 국립국어연구원의 외래어표기법과 용례집을 원칙으로 했다. 단, 일부 인명은 통용되는 음으로 표기하기도 했다.
2. 사찰의 이름과 메이지 유신 이전의 연호는 한자 음으로 표기했다.
3. 한자는 최초 1회 한글과 병기를 원칙으로 했으나 필요할 경우 다시 표기했다.
4. 본문의 주는 옮긴이 주이다.

등장 인물

마츠미야 진뇨[松宮仁如]: 마츠미야 진이치로의 장남으로 속명은 마츠미야 히토시[松宮仁]. 아버지에 반발해 집을 나가지만 쇼와 15년 본가에 화재가 발생하던 날 돌아온다. 화재 때 부모가 사망하고 동생이 실종되자 출가한다.

마츠미야 스즈코[松宮鈴子]: 마츠미야 히토시의 여동생. 이쿠보 기요에의 소꿉친구. 열세 살에 있는 본가의 화재 때 실종된다.

고사카 료넨[小坂了稔]: 60세. 명혜사의 승려. 직책은 직세.

구와타 조신[桑田常信]: 48세. 명혜사의 승려. 직책은 전좌.

와다 지안[和田慈行]: 28세. 명혜사의 승려. 직책은 지객.

나카지마 유켄[中島祐賢]: 56세. 명혜사의 승려. 직책은 유나.

마도카 가쿠탄[円覺丹]: 68세. 명혜사의 관수.

오니시 다이젠[大西泰全]: 88세. 명혜사의 노승.

스가노 하쿠교[菅野博行]: 70세. 명혜사의 승려. 구와타 조신 이전의 전좌. 속명은 스가노 히로유키[菅野博行].

가가 에이쇼[加賀英生]: 18세. 나카지마 유켄의 행자.

마키무라 다쿠유[牧村托雄]: 마도카 가쿠탄의 제자로 구와타 조신의 행자. 이전에는 하쿠교의 행자.

스기야마 데츠도[杉山哲童]: 명혜사의 승려. 관동 대지진 때 미아가 된 이후 진슈 노인과 함께 생활했다.

진슈[仁秀]: 명혜사의 이웃에서 밭을 일구며 사는 노인. 명혜사의 승려가 된 데츠도, 후리소데를 입은 소녀 스즈를 거두어 길렀다.

추젠지 아키히코[中禪寺秋彦]: 고서점 교고쿠도[京極堂]의 주인이자 신주. 통칭 교고쿠도. 해박한 지식과 현란한 말솜씨로 사건을 풀어나간다.

에노키즈 레이지로[榎木津禮二郞]: 조증이 있는 장미십자탐정 사무소 탐정.

세키구치 다츠미[關口巽]: 교고쿠도의 친구. 울증이 있는 환상소설가.

추젠지 아츠코[中禪寺敦子]: 잡지 ≪희담월보≫의 기자. 천진한 용모에 어울리지 않는 총명하고 쾌활한 재원. 추젠지 아키히코의 동생.

이마가와 마사스미[今川雅澄]: 골동품상으로 가게 마치코안[待古庵]의 주인. 에노키즈 레이지로가 군대 시절 상관이다.

구온지 요시치카[久遠寺嘉親]: 의사. 도쿄에서 개인 병원을 하다가 정리하고 하코네의 산중에 있는 여관 센고쿠로에서 기거 중인 노인.

이쿠보 기요에[飯窪李世惠]: 잡지 ≪희담월보≫의 기자. 명혜사 취재를 기획했다.

도리구치 모리히코[鳥口守彦]: 잡지 ≪실록범죄≫의 편집기자. 사진가 지망생.

야마우치 주지[山內銃兒]: 고서점 런던당[倫敦堂] 주인. 교고쿠도의 지인.

야마시타 도쿠이치로[山下德一郎]: 경부보. 가나가와 현 본부 수사1과의 형사. 수사주임이었던 무사시노 연속 토막 살인사건의 수사 실패 이후 서내의 입지가 내리막. 하코네 산 사건으로 반전을 꾀하고자 한다.

이시이 간지[石井寬爾]: 경부. 가나가와 현 본부 수사1과. 야마시타 경부보의 상사.

마스다 류이치[益田龍一]: 야마시타 경부보의 부하 형사.

4

이것도 나중에 들은 이야기다.

센고쿠로의 대규모 현장 검증은 16시에 종료되었다.

보고를 겸한 의견교환도 20시에는 끝났다고 한다.

지문 등 개인을 특정할 수 있는 증거는 무엇 하나 발견하지 못했지만 그 쓰레기통이나 담장, 별관 일층의 튀어나온 부분의 기와 등에서는 약간의 유류품을 발견했다고 한다.

볏짚 부스러기였다. 그것은 본관의 큰 지붕과 떡갈나무 상부에서도 발견되었고, 이것들은 모두 동일한 것으로 생각되었다.

짚신에서 떨어진 것이 아닐까 하는 추측이 나왔다.

또 별관 이층의 벽면 상부에 설치된 빗물통이 부자연스럽게 변형된 것도 알아냈다. 야마시타 경부보는 그것이 도리구치가 올라갔을 때 변형된 것이라고 주장했지만 신중하게 확인한 결과 빗물통은 튼튼해서 상당히 무거운 것ㅡㅡㅡ예를 들면 시체 등ㅡㅡㅡ을 짊어지고 매달리기라도 하지 않는 한, 사람 한 명 정도의 체중으로는 변형되지 않는다는 사실을 확인했다. 다시 말해 도리구치가 붙잡았을 때 휘어지지 않았다는 뜻이 된다.

도리구치가 엄청나게 체중이 무거운 사람이 아니라는 조건에서 내린 판단이기는 하지만.

그리고 결정적으로 떡갈나무 상부에 남아 있는 피해자의 옷 섬유 일부를 찾았다.

에노키즈의 주장은 이렇게 해서 증명되었다.

고사카 료넨의 시체가 누군가에 의해 나무 위에 유기된 것은 확실했다.

검증 결과, 나무의 형상이나 줄기에 남은 벗겨진 흔적 등으로 판단하건대 시체는 낙하했다기보다 미끄러져 떨어졌다고 하는 편이 정확하다는 사실도 밝혔다. 좌선을 한 형태 그대로 얼어붙은 시체는 나무줄기를 마치 미끄럼틀이라도 타듯이 중간까지 미끄러져 떨어져, 마치 그곳에 앉아 있었던 듯한 자세로 착지한 것이다.

만일 거꾸로 낙하했다면 앉은 자세 그대로 교묘하게 착지하지는 못했을 것이고, 그랬다면 시체가 손상되었을 가능성도 있었나 보다.

그러나 이제 그런 것은 아무래도 좋은 일이다. 설령 그 일이 일어날 확률이 아무리 낮다 해도, 그리고 그것이 목격자의 눈에 아무리 기이하게 비친다 해도, 그런 것은 이제 아무래도 좋은 일이 되고 말았다.

범행 후에 우연히 그런 일이 일어났을 뿐이다. 범죄와는 상관이 없다.

문제는 왜 범인이 그런 바보 같은 짓을 했는가 하는 데에 있다. 눈보라가 몰아치는 밤, 나무 위에 얼어붙은 시체를 유기해야 하는 필연성을————.

야마시타 경부보는 열심히 생각하고 있었다.

이 경우 가장 상식적인 결론은 범행의 은폐다.

살인사건이라는 것은 시체가 나오지 않는 한은 발견되지 않는 법이다. 따라서 살인자는 필사적으로 시체를 처분한다. 어떤 때는 땅속에 묻고, 어떤 때는 물속에 가라앉히고, 또 어떤 때는 태우고, 그리고 해체하여 시체를 숨긴다. 칼을 쓰고 약품을 써서 시체를 부수고 없애고 감춘다. 시체만 없으면 살인사건은 성립하지 않는다.

나무 위에 유기한다는 것은 효과적일까.

————뭐, 효과적이기는 하겠지.

그런 생각도 든다. 정면 방향에서 건물 너머로는 시체를 확인할 수가 없다. 각도상으로 지붕 그늘에 가려지기 때문이다. 그러나 이쿠보가 묵은 심우의 방에서는 보였다. 아니, 그 사실을 범인이 몰랐다면————.

안 된다. 있을 수 없는 일이다. 애초에 정원에 나가 밑에서 올려다보면 틀림없이 알 수 있다. 게다가 정원 맞은편의 산 쪽에서 보면 어떨까. 산 쪽에서는 보이지 않을까.

————살펴볼 필요가 있을까.

아니, 그럴 필요는 없다. 우뚝 서 있는 나무 꼭대기에 때까치가 꽂아 놓은 먹이처럼 스님이 걸려 있다면, 멀리 떨어진 높은 곳에서라면 틀림없이 보일 것이다.

물론 그런 곳에 사람이 있다면 말이지만.

──── 그거다.

그렇다. 이런 겨울철에는 그런 산중에 사람이 없다. 사실 없었기 때문에 시체가 떨어질 때까지 발견되지 않았다. 그러니 ────.

──── 그래. 그거로군.

이 근처는 인기척이 없는 산중이다. 설령 살인 현장이 어디라 해도, 이 센고쿠로까지 옮길 수 있었다면 유기할 장소는 그밖에도 얼마든지 있다. 이 근처 산중이라면 어디에 버려도 발견은 늦어졌을 것이다. 숨길 곳은 말 그대로 산처럼 많이 있다 ────.

아니 ──── 반대다. 이 근처에서는 이 센고쿠로 부근이 가장 발견되기 쉬운 곳이다. 다시 말해서 범인은 시체를 발견해 주기를 바랐던 게 아닐까.

──── 그거다.

범인은 비교적 일찍 시체를 발견해 주기를 원한 것이다. 다시 말해서 며칠 안에 범행이 탄로나는 편이 유리했다는 뜻이다. 그러나 버리는 모습을 누가 목격하면 곤란하다. 그래서 도주할 시간을 벌기 위해 나무 위에 올려놓은 것이다. 불안정한 나무 위에 있으면 머지않아 시체는 떨어져 발견될 것이다. 그때 자신은 아주 먼 곳에 ────.

──── 무엇 때문에?

좋은 접근인 것 같다. 좋은 접근인 것 같긴 한데 아무래도 그 다음을 잘 모르겠다. 아닌 것 같은 기분도 든다. 예를 들자면 일종의 부재증명 공작(不在證明工作), 즉 알리바이 트릭 ——.

아니, 현재 단계에서는 범행 현장도, 범행 시각조차 추정하지 못하고 있다. 그런 바보 같은 짓을 하지 않아도 얼마든지 부재증명은 할 수 있고, 또한 범행 현장이나 범행 시각을 추정하지 못하는 한 부재증명은 무의미하다.

그러나 범인에게 법의학적 지식이 없었다면 어떨까. 또 경찰의 수사에 대한 기본적 지식이 전혀 없는 놈이 범인이라면 ——.

—— 그런 사람은 부재증명 공작 따윈 하지 않지.

소용없다. 의미를 알 수가 없다.

어디에서 공격해도 의미를 찾을 수가 없다. 단서조차 잡을 수 없다. 무슨 착오가 아닌 한, 이런 일 자체는 발생하지 않을 것 같기도 하다.

—— 착오라.

예를 들어 나무 위에서 떨어진 것은 범인도 예측하지 못한 사태였다면 어떨까. 은폐공작도 부재증명도 아닌, 범인에게는 본래 전혀 다른 의도, 또는 다른 목적이 있었는데 그것이 생각하지 못한 악천후와 적설로 인해 실패했다 ——.

좋은 생각이다. 손이 많이 가는 범죄인 것치고 이 전말은 조잡하고, 아무래도 장치가 소홀하다. 그러나 그렇게 되면 그 다른 의도란 무엇일까. 다른 목적이란 ——.

—— 소용없다.

어떤 것도 좋은 생각이 아니다. 결국 야마시타의 생각은 출발점에 가기도 전에 거꾸로 되돌아갔다.

"저어."

아베 순사가 얼굴을 내밀었다. 야마시타는 생각을 중단했다.

"뭔가! 무슨 일이지?"

몹시 화가 난 목소리다.

"저어, 스가와라 씨가 돌아왔는데요."

"스가와라? 아아, 그 관할서의 투박한 남자 말인가?"

야마시타는 시계를 보았다. 23시 40분이었다.

"늦었군. 너무 늦었어. 뭘 하고 있었던 건가, 정말!"

야마시타가 고함치자 본인이 등 뒤에서 대답했다.

"이봐요, 불평할 거면 본인이 직접 가시지요."

"뭐, 뭔가, 그 말투는! 나는 수사본부의."

"됐소. 무례했다면 사과하지요. 얘기가 진행이 안 되니까."

스가와라는 야마시타 앞으로 돌아가서 걸터앉더니 힘들다는 듯이 목을 돌리며 시시하다는 얼굴로 물었다.

"다른 놈들은요?"

"우선 물러갔네. 수사회의는 내일 관할서에서 할 거야. 나는 자네와 마스다를 기다리고 있었지. 책임자니 말일세."

"그거 고맙군요."

"마스다는?"

"거기서 자고 올 겁니다."

"자고 와? 그게 무슨 소린가?"

"용의자가 자고 온다고 하니 어쩔 수 없지요."

"이보게, 그거야 데리고 돌아오면 되지 않나."

"취재를 허가한 것은 경부보님이지 않습니까. 사정청취에도 이렇게나 시간이 걸렸고요. 취재라는 것은———잘은 모르겠지만 시간이 많이 걸릴 겁니다. 금방 끝나는 게 아니지요."

"하지만."

"어쨌든 들어 보십시오. 모처럼 기다려 주셨으니 말씀드리지요. 내일 회의에서 이야기해도 되겠지만———아니, 어차피 회의에서도 이야기해야겠군요. 그럼 내일 할까요?"

"지금 얘기하게."

명혜사가 수사에 엄청나게 적합하지 못한 환경이라는 사실은 야마시타도 스가와라의 말에서 금방 알 수 있었다. 수사에 협조하겠다고 하면서도 결국 아무것도 해 주지 않았던 모양이다. 스가와라는 고사카의 방을 조사한 후 겨우한 시간 동안 사정청취를 하고 간신히 돌아왔다고 말했다.

그리고 스가와라의 말에 따라, 고사카는 야마시타의 마음속에서 간신히 사람으로서 인식되기에 이르렀다. 야마시타에게는 못생겼을 뿐이었던 그 시체는 이제야 살인사건의 피해자로 인식된 것이다.

"피해자 고사카 료넨은 올해 60세. 기록에는 쇼와 3년

15

⑴⑼²⁸에 명혜사에 입산했다고 되어 있군요. 입산 당시 서른 다섯 살이었습니다. 그 이후 이십오 년 동안 그 절에서 살았던 것이 되지요. 그 이전의 경력은 현재 불명입니다. 기록이 남아 있지 않거든요. 다만 같은 해에 현재의 명혜사 관수인 마도카 가쿠탄 선사가 입산했습니다. 그러니 관수라면 사정을 알고 있겠지요."

그러나 관수에게 사정청취를 할 수 없었기 때문에 자세한 것은 모른다고, 스가와라는 분한 듯이 말했다.

"그래서?"

"평판은 나빠요. 하지만 나쁜 것만도 아닙니다."

"분명하지 못하군."

"뭐, 보통 누구나 그렇겠지요. 다만 우리가 듣기에는 아무리 들어 봐도 계율을 지키지 않는 승려던데요."

"계율을 안 지켜? 생선이라도 먹나?"

"이보십시오. 뭐, 생선도 먹긴 했던 모양이지만―――."

고사카는 아무래도 이중생활을 한 것 같은 구석이 있다고 한다.

"놈은 직세의 지사, 즉 간부였어요. 그 역할 때문일 것 같긴 한데, 한 달에 한 번은 산을 내려갔고 그때마다 외박을 했지요. 이것은 전쟁 전부터 그랬던 모양이에요. 그래서 여자를 두고 있다거나 하는 나쁜 소문도 꽤 있고요. 그 뭐였더라, 골동품상 남자―――."

"이마가와 말인가?"

"맞아요. 그 녀석의 이야기와―――― 뭐, 조금은 부합하더군요. 장사를 하고 있었잖습니까? 잘은 모르겠지만."

"그렇겠지. 그 이상한 얼굴의 골동품상을 전적으로 신뢰한다면 말이지만. 이마가와의 신원은 현재 도쿄 경시청에 조회를 요청해 두었네. 그리고 그의 진술에 대한 진위 여부도 파악해 달라고 했어. 하지만 여자니 장사니, 그런 쪽은 알아볼 필요가 있겠지."

"그렇군요. 그래서 고사카는 다른 승려와 달리 절에 없을 때도 많았어요. 다만 외출할 때는 매번 반드시 신청서를 내어 허가를 받고 나서야 산을 내려간 모양이고, 지금까지 무단으로 사라진 적은 한 번도 없었던 모양입니다."

"하지만 그, 뭔가, 그렇게 자기 멋대로 할 수 있을 만큼 고사카의 씀씀이가 컸단 말인가? 요즘 같은 때에 여자를 두려면 어지간한 돈으로는 안 될 텐데. 이보게. 무슨 갑부도 아닐 테고 그저 산속의 절에 있는 승려가 아닌가?"

"그렇지요, 그게———."

스가와라는 뭔가 음흉한 얼굴을 했다.

"———그게 아무래도 수상해요."

"하기야. 스님도 인간이니까. 우리 본가 쪽에 있는 보리사(菩提寺)의 중도 술 마시고 여자랑 놀다가 돈이 모자라 묘지 일부를 매각하겠다는 말을 꺼냈다가 얼마 전에 시주 신도 대표에게 호되게 곤욕을 치렀네. 고사카도 그렇게 소행이 나빴다면 절 안에서도———."

"아니. 고사카는 곤욕을 치르지는 않았는데요."

"어째서? 이유가 있었나?"

17

"그걸 모르겠어요. 물론 나쁘게 말하며 욕하는 승려도 있지요. 구와타 조신———이 사람은 꽤 높은 스님인데, 이 조신 같은 사람은 그를 호되게 깎아내리더군요. 하지만 나쁘게 말하지 않는 스님도 있는 것 같았습니다. 나카지마 유켄———이 사람도 높은 스님인데, 그 나카지마의 이야기로는 잇큐 소준[一休宗純]†을 보라더군요."

"잇큐? 잇큐라면 그 뛰어난 기지로 유명했던 잇큐 씨 말인가?"

그렇게 말한 야마시타는 곧 왠지 유치한 반응이라는 생각이 들었다.

그러나 스가와라는 맞다며 고개를 끄덕였다.

"그 잇큐지요. 잇큐 씨라는 사람은 여자도 안고 고기도 먹고 술도 퍼마시는 파계승이었던 모양이더군요. 그래도 고승이라는 말을 듣고 있지요. 그러니 그런 점만 갖고 비난하지 말라고———."

"잇큐 씨라는 사람은 동자승 아니었나?"

"동자승도 언젠가는 자라잖습니까. 언제까지나 어린아이인 채로 남아 있는 인간은 없습니다."

"그야 그렇지."

야마시타는 여자를 거느리고 술을 마시는 파계승의 모습을 상상했지만 역시 얼굴만은 어린아이의 얼굴이어서,

---

† 무로마치 중기의 선승(1394~1481). 소준은 휘이다. 호는 광운자(狂雲子). 고코마츠(後小松) 천황의 서출이라고 한다. 교토 대덕사(大德寺)의 주지가 되지만 그와 동시에 퇴산했다. 선종의 부패를 꾸짖으며 자유로운 선을 주장했다. 시와 서화에 뛰어났으며 기행으로도 유명했다.

자신의 빈곤한 상상력과 그 지나치게 바보 같은 모습에 저도 모르게 쓴웃음을 지었다.

"――― 고사카는 고립되어 있었던 ――― 것도 아니로군."

"아니지요. 뭐, 고사카와 가장 죽이 맞았던 것은 최고참인 노승이었다고 하던데요. 오니시 다이젠이라는, 아흔에 가까운 할아버지입니다. 관수보다 더 옛날부터 있었던 스님이라나요. 이야기는 들어 보지 못했습니다. 나카지마가 고사카를 그렇게 나쁘게 말하지 않는 것도, 이 오니시를 생각해서 그러는 거라고 생각할 수도 있을 것 같습니다."

"그 오니시는 실력자인가?"

"노인네인데요. 노인네. 하지만 고사카를 따르던 젊은 승려는 그 외에도 있었던 모양입니다. 대개 전쟁 후에 입산한 승려들은 모두 고사카의 소개로 들어온 모양이고."

"소개?"

"이런 이름도 모르는 절에 오는 승려가 어디 있겠습니까. 고사카가 고향이나 다른 절에 이야기를 해서 데려온 겁니다. 어쨌든 전쟁통에 젊은 승려는 절반으로 줄었으니까요. 간부를 제외하면 열네 명밖에 남지 않은 모양이에요."

"스님이 전쟁에 나갔단 말인가?"

"우리 부대에는 정토종 승려 출신인 신병이 있었는데, 때릴 때마다 염불을 웅얼거려서 제 부아를 돋우더군요."

"아니, 그게 아니라 이런 곳에까지 소집영장이 왔느냐

하는 걸세."

"빨간 종이는 땅 끝까지라도 가지요."

"그렇군 ─── 그야."

일본 국민이라면 ─── 즉, 호적이 있으면 ─── 건강한 성인 남자에게는 반드시 날아온다.

그럴 것이다. 아무리 산속에 있는 외딴 사원의 승려라도 호적 정도는 있다.

그렇다면 왔겠지, 하고 야마시타는 스스로에게 들려주듯이 말했다.

"고사카는 사람들을 잘 챙기는 편이었던 모양입니다. 하지만 마음이 맞지 않는 사람도 많았어요. 무엇이 대립의 초점인지는 모르겠지만요. 아까도 말했지만 특히 전좌 지사인 구와타 조신과는 견원지간이었습니다."

"전좌?"

"뭐, 취사 담당의 책임자랄까요."

"요리장인가?"

"그렇지요. 천적처럼 사이가 나빴답니다."

"─── 그럼 고사카라는 사람은 그 절 안에서는 어떤 위치에 있었던 셈인가? 미움을 받고 있었다거나 기피당하고 있었다고 딱 잘라 말할 수는 없는 셈이로군?"

"그야 그렇겠지요, 경부보님. 누구나 그렇게 간단하게 좋은 놈, 나쁜 놈이라고 결정할 수 있다면 경찰도 고생은 안 할 겁니다."

"내 말은 그렇게 간단한 것이 아닐세, 스가와라 군. 절도 말하자면 조직 아닌가. 그렇다면 스님도 조직의 구성원일세. 그럼 고사카에게도 조직 안에서의 위치라는 게 있을 테지. 그렇다면 자연스럽게 이해관계가 발생하는 걸세. 고사카가 조직의 말단이 아니라 중추의 인간이었다면 더더욱 그렇지."

"아아, 아아."

스가와라는 크게 고개를 끄덕였다.

"당신 말대로 절에도 파벌은 있지요. 그건 압니다. 겉으로 보기에는 간부 승려들이 각각 파벌을 만들고 있는 것 같더군요. 하지만 예를 들어 어제 이곳에 온 와다 지안, 그 스님 같은 사람은 지난번의 태도에서도 알 수 있듯이 고사카에 대해서는 좋지 않게 생각했던 모양입니다. 반(反)고사카지요. 하지만 같은 반고사카라도 와다와 구와타는 사이가 나빠요. 반대로 나카지마는 친(親)고사카지만 구와타와는 사이가 좋더군요. 복잡해요."

"주류 반주류 같은 단순한 것이 아닌가 보군. 그, 사———."

사장, 이라고 말하려다가 야마시타는 당황하며 말을 고쳤다.

"———과, 관수는 어떤가?"

"관수는 일단 모든 간부와 거리를 두고 있는 것 같더군요. 직접 만나지 못했으니 알 수 없지만요. 다만 가장 힘을 갖고 있는 것은, 겉보기로는 와다인 것 같습니다. 그리고 와다가 대두하기 전까지는 고사카가 그 지위에 있었던 모양이에요."

"흠―――."

그러나 사원의 경우, 회사 조직과 달리 출세하면 이권이 수중에 들어온다거나 하는 일반 사람들이 이해할 수 있는 득은 없을 테다. 어쨌거나 상대는 스님이다. 어느 쪽이든 이해하기 어려운 것은 분명하다.

"그래서―――?"

"예?"

"예가 아니라. 그 고사카의 발자취는?"

"아아. 고사카 료넨의 실종이 알려진 것은 닷새 전. 시체가 발견되기 나흘 전이지요."

"그것은 어제 그 스님―――와다도 말했지."

"그렇지요. 좀더 자세히 말하면 닷새 전 조과, 그러니까 스님들이 모여서 매일 아침 경을 읽는 건데, 그 조과 때에 고사카는 분명히 있었어요. 중얼중얼 경을 읽고, 그 후 청소나 빨래를 하는데 이게 아주 자세히 정해져 있더군요. 어지간한 공무원보다 훨씬 시간에 까다로운 모양인데, 어쨌거나 그런 잡무를 합니다. 그 다음은 아침식사지요. 행각승들은 식당에 모여서 먹어요. 조금 높은 승려는 자기 방에서 먹고. 고사카는 설창전(雪窓殿)이라는 작은 건물에서 지내고 있었어요. 그곳도 조사하고 왔지요. 당번 승려가 그리로 식사를 가져다주었답니다. 정해진 시간에. 그랬더니."

"없었나?"

"없었어요."

"시간은?"

"다섯 시 반."

"다섯 시 반? 아침식사가 다섯 시 반인가? 엄청나게 이르군. 피해자를 마지막으로 본 건 누구지?"

"그러니까 아침 독경 때 스님 전부가 봤어요."

"그 독경이 끝나는 시간은?"

"다섯 시."

"그럼 다섯 시에서 다섯 시 반 사이에 없어진 건가?"

"그게 그렇지 않아요."

"뭔가. 빨리 말해 보게."

"밤이 되고 나서 고사카를 목격했다는 증언이 있거든요. 그게 놀랍게도, 천적인 구와타 조신의 방에 있었답니다. 본 사람은 조신의 행자 ——— 시중드는 작은 스님입니다. 그, 으음, 마키무라 다쿠유라고 하는데, 그 사람이 그날 밤에, 대략 여덟 시 사십 분에서 아홉 시 정도 사이에 구와타가 기거하던 건물에서 나오는 고사카를 봤어요."

"그것은 시간이 애매한가?"

"밤 일곱 시에서 아홉 시까지는 목욕이나 뒷정리를 하는 시간이거든요. 목욕은 한꺼번에 할 수 없으니 순서를 기다려서 하게 되지요. 다쿠유는 비교적 신참이라 나중에 해야 했고, 목욕을 마치고 나왔을 때 자신이 두고 온 물건이 있다는 걸 알아차렸어요."

"뭔가?"

"불경이라더군요. 다음날 아침 독경 시간에 필요한 것이라 당황했지요. 자신의 방———뭐, 방이라고 할 정도는 못 되지만, 방을 찾아보니 눈에 띄질 않기에 스승님 방에 떨어뜨렸나 하여 새파랗게 질려서 보러 갔답니다."

"새파랗게 질려?"

"그야 질릴 만도 하지요. 그렇게 중요한 걸 떨어뜨리면 호되게 꾸중을 들을 테니. 몽둥이로 얻어맞습니다. 군대 같은 곳이지요. 저도 옛날에는 신병들을 꽤 많이 때렸는데."

"자네 얘기는 됐네."

"아아, 하여튼 체벌이 엄청난 모양이에요. 그래서 몰래 뛰어서 보러 갔대요. 각증전(覺證殿)이라는 건물인데 거기서 고사카가 불쑥 나오더랍니다."

"흐음. 그럼 있었던 거로군."

"있긴 했는데요. 아침 독경 이후로 그때까지의 종적은 알 수가 없습니다. 완전히 빠져 있어요. 아무도 보지 못했지요."

"계속 그곳에 있었던 게 아닌가?"

"아니———그 각증전에는 하루 종일 구와타가 몇 번이나 출입했어요. 그거야 자기 방이니까 당연하지요. 다쿠유도 출입했고요. 시중을 들어야 하니까요. 다쿠유가 그곳에 불경을 떨어뜨린 것도 밤 일곱 시 전후의 일이라고 하고."

"떨어뜨린 시간은 기억하고 있나?"

"예. 저녁 여섯 시부터는 각자 따로 수행을 합니다. 다쿠유는 독경 연습을 한 모양이더군요. 연습에는 불경도 필요하니 그때는 있었던 셈입니다. 다쿠유는 그 후에 구와타가 불러서 각증전에 갔어요. 그때 떨어뜨렸나 보지요. 그렇다면 일곱 시가 지났을 때쯤이라고 하더군요. 그러니 고사카가 각증전에 들어갔다면 그 이후일 겁니다."

"그럼 고사카는 아침 다섯 시가 지나서 연기처럼 사라진 채 계속 종적을 감추었다가 저녁 여덟 시 사십 분 무렵 그 건물에서 갑자기 나왔다는 거로군. 그래서?"

"그게 끝입니다."

"그 작은 스님은 고사카에게 말을 걸지 않았나?"

"안 걸었나 봅니다. 다쿠유는 조심스럽게 행동했다는군요. 어쨌거나 몰래 되돌아온 거니까요. 말을 걸 수야 없었겠지요. 오히려 몸을 숨긴 것처럼 말하던데요."

"그, 구와타인가? 건물 주인. 그 사람은 그때 뭘 하고 있었다고 하던가?"

"야좌(夜坐)."

"뭐? 야자?"

"야좌. 밤의 좌선. 그러니까 선당에 있었다고 합니다."

"본 사람은?"

"없지요. 음———아니, 있나?"

"있는 건가, 없는 건가?"

"야좌란 자율적으로 하는 좌선으로, 시간이 정해져 있는 게 아닙니다. 조신은 꽤 높은 승려니까 자기 좋은 시간에 할 수 있지 않을까요? 물어보지는 않았지만요. 그러니까 그때 선당에는 사람이 ———.”

“없었나?”

“있었습니다. 그 와다 지안. 그 사람도 야좌를 하고 있었대요. 그리고 지안의 시중을 드는 작은 스님, 그들도 둘 다 같이 있었어요. 셋이서 좌선을 하러 갔지요.”

“그럼 본 게 아닌가?”

“보지 못했지요. 구와타 조신은 벽을 향해 앉아 있었어요. 그러니 나중에 선당에 들어간 와다 일행 세 사람은, 그게 진짜 구와타 본인인지 아닌지는 알 수 없었다고 하더군요.”

“알 수 없나?” 하며 야마시타는 고개를 갸웃거렸다.

“아니, 알 수 있을 텐데. 그럴 리가. 인사 정도는 할 거 아닌가. 입실할 때 ‘안녕하십니까’라거나 ‘실례합니다’라거나.”

“안 합니다. 목소리를 내면 안 되거든요, 선당이라는 곳은.”

“헛기침이라든가, 그 자세라든가 ———.”

“헛기침도 금지. 스님은 모두 자세가 바르고, 게다가 조명은 거의 없어서 어두컴컴하단 말이지요. 그러니 분명히 스님이 앉아 있었긴 했겠지만 구와타인지 아닌지는 알 수 없었을 겁니다. 스님의 머리 모양은 모두 똑같고요.”

“그런 건 나도 아네. 가사라든지 체형이라든지, 뭐든지 좋아. 판단할 만한 게 없었나?”

"아무리 그러셔도 증인이 모른다고 하니 어쩔 수 없잖습니까. 스님 서른 몇 명 전원의 증언을 받아 서로 장소나 시간을 확인하지 않으면 알 수 없어요."

"했나?"

"할 수 있을 리가 없잖습니까! 탐문 시간은 겨우 한 시간밖에 없었어요. 이만큼 알아내는 것도 상당히 힘들다고요. 그런데도 당신은 늦게 돌아왔다며 아까 고함을 치지 않았습니까."

"잠깐. 잠깐. 자네와 입씨름을 해 봐야 소용없지. 사정은 알겠네. 이해했어."

야마시타가 그렇게 말하자 스가와라는 기분 나쁜 듯이 책상다리를 하고 있던 다리를 바꾸어 꼬았다.

"그런데 경부보님. 신문 발표는?"

"아아, 본부에서 할 걸세. 하코네 산중에서 승려의 타살 시체 발견, 이라고만———."

"현명하군요. 이건 뿌리가 깊은 사건이에요."

"그렇다면 스가와라 군, 그 범인에 대해서 뭔가———."

어느새 저자세로 나가고 있다. 야마시타는 왠지 모르게 굴욕감을 곱씹으면서 말을 삼켰다.

"——— 뭔가, 그 감이 오던가?"

"범인은 명혜사 스님이겠지요."

"그것은 그, 그 여자의 증언 때문——— 인가?"

"물론 그것도 있습니다. 목격자가 봤다는 범인인 듯한 인물은 스님이고, 가장 가까운 절은 그곳이니까요. 게다가 그곳 승려들은 다리가 튼튼해요. 제 다리로도 한 시간 반이 걸리는 길을 한 시간이면 이동하지요. 오히라다이까지도 두 시간 반 정도면 갈 수 있을 겁니다. 다시 말해서 행동반경은 생각한 것보다 훨씬 넓을 거예요. 게다가 놈들은 체력이 있지요. 시체 정도는 쉽게 옮길 수 있을 겁니다. 범인은 명혜사 승려들 중에 있어요. 이건 틀림없어요."

"자, 자네, 무슨 증거라도 잡았나?"

"증거는 이제부터 잡아야지요. 실은 저는 짚이는 데가 있습니다. 주범, 아니, 실행범은 구와타 조신입니다. 하지만 절 전체가 그것을 감추려 하고 있어요. 다시 말해 그 절의 승려 전부가 공모한 겁니다. 이것은 명혜사 전체가 얽힌 범죄란 말입니다."

"절 전체가 범인? 아니, 자네 ———."

"비상식적입니까? 당신은 오늘 아침에 이 여관 전체의 범행이라고 단언하지 않았습니까?"

"——— 아니, 뭐. 그런데 근거는?"

스가와라는 씨익 웃었다. 촌스러운 얼굴이다.

"동기입니다. 놈들에게는 동기가 있어요. 고사카는 직세, 다시 말해 건설이나 개수 같은 것을 담당하던 인물이지요. 이건 돈이 들어요. 그래서 한편으로는 재무의 일부를 쥐고 있었던 거지요. 낡은 절이라 개수하는 데에는 특히 돈이 드는 모양이고. 고사카가 이런저런 이유를 붙여 산을 내려가 외박한 것도, 표면상으로는 그 자재를 조달하기 위해서라고 했던 모양입니다."

"그게 어디가 동기가 되나? 혼자만 좋은 거 다 하다니 고사카 녀석, 하고 다른 승려가 질투하기라도 했다는 건가?"

"아닙니다. 고사카는 아무래도 절의 돈을 횡령하고 있었던 모양이에요. 여자를 두고 있었던 것 외에 사업에 손을 대기도 했다는 소문까지 있습니다."

"횡령이라. 그렇군. 그럼 뭔가, 그 절의 돈에 손을 댄 품행 나쁜 승려에게 천벌을 내리겠다는 건가?"

스가와라는 다시 촌스럽게 웃었다.

그리고 수첩을 펴더니 더듬거리면서 절의 존재 자체가 수상하다는 것에 대해 설명했다. 야마시타는 절반밖에 이해할 수 없었지만, 요컨대 등기가 되어 있지 않은 회사 같은 것인가 보다고 인식했다. 종교에 대해서는 모르지만 법률을 위반한 것이라면 단속해야 할 거고, 멍하니 생각했다.

"지금 설명한 대로 명혜사에는 시주 신도가 없습니다. 시주 신도가 없는 절에 횡령할 만한 돈이 있다는 게 우선 이상하잖습니까. 그러니 뭔가 겉으로 드러낼 수 없는 비밀이 있는 것은 절 쪽이겠지요."

"절의 비밀?"

"돈줄 말입니다. 돈줄. 시주 신도도 없고 법사도 없어요. 수입원은 전혀 없는데, 스님은 서른여섯 명이나 있습니다. 아무리 산속에서 산다지만 스님은 신선이 아니잖습니까. 안개를 먹고 사는 것도 아니고. 따라서 유지비는 들겠지요. 어딘가에 반드시 돈 나오는 구석이 있을 거예요."

"다시 말해서 그 비밀스러운 돈의 루트를 쥐고 있었던 것이 고사카였다는 겐가?"

"맞아요. 그걸로 고사카는 뻔뻔스럽게 제 배도 불리고 있었지요. 그것이 탄로나서 녀석은 규탄을 받은 겁니다. 하지만 절에서는 고사카의 범죄를 겉으로 드러낼 수가 없었어요. 그것을 이용해 고사카는 투덜거렸지요. 그리고 최종적으로 고사카는 오히려 비밀을 폭로하겠다는 암시를 했어요. 그래서———."

"입막음———이란 말인가? 하지만 그건 왠지 현실성이 없는데, 스가와라 군. 활극영화도 아니고, 그런 악의 비밀결사 같은 절이 있을까?"

"비밀결사 같은 온천여관보다는 있을 것 같은데요."

진짜 정이 안 가는 시골 형사다. 야마시타는 화가 나서 반론을 생각했다. 반증은 곧 생각났다.

"뭐———오늘 아침의 내 견해는 철회하겠네. 하지만 스가와라 군. 분명히 범인은 스님일 거라고 생각되네만, 절 전체라는 것은 아무래도 받아들일 수 없는데."

"왜입니까?"

"우선 범행 현장 말일세. 자네는 모르겠지만 현장은 아무래도 오쿠유모토 너머 근방———인 것 같다는 의혹이 나왔네. 물론 확정된 것은 아니지만."

"오쿠유모토? 어디에서 그런 곳이 튀어나온 겁니까? 그건 반대쪽 강가인데."

"음. 정보 제공이 있었다네. 증언자도 확인했어. 놀랍게도 길가에서 시체와 마주친 사람이 있었거든. 그런데 그때 범인은 그 자리에 아직 남아 있었고, 게다가 자신이 죽였다고 그 사람에게 자백했네."

"예에? 그거 굉장하군요. 일급 목격 증언 아닙니까. 단번에 해결인데요. 그래서요?"

"유감스럽게도 목격은 하지 못했네. 그 증언을 해 준 인물은———눈이 불편한 사람이었거든."

야마시타는 자기 입으로 말하고 낙담하여 한숨을 쉬었다. 스가와라의 의견을 부정하는 것은 야마시타에게도 얼마 안 되는 활로를 끊는 셈이다. 야마시타는 낙담한 시점에서 이미 절 전체가 얽혀 있어도 좋겠다는 생각을 조금은 했다. 그래서 야마시타는 스가와라의 반론을 머리 한구석으로 기다렸다.

"그럼 경부보님. 그 사람이 본———아니, 마주친 시체가 고사카 료넨인지 아닌지는 모르는 겁니까?"

"알 수 없지. 물론 자백한 범인에 대해서도 목소리밖에 모른다네, 스가와라 군. 사람의 기억이란 믿을 만한 것이 못 되니까. 정말 믿을 만한 것이 못 돼. 특히 목소리만으로는———잊어버렸을 걸세, 분명히. 하지만 스가와라 군. 혹시 절 경내에서 살해된 것이라면 몰라도 오쿠유모토라면 장소가 너무 떨어져 있어. 절 전체가 얽혀 있다고 생각하기에는 도저히———."

"그런 건 상관없습니다. 무엇보다 그런 증언으로는 그

게 고사카인지 아닌지는 고사하고 진짜 시체인지 아닌지도 알 수 없어요. 만일 시체였다 해도 별건일 가능성이 있잖습니까."

"하지만 범인은 스스로 승려라고 했다고 하네. 알겠나? 이 좁은 하코네에서 또 승려란 말일세, 승려. 게다가 그것은―――."

"그것은?"

"그 일이 일어난 것은 시체가 발견되기 나흘 전 밤의 일일세. 실종된 날과 날짜도 맞지 않나. 우연은 아닐 테지."

"밤 몇 시입니까?"

"22시, 밤 열 시 정도였다고 하네."

"그―――그렇다면 아니에요! 경부보 님, 고사카 료넨은 여덟 시 사십 분에 명혜사의 각증전에 있었단 말입니다. 아무리 다리가 튼튼한 승려라고 해도 한 시간 이십 분 만에 오쿠유모토까지 갈 수는 없어요! 아무리 수행승이라 해도 고사카는 예순 살이라고요. 그 시간 안에 갈 수 있는 곳은 고작해야 이 근처까지일 겁니다."

"응?"

"오히라다이까지도 두 시간 이상은 걸려요. 전철을 이용해도 오쿠유모토라니, 그런 곳까지 가려면 네 시간 이상, 다섯 시간 가까이 걸릴 겁니다. 그러니 그것은 고사카의 시체가 아닐 테지요. 아닙니다."

"잠깐. 잠깐 기다려 보게. 하지만 스가와라 군. 자네는 승려들은 공범이라고 하지 않았나? 그렇다면 그 증언도 신용할 수 있을지 어떨지 ———응?"

"아, 그런가!"

"그래."

야마시타는 스가와라에게 동조하며 거의 동시에 목소리를 냈다.

야마시타가 제시한 부정 요소가 오히려 스가와라의 착상을 보강하고 마는 꼴이 된 셈이다. 괜히 말했다. 그리고 스가와라도 어쩐지 같은 결론에 이른 모양이다.

"그러니까 뭡니까, 그."

"그렇다네. 스가와라 군. 그러니 ———."

다시 말해서 이런 것이다. 절 내부 사람의 증언은 전혀 믿을 수 없는 것이라고 생각하고, 외부 사람인 안마사 남자 ——— 오시마 유헤이의 증언만이 옳다고 가정해 본다. 즉 범행은 오쿠유모토에서 22시에 저질러졌다고, 우선 가정해 보는 것이다.

그러면 우선 마키무라 다쿠유의 증언과 어긋나게 된다. 거짓말이라면 왜 그런 위증을 한 것일까.

오쿠유모토에서 흉악한 일이 저질러진다.

거기에서 범인은 오시마와 조우한다. 도망칠 곳이 없다고 판단한 범인은 순간적으로 자백하고 만다. 그러나 범인은 곧 그것이 잘못된 판단이었음을 깨닫는다. 그래서 사후 공작을 한다.

일단 시체를 숨기고 오시마의 눈이 불편하다는 사실을

악용해, 두 사람이 조우한 사건은 장난 같은 거라고 오시마 본인이 생각하게 만든다. 이것은 말하자면 임시변통 같은 것이지만 일단은 성공했다. 실제로 오시마는 취로 둔갑했다는 허풍을 들었다고 한다. 이러면 우선 시간은 벌 수 있다. 그러나 조만간 시체는 발견될 것이다. 그러면 오시마가 마주친 장난과 살인사건을 연결해 생각하는 사람도 나올 것이다.

그때 다쿠유의 위증이 유효해진다.

다쿠유는 20시 40분 전후에 고사카가 명혜사 경내에 있었다고 증언했다. 그렇다면 스가와라가 말한 대로 고사카는 살해된 시간에 오쿠유모토까지 갈 수는 없으니 오시마가 마주친 시체 같은 것은 고사카일 수 없다는 뜻이 되고, 다시 말해 오시마가 마주친 것은 역시 장난이었다는 판단이 내려진다.

지금 이야기를 들은 스가와라는 그렇게 판단했다.

다쿠유의 증언은 오시마의 체험을 사건과 괴리시키기 위한 보강재료였던 게 아닐까.

고사카가 살해된 시각을 22시라고 가정해 보자.

명혜사에서 현장까지는 다섯 시간 정도 걸리니, 17시 이후에 명혜사에서 고사카를 목격했다면 오시마의 증언은 무관하다고 간주될 것이다.

그러나 범행 시간과 목격 시간이 지나치게 근접해 버리면, 그것은 그것대로 곤란해진다. 고사카가 경내에서 살해된 셈이 되기 때문이다.

그것은 곤란하다. 그렇게 되면 틀림없이 내부 사람이 의심을 받을 것이다. 그래서———.

고사카의 유체는 어느 정도 절에서 떨어진 곳———예를 들면 이 센고쿠로 근처———에서 발견되게 할 필요가 있었을 것이다. 명혜사에서 센고쿠로까지는 약 한 시간 남짓. 그러면 20시 40분이 최종 목격 시각이라고 위증한 것도 납득이 간다. 고사카는 이 근처까지는 올 수 있었다는 계산이 나온다.

실제로 시체는 여기에서 나왔다.

새벽 다섯 시부터 모습을 감추었던 고사카가 왜 열여섯 시간 가까이나 지나서 목격되었을까. 그 부자연스러운 목격담은 고사카의 살해 현장을 이곳으로 옮기기 위해 날조된 것이 아닐까.

목격 시간은 20시 40분이어야 했던 것이다.

"구와타 입장에서 보자면 목소리도 들었고 하니, 아무래도 오시마의 증언은 방해가 된다고 생각하지 않았을까?"

"뭐, 그 가정이 사실이라면 그렇겠지요. 방해된다. 보통 같으면 현장을 들킨 단계에서 체념하겠지만, 마주친 사람이 눈이 불편한 사람이었다면———발버둥을 치고 싶을 만도 하겠어요."

"그렇지. 다쿠유라는 사람은 구와타의 시중을 드는 사람이지? 게다가 고사카가 나왔다는 각증전도 구와타가 지내는 건물이고. 어떻게든 되지 않았겠나, 스가와라 군."

"하지만 경부보님. 그것은 그, 살해시각을 추정할 수 있다는 것을 전제로 한 위증입니다. 저는 잘 모르지만, 사망 추정시각이란 게 그렇게 굳어 버린 시체로도 알 수 있는 겁니까? 아니면 벌써 추정된 겁니까?"

"그건 아직 안 됐네. 해부도 애를 먹고 있지 않을까? 어쨌거나 얼어 있었으니까. 나도 얼어붙은 시체는 처음 보네. 하지만 스가와라 군. 지금은 에도 시대가 아닐세. 내일이나, 늦어도 모레에는 사망추정시각이 판명될 거야. 과학수사는 만능이거든. 그러니 범행 장소는 얼버무릴 수 있어도 시체가 발견되면 머잖아 살해시각은 추정되네. 요즘 같은 세상에 그 정도도 모르는 사람은 자네 정도일 거야. 산사의 스님도 알고 있었던 거지. 그러니———."

오시마 사건과 떼어 놓는다 해도, 살해시각이 추정되고 피해자의 신원이 밝혀지면 언젠가 수사의 손길은 뻗어 올 것이다. 그렇게 되었을 때를 위해 구와타 자신의 부재증명도 만들어 두어 나쁠 것은 없다. 그것이 목격자가 있는 듯 없는 듯한, 그 부자연스러운 야좌다. 구와타의 야좌는 각증전에서 구와타가 고사카와 접촉하지 않았다는 것을 증명하고 있는 것 같기도 하고, 이는 또한 살인에 대한 부재증명도 되는 셈이다.

절 전체가 꾸민 일인지 아닌지는 별도로 치더라도 구와타 조신과 마키무라 다쿠유가 공모했다는 것은 틀림없지 않을까.

야마시타는 매우 만족했다.

"―――이거면 어떤가, 스가와라 군."

스가와라는 더욱 만족스러운 듯이 맞장구를 쳤다.

"그거로군요, 그거. 말하지 않았습니까. 구와타가 범인이라고. 그 녀석입니다. 그렇다니까요. 그렇―――."

아니.

"잠깐."

"왜 그러십니까?"

"어째서 이곳―――아니, 어째서 나무 위지?"

"그야―――."

소용없다.

무의미하다.

나무 위에 시체를 유기한 행동에 의미를 부여하지 못하는 한은 아무래도 어딘가 이상하다.

야마시타는 우여곡절 끝에, 스가와라가 돌아오기 전에 생각하고 있던 지점으로 결국 돌아가고 만 셈이다.

정말이지 같은 자리만 뱅뱅 돌고 있다.

큰 줄기는 옳은 것도 같다. 나머지는―――.

"시체를 발견하게 해야 하는 이유인가."

스가와라는 팔짱을 끼고, 야마시타는 또 한숨을 쉬었다.

그러나 구와타 범인설은 버리기 아깝다.

게다가 고사카의 생전 행동을 수사함과 동시에 명혜사의 재원을 조사해 볼 필요는 있을 것이다. 승려들 한 사람한 사람의 신원이나 과거도 알아볼 필요는 있다.

"스가와라 군. 그 명혜사의 승려들에 대해서는 얼마나

정보가 있나?"

"이름과 입산년도는 알아 왔습니다. 나이는 자칭. 출신지 같은 것도 알 수 있는 한은."

스가와라는 반쯤 자포자기한 듯한 모습으로 한지 묶음을 내밀었다.

야마시타는 진저리를 내며 그것을 보았다.

관수 마도카 가쿠탄[円覺丹] 쇼와 삼 년 입산 육십팔 세
지객 와다 지안[和田慈行] 쇼와 십삼 년 입산 이십팔 세
유나 나카지마 유켄[中島祐賢] 쇼와 십 년 입산 오십육 세
전좌 구와타 조신[桑田常信] 쇼와 십 년 입산 사십팔 세
노사 오니시 다이젠[大西泰全] 다이쇼 십오 년 입산 팔십팔 세

사람 이름이라기보다 경문이라도 읽고 있는 것 같다. 와다는 간부 중에서는 엄청나게 젊지만 입산한 지 십오 년이나 지났다. 열서너 살 때 출가한 것일까. 오니시는 팔십팔 세다. 야마시타의 친척 중에서도 가장 나이가 많은 사람은 팔십오 세다. 그 노파는 이미 서지도, 걷지도 못한다. 그보다 세 살이나 더 나이가 많은데 이런 산속에서 살아갈 수 있단 말인가. 정말 같은 인간이 맞을까 하고 야마시타는 생각했다.

"이렇게 술술 씌어 있어도 말일세. 스님의 이름은 특히 못 읽겠어."

"뭐, 높은 사람은 이름이 이상하지만 그 이외에는 이름을 음독하기만 하면 됩니다. 간단하지요. 예를 들면 경부보님의 이름은요?"

"내 이름은 음독을 할 수 없네."

"아아, 그렇군요. 저는 다케요시[剛喜]라고 하는데 이것은 고키가 됩니다. 출가를 했다면 고키 스님."[†]

"자네는 스님이라기보다 중대가리일세."

"그런가요? 음, 간부 이외에는 전쟁 전에 입산한 중견 승려가 열네 명 있습니다. 생존자들이지요. 아무래도 전쟁 중에는 없었고, 전쟁이 끝난 후에 곧바로, 쇼와 2년(1927)에 입산한 자가 다섯 명. 그리고 21년(1946)에 네 명. 22년(1947)에 두 명. 23년(1948)에 세 명. 24년(1949)에 두 명. 그게 마지막입니다. 그 후로 입산한 승려는 없습니다."

"그 구와타의 시중을 드는 작은 스님이라는 사람은?"

"다쿠유 말입니까? 거기에 적혀 있을 텐데요. 24년에 입산했고 이십이 세."

이름이 이름들 사이에 매몰되어 있다.

따라서 그 명부는 야마시타에게 한자가 늘어서 있을 뿐인 단순한 종잇조각이었다. 전혀 뜻을 알아낼 수가 없다. 이렇게 보면 스가와라의 말대로 승려들이 하나같이 전부 수상하게 보이기 시작하니 이상한 일이다. 야마시타는 별수 없이 그냥 인원수만 계산해 보았다.

---

† 일본어에서는 한자를 음독과 훈독, 두 가지 방식으로 읽는다. '剛喜'를 다케요시라고 읽으면 훈독, 고키라고 읽으면 음독이 됨.

"이봐. 서른다섯 명밖에 없는데, 스가와라 군. 스님은 전부 서른여섯 명 아닌가?"

"한 장 더 있습니다. 정말 소홀한 사람이군요, 경부보님도."

"어? 아아. 알고 있네. 스기야마 데츠도, 이십팔 세인가. 어이. 이 사람 입산한 해는?"

"예. 그 사람은 입산한 해가 없습니다."

"없어?"

"태어났을 때부터 산에 있던 남자라고 합니다."

"잘 모르겠는데."

"예. 뭐, 그 녀석은 상관없을 겁니다. 일단 머릿수에는 넣었지만요. 스님이라고 해도 조금 그, 모자란 것 같던데."

"응? 지적 장애자인가?"

"글쎄요, 그걸 뭐라고 하나요. 이 사람은 근처에 사는 할아버지의 가족인 모양입니다. 어릴 때부터 쭉 불목하니 흉내 같은 것을 내다가 스님이 된 모양이더군요."

"서당개 삼 년이면 풍월을 읊는다는 그건가?"

"개가 아닙니다. 덩치 큰 남자지요. 덩치가 크면 온몸에 지혜가 돌기 어렵다던데 그런 걸까요? 읽고 쓰는 정도는 할 수 있는 모양이지만 학력은 낮습니다. 고작해야 초등학생 정도일까요."

"잠깐. 근처에 사는 할아버지라니, 절 근처에 사는 사람이 있단 말인가?"

"아아, 이야기에 따르면 있는 모양이더군요. 여자아이

와 할아버지, 그 데츠도 셋이서 살고 있다고 하는데, 여자아이도 절 경내를 돌아다니곤 해요. 저는 못 봤지만 그 소설가가 본 모양입니다. 골동품상의 이야기로는 이 근처에서는 유명한가 보던데요. 산속의 후리소데 소녀인가 하면서. 이 여관 사람들도 알고 있는 모양입니다."

"후리소데를 입고 다니나? 이런 산속에서? 이상하군. 그 할아버지인지 뭔지 하는 사람은 어떻게 생계를 꾸리는 걸까. 나무꾼이나 뭐 그런 건가?"

"하코네가 무슨 기소†인 줄 아십니까. 나무꾼 따윈 없습니다. 뭐, 수상하다면 수상하지만 상관없을 것 같은데요. 조사해 볼까요?"

"조사하지 ──── 않았겠지, 당연히. 뭐, 시간도 없었을 테고. 하지만 아무래도 말일세."

자본주의나 근대국가나 관리사회에 대드는 것 같은 비상식적인 놈들만 이렇게 속속 나온다면, 야마시타는 곤혹스러울 뿐이다.

헛되이 용의자를 늘리는 것도 좀 그렇다는 생각이 든다. 생각은 들지만 수상한 인물이 늘어난 것은 틀림이 없었다. 모두 관여하고 싶지 않은 인종이다.

상관없기를 바랄 뿐이다.

──── 이 산에 제대로 된 놈은 한 명도 없어.

스가와라도 처음에는 제대로 된 사람으로는 보이지 않

---

† 나가노 현 남서부, 기소가와 강 상류 일대의 지역. 이 지역에 있는, 편백나무가 우거진 아카자와 숲은 일본의 3대 미림(美林) 중 하나이다.

았다.

그런데 지금은 그나마 나아진 편이다.

마스다는 어쩌고 있을까.

몹시 신경이 쓰였다.

"스가와라 군. 우리 쪽———마스다 말인데."

"아아, 그 형씨. 꽤 느긋하게 수사를 하더군요. 지금쯤은 용의자와 함께 코를 드르렁드르렁 골고 있을 겁니다."

"느긋하게? 마스다가? 괜찮으려나."

현재 마스다는 용의자 한 무리를 이끌고 한층 더 수상한 용의자의 아성에 들어가 단신으로 그곳에 머물고 있다. 사면초가일 것이다.

스가와라는 품위 없게 웃었다.

"괜찮습니다. 살해될 것도 아니고. 다만 최근의 젊은 놈들은 체력이 없더군요. 단련법이 달라요. 꽤 피곤해 하더라고요. 오오, 그리고 보니 당신도 젊지요. 이거 실례했습니다. 아———그렇지. 내일은 서에서 회의를 한다고 했지요? 몇 시입니까?"

"오전 열 시."

"그럼 나머지는 내일 하지요. 저는 다리가 아파요."

"아아———."

야마시타가 대답을 하기도 전에 스가와라는 그럼, 하고 오른손을 들더니 장지를 열었다.

장지 밖에는 아베 순사가 있다가 움찔하며 인사를 했다. 이제부터 산기슭으로 돌아가려는 것일까.

교대하듯이 종업원이 들어왔지만 야마시타는 한마디도 하지 않았다.

　오전 한 시 삼십 분이었다.

　다음날 아침 야마시타는 누구보다도 일찍 일어났다. 그 재수 없는 탐정이나 불그레한 얼굴의 의사와 마주치고 싶지 않았기 때문이다. 그래도 일어난 것은 여섯 시였다. 시계를 본 야마시타는 명혜사에서는 이미 아침식사도 끝났을 거라고———그런 생각을 했다. 마스다가 돌아왔을 때 어떻게 해 달라는 것을 지배인에게 부탁하고, 센고쿠로를 떠나 혼자서 산을 내려갔다. 산에 온 지 사흘 만이었다.

　수사회의는 비교적 차분하게 진행되었다.

　고사카의 시체를 유기한 자는 짚신 같은 것을 신고 있었던 모양이다.

　그것은 승려 차림이라는 목격 증언과도 어느 정도 일치한다. 결과적으로 스가와라의 보고는 주목을 받았다.

　해부소견도 제출되었다. 사인은 뒤통수 타박에 의한 골절. 거의 즉사로 생각되며 독살 등의 가능성은 없는 것 같았다. 사망추정시각은 실종된 날 저녁에서 다음날 아침으로 예상하나 그 이상으로 자세히 알아내기란 불가능한 모양이었다. 모든 것은 위에 든 내용물의 소화상태로 판단했다고 한다. 몹시 미덥지 못한 결론이지만 그 막연한 범위도 고사카가 실종되기 전날 저녁식사 이후로 음식을 먹지 않았다는 것이 전제인 듯했다.

그렇다면 현재 시점에서는 판단할 수 없는 거나 마찬가지다. 명혜사의 식사 메뉴는 매일 다르지 않은 모양이고, 스가와라의 말처럼 절 전체가 얽혀 있는 범행이라면 정보를 조작하기 위해 사망추정시각을 하루이틀 정도 바꾸는 것은 가능하다———는 것이 되기 때문이다. 거기에서 오시마의 증언이 주목을 받았다. 오시마가 명혜사와 이해관계가 없는 것은 거의 틀림이 없다고 여겨졌기 때문이다. 합의 결과———다시 말해 확증이 없는 채———오시마의 증언은 채용되었고, 고사카는 실종 당일 22시 전후에 살해되었다는 통일된 견해 아래 수사에 임하기로 결정되었다.

또한 피해자 고사카의 이중생활에 대한 파악———여성관계나 사업 등의 소문 진위를 철저하게 조사하는 것———을 토대로 명혜사 자체의 실태 해명, 또 승려들의 전력이나 출신도 조사대상이 되었다. 수사의 방향은 완전히 명혜사를 겨냥하게 된 셈이다.

죽은 것도 승려, 범인으로 보이는 인물도 승려이니 당연하다면 당연한 결론이기는 하다.

그리고 결국 야마시타는 본거지인 명혜사에 직접 쳐들어가기로 했다.

회의의 진행상, 이것은 어쩔 수 없었다. 그곳을 조사하지 않을 수는 없고, 조사한다면 그것은 본부장인 자신의 역할———일 것이다. 당연히 스가와라가 동행을 자청했다.

회의는 정오에는 끝났고, 맛없는 점심을 먹은 후 야마시타는 경관 몇 명과 스가와라를 데리고 다시 산길을 올라갔다.

마음이 무거웠다.

센고쿠로에 도착한 것은 14시였다. 겨우 일고여덟 시간 전까지 있었던 곳인데도 야마시타에게는 꽤 오랜만인 것처럼 느껴졌다.

마스다는 아직 돌아오지 않았다.

바보 탐정과 아니꼬운 의사는 바둑을 두고 있었다. 팔자 한 번 좋다. 화도 안 난다.

무엇보다 두 사람 모두 야마시타가 온 것을 알아차리지도 못한다.

도대체 저 바보 같은 탐정은 무엇을 하러 여기까지 온 걸까———그런 생각을 하며 바라보자 탐정이 이상한 웃음소리를 냈기 때문에, 야마시타는 비웃음을 당한 기분이 들어서 이번에는 몹시 화가 치밀었다.

모처럼 상태가 좋아졌는데 이대로 가다간 도로아미타불이다. 상관하지 않으려고 시선을 피한 순간, 듣고 싶지 않은 목소리가 들렸다.

"와하하하하하, 이제 소용없어요. 구가야마 씨! 당신은 날 이길 수는 없습니다."

"소용이 없다니? 그런데 당신은 뭐요, 설마 그, 이상한 힘으로 이기고 있는 건 아니겠지?"

"당신도 바보 멍텅구리 중 한 명이군요. 전지전능한 내게 이상한 힘 따윈 없어요. 있는 것은 남아도는 재능뿐입니다."

"뭐, 확실히 그럴지도 모르겠소만. 당신은 우연히 이기고 있을 뿐이라는 기분도 들고."

"그럴 수는 있겠지요. 우연을 이기는 재능이란 없으니까!"

"무슨 소린지 모르겠지만 좋소. 그보다 에노키즈 군. 슬슬 내가 의뢰한 탐정 일을 해 주었으면 싶은데. 세키구치 군도 아츠코 양도 ——— 돌아오지 않으니."

"원숭이는 산으로 돌아간 거겠지요. 걱정하실 필요는 없습니다."

"뭣하면 나도 동행해도 좋을 것 같은데."

"어디를?"

"어디라니, 당연히 명혜사지요."

"그만둬요!"

지나치지 못하고 귀를 기울이고 있던 야마시타는 그 소름 끼치는 대화의 결론에 저도 모르게 끼어들고 말았다.

"안 돼요. 외출은 금지입니다!"

"오오! 사장, 당신이로군. 아직 있었소? 그런데 뭘 금지한다는 거요?"

"네놈의 외출이다!"

"이보시오, 이보시오, 그런 권한이 당신한테 있소, 야마시타 경부보? 물론 나는 용의자겠지만 에노키즈 군은 아니지 않소? 구속할 수는 없을 텐데."

"아아, 시끄러워요. 스가와라 군, 이 자들을———."

"경부보님. 이 자들을 묶어둘 수는 없습니다. 자칫 잘못하면 직권남용이에요. 절에 있는 자들도 있고요. 차별할수는 없잖습니까. 오히려 같이 있게 하는 게 좋을지도 모릅니다."

"멍청한 놈, 자네 설마 데려가겠다는 말을 하는 것은 아니겠지."

"데려가지는 않을 겁니다. 하지만 따라오는 것을 막을수는 없다는 겁니다. 뭐, 수사를 방해하기라도 한다면 체포할 수밖에 없지만."

"체포———그렇군."

스가와라의 말대로 이놈들은 오히려 뭔가 바보짓을 저지르게 해서 체포라도 해 버리는 게 편할지도 모른다. 그렇게 생각하며 쳐다보니 의사가 턱을 당기며 말했다.

"뭐요, 경찰은 명혜사에 쳐들어갈 셈이오? 스님 중에범인이 있기라도 하다는 거요? 진범을 알아냈다면 딱히우리가 탐정 노릇을 하지 않아도 되겠군."

"시, 시끄럽소. 당신들에게 수사의 진척을 보고할 의무는 내게 없어요! 마음대로 하시든가. 스가와라 군, 가세."

야마시타는 뒤를 돌아보지 않고 성큼성큼 출발했다. 이것은 어떻게 되든 알 바 아니라는 의지의 표시다. 경찰서안에서는 무슨 일이나 잘 되는데 산에 한 걸음만 들여놓으면 이렇게 된다. 전혀 생각대로 되지 않는다. 게다가 만일

47

저들이 따라온다 해도 바보 탐정과 함께 가는 여정은 사양이었다. 요즘 운이 없는 야마시타에게도 아직 자존심은 남아 있었다.

가파른 경사였다.

스가와라도 경관들도 묵묵히 올라가고 있는데 그 앞에서 주임인 야마시타가 약한 소리를 할 수는 없었다. 경부보의 오기다. 스가와라가 큰소리로 말했다.

"흥. 오늘이야말로 그 승려들의 꼬리를 잡고야 말 테다. 세 번째는 성공이야!"[†]

"스가와라 군. 호기 부려야 소용없네. 두 번 있는 일은 세 번도 있다는 말도 있고."

"부처님 얼굴도 세 번까지[††]라고 하잖아요, 경부보님. 그러니 이래도 안 된다면 저는 악귀가 될 겁니다. 구와타의 멱살을 잡아서라도 불게 하겠어요."

"증언보다 증거일세, 스가와라 군. 물적 증거야말로 어떤 자백보다 앞서는 거야. 그 볏짚 부스러기랑 똑같은 지푸라기로 짠 짚신이라도 나오면———그러면 되네."

"되긴 뭐가 됩니까. 수사의 백미는 자백입니다."

스가와라는 호쾌하게 내뱉었다.

야마시타는 전혀 이해할 수가 없다. 그리고 왠지 모르게

[†] 비록 처음 두 번은 실패하거나 성과를 거두지 못하더라도 세 번째는 일이 잘 된다는 뜻의 일본 속담.

[††] 아무리 온화하고 자비로운 사람이라도 도가 지나친 일을 여러 번 당하면 결국에는 화를 낸다는 뜻의 속담.

소외감이 느껴진다.

이 산은 야마시타를 거절하고 있다.

"그건 그렇고 이 산길은 인도적이지가 않아. 이렇게 효율적이지 못한 곳에 거주하는 것 자체가 범죄에 물든 거라고 생각하지 않나?———"

이것은 넌지시 약한 소리를 한 것이다.

"——— 사원은 어떨지 몰라도 일반인이, 그것도 노인과 어린아이가 정말로 살 수 있을까? 아이의 교육 같은 건 어떻게 하고 있는 걸까."

등 뒤에서 버스럭버스럭 불쾌한 기척이 밀려왔다.

그 소리에 야마시타는 고개를 움츠렸지만 스가와라는 돌아보았다.

"오. 경부보님. 탐정이 왔나 봅니다."

그런 건 보고 싶지 않았다.

"무시하게. 빨리 가."

"아아? 아니군."

"아니야?"

야마시타가 돌아보니 나무들 사이로 사람 그림자가 서 있었다.

가느다랗고 아름다운 목소리가 났다.

——— 사람의 아이라면 번뇌의 통에 넣어 흘려보내라.

"뭐, 뭔가, 저건?"

"오오, 저건 방금 경부보님이 존재를 의심한, 그 산에 사는 후리소데 소녀가 아닌가요?"

"소녀?"

―― 저것은 인간인가?

지저분한 후리소데가 움직였다.

마른 나무가 버석버석 흔들린다.

눈이 바람에 하늘하늘 춤춘다.

결정적인 비상식.

엄청나게 현실적이다.

사람의 형태는 웃었다.

"너, 너는, 어디에."

사니, 라고 물으려고 했다.

"돌아가."

말했다.

야마시타는 할 말을 잃었다.

"더는 들어오지 마."

심한 오한이 스쳤다.

경관들도 스가와라도 제정신을 잃었다.

소녀는 이 세상의 것이라고는 생각할 수 없을 만큼 무시무시한 얼굴로 야마시타를 노려보더니 후리소데를 펄럭이며 바람처럼 경관들 옆을 빠져나가 경사면을 뛰어올라가서 사라졌다.

"아아 ―― 경부보님. 보셨습니까?"

"그야, 봐, 봤네. 저런 것이 ――."

저런 것이 횡행한다면 이곳은 마계다.

그렇다면 하계의 법률 따윈 무효한 것이 아닐까.

야마시타는 소녀의 뒤를 쫓듯이 가야 할 길을 올려다보았다.

순간 수풀이 사락사락 흔들리고 눈으로 범벅이 된 남자가 굴러떨어졌다. 남자는 야마시타 일행을 보고는 크게 소리를 질렀다.

"아아! 야마시타 씨! 야마시타 씨 아니십니까."

남자는 마스다였다.

"자, 자네, 마스다 군. 무슨 일인가!"

"또, 또 살해되었어요! 스, 스님이."

"뭐야? 진정하게."

"며, 명혜사에서 또 살인사건이 발생했습니다!"

마스다는———그렇게 말했다.

*

좌선이라는 것은———아츠코의 목소리가 났다.

"결국 한마디로 말하자면, 음, 뭐라고 표현하면 좋을까요. 그———."

아츠코는 만년필을 든 손을 멈추고 혼잣말처럼 그렇게 말하며 돌아보았다. 물론 대답할 수 있는 사람은 없다. 따라서 대답도 없었다.

하기야 그때 깨어 있던———대답할 수 있는 상태였던

것은 나뿐이었다.

그런 나조차도 노골적인 치매 상태를 온몸으로 표현하는 것이나 마찬가지였으니, 돌아본 아츠코는 맥이 빠진 얼굴을 했다.

"글쎄."

나는 더욱 쐐기를 박듯이 어느 모로 보나 머리 나빠 보이는 대답을 했다. 아츠코는 기막히다는 얼굴로 다시 상을 향하더니 만년필 캡을 코끝에 가볍게 가져다 댔다.

오늘 아침──.

우리는 오전 세 시 반부터 시작되는 승려들의 생활을 바쁘게 쫓아다녔다. 취재가 대충 끝난 정오 이후에는 일행의 피로는 정점에 달해, 점심식사 후의 휴식시간에 이르자 우리의 긴장은 탁 풀렸다.

나와 도리구치는 완전히 뻗었고, 곧 청년 사진가는 그대로 잠들어 버렸다. 감시역을 맡았던 마스다 형사도 꾸벅꾸벅 졸고 있었다. 이쿠보는 왠지 몹시도 열심이어서, 혼자 취재를 계속하고 있는 모양이다.

이마가와의 모습은 보이지 않았다.

경내라도 구경하고 있는 걸까, 스님의 이야기라도 듣고 있는 걸까. 이마가와는 새벽 취재에는 동행하지 않았으니 우리보다는 덜 피곤할지도 모르지만, 그래도 아침식사는 똑같이 다섯 시 반이었으니 큰 차이는 없다.

아츠코는 이미 기사 초고를 쓰기 시작한 모양이다.

놀라운 근면함───아니, 경이로운 지속력이다.

아츠코를 본받는다면 한 달에 한 편 장편소설을 쓸 수 있을 텐데, 하고 나는 덮쳐오는 졸음과 싸우면서 멍하니 생각했다.

아츠코도 어젯밤에는 거의 자지 못했을 것이다.

어젯밤———.

우리는 명혜사에서 가장 연장자라는 노사와 특별히 접견을 할 수 있었다. 노사는 몹시 기분이 좋았고, 회견은 한밤중까지 계속되었다. 그것은 희담사에도 경찰에도, 그리고 이마가와에게도 매우 의미 있는 시간이 되었———을 것이다.

왜냐하면 그 노사의 이야기를 듣고 명혜사에 대한 우리의 의문은 어느 정도 풀렸으며, 승려들에 대한 수상함의 대부분은 사라졌———기 때문이다. 나는 나태한 잠이라는 이름의 미망 저편으로 사라져 가는 의식 속에서, 어젯밤 노사와 면회했을 때의 일을 반추했다.

어젯밤———.

아홉 시부터 시작된 스가와라와 마스다의 사정청취는 실로 부산스러웠다.

어쨌거나 시간은 한 시간으로 한정되어 있다. 반면 스님의 수는 많아서, 머릿수대로 나눈다면 한 사람당 시간은 이 분도 못 된다. 세 명의 간부를 필두로 젊은 승려들이 연달아 내율전에 불려 왔다. 다만 나이가 많은 노사와 관수 두 사람만은 경찰의 사정청취에 응할 수 없었다. 아니,

응할 수 없었다기보다 젊은 승려들을 차례대로 불러들이다 보니 시간이 다 되고 말았다는 것이 진실이다.

사정청취가 끝나고 스가와라 형사가 센고쿠로로 돌아간 후, 일단 물러갔던 나카지마 유켄의 행자———아마 에이쇼———가 다시 내율전을 찾아왔다.

노사가 우리와 면회를 원한다고 했다.

에이쇼의 말에 따르면 노사는 고사카 료넨과 각별히 친하게 지냈고, 꼭 이야기를 하고 싶다고 스스로 말을 꺼낸 모양이다.

우리는 전원이 줄줄이 에이쇼를 따라갔다.

안내된 곳은 '이치전(理致殿)'이라는 건물이었다.

노사의 이름은 오니시 다이젠이라고 한다.

낡아서 거무스름해진 소매 없는 하오리만 걸친 말라비틀어진 노인이다.

번쩍이는 가사를 두른 고승의 모습을 멋대로 상상하며 예의바르게 앉아 있던 우리는 완전히 의표를 찔렸다.

"안녕하시오."

인사도 마음씨 좋아 보이는 할아버지의 그것이다.

"빈승은 보시다시피 늙은이고, 뭐, 오랫동안 중 노릇을 하다 보니 노사라고 불리고 있지만 평범한 할아범입니다. 마음 내키는 대로 지내고 있지요. 뭐, 수행 같은 것은 착실하게 하고 있지만 말입니다. 잡일은 안 하지요. 그래서 앉거나 경을 욀 때 이외에는 한가하다오. 그건 그렇고, 젊은 여인을 보는 게 대체 몇 년 만인지 모르겠군요."

마음씨 좋은 할아버지는 바싹 쉰 목소리로 껄껄 웃었다. 그때 세 명의 승려가 차를 가져왔다.

"오오, 오오. 자, 차를 드시지요."

노사는 우리에게 차를 권하고 나서 말했다.

"그건 그렇고 료넨 스님도 참, 무서운 일이 벌어졌군요. 어떻게 된 것일까요?"

노사는 마스다에게 물었다. 자기소개도 하지 않았는데 우리의 신분을 어느 정도 꿰뚫어 본 모양이다. 마스다는 적절하게 시체가 발견된 상황을 이야기했다.

노사는 몹시 감탄했다.

"호오. 떡갈나무 위? 센고쿠로의? 그 정원의 떡갈나무 위에서? 하아, 그렇군요."

"뭔가 마음에 짚이는 것이라도 있으십니까?"

"정전백수(庭前柏樹)."

"예?"

"예, 예. 아무것도 아닙니다. 그런데 참 무서운 일이로군요. 센고쿠로도 난리가 났겠구려."

"노사님은 센고쿠로를 아시나요?"

이쿠보가 물었다.

"그야 알고말고요, 아가씨. 빈승은 이곳에 온 지 삼십 년 가까이 지났으니 말이오. 게다가 그 정원을 만든 것은 빈승의 스승님이시라오."

"예?"

아츠코가 의아한 얼굴을 했다. 선승과 정원은 관련이

깊다고 한다. 매우 엉성한 이해이긴 하지만, 정원이 유명한 절은 대개 선사인 것 같다. 거기에서 나는 퍼뜩 생각나 이마가와를 보았지만 골동품상은 여전히 무슨 생각을 하는 건지 알 수가 없었다.

다음으로 물은 것은 아츠코였다.

"그럼 센고쿠로의―――그 정원은 이 명혜사의 스님께서 만드신 건가요?"

"아니, 아니오. 빈승의 스승님은 교토의 어느 임제종 고찰의 주지승이라오. 정원 만드는 솜씨가 뛰어난 분이었지요. 사실은 그 분이 이 명혜사에 오셨지요. 하지만 얼마 안 돼 입적하셨습니다. 해서 대신 빈승이 입산하게 된 것이지요. 이곳에 왔을 때 빈승은 이미 예순이 넘었는데, 그때까지 이곳에는 아무도 없었소. 폐사였던 거지."

"폐사?"

"그렇소. 뭐, 폐사라는 말은 좀 틀린가. 다만 이 절은, 언제부터인지 모르지만, 쭉 아무도 없었소. 아니, 아무에게도 알려지지 않고 그냥 여기에 있었다오. 그것을 빈승의 스승님이 센고쿠로에 왔을 때 발견한 것이지요."

"발견했다?"

이곳을 찾아왔을 때 아츠코가 아마 그런 말을 했던 것 같다. 그녀의 인상은 옳았던 모양이다.

이마가와가 물었다.

"이런 대가람이―――그때까지 아무에게도?"

"그렇답니다. 이곳은 그야말로 오산의 절에 뒤지지 않

는 큰 절이지만, 그런 일도 있나 보다는 말밖에 할 수가 없소. 발견했을 때는 크게 놀랐던 모양이더군요. 하지만 이러니저러니 해도 있었던 것은 사실이니 어쩔 수 없지요. 그래서 이곳에 처음 주지로 들어온 것은 다름 아닌 빈승이라오. 빈승 이전에 이 절에 있었던 주지는 없어요. 있었다 해도 수백 년 전의 일일 테지요."

"하아―――."

폐사라면―――폐사가 되어 있었다면 말사장에 실려 있지 않았다 해도 어쩔 수 없다.

아니―――.

"그럼 이 절은 대체 언제―――."

"하하하하, 묘한 절이라고 생각했던 모양이구려. 무슨 생각을 하고 있었는지 모르겠지만 아마 그 생각이 맞을 겁니다. 이곳은 어떤 기록에도 남아 있지 않아요. 누가 지었는지, 언제 생겼는지, 전혀 알 수가 없다오."

"그, 그렇습니까?"

"그렇다오. 물론 발견했을 때도 꽤 조사를 했다고 하던데. 그 당시 일본 선사의 수뇌들이 모두 모여서 조사했지만 알 수 없었다고 하니 알 수 없는 것이겠지요―――."

다이젠 노사는 가벼운 어투로 명혜사의 발견 경위를 이야기했다.

그것은 또―――센고쿠로의 역사이기도 했다.

현재의 센고쿠로 주인은 5대째로, 그 이름은 5대 이나바 지혜이라고 한다는 것이다.

초대 주인 지헤이라는 사람은 하코네 북서쪽에 있는 센고쿠하라 마을 출신이었다고 한다.

센고쿠하라는 같은 하코네라고 해도 아시노코 호수나 우뚝 솟아 있는 산들에 의해 다른 지역들과 격리되어 있는 고원의 작은 마을이다. 미나모토노 요리토모가 그 땅을 지나갔을 때, 개간하면 천 석의 쌀을 수확할 수 있을 것ㅡㅡㅡ이라고 말한 것이 지명의 유래라고 한다.[†]

그러나 그 유래담과는 달리 후지산의 화산재로 뒤덮인 센고쿠하라의 토양은 메말라 있었고, 비가 많고 겨울이 긴 기후도 영향을 주어서인지 작물은 거의 나지 않는다고 한다.

밭에는 피나 옥수수가 조금 열릴 뿐이라고 한다. 그 외에는 신대삼(神代杉)[††]을 파내거나 세공용 나무를 채벌하는 정도다. 산을 거덜 내는 것 외에, 센고쿠하라에 사는 사람들에게는 아무런 생산수단이 없었다.

지금은 도로도 생기고 또 어느 정도 관광지화도 진행된 모양이지만 그 당시ㅡㅡㅡ에도 시절에는 먹고 살기도 힘들 만큼, 매우 가난한 마을이었다고 한다.

지헤이는 그곳에서 태어났다.

그런 지방이었기 때문인지, 지헤이는 어린 나이에 입을

---

† '센고쿠하라'는 한자로 '선석원(仙石原)'이라고 쓰는데, 천 석(千石) 역시 일본어로는 '센고쿠'라 읽는다.

†† 오랜 기간 물이나 흙 속에 묻혀 있던 삼나무 목재. 고대에 화산재 때문에 파묻힌 것이라고 하며 나뭇결이 아름답고 단단하다. 공예품, 일본건축 재료로 사용된다.

줄이기 위해 오다와라의 상가(商家)에 팔렸다.

센고쿠하라에는 관소(關所)가 있었기 때문에 오다와라 번에서 경비를 서는 무사가 파견되어 있었는데, 그 연줄을 이용한 것이라고도 하고 실은 그 무사의 자식이었다는 말도 있는 모양이다.

아무튼 그렇게 팔려간 것은 지헤이에게는 다행이었다.

지헤이는 장사에 재능이 있는 사람이었는지, 고용살이를 하러 간 곳에서 곧 두각을 나타냈다고 한다. 그 후 고생에 고생을 거듭하며 흘러흘러 에도에 다다랐고, 니혼바시 외곽에 작은 요정을 갖게 되었다고 한다.

그곳에서 무슨 일이 있었던 걸까요, 하고 노사는 이야기에 은근한 맛을 곁들였다.

지헤이가 에도에서 무엇을 했는지, 그 부분은 자세히 전해지지 않는 모양이다. 그러나 그가 큰돈을 번 것은 틀림없었다. 그리고——— 그는 금의환향해야겠다는 생각을 했다고, 노사는 말했다.

지헤이는 오다와라로 돌아갔다.

그곳에서 또 무슨 일인가가 있었다.

지헤이는 처음에 고향인 센고쿠하라 마을의 경제적 자립을 꾀한 모양이다. 그러기 위해서는 무엇보다도 먼저 길을 내야 했다.

그러나——— 아무리 재력이 있다고 해도 지헤이가 일개 상인이라는 사실에는 변함이 없다. 게다가 본래는 빈농 출신이다. 어차피 신분이 비천한 상인 나부랭이인 것이다. 그런 엄청난 계획을 하루이틀에 이룰 수는 없었을 것이다.

그러나 지헤이는 포기하지 않고 이런저런 방법을 써서 번주를 구워삶는 데 성공했다고 한다. 본래 고용살이를 하던 오다와라의 상가가 당시 오다와라 번주였던 오쿠보 가(家)와 어떤 관계를 가진 집안이었나 본데, 그 덕을 본 모양이다.

어떤 거래가 있었는지는 확실하지 않다고 한다. 여관을 만들고 그 이익금을 마을 재정을 원조하는 데 쓴다———— 지헤이는 그런 방향으로 노선을 변경했고, 그것은 실현되었다.

그러나 그것은 또 오다와라 번의 어떤 정치적 판단에 의한 재량이었던 것도 틀림없나 보다.

어쨌든 지헤이는 에도에서 모은 재산을 전부 털어 센고쿠로를 지었다. 그 결과 믿을 수 없을 정도로 불편한 곳에 믿을 수 없을 정도로 호화로운 여관이 완성되었다.

센고쿠로의 나쁜 입지조건을 노사는 다음과 같이 설명했다.

"오히라다이라는 곳은 어찌된 셈인지 온천이 나오지 않는다오. 미야노시타'에서 물을 끌어다가 겨우 온천에 넣게 된 것은 작년인가 재작년의 일이지요. 실제로 그때까지 오히라다이 사람들은 나무를 해서 물을 끓였다오. 이 근처에 온천은 나오지 않는다는 게 상식이었거든. 최근까지는

---

† 하코네 7대 온천 중 하나로 알려진 유명한 온천.

말이지요. 그러니 그 센고쿠로가 있는 곳은 분명히 불편하지만 온천은 나왔을 거요. 다른 데로 끌어갈 정도의 양은 못 되지만 그래도 좋은 온천이오. 안 나올 줄 알았던 곳에 온천이 나와서, 그래서 그런 곳에 여관을 지은 게 아닐까요. 원래 숨겨진 온천이나 뭐 그런 거였는지도 모르지요. 그 당시에도 다른 온천지는 모두 유명해진 후였으니까 말이오. 하코네에서 알려지지 않은 온천 치료소는 그렇게 쉽게 만들 수 없어요. 그래서 거기에 만든 것이겠지요. 뭐, 너무 눈에 띄는 손님은 묵을 수 없다는 것도 있었을 테고요."

비밀스러운 고급 온천 치료소. 그것이 센고쿠로의 정체였던 모양이다.

그 이후 메이지 유신까지, 센고쿠로는 오다와라 번의 비밀스러운 가호 아래 번의 요인(要人)이나 손님——— 외국인도 있었던 모양이다———을 위한 비밀 요양소로 이용되었다고 한다.

"그곳은 지금은 센고쿠로[仙石楼]지만, 아무래도 그 옛날에는 '로[楼]' 자가 아니었던 모양이더군요. '로'라고 하면 전각, 이는 이층짜리 높은 건물을 가리키는 말이라오. 그 이층 건물이 생긴 것은 메이지 중엽인 모양이더군요. 그 전까지는 단층가옥이었던 모양이오. 단층 건물에 전각이고 뭐고 있을 리 없지요. 그러니 확실하지는 않지만, 아무래도 처음에는 센고쿠카쿠[仙石廓]라는 이름이었던 것 같소. 카쿠[廓]라고 하면 유곽, 다시 말해 창가(娼家)입니다.

그렇다면 그런 곳이었던 걸까요———."

센고쿠카쿠가 어떤 내용의 영업을 했는지는 확실하지 않은 모양이다. 모든 것은 전해 들은 이야기, 풍문이라고 한다. 수익의 일부를 마을에 원조금으로 매년 기부했다고도 하지만 그 내용을 기록한 고문서 등은 전혀 남아 있지 않다. 거짓말일지도 모른다.

메이지 유신 후, 당연한 일이지만 센고쿠카쿠는 오다와라 번과의 관계를 끊어야만 했다. 표면적으로는 관계가 없으니 그것도 어쩔 수 없는 일일 테고, 무엇보다 번이 없어지고 말았으니 이것은 별 수 없다.

당연한 일이지만 비밀 유곽으로——— 정말 그랬다면——— 영업을 계속하는 것은 쉬운 일이 아니었으리라는 생각이다. 센고쿠카쿠는 그 후로 평범한 고급 온천여관으로 영업을 계속하는 것 외에는 살아남을 길이 없어졌기 때문이다.

하지만 그렇게 되니 센고쿠카쿠의 나쁜 입지조건이 문제가 되었다. 고급이라는 점, 존재가 겉으로 드러나 있지 않다는 점을 제외하면, 센고쿠카쿠는 자유경쟁에서 이겨 일반 손님을 다수 획득할 수 있을 정도의 세일즈 포인트를 갖고 있지 않았던 것이다. 그러나 그런 한편으로 비밀리에 찾아온 요인을 모신다는 원래의 기능만은 많은 곳에서 중시되었던 모양이다. 다시 말해 어느 정도의 후원자는 있었다는 뜻일까.

메이지 시대도 중반에 접어들자 외국인 손님은 더욱더

늘었다. 이에 단골손님을 확보하고 한층 더 많은 고객을 획득하기 위해, 이층짜리 신관이 증축되었고 나아가 순수 일본풍 정원이 만들어졌다.

그래서 센고쿠카쿠는 센고쿠로가 된 것이다.

그리고——드디어 선승이 등장한다. 다이젠 노사가 사사했다는, 어느 임제승이 센고쿠로에 초대된 것은 지금으로부터 오십팔 년 전, 메이지 28년(1895)의 일이었다고 한다.

"그 전에도 정원은 없었던 것은 아니라오. 그 떡갈나무도 물론 있었다고 하더군요. 하지만 외국인은 이러니저러니 해도 일본풍을 좋아하지 않습니까. 마침 그보다 이 년 전인가, 메이지 26년(1893)에 미국에서 만국박람회가 있었는데, 거기서 세계종교회의라는 게 열렸거든요. 우리나라에서도 가마쿠라에 있는 원각사의 샤쿠노소엔 노사님이 가셔서 임제선 이야기를 하셨지요. 그런 일도 있어서 선(禪)은 일본에서도 제법 인기가 있었던 모양입니다. 센고쿠로 측은 스승님께 그 떡갈나무도 베어 버리고 용안사(龍安寺) 같은 고산수(枯山水) 정원을 만들어 달라고 부탁했다고 하는데."

정원을 한 번 쳐다보고, 다이젠의 스승은 그것을 거절했다고 한다.

"고산수는 물을 이용하지 않고 천지를 돌과 흙과 모래로 나타내네. 허나 이곳에는 이미 산이 있지. 강도 있고. 일부러 만들지 않더라도 하늘도, 땅도 여기에 있네. 왜 그것을 망치면서까지 다른 천지를 만들려고 하는가————그렇게 말했다고 합니다. 스승님은 큰 나무를 살리고 연못을 만들고 인공동산을 쌓아 지천회유식(池泉回遊式)† 정원을 만들었어요. 이것은 무로마치 시대에 시작된 선(禪)의 정원과는 많이 다르지만 헤이안의 그것과도 다릅니다. 헤이안 시대에 유행한 지천정(池泉庭)은 자연을 본뜬, 소위 말하는 소정토(小淨土)인데 말이지요. 스승님이 만드신 것은 본뜬 자연이 아니라오. 자연 그 자체지요. 그리고 스승님 그 자체이기도 했소. 스승님은 속되게 말하자면 정원 만들기의 명인이었지만, 속되게 말하지 않더라도 훌륭한 선승이셨지요."

그리고————그는 돌이 필요하게 되었다.

가까운 곳에 채석장이 있다고 해서 가 보기도 했지만 아무래도 마음에 들지 않았다. 떡갈나무보다 못하다. 천연이 좋다. 그래서 다이젠의 스승은 산을 헤치고 들어갔다고 한다.

그리고————명혜사를 발견한 것이다.

"놀랐다————고 몇 번이나 말씀하셨어요. 길을 헤매다가 부처님 나라에 들어간 줄 알았다고. 이것이 바다라면 용궁이었지요. 산이니 숨겨진 마을이라고 해야 할까. 커다란 삼문이 있고, 가람도 훌륭하고 본당도 있고, 하지만 사람은 없었다오. 당황해서 돌아와 사람들에게 물어도 아무

---

† 일본 정원의 형식 중 하나. 중심에 연못을 설치하고 그 주위를 돌면서 감상한다. 에도 시대의 대표적인 정원 형식.

도 모르더랍니다. 산에는 아무도 살지 않는다면서요. 그래
서———."

거기에서 노사는 말을 끊었다.

그리고 잠시 생각했다.

"———그래서 조사를 해본 것입니다. 이렇게 큰 절이
니 기록에 남아 있지 않을 리가 없다면서. 하지만."

"남아 있지 않았군요."

아츠코가 말했다.

"맞아요——— 당신도 조사하셨소? 소용없었지요? 기
록에는 전혀 남아 있지 않았다오. 이것은 비상식적인 일이
오. 아무리 생각해도 이만한 절은 그리 쉽게 지을 수 있는
것이 아니니까. 빈승의 스승님은 매우 흥미를 느끼셨소.
아니, 이 절에 씌인 것일까요."

"씌었다고요?"

"그렇습니다. 몇 번이나 이 절에 다녔던 모양이오. 빈승
도 함께 두 번 정도 왔지요."

"왜요? 무슨 보물이라도 있을 거라고 생각하신 겁니
까? 완전히 땡잡았다고."

도리구치가 말했다. 그제야 노사의 이야기가 감이 잡히
기 시작한 모양이다.

마찬가지로 이야기를 이해한 듯한 마스다가 그 말에 대
답했다.

"그야 비밀을 밝히고 싶어서 그런 거겠지요."

노사는 왠지 쾌활하게 말했다.

"밝힌다기보다 ――― 역시 씌인 거지요. 이 명혜사에. 건물도 대부분 황폐했던 모양인데 올 때마다 묵어가곤 했소. 탑두도 많지 않습니까. 한두 번으로는 어림도 없었지요."

"뭔가 찾아냈습니까?"

"찾지 못했소. 빈승이 함께 왔을 때도 ――― 그렇지, 법당 뒤쪽 건물에서 족자가 몇 개 나온 정도였습니다. 그것은 센고쿠로에 기증했지요."

"센고쿠로에?"

"스승님은 센고쿠로를 찾아간 덕분에 이곳을 발견한 셈이니까요. 그 은혜에 대한 보답이라고 생각하신 걸까요. 뭐, 자신의 물건도 아니니 기증이라고 하는 것도 이상하지만, 당신들은 못 보셨소이까? 족자."

도리구치가 생각난 듯이 얼굴을 들었다.

"아아, 그 이상한 그림! 소가 그려져 있는 연재물."

그는 내 방의 족자를 보았을 때도 분명히 그런 말을 했었다. 그 그림은 연재물일까.

"맞아요, 맞아. 그것은 ≪십우도(十牛圖)≫라는 것이오. 본래 열 장이 한 짝인데 여덟 개밖에 없어서 말이오. 마침 그 센고쿠로 이층의 방이 여덟 개였기 때문에, 이거 안성맞춤이겠다 싶어서 ―――."

"그렇군. 그랬군요 ―――."

이마가와가 몹시 납득이 간다는 듯이 고개를 끄덕였다.

"――― 그것은 ≪십우도≫였습니까."

"유명한 겁니까?"

마스다는 주위를 이리저리 둘러보다가 우선 도리구치에게 물었다.

"썩 잘 그린 그림은 아니던데요."

도리구치가 말도 안 되는 대답을 했기 때문에 마스다는 내게 시선을 보냈다. 나는 솔직히 말해서 전혀 들어 본적이 없었기 때문에 마스다의 시선을 받아 보내듯이 아츠코를 보았다. 아츠코는 그것을 알아차리고,

"아마 열 개의 소 그림이라고 쓰는 ≪십우도≫일 거예요. 저도 잘 모르지만———."

하고 말했다. 아츠코가 잘 모른다면 자신 같은 사람은 전혀 모른다 해도 그리 부끄러운 일은 아니다———마스다는 그렇게 판단한 모양이다. 나도 완전히 동감이었다.

노사가 설명했다.

"≪십우도≫는 선(禪)의 고전이지요. 선 수행의 과정을 소를 찾는 일에 비유해서 그린 것이라오. 북송 말 무렵, 임제종 양기파인 오조 법연(五祖法演)의 법계를 이은 선승 곽암 사원(廓庵師遠)이 그린 것이 일본에서는 유명합니다. 이 곽암의 사적은 ≪십우도≫ 이외에 아무것도 남아 있지 않지만 말이오. 다만 이곳에 있었던 것은——— 그것은 보명(普明)이 그린 것인지, 호승(晧昇)이 그린 것인지———."

하나도 알아들을 수 없었다.

노사는 이야기의 궤도를 수정했다.

"하지만 뭐, 아무리 씌었다 해도 당시 스승님은 교단에

서도 꽤 높은 위치에 계셨다오. 그렇게 멋대로 행동할 수도 없었던 모양입니다. 메이지 시대라면 본사와 말사가 다투고, 폐불훼석(廢佛毁釋)으로 절이 차례차례 파괴되어 불교계는 그야말로 힘든 시기였으니까요."

폐불훼석이란 경응(慶應) 4년(1869)의 신불분리령(神佛分離令)†에 근거한 운동으로, 글자 그대로 불법을 폐하고 석가모니의 가르침을 버리는 것이다. 아츠코도 말했지만, 그런 메이지 시대의 새로운 체제 하에서 불교 사원이, 살아남기 위한 체제를 정비하거나 기반을 조성하는 것은 상당히 어려운 일이었던 모양이다. 종파의 독립성이나 사원의 격조 같은 것이 단순한 교의상의 차이나 법계의 차이뿐 아니라 경제적인 문제나 조직의 정합성까지 포함해서 갑자기 분출된 것이다.

물론 폐사가 된 사원도 많았으리라.

"유서 깊은 사원은 비교적 문제없이 무본사(無本寺)로 인정을 받았지만 그 외에는 어려웠지요. 큰 절은 어디나 본산이 되고 싶은 법이니 말이오. 조동종은 영평사와 총지사 사이에서 실랑이가 있었던 정도고, 곧 양 본산, 개조개산에 의해 영평사가 상위로 결정되었지만 말이오. 임제종은 엄청났다오. 복잡하게 얽혀 있었거든. 본말 문제로 꽤 다툼이 있었지요. 빈승은 그 무렵에는 아직 서른도 안 된

---

† 1868년 3월에 메이지 정부가 반포한 것으로, 고대부터 전승된 신불습합(神佛習合), 즉 일본 고유의 종교인 신도와 외래 종교인 불교가 융합으로 인해 발생한 여러 가지 종교적 형태 등을 금지한 명령. 신도와 불교의 구분을 명확히 하려는 의도였다.

행각승이었으니 위에서 벌어지는 일은 몰랐지만, 어쨌거나 교토의 오산(五山)† 계열과 가마쿠라의 이산(二山)††만 해도 벌써 일곱 파라오. 섣불리 어느 절의 산하에 들어가게 되면 법계가 끊어질 수도 있고. 그런 시기였으니 말이오. 그래도 스승님은 이곳에 다니곤 했소. 뭔가 조사를 하시는구나 하면 이곳에 관한 일이었다오. 너무 열심이셔서, 결국 들키고 말았지요. 그러자 그것이, 왠지 엄청나게 큰일이 되고 말아서."

"큰일?"

"예. 이곳은 대체 무슨 종(宗)의 절일까 하는 것이지요. 이것은 경우에 따라서는 상당한 발견이 될 수도 있었습니다. 뭐, 선사라는 것은 틀림이 없었지요. 허나 만일 그렇다 하더라도."

"그렇군요. 경우에 따라서는 일본 불교사를 바꿀 수도 있다―――는 것인가요?"

아츠코가 말에 노사는 맞다며 고개를 끄덕였다.

"무슨 뜻입니까?"

마스다가 물었다.

노사는, 아아―――하고 고개를 끄덕이며 대답했다.

"선종이 통합되어 하나의 파였던 시기에는 아주 좋았거

---

† 교토에 있는 임제종의 5대 절. 여러 번의 개변(改變)을 거쳐 1386년, 아시카가 요시미츠에 의해, 별격(別格) 남선사(南禪寺), 제1천룡사(天竜寺), 제2상국사(相國寺), 제3건인사(建仁寺), 제4동복사(東福寺), 제5만수사(万壽寺)의 서열이 정해졌다.

†† 가마쿠라에 있는 임제종의 5대 절인 건장사(建長寺), 원각사(円覺寺), 수복사(壽福寺), 정지사(淨智寺), 정묘사(淨妙寺) 중 서열이 높은 두 절을 가리킨다.

든. 법화나 진언과 한데 취급되는 것도 아니고. 하지만 조동이 빠졌소. 조동종은 도겐 스님이 시작한 것이니 이건 괜찮지요. 어쩔 수 없어요. 그래서 선종은 임제종과 조동종 두 개의 종파가 되었소. 거기서부터 일이 곤란해진 것이지요. 예를 들면 그렇지, 간단한 예를 들자면——— 일본 황벽종이라는 것이 있지 않소. 황벽종은 은원 융기(隱元隆琦)[†]가 일본에 전한 것인데, 처음에는 임제에 포함되어 있었어요. 은원 스님은 은원 콩[††]을 가져온 것으로 유명한 사람인데, 일본에 건너온 것은 승응(承應) 3년(1654)이오. 이것은 에도 시대지요. 그러니 종파치고는 젊은 편입니다. 그에 비해 임제선을 일본에 가져온 묘안 요사이[明庵榮西][†††] 같은 경우는 가마쿠라 시대이니 말이오. 꽤 오래되었다오. 하지만 일본에서의 역사가 짧다고 해서 임제종 황벽파라고 해도 되느냐 하면 이것은 곤란한 소리요."

"왜지요?"

"임제의 선조는 임제 의현(臨濟義玄)[††††]입니다. 일본의 임제종은 전부 임제 스님의 제자에서 갈라져 나온 것이오. 요사이 스님은 황룡 혜남(黃龍慧南)[†††††]의 제자로 황룡파, 그

[†] 중국 명나라 때 임제종의 선승(1592~1673). 1654년 일본으로 건너가 염불선의 일종인 황벽종을 전했다.

[††] 편두(扁豆)의 별명. 열대 지방이 원산지로, 식용으로 널리 재배된다. 인겐 선사, 즉 은원 선사가 일본에 전한 것이라고 한다.

[†††] 일본 임제종의 시조(1141~1215). 중국 송나라에 유학한 후 일본으로 돌아와 임제선을 전했다.

[††††] 중국 당나라 때의 선승(?~867). 임제종의 개조.

[†††††] 중국 송나라 때의 선승(1002~69). 그의 종풍(宗風)은 이후 중국 선종(禪宗)

외에는 모두 양기 방회(楊岐方會)†의 법계인 셈이지요. 그리고 은원 스님도 양기파인데, 그가 있던 중국의 황벽산 만복사는 임제 스님과는 상관이 없는 절이라오. 황벽산이라는 곳은 임제보다 오래되었거든. 임제 스님의 스승도 황벽 희운(黃蘗希運)††이라고 하지요. 그러니 그 황벽의 이름을 가진 황벽파가 임제종의 한 파라는 것은 이상한 모양새가 되고 마는 것입니다. 계율도 명나라 풍이었소. 그래서 황벽종은 일본 황벽종으로 독립했지요."

"아하, 본가와 원조 같은 것인가요?"

도리구치의 얼빠진 말에 노사는 크게 웃었다.

"아니, 아니, 그야 뭐 비슷할지도 모르지만 조금 다르지요. 무슨 아부라모치††† 가게도 아니고. 무엇보다 가르침이 달라요. 계율도 다르다오."

"하지만 전부 불교잖습니까? 어차피 도달하는 곳은 부처님 아닙니까?"

도리구치는 겁도 없는 질문을 던졌다.

"뭐 그렇지요. 거기까지 가지 않더라도, 어차피 선종이니까. 따져 보면 달마대사라도 괜찮지요. 그렇게 해서 원

의 오가칠종(五家七宗)의 하나인 황룡파로 불렸다.

† 중국 송나라 때의 선승(996~1049). 임제종의 제8조이며 오가칠종의 하나인 양기파의 시조이다.

†† 중국 당나라 때의 선승(?~850). 백장 회해의 법을 이었다. 중국 임제종의 개조인 임제 의현은 그의 제자이다.

††† 콩가루를 묻힌 엄지손가락만한 크기의 떡을 대나무 꼬치에 꿰어 숯불에 구운 후 흰콩과 쌀로 쑨 메주로 만든 된장을 바른 것. 교토 이마미야 신사의 명물이다.

만하게 수습이 된다면 그게 제일 좋겠지만———."

노사는 도리구치를 응시했다.

"그렇지 ——— 당신, 이름은?"

"도, 도리구치라고 합니다."

"그렇군요. 그럼 형사님. 당신은?"

"마, 마스다."

"그렇군요. 그럼 도리구치 씨. 당신의 선조, 이것이 할아버지까지밖에 거슬러 올라갈 수 없다고 칩시다. 그 이전의 기록이 없다고 해 보지요. 하지만 당신 아버지의 형의 아내의 할아버지가, 이 마스다 씨의 증조할아버지였다고 해 볼까요. 그러니 당신은 오늘부터 마스다 산 도리구치사(寺)라는 이름을 쓰라는 말을 듣는다면———."

"우헤에, 그런 건 싫습니다아."

"그렇겠지. 싫겠지요. 당신은 원하지 않는데 마스다 가의 가풍에 맞는 생활을 해야 하는 거요. 이것은 견딜 수 없는 일이지요. 그런데 실은 당신에게도 도리구치라는 이름의 어엿한 증조할아버지가 있다는 것을 알게 되었다고 해 봅시다. 그러니 역시 대본산 도리구치사다, 좋을 대로 해라——— 이러면 어떻겠소?"

"그건 좋은데요."

"그렇겠지요. 그런 거라오. 그러니 어디에서 갈라졌는가, 어느 쪽이 오래되었는가, 어느 쪽이 정당한가 하는 것은 신중하게 생각해야 합니다. 황벽종은 확실했으니 괜찮았지만, 비슷한 일은 얼마든지 있어요. 그러니 만일 이 명혜사가 굉장히 오래되었고, 게다가 어느 법계인가의 시조였다고 짐작될 만한 증거라도 나온다면 그 법계에 속하는 사원은 그 순간 격이 올라가는 셈이라오."

"아하. 그렇군요, 잘 알겠습니다."

그렇게 말한 도리구치는 왠지 몹시 떫은 얼굴로 마스다를 훔쳐보았다.

"뭐, 그러니 이 명혜사는 말입니다. 아까 그쪽에 계시는 아가씨가 말했다시피 일본의 불교사를 바꿔 쓸 수도 있을 만한 대발견―――일 가능성도 있었던 것이라오. 그래서 사정을 알아챈 높은 스님들이 몰려들어 조사를 하기 시작한 것이지요. 하지만 말이오. 그때 당장 세상에 이를 알렸다면 일이 복잡해지지 않았겠지만, 각자의 속셈이 있다 보니 좀처럼 표면에 드러낼 수가 없었소. 그게 잘못이었지."

"잘못이었다니요?"

"시기가 말이오. 그 무렵은 하코네 개발이 활발해지기 시작한 때이기도 했거든. 이 근처의 땅도 조만간 어떻게든 될 것 같았지요. 사실, 우물쭈물하고 있는 사이에 어느 기업이 이곳을 사들이고 말았다오."

"샀다고요?"

"절째로. 땅값이 뛰기 전에 사들였어요. 원래 절은 없는 것으로 되어 있었으니, 땅을 산 쪽은 이 절에 대해서는 몰랐던 모양이더군. 그냥 땅을 사려는 것뿐이었나 본데."

"하아―――."

분명히 그 시점에서 세상에 공표만 했다면 아무도 그 땅을 사지는 않았을 것이다.

"그러니 이곳은 지금껏 기업의 소유물이었던 것이지요. 주인은 자신이 사들인 산에 절이 있어서 깜짝 놀랐고 말이오. 그런 것은 부숴 버리고 싶었을 거요. 그래서, 만일 문화적인 가치가 있다는 것을 알게 되면 부술 수 없게 될 테니 조사니 뭐니 하는 것은 일체 거부했어요. 그래서 임제·조동·황벽 등 각 파와 각 종의 유력자들이, 파벌을 뛰어넘어 이야기를 나누고 서로 상의해서, 어쨌든 일의 정황이 분명해질 때까지 이 절의 보존을 요청하기로 결정하고 비밀리에 주인에게 부탁했소. 이 교섭은 어려웠던 모양이오. 주인은 석연치 않았겠지. 사들인 것은 좋은데 손을 댈 수가 없었으니. 교섭은 오랫동안 질질 끌었는데, 그러다가 어찌된 일인지 이 근처가 관광지로서의 가치는 떨어지기 시작한 거요."

후지미야의 아기곰 주인도 그런 말을 했다. 하코네의 땅은 선물거래로 몽땅 팔렸다, 그러나 산 것은 좋았지만 관광의 거점이 되지 못한 곳도 많았다———고.

"그래서 주인 쪽도 손을 대려야 대지 못하게 된 모양이오. 다만 스님에게 주는 것도 부아가 치민다고 생각했는지———계속 방치해 두었소. 그러다가 모두들 잊고 말았지요. 빈승의 스승님을 제외하고는 말이오. 그래서, 그렇지, 지진이 있은 후였던가. 발견된 지 삼십 년 가까이 지난 후에, 드디어 주인이 포기하겠다면서."

"지진? 관동 대지진 말씀입니까?"

"그렇소. 관동 대지진 말이오. 뭐, 그 무렵에는 관광 거점도 비로소 정해지기 시작했고, 이 근처는 갖고 있어 봐야 가치가 없다는 것을 알게 되었거든. 주인은 헐값에 팔겠다고 나왔소."

"그것을?"

"맞소. 그것을 사들인 셈이지요. 이 근처는 그 지진 때문에 산사태가 일어나고 해서 엉망진창이 되었거든. 뭐, 괜찮은 곳은 괜찮았던 모양이지만 나중에, 절벽을 깎아서 만든 도로는 전부 망가졌소. 그래서 하코네 산 전체가 새로 만들어졌지요. 그 틈에 사들인 것이라오."

"하아———."

아무리 헐값이라고는 해도 면적이 이렇게 넓으니 상당한 금액이 아니었을까. 대체 누가 샀다는 것일까. 나는 의아하게 생각했지만 아무도 묻지 않았기 때문에 잠자코 있었다.

"그리고 어쨌든 빈승의 스승님이——— 이미 그때는 지금의 빈승 정도 되는 나이였는데, 뭐, 발견자라는 이유도 있어서 이곳에 들어오게 되었소. 하지만 천명이라는 것도 참 얄궂은 것이라, 이곳에 오신 순간."

"돌아가셨나요?"

"예. 그래서 빈승에게 순번이 돌아온 것이오. 그 후로 벌써 이럭저럭 이십팔 년이나 지났군요. 세월이 참 빠르구려."

실내는 어두웠고 노승의 표정은 애매모호해서 나로서는 전혀 읽을 수 없었지만, 그 말투로 보건대 노승은 옛날을 그리워하는 것 같은——아니면 근심하는 것 같은, 그런 얼굴을 하고 있을 것이 틀림없었다. 물론 단언할 수는 없지만 나는 그런 느낌을 받았다.

이곳——명혜사는 진실로 수수께끼의 절이었던 셈이다. 에도 시대에서 메이지 시대까지, 아무도 없는 폐사였기 때문에 여러 번의 통제와 조사의 틈도 빠져나가——언제부터인지는 알 수 없겠지만——적어도 수백 년에 이르는 긴 시간에 걸쳐 누구의 눈에도 띄지 않고 그저 계속 이곳에 있었던 셈이다.

실로 이 명혜사가 사원으로 다시 숨을 쉬기 시작한 것은 다이쇼 시대에 있었던 지진 이후, 다시 말해서 거의 쇼와 시대가 된 후의 일인 것이다.

그렇다면 그 수백 년의 시간 동안 이곳이 아무에게도 발견되지 않았다는 것이야말로 이 절의 최대의 수수께끼일 것이다. 그리고——.

——왜 기록에 남지 않은 것일까.

관영(寬永) 시대의 말사장에 실리지 않은 것은 이해가 간다. 그 무렵 이곳에는 이미 아무도 없었을 것이다. 메이지 초기의 기록에서 누락된 것도 당연하다. 그러나 건립되었을 때의 기록조차 없다는 것은——.

——역시 심상치 않다. 말소된 것일까.

아츠코가 물었다.

"현재 이 절의 경영은, 그럼———."

"원조금과 탁발로 꾸려지고 있소이다. 그리고 밭도 있지요. 수확은 신통치 않지만."

"원조금? 어디에서요?"

"각 교단, 각 종파에서 원조가 있소. 아니, 애초에 빈승이외의 승려는 모두 각 교단에서 보내서 온 것이라오."

"각 교단에서?"

"그렇다오. 당신들은 듣지 못했소? 지안 씨나, 그, 가쿠탄 씨에게서."

듣지 못했다고, 마스다가 몹시도 분명하게 대답했다.

"그렇군, 그렇군. 숨겨 봐야 조만간 알게 될 텐데. 정말이지 어쩔 수 없는 스님들이구려. 미안하게 됐소이다. 예를 들면 유켄 스님과 조신은 조동 스님이라오. 그리고 빈승이나 지안 스님, 죽은 료넨 스님은 임제지요. 황벽은 없지만 이곳은———."

——— 이곳은 여러 가지라서.

하기야 유켄도 그렇게 말했었다. 그런 뜻이었던 것일까.

"——— 법맥은 엉망진창이라오. 처음에는 모두 조사를하기 위해 파견되어 왔지요. 이곳이 자기 종파의 절인지아닌지 조사하기 위해서 말이오. 원조라는 것도 원래는조사비용이었고. 하지만———."

노사는 거기까지 말하고는 뱃속 깊은 곳에서 큰 한숨을토해냈다.

촛불이 흔들리고 그림자가 일그러졌다.

"이곳은 그런 곳이 아니었던 거요. 모두들 소기의 목적을 어느새 잊어버리고, 지금은 다들 그냥 이곳에 있소. 그리고———아무도 나가려고 하지 않는다오. 이곳에서는 나갈 수 없는 걸까."

———나갈 수 없다?

"나갈 수 없는 거요. 벌써 꽤 많은 시간이 지났지만 처음에는 빈승도 스승님처럼 여기저기 조사를 했는데———."

노사는 거기에서 말을 끊었다. 아츠코가 물었다.

"그래도———그, 아무것도?"

"아무것도라니요?"

"아니, 뭔가 그 증거 같은———."

"아아, 알 수 없어요, 알 수 없어. 아무것도 알 수 없소."

노승은 손을 가볍게 흔들었다.

"조사를 하려 해도 조사할 방법이 없소. 스승님도 꽤 많이 조사를 하셨으니 말이오. 게다가 이 절의 크기를 보시오. 빈승은 처음에 세 명 정도 행각승을 데리고 왔는데, 도저히 일손이 충분하질 않았소. 그래서 이 년쯤 지나서 죽은 료넨 스님과 지금의 관수이신 가쿠탄 스님, 그 두 사람이 각각 승려를 데리고 들어왔다오. 그 후로 매년 늘었지요. 뭐, 그래도 전쟁 전에는 모두들 열심히 조사를 했소. 교단에 의뢰를 받은 대학 선생님 같은 사람들이 몰래 오기도 했고. 그래도 잘 알 수가 없었소. 그 왜, 그런 학자들은 기록문헌이 없으면 아무것도 모르니 말이오. 안다 해도 결론을 내리지 않지요. 역시 사전(寺傳)이나 절의 유래를 적은 문헌이 나오지 않고서는 말이오. 어쨌거나 전혀 소용이 없었소."

이마가와가 물었다.

"학자가 보기에도 그, 전혀 알 수 없었던 겁니까? 가령 이 건축양식 같은 것을 보아도———."

"알 수 없었던 모양이오. 건물이야 옛날식으로 짓는 것도 가능할 테지요. 학자라고 해도 은밀하게 온 것이니 말이오. 대규모 조사는 무리였소. 물론 메이지 시대에 이미 오래된 절이었으니 에도 시대 이전에 지어졌다는 사실은 분명한 듯했지만 가마쿠라인지 무로마치인지 전혀 특정할 수가 없었소. 하기야 지금이라면 학문도 발전했으니 조사해 보면 알 수 있을지도 모르지. 그 왜, 그 기술 혁신이니 과학의 진보니 해서, 자재만 조사해 보아도 시대를 측정할 수 있다면서요?"

"네에, 어느 정도는———글쎄, 어떨까요?"

아츠코가 이마가와의 말을 보충했다.

"확실하지는 않겠지만 가능하겠죠."

"그럴 테지요. 빈승이 이번에 그 대학 선생의, 뇌파인가요? 그 조사인지 뭔지에 협조하는 데 찬성한 것도 사실을 말하자면, 그것 때문이기도 했으니 말이오."

"예?"

"이제는 모두들 이곳의 정체를 알아내는 것은 포기한 모양이오. 아니, 이미 잊어버린 것인지도 모르지. 무엇보다 교단 상층부조차 이곳의 일 따윈 깨끗하게 잊어버린 것 같으니까. 전쟁이 끝난 후에는 완전히 무시하고 있소. 원조금은 겨우 보내 주지만 이미 관례가 되었지요. 타성 말이오. 세대도 교체된 모양이고, 무엇을 위한 원조인지 알 수 없게 된 게 아닐지. 빈승을 포함한 서른여섯 명은 모두 외딴 섬에 유배를 당한 것이나 마찬가지라오. 이러지도 저러지도 못하고 있는 것이지요. 그래서 빈승은 이런 기회를 기다리고 있었소."

"하지만 노사님. 그런 조사는 의뢰만 하면 어느 대학에서든 당장 해 줄 거예요. 돈이 드는 것도 아닐 테고요. 문화적, 역사적 가치도 있는 일이니까요. 언제든지———."

아츠코는 그렇게 말했다. 분명히 그렇다. 만일 정말로 조사해 주기를 원한다면 대학에 의뢰라도 하면 될 일이다.

이런 형태로 어중간하게 존속하고 있다는 것 자체가 매우 부자연스럽고, 역사를 바꿀 정도의 것이라면 더더욱 잠자코 있는 것은 이상하다.

"그게, 그럴 수도 없소. 처음에 대부분의 교단에서는 하나같이 이곳을 드러내는 것을 원하지 않았던 모양이더군요. 뭐, 지금은 완전히 잊어버렸으니 아무래도 상관없을 것 같기는 하지만, 원조를 받고 있는 처지에 제멋대로 행동할 수도 없거든. 교단이 하나라면 좋았겠지만 여러 개의 교단이 얽혀 있으니 말이오."

노승은 변명 같은 말투로 그렇게 말했다. 그리고 그것은 역시 변명이었는지, 뒤이어 본심을 털어놓았다.

"게다가 빈승들은 모두———아까도 말했지만 이제는

아무래도 상관없어졌거든요. 전쟁이 시작되었을 무렵부터 서서히 말이오. 이곳 생활에 익숙해지고 만 게지요. 행각승은 시주를 받으러 다니지만 빈승은 산에서 내려가는 일도 없고, 세상일에 대해서도 아무것도 모르니 대학은 생각도 하지 못했소. 뭐, 그래도 괜찮다면 괜찮긴 하오만. 하지만 빈승은 스승님의 뜻을 물려받아 입산했으니, 그렇게 쉽게 포기하면 안 되지 않을까———그런 생각도 들어서 말이오. 그래서 그, 조사인지 취재인지 하는 이야기를 들었을 때는, 이것은 천재일우의 좋은 기회라고 생각했다오."

그 말을 듣고 이쿠보가 힘없이 말했다.

"그래서———그래서 받아들이신 건가요?"

"아니, 그것만은 아니오. 물론 그, 뇌파인지 뭔지 하는 것도 해도 상관없지만, 절도 조사해 주셨으면 좋겠다고 생각한 것이지요. 드러내 놓고 의뢰할 수는 없지만, 일단 여기에 오시면 흥미를 갖게 되지 않을까 하고 생각했소. 그러니 취재를 하시는 것도 괜찮소이다. 게다가, 그렇지, 조신 스님은 조사 결과에 따라서는 어쩌면 그 무엇으로 지정될지도 모른다는 말까지 하더군요."

"무엇이라니요?"

"그 왜, 나라의———보물."

"국보?"

"맞아요. 그것은 원래 덴교[最澄] 대사가 한 말이라오.

---

† 일본 천태종의 개조인 사이초를 가리키는 말.

그 왜, 먼 옛날에 고사사(古社寺) 보존법인가? 그것이 새로이 만들어지지 않았습니까. 법륭사가 불타면서."

"아아, 문화재 보호법 말씀이신가요?"

"맞아요."

노사는 어깨를 으쓱했다.

의원 입법에 의해 문화재 보호법이 제정, 공포된 때는 3년 전, 쇼와 25년(1950)의 일이다. 노사가 말한 대로 직접적인 계기가 된 것은 그 전해에 있은 법륭사 금당 소실이다. 종래의 '국보 보존법'과 '중요 미술품 등의 보존에 관한 법률', '사적 명승 천연기념물 보존법'을 아우르고 거기에 무형문화재·매장문화재의 보호라는 새로운 관점을 추가한 법률이다.

"확실히 그렇게 건립 시기가 오래되었다면 ——— 국보까지는 몰라도 중요문화재 지정은 확실할 것도 같지만 ———."

"하하하, 그런가요? 조신 스님이 기뻐하겠구려."

"구와타 씨 ——— 조신 스님은 그럼 이번 조사에 호의적이었나요?"

"호의적? 아니, 그 사람이 억지를 쓴 거나 마찬가지지요. 처음에는 반대의견이 더 우세했습니다. 가쿠탄 스님 같은 경우에는 반대였던 모양이오. 지안 스님도 반대했고, 유켄 스님은 뭐, 어느 쪽이든 상관없었겠지. 반면에 제일 열심히 찬성한 사람은 료넨 스님과 그 조신이오."

"피해자와 조신 ——— 씨가 같은 의견이었다고요?"

마스다가 고개를 갸웃거렸다. 의아한 생각이 들었을 것이다. 사정청취를 할 때, 구와타 조신은 고사카 료넨을 상당히 나쁜 말로 비방했다. 주위 승려의 증언 등을 보아도 조신과 료넨은 견원지간――― 일 거라는 추측은 쉽게 할 수 있었다.

"하하하하, 맞소. 그 두 사람은 재미있을 정도로 마음이 맞지 않았지요. 하지만 이상하게도 이 일에 관해서만은 의견이 일치했다오. 뭐, 생각은 각각 달랐겠지만 말이오. 어쨌거나 조신 스님이 유켄 스님을 설득했고 가쿠탄 스님이 허락했소. 지안 스님은 어쩔 수 없이 승낙한 셈이지요."

"그렇습니까――― 역시 환영하신 것은 아니었군요. 지안 스님 같은 분은 특히――――."

아츠코는 눈치를 살피듯이 이쿠보를 보았다. 그 시선을 받고 이쿠보가 말했다.

"그렇군요――― 저도 처음에는 설마 승낙해 주실 거라고는 생각하지 않았어요. 다른 절에서는 모두――――."

"거절했겠지요. 당연한 일입니다. 그런데 아가씨. 우리 절에 대해서는 대체 어디서 알았소?"

"예――― 들었습니다."

"어디에서?"

이쿠보는 수첩을 꺼내 넘기더니 몇 군데 절의 이름을 들었다. 노사는 흠흠 하며 납득한 듯이 말했다.

"호오. 거기서 가르쳐 주었군. 거기라면 그럴 수 있지. 아니면――― 음. 거기라면 혹시 료넨 스님이 손을 써 두었을지도 모르겠구려.”

“손을 썼다고요? 어떻게.”

“그 사람은 그곳 스님과도 친하게 지내고 있었거든.”

“료넨 스님? 료넨 스님이 왜 그런 일을?”

이쿠보는 혼란스러워했다.

“자, 잠깐만요. 으음, 노사님. 그건 무슨 뜻입니까?”

마스다가 몸을 내밀며 물었다.

“——— 피해자는 분명, 취재조사 추진파였지요? 아니 ——— 방금 하신 말씀이 사실이라면 한 발짝 더 나아가, 그 취재조사 자체를 획책한 것이 피해자 본인이다 ——— 그렇게 들리는데요.”

“그럴 가능성도 있을 것 같구려.”

“그러니까 어째서입니까?”

마스다는 물고 늘어졌다. 조금은 형사 같다.

“글쎄요. 료넨 스님은 이 절을 부수고 싶었던 게지요. 그 사람은 다른 사람들과 달리 이곳 생활을 마음에 들어 하지 않았소. 그래서 세상에 드러내려고 한 게 아닐까요. 교단을 깜짝 놀라게 해 주려고 했거나. 그래서 그, 아가씨에게 이 명혜사의 이름을 흘린 절 사람에게 미리 이곳에 대해서 일부러 얘기하도록 사전 교섭을 해 두었을 가능성도 있지요. 그러고 보니 료넨 스님은 이번 조사 의뢰에 대해서도 미리 알고 있었던 것 같은 눈치도 있었소.”

“흐음. 하지만 이곳이 마음에 들지 않았다면 ——— 혹시 피해자는 수행이 싫었던 걸까요?”

"그렇지는 않습니다. 뭐, 그 사람은 풍류를 추구하는 승려이긴 했지만 말이오. 수행이 싫었다면 휴가 신청서라도 내고 냉큼 산을 내려가면 됐을 일을."

"예에. 으음, 그———."

마스다가 무릎걸음으로 더욱 앞으로 나서며 캐물었다.

"———그, 좀더 자세히 말씀해 주십시오. 고사카 료넨이라는 사람은 어떤 사람이었습니까?"

이 노사는 아마 이 절 안에서 가장 말이 잘 통하는 사람 같다 ——— 마스다는 그렇게 생각한 것이 틀림없다.

나도 그렇게 느꼈다. 누구에게 물어보아도 승려들의 대답은 막연했고, 아무리 얘기를 들어 봐도 고사카 료넨의 본질은 모호했다. 사정청취를 해 봐도 피해자의 인물상이 전혀 떠오르지 않는 까닭이다. 무엇보다 승려들과 대화 자체가 성립하지 않는다. 질문에 대한 답은 있지만 답에 대한 또 다른 질문을 할 수가 없다. 대답을 이해할 수 없기 때문이다. 나는 옆에서 듣고만 있었기 때문에 더욱더 이해할 수 없었다.

노사는 목소리의 어조를 조금 바꾸어 대답했다.

"그는 재미있는 승려였지요. 무슨 일에나 반대했다오. 일단 부정하고 덤벼들었소. 그래서——— 본래는 가마쿠라의 어느 훌륭한 절에 있던 승려였던 모양인데, 윗사람들이 꺼려했던 것 같소. 그래서 이곳으로 유배를 온 거지."

"비뚤어진 사람이었습니까?"

"아니오. 선(禪)이라는 것은 부정하지 않고서는 시작되지 않는다오. 부처를 만나면 부처를 죽이고 조사(祖師)를 만나면 조사를 죽이고[殺佛殺祖]†, 부모를 만나면 부모를 죽이고――― 모든 것을 버리고 모든 것을 부정하지 않고서는 시작되지 않소. 그렇게 하지 않으면 자신이 누구인지 알 수 없을 테지. 그 사람은 바로 그런 사람이었소. '뭐야, 내가 깨달아 줄 것 같아?' 하는 호쾌한 면은 있었지요."

"부모를 죽인다? 위험한 가르침이군요."

"죽인다고 해서 살인을 하는 건 아닙니다. 이건 그냥 비유――― 아니, 그렇게 생각하셔도 안 되겠군요. 뭐, 부모든 스승이든, 하물며 부처라 해도 그들이 만든 길을 따라서 살아가서는 안 된다고나 할까요. 어차피 남의 샅바로 씨름을 할 수는 없지요. 부처님은 이렇게 말했습니다, 선생님은 이렇게 말씀하셨습니다, 하는 것은 남의 의견이오. 그럼 자신은 어떤가, 그게 문제인 거지요. 그러니 그런 것은 죽여 버리는 겁니다. 아무리 옳다 해도, 아무리 부처의 길이라도 속박되어서는 안 되오. 자유로운 정신으로 절대적인 주관을 갖지 않으면 선 수행은 완성되지 않는다오―――."

"알 것 같기도 하고 모를 것 같기도 하고――― 아니, 모르겠습니다."

마스다가 그렇게 말하자 노사는 웃었다.

---

† 임제 의현의 법어로 ≪임제록(臨濟錄)≫에 수록되어 있다. '미혹, 혹은 속임수에서 벗어나야 한다'는 의미이다.

"아니, 아니, 그렇게 간단히 알아 버리면 곤란하지요. 핫핫하. 그것을 알기 위해 수행을 하는 것입니다. 이치나 말로 알 수 있는 것이 아니라오. 하물며 형사님, 오늘 처음으로 선사에 온 당신이 잠깐 들은 정도로 알 수 있겠소?"

"아니, 그렇게 말씀하셔도 곤란합니다. 가르쳐 주십시오. 저도 알 수 있도록."

노사의 말투가 갑자기 거칠어졌다.

"더 물으면, 빈승은 당신을 때리겠소."

"때, 때린다고?"

"수행도 하지 않고 불법적(佛法的的)의 큰 뜻을 묻다니, 두들겨 패는 것 말고 무슨 답이 있겠소!"

노사는 주먹을 쳐들었다.

마스다는 목을 움츠리고 상반신을 뒤로 물렸다.

"농담이오. 농담. 수행자도 아닌 사람을 때려 봐야 무슨 소용이 있다고. 때려서 깨달을 수 있다면 때리기도 하겠지만 당신을 때려 봐야 아파할 뿐이지. 형사를 때렸다간 체포될 거요. 자, 들어 보시오."

노승은 자세를 똑바로 했다.

"그렇지. 무슨 얘기를 해야 할까. 그래――― 빈승은 임제승입니다. 아까도 설명했다시피 임제종에도 여러 가지가 있는데, 계속 더듬어 가다 보면 임제 의현에 다다르게 된다오. 당연하지요. 그렇지, 그 임제가 깨달음을 얻었을 때의 이야기를 해 드릴까? 이것도 아까 말했지만, 임제 스님은 황벽 스님의 문하였소. 성실한 승려였던 모양이더군요. 삼 년 동안 수행을 했소. 삼 년째에 수좌(首座)——
이것은 말하자면 수행승 중에서 제일 높은 책임자라고 할
까요. 이 수좌인 목주 진존숙(陳尊宿)이 임제에게 슬슬 참선
(參禪)을 하라고 권했소.”

“참선이라니요?”

“스승님에게 가서 문답을 하는 거지요. 뭐, 그 참선을
권하자 임제는 황벽에게 갔다오. 그리고 물었소. 마치 방
금 전의 당신처럼. 불법의 근본 뜻이란 무엇입니까——
하고. 그 말이 끝나기도 전에 임제는 몽둥이로 얻어맞았
소. 풀이 죽어 돌아오니 수좌가 다시 가라고 하는 거요.
또 갔다가 또 얻어맞고, 도합 세 번을 갔는데 세 번을 얻어
맞았소. 임제는 기가 팍 죽어서 수좌에게 그만두겠다고
했소. 나는 수행이 부족해서 얻어맞는 것만으로는 알 수
없다 —— 하면서.”

“당연하지요. 얻어맞으면 당해낼 수가 없으니까요. 그
렇지요?”

마스다는 그렇게 말하며 주위 사람들에게 동의를 구했다.

“그건 그렇지요, 형사님. 아프니까요. 임제도 그렇게 생
각했던 모양입니다. 수좌는, 그렇다면 고안 대우(高安大愚)†
에게 가 보면 이끌어 줄 것이라고 권했소. 대우라는 사람
은 황벽의 사형이지요. 임제는 그 말대로 대우에게 갔소.
대우는 임제에게, 황벽은 어떤 가르침을 주었느냐——
하고 물었소. 임제는 정직하게 세 번 물었다가 세 번 얻어

---

† 당나라 때의 선승으로 생몰년이 명확하지 않다.

맞았다고 말하고, 자신에게 무슨 잘못이 있었는지 모르겠지만 자신이 바보인지도 모른다, 하지만 그냥 얻어맞기만 해서는 알 수가 없으니 부디 이끌어 주십시오――― 하고 대우에게 정중하게 부탁했소. 그 말을 듣고 대우는 무서운 목소리로 이렇게 말했소. '황벽이 그렇게까지 간절한 노파심으로 가르치고 있는데, 너는 이런 곳까지 와서 그렇게 자신의 과실을 묻는 거냐, 이 멍청한 놈!' 하고."

"너무하네요. 그래서야 임제 씨도 힘들었겠어요."

도리구치가 마치 친구를 동정하는 것처럼 말을 했다.

"하하하, 하지만 임제는 그때 퍼뜩 깨달음을 얻었소."

"깨달았다고요? 어째서."

"어째서냐고 물으셔도 깨달은 것은 깨달은 것이니 어쩔 수 없지요. 그래서 임제 스님은, 아아, 황벽의 불법은 명백했다――― 고 말했소. 그 말을 들은 대우는 이번에는."

노사는 거기에서 어투를 바꾸어 말을 이었다.

"이 칠칠치 못한 놈아! 방금 전까지 자신에게 잘못이 있었네 어쩌네 하면서 징징거리던 주제에, 이번에는 황벽이 옳았다고! 자, 네놈이 무엇을 알았다는 것인지 말해라, 말해 봐!"

마스다와 도리구치는 깜짝 놀란 것 같았다. 노사는 원래 목소리로 돌아와 손짓을 해 가며 계속해서 말을 이었다.

"――― 하며 임제를 깔아뭉겠지요. 너무하지요?"

"아, 예에. 너무하네요."

"임제는 어떻게 했을 것 같소?"

"용서해 달라고 빌었겠지요. 뭐가 뭔지 알 수 없었을 테니까요."

"아니. 그때 임제는 이미 깨달았습니다. 사과하지는 않았지요. 임제는 대우의 옆구리를 이렇게 퍽퍽퍽 세 번 쳐 올렸소."

"반격에 나선 건가요?"

"하하하, 그건 아니지요. 나는 이렇게 깨달았다———하고 대우 스님께 가르쳐 준 거요. 옆구리를 쥐어박힌 대우는———네 스승은 황벽이니 그런 건 모른다, 돌아가라! 하고 임제를 떠밀었소."

"그 무슨 난폭한———그런 짓은 요즘은 형사도 안 합니다."

"후후후. 그래서 임제는 황벽에게 돌아갔소. 그리고 자초지종을 자세히 보고했지요. 황벽은 '대우 녀석은 괘씸하다, 내가 몽둥이로 패 줘야겠다'고 말했소."

"아하, 제자가 얻어맞고 오니 화가 난 거로군요."

"그것도 아니오. 그 말을 듣고 임제는, 그럴 필요는 없다, 지금 이 자리에서 패 주겠다며———."

노사는 숨을 한 번 내쉬었다.

"황벽을 후려쳤지요."

"그거 무모하군요. 무모하다기보다 엉망진창이에요. 왜 때린 겁니까? 뜻을 모르겠네요."

"뜻 따윈 없소. 이것을 임제타야(臨濟打爺)의 권(拳)이라고 하오."

"잠깐만요, 노사님. 그러니까 어째서 거기서 황벽을 때린단 말입니까? 음———그런가, 그건 처음에 세 대를 맞은 것에 대한 보복이로군요? 그것 외에는 동기가 없어요."

"보복? 어째서 부처의 길로 이끌어준 스승에게 보복을 해야 한단 말이오?"

"하지만 깨달은 것은 그 대우라고 하셨나요? 그 사람 덕분이잖아요? 황벽은 깨달음에 도움이 되지 못했어요. 처음에 이야기도 듣지 않고 퍽퍽 때렸을 뿐이잖습니까. 임제 씨도 원한이 남아 있는 게 당연합니다."

"깨달은 것은 대우 덕분도, 황벽 덕분도 아니오. 임제가 스스로 깨달은 것이라오. 그러니 상관없소."

"모르겠군요. 저기, 세키구치 씨, 알면 좀 가르쳐 주십시오."

마스다는 이번에는 직접 내게 물었다.

아는 것처럼 보였을까.

나는 갈팡질팡했지만 그래도 대답했다.

"그러니까 지금의 마스다 씨처럼———모르니까 가르쳐 주십시오, 라는 자세를 두 스승은 지적한 것이 아닐까요. 말이 아니라 몸으로. 그리고 임제는 알아 버렸지요. 그것을 역시 몸으로 나타냈다———으음, 말로는 표현하기 어렵습니다만."

우선 대답은 했지만, 실은 나도 잘 알지는 못했다. 그래서 마스다의 질문 자체를 부정해 주었을 뿐이다.

하지만 그렇게 말하고 나니 맞는 것 같은 기분도 들었다.

그러나 한편으로는 또 완전히 빗나간 것 같은 기분도 들었다.

"하아, 그렇군요. 그럼 저 같은 사람은——— 역시 얻어 맞겠어요."

마스다는 석연치 않은 얼굴로 다시 노사 쪽을 향했다.

노사는 태연하게 말했다.

"그쪽은 뭐, 조금은 아시는구려. 다만 그렇게 말로 표현해 버리면 역시 틀렸다고 말할 수밖에 없지만, 어쩌면 아시는 건지도 모르겠소. 어쨌거나 이 임제가 큰 깨달음을 얻는 대목에는 모든 설명이 다 소용없다오. 아니, 모든 선(禪)의 공안(公案)†에는 설명이 필요 없습니다. 의미를 붙이는 것은 사족, 말은 필요 없는 게지요. 말에 빠지고 지식에 휘둘리는 것은 흑만만지(黑漫漫地)††이니 말이오."

"뭐, 잘 모르겠지만 말로 통하지 않는 것이라면 무엇으로 알면 된단 말입니까?"

"그러니까 말로는 아무것도 전해지지 않는다는 뜻입니다. 말을 뛰어넘은 곳, 의미를 뛰어넘은 곳에서 법맥은 이어져 있는 것이지요. 뭐, 지금 형사님이 말한 대로 이것은 옆에서 보자면 터무니없는 폭력사태요. 체벌이나 반항 같은 것이 되지요. 동기가 있어서 복수한 것이 되나요. 하지

---

† 선종에서 조사(祖師)가 깨달은 기연(機緣)이나 학인을 인도하던 사실을 기록한 내용으로, 수행자가 깨달음을 열기 위해 연구과제로 받게 되는 문제. 일상적 사고를 뛰어넘는 세계로 수행자를 인도한다.

†† 어둠이 세상에 가득함. 캄캄한 어둠.

만 그건 틀렸소. 틀렸습니다."

마스다는 얌전한 얼굴이 되었다.

"그 이야기는———노사님. 그, 피해자———고사카 료넨 씨가 살해된 이유는 우리 범인(凡人)들이 생각하는 것 같은 평범한 것과는 다르다———는 뜻입니까? 뭐, 큰북인지 큰 깨달음인지 저는 모르겠지만 수행승 사이에는 확실히 우리가 이해할 수 있는 범주를 훨씬 뛰어넘은 커뮤니케이션이 성립한다는 것만은 알겠습니다. 으음, 그러니까 그 일반적으로 폭력행위로 간주되는 것 같은 행위도, 뭐라고 할까———."

노사는 가볍게 피했다.

"어려운 얘기는 못 알아듣겠소. 빈승은 세상 물정 모르는 노인이니 말이오. 그 커뮤니케인지 뭔지 하는 것도 전혀."

"예에. 저도 그, 어려운 한자는 못 알아듣겠네요. 그, 가령 우리 형사들은 살인사건 같은 경우에 물적 증거나 증언 같은 것도 물론 중요하게 생각하지만 그것과 함께 납득할 수 있는 동기라는 것도 생각합니다. 범인(犯人)은 왜 그런 흉악한 행위에 이르렀는가 하는."

"예, 예."

"그런 사건의 경우, 보통은 원한이나 치정으로 인한 갈등. 그리고 영리 목적. 자신을 지키려고, 그 외에는 사고, 우발적 범죄———."

"최근에는 쾌락살인이라는 것도 있지요. 분열병적 살인

자도 있어요. 그리고 테러리즘. 정치적, 종교적 신념에 따른 광신적 범행이라든가———."

도리구치가 보충을 하는 것인지 혼란을 주고 방해를 하는 것인지 알 수 없는 말을 했다. 이에 마스다는 도리구치를 곁눈질로 보며 약간 인중을 늘리더니 이렇게 말을 이었다.

"뭐, 그렇지요. 그런 것도 있어요. 하지만 그 정도 동기는 일단 우리들의 상식 범위 내에 들어갑니다. 하지만 이번 경우, 그중 어느 것에도 들어맞지 않을 수도 있다는 ——— 그런 가능성이 있지 않은가 하고."

"예, 예. 가령 경찰은, 그렇지, 료넨 스님이 하계에 여인을 두고 있었고, 게다가 바람을 피웠다가 그 사실이 들통나는 바람에 그 여인은 질투를 일으켜 료넨 스님을 죽였다거나——— 료넨 스님에게 약점을 잡힌 누군가가 방해 되는 땡중을 처리했다거나——— 당신들은 그런 이유를 바라시는 거구려."

"별로 바라는 것은 아니지만———."

아니, 바라고 있을 것이다.

내가 보기엔 그랬다.

그것은 마스다 형사에게——— 아니, 경찰에게 가장 편한——— 세상 사람들을 납득시키기에 가장 쉬운 이유이기 때문이다.

그러나 실제로는 그런 명확한 동기 아래에서 엄숙하게 이루어지는 범죄 따윈 없다. 특히 살인사건의 경우 그 대부분은 돌발적인, 경련적인 것이다. 그리고 동기라는 것은 나중에 얼마든지 교묘하게 만들어 낼 수 있다.

나는 그것을 몇 가지 사건에서 학습했다.

그냥 이유도 없이 죽였다———고 하면 피해자 측은 납득할 수 없을 것이다. 물론 사회도, 아니, 범인 자신도 개운치 못하다. 따라서 모든 사람이 납득할 수 있는 동기를 나중에 갖다 붙여서 만든 뒤 각자 매듭을 지을 뿐이다. 아무래도 매듭이 지어지지 않을 경우에는 이상하다는 꼬리표가 붙는다. 교고쿠도는 그런 행위들을 가리켜 범죄를 마가 낀 것으로 보고 굿으로 떼어 내려고 하는 어리석은 행위———라며 규탄한다. 나는 당초에는 친구의 의견에 약간의 저항이 있었지만, 지금은 비교적 매끄럽게 받아들일 수 있게 되었다.

마스다는 약간 망설이며 말을 이었다.

"———만일 그런 평범한 동기가 착각이라면 그, 일찍 감치 궤도를 수정하지 않으면 조기해결은 바랄 수 없습니다. 가령 도리구치 씨가 지금 말한 것처럼 광신자에 의한 범행이었다거나 하는 경우, 그 광신자가 신봉하는 것의 정체를 모른다면 해결의 실마리는 찾을 수 없지요. 그러니까 저는———그걸 알고 싶어요. 선승이 아니면 있을 수 없는 동기라는 것은 생각할 수 없을까요?"

"글쎄, 선승이 아니면 있을 수 없는 동기———."

노사는 얼굴을 천장 쪽으로 향했다. 안 그래도 어두컴컴하고 몽롱한 얼굴이 완전히 어둠에 녹아들었다.

"———그런 것은 없소."

"없습니까?"

"하하하, 뭔지 잘 모르겠구려. 선승이 아니면 있을 수 없는 동기라는 것은 말이지요. 그런 것은 생각하기 어려울 것 같소. 가령 료넨 스님을 원망하던 사람이 하계에 있는지 어떤지, 이것은 알 수 없다오. 그 사람의 하계 생활에 대해서 빈승들은 아무도 모르니 말이오. 그러니 아까 당신이 말한 것 같은 동기를 갖고 있는 관계자———료넨 스님을 원망한다거나 미워하는 사람은 있었을지도 모르오, 하지만 그———."

"그?"

"가령 질투에 사로잡힌 여자가 범인이었다면, 어째서 나무 위에 시체를 버렸겠소?"

"버리지 않았겠지요. 그러니까———."

"아니, 아니. 그게 틀렸소. 여자는 버리지 않는다, 그럼 선승이라면 버릴 것이다———그렇지는 않소이다. 아무리 승려라 해도 그런 곳에 그런 걸 버리지는 않을 거요. 선승이니까 이상한 짓을 한다는 논리는 없고, 해도 된다는 도리도 없소. 그러니 선승이 아니면 있을 수 없는 동기라는 것도 존재할 수 없다오."

"존재할 수 없을까요? 방금 전, 임제 씨가 깨달았을 때의 이야기 같은 것을 듣자 하니 왠지 있을 것 같은 기분이 드는데요."

"그러니까 아까 빈승이 한 이야기는, 설령 어떤 전대미

문의 행동이라 하더라도, 승려로서 실격이라거나 파계승은 죽어 버리라거나, 그런 뜻이 되는 것은 아니다———그런 뜻으로 받아들이셔야지요."

"그럼 완전히 반대란 말씀이십니까?"

"그렇소. 때렸느니 찼느니, 계율을 어겼느니, 일반적으로는 너무 심하다고 생각되는 소행도 수행이라는 관점에서 보는 한 나쁜 것도 아니다———그런 경우가 있다는 뜻이오. 수행자 이외의 사람들 눈에는 상당히 방종한 모습으로 비친다 해도, 이 절 안에서는 그렇게 기이한 일도 아니라오. 그러니 그런 것은 범죄의 동기가 될 수 없다는 말을, 빈승은 하고 싶은 것이오. 그 점을 이해해 주시지 않으면 곤란합니다. 당신들은 지안 스님이나 유켄 스님을 만나보고 나서 선승이란 모두 그렇게 반듯한 사람들이라고 생각하고 있었던 게 아니오? 선승이라고 해도 여러 종류라오. 수행의 형태는 천차만별. 백인백색이오. 같은 선승이라는 이유만으로 한데 뭉뚱그려 생각하면 안 됩니다. 료넨 스님이 살해된 것은 어디까지나 료넨 스님 개인의 사정이오. 물론 아까 형사님이 말한 것 같은 이유로 살해된 건지도 모르지요. 아닐지도 모르고. 허나 선승이라서 살해되었다, 선승이라서 죽였다———그런 일은 있을 리가 없습니다. 선은 그런 것이 아니라오. 그러니 이상한 예측을 하셔서는 안 되겠다, 이렇게 생각한 것입니다."

"아하. 그렇군요."

마스다는 팔짱을 끼고 말했다.

"그렇군요. 사물은 받아들이기 나름이군요. 그런 말씀을 들으니 분명히 그런 생각이 듭니다. 지금 하신 말씀은 꼭 스가와라 형사님께 들려주고 싶은데요. 그 사람은 이곳 스님들을 통째로 다 의심하고 있으니까요."

"그렇겠지요. 빈승은 그것을 걱정하고 있었던 것입니다."

거기에서 노사는 허허허 하고 웃었다.

"———— 네. 하지만 그렇다면 말이지요. 우리는 그 피해자의 개인정보를 좀더 알 필요가 있습니다. 뭐, 마을에서의 일은 관할서에서 조사하겠지만 이곳에서의 생활에 대해서는 아무것도 모르니까요. 가능하면 그걸 좀 가르쳐 주셨으면 합니다. 노사님은 피해자와 친하게 지내셨다고 들었거든요."

"이 절에 대한, 아니, 선승에 대한 묘한 오해를 풀어 주신다면 말씀드리지요."

노사는 부드러운 어투로 말했다.

다이젠 노사의 화법은 다른 승려들과 비교하면 얼마쯤 교고쿠도의 교묘한 언변에 가까운 느낌이 들었다.

본론과 동떨어진 맥락 없는 내용의 이야기를 질릴 정도로 길게 늘어놓고, 막상 본론에 들어갔을 때는 그 쓸데없는 이야기들이 유효한 복선이 되어 결론을 뒤집기 어려워진다 ———— 그것이 친구가 자주 사용하는 전법이다.

실제로 그렇게 수상쩍던 이 절도 다이젠 노사의 이야기

에 의해 지금은 그리 수상한 절이 아니게 되었다. 물론 성립에 관한 역사적인 수수께끼는 남아 있지만 현재의 명혜사에 대한 의혹——수입원이나 승려들의 내력 등——은 거의 해소했다.

게다가 선승——피해자——의 괴이한 행위는 어느 정도 정당화되고, 그러면서도 그 행위는 선사 내에서는 범죄로 연결되는 종류의 행위가 될 수는 없다는 선언이 이루어지고 만 이상, 우리는 섣불리 그들——명혜사의 승려들——을 의심할 수 없게 된 셈이다.

마스다 형사도 이제 와서 무슨 얘기를 들은들 스가와라 형사처럼 절 전체를 의심하지는 않을 것이다.

그런 환경이 어느 사이엔가 갖추어졌다.

어쩌면 우리는 자신도 모르는 사이에 이 노회한, 사람 좋아 보이는 할아버지의 수중에서 놀아나고 있는 것인지도 모른다.

"아까——."

아츠코가 신중하게 말했다.

"유켄 스님은 료넨 스님을 잇큐 선사에 비유하셨는데요, 그——."

"잇큐 스님? 왓핫하, 그거 좋군. 료넨 스님은 태생은 고귀한 편이 아니었지만, 그러고 보니 얼굴도 닮았소."

"역시 그——여범(女犯)†을?"

그렇게 물은 것은 이마가와였다.

---

† 승려가, 음란한 짓을 금하는 계율인 불사음계(不邪淫戒)를 어김.

"여범? 아아, 그 사람은 분명히 여자를 좋아했던 모양이더군요. 하지만 첩을 두었다는 둥 하는 것은 거짓말이오. 료넨 스님은 바깥과의 연락을 담당하고 있었거든. 자주 산을 내려가곤 했소. 그래서 비뚤어진 사람들이 그런 말을 했을 뿐이오."

"연락 담당? 그것은 지객인 지안 스님이 할 일이 아닙니까?"

"그는 감원이오. 지객이란 찾아온 손님을 접대하는 것이라오. 료넨 스님은 하계에 나가 각 종파나 교단과 연락을 취하고 돈을 가져오는 역할을 하고 있었소. 계속 그랬지요. 게다가, 예를 들어 이곳에는 우편물이 오지 않소."

"예? 하지만———."

이마가와와 이쿠보가 동시에 이상한 목소리를 냈다.

"——— 편지는."

"편지는 아래쪽 오히라다이에, 료넨 씨가 집인지 방인지를 하나 빌려 두어서 전부 그리로 도착하지요. 이곳은 깊은 산속이라 집배원이 오지 않소이다———."

이곳은 역시 주소가 없는 곳———이었던 걸까.

"———한 달에 한 번, 그 사람이 하산해서 가지러 갔지요. 그러니 편지를 보내는 것도 마찬가지입니다. 한 달에 한 번 그 사람이 한꺼번에 모아서 가져갔소. 그러니 어지간한 일이 없는 한, 답장을 보내는 데는 한 달 이상 걸리는 셈이라오."

"좀처럼 답장을 받을 수 없었던 것은 그런 사정 때문이었나요———."

　이쿠보는 납득하고, 우정성 지지파인 마스다는 입을 딱 벌렸다. 다만 이마가와만은 의아한 모양이었다.

　골동품상은 여전히 주춤거리는 말투로 말했다.

　"하지만 제게는 금방 답장이 왔습니다. 연말에 편지를 보냈는데 소나무를 떼자마자 곧———."

　"당신이 소문으로 듣던 그 골동품상이오?"

　"예, 뭐, 그렇습니다. 소문이 났는지 어떤지는 모르겠지만 저는 골동품상입니다. 이마가와라고 합니다."

　"그렇군요. 그럼 답장도 빨랐겠지. 거래를 하던 사람도 료넨 스님이거든. 개인 서신이면 료넨 스님은 그 자리에서 답장을 쓴다오."

　"아아."

　자신 앞으로 온 편지면 답장도 그 자리에서 쓸 수 있다. 답장이 빨리 올 만도 하다. 노사는 물었다.

　"그런데 당신, 이마가와 씨. 료넨 스님께는 어떤 답장을 받으셨소?"

　이마가와는 그제야 비로소 입산 목적을 이룰 수 있는 상황을 얻은 셈이다. 특이한 생김새의 고물상 주인은 주섬주섬 엉덩이 주머니를 뒤져 조금 구겨진 봉투를 꺼내서 방바닥 위에 놓고는 노사 쪽을 향해 묘하게 공손하게 내밀었다. 노사는 후우 하고 숨을 불어넣어 봉투를 부풀리고 안에 든 서한을 꺼냈다.

　노사가 촛대를 가까이 끌어당겼다. 그림자가 커진다. 얼굴의 음영이 확실해진다. 나는 처음으로 다이젠 노사의 용모를 확인했다. 주름이 많고 메마른 얼굴이었다.

"뭐지? 지금까지의 것과는 다르다? 세상의 빛을 보는 일은 있을 수 없는 신품(神品)? 글쎄, 이게 뭘까요."

노인의 얼굴은 더욱 쭈글쭈글해졌다.

"그———."

거기서 이마가와는 자신과 료넨의 어긋나기만 하는 기묘한 인연을 더듬더듬 이야기했다.

"———저는 료넨 스님과는 결국 한마디도 나누지 못하고 말았습니다. 그러니 생전의 료넨 스님과 이전 가게 주인이 어떤 관계였는지 전혀 모르지요. 이대로는 뭐라고 할까요, 뒷맛이 나쁘다고 할까요. 석연치 않다고 할까요, 제가 이곳을 찾아뵌 것은 그저 그런 사정을 좀 여쭤보고 싶어서———."

"그렇구려. 그래서 이곳에?"

"———그것뿐입니다."

"빈승은 말이오, 이마가와 씨. 당신의 그 종형제인지 누구인지 하고는 물론 면식이 없소이다. 하지만 료넨 씨가 생전에 친하게 지냈던 골동품상이 있다는 것은 알고 있었소. 언제부터였을까. 아마 쇼와 10년(1935)이나 그 이전———."

"종형제가 골동품 장사를 시작한 것은 쇼와 8년입니다. 가게를 갖추게 된 것은 쇼와 11년이지요."

"———아아, 그럼 그 무렵일 거요. 이 절에 유켄 스님인지 조신 스님인지가 왔을 무렵이지요. 그 두 사람이 각각 조동종 절에서 파견되었는데, 그게 해이해져 있던 이절의, 뭐랄까, 유래를 조사하는 일에 박차를 가하게 한 셈이 되었소. 빈승은 이제는 아무것도 나오지 않을 거라 생각하고 그래서 반쯤은 포기하고 있었는데, 그게 그렇지도 않았지요. 그, 천장 뒤나 본존 대좌 안 같은 데서 여러 가지가 나왔다오."

"―― 서류입니까?"

"불구나 서화, 골동품 같은 것이었소. 불상도 있었고. 나오기는 했지만 아무 도움도 되지 않았지요. 꽤 오래된 것들이었는데 ―― 료넨 스님은 그것을 처분했소."

"처분했다? 하지만 그것은 가치 있는 물건이 아니었습니까?"

마스다가 얼빠진 목소리를 냈다. 아츠코도 놀란 듯이 뒤이어 말했다.

"보통은 ―― 사보(寺寶)라든가, 그."

"사보? 그런 것으로는 삼지 않습니다."

"욕심에 눈이 먼 것이 아닙니까? 료넨 씨는 그, 글자 그대로 어떻게든 땡잡으려고, 게다가 선반에서 가시와모치가 나온† 것이나 마찬가지고 ――."

도리구치는 땡잡는 것을 꽤나 좋아하는 모양이다.

가시와모치라는 것은 일전의 실제 체험에서 온 혼란일

† 본래는 '선반에서 보타모치가 나오다'로, 노력하지도 않고 생각지 못한 행운을 만난다는 뜻의 속담. 보타모치는 멥쌀과 찹쌀을 섞어 만든 떡에 고물을 묻힌 떡을 말한다.

것이다.

다만 아무도 잘못을 정정하는 사람은 없었고, 노사는 그저 웃었다.

"핫핫하, 그렇지는 않습니다, 뭐, 좋은 가격에 팔린 것 같기는 했지만요. 그렇지요, 이마가와 씨?"

"예. 장부를 보면 상당히 고가에 팔렸습니다."

"그렇겠지요. 그 무렵에는 절의 물건이 꽤 유통되곤 했던 모양이고, 왜, 우선 망한 절에서 나온 것 말이오. 메이지 시대의 폐불훼석 때는 오 할, 심한 곳에서는 팔 할의 절이 폐사가 되었으니. 없앨 수 있는 절은 모두 없애라는 식이었던 모양이오. 망한 절의 물건은 시장으로 흘러들어가지요. 뭐, 빈승의 스승님이 열심히 뛰어다녀 그런 과격한 풍조는 곧 진정되었지만, 한동안은 아까 말씀드렸다시피 수난의 시대가 이어졌거든. 그 동안에도 절에서는 꽤 많은 골동품을 내놓았다오. 본존까지 내놓은 절도 있었다더군. 뭐, 노력한 보람이 있어서 사태가 진정되고 나서는 그런 일은 없어졌고, 이후에는 그때 나온 물건들만이 유통되고 있는 모양이오. 하지만 좋은 물건은 좌우간 비싸다오. 파는 값도 비싸지만 사들이는 값도 비쌌다고 들었소. 그래도 여기서 나간 물건은 사는 데 돈이 든 것은 아니니, 하기야 짭짤하긴 짭짤했겠지요."

"그런 물건을 파는 데에 반대 의견은 없었습니까?"

"조신 스님은 역시 반대했던 모양이오. 하지만 그 당시 료넨 스님은 소위 말하는 그, 감원이었기 때문에———."

료넨은 지위가 지안과 바뀌었다고, 그 조신이 말했다.
내가 보았을 때, 현재의 지안은 이 절에서 상당한 세력을
갖고 있는 듯했다.

그렇다면 당시에는 료넨이 그 위치에 있었던 것일까.

"─── 조신 스님도 입장상 불평은 할 수 없었소. 하지
만 조신이 뭐라고 말했는지는 몰라도, 료넨 스님은 사리사
욕을 위해서 판 것은 아니라오. 그러니 제 배를 불리고
있었던 것은 아니지요. 중이 땡잡았다고 할 것은 아니오."

"그럼 왜 판 겁니까?"

"그런 미술품이나 골동품 같은 것들은 선사에는 필요
없다, 있어 봐야 쓸모도 없다고 했소. 말하자면 강한 신념
을 가진 종교적 행동이지요."

"잠깐만요 ───."

이마가와가 끼어들었다.

"─── 선(禪)과 미술 예술은 깊은 관련이 있지 않습니
까? 파묵(破墨), 발묵(潑墨), 정상(頂相), 도석화(道釋畵)에 선기
화(禪機畵), 서(書), 석정(石庭)에 한시(漢詩), 다도와 유한적적
(幽閑寂寂)도, 근원을 따지면 모두 선에서 시작되지 않습니
까? 선사에 쓸모가 없다고 말씀하시는 것은, 저는 아무래
도 잘 이해가 안 갑니다.'"

---

† 파묵: 수묵화에서 먹의 바림으로 그림의 입체감을 표현하는 기법, 발묵: 산
  수화법의 하나로 먹물을 번지게 하여 대상을 표현, 정상: 고승의 초상화,
  도석화: 신선이나 고승, 부처 등을 그린 동양화, 선기화: 선을 깨달은 계기
  를 상징적으로 표현한 인물화, 석정: 돌을 주체로 한 전통적인 일본 정원
  의 한 형태로 세키데이라 한다. 대표적인 것이 교토에 있는 용안사(龍安寺)
  의 석정이다.

그렇지요, 하고 선사는 대답했다.

"그 말이 맞소, 이마가와 씨. 예부터 뛰어난 선승은 모두 뛰어난 예술가였지요. 센가이 기본[仙厓義梵][†]도 그렇고. 오산문학의 시조라고 불리는 무소 소세키[夢窓疎石][††]도 그렇소. 임제 중흥의 영결 하쿠인 에카쿠[白隱慧鶴][†††]도 그렇지요. 앞에서 말한 잇큐 스님도 수많은 시를 남겼고 서(書)에도 능했다오. 하지만 이마가와 씨."

"예?"

"그것들은 분명 예술이라고 불리고 있소. 미술품으로서도 높은 평가를 얻고 있는 것 같더이다. 하지만, 그렇다면 묻겠는데. 예술이란 무엇이오?"

"아———."

이마가와는 실로 기괴한 표정이 되었다.

"아니, 예술이란 무엇이냐고 여쭙고 있는 것이오."

"미의——— 표출일까요."

"미란?"

"아름다운 것——— 뭐, 어난, 것?"

"아름답다는 것은 어떤 것이오? 뛰어나다는 것은 무엇에 비해 뛰어나단 말이오?"

[†] 임제종의 승려로 일본 선화가의 대표적인 인물(1750~1837). 에도 중기 글씨와 그림을 즐기며 소박하고 자유분방한 삶을 산 것으로 유명하다.

[††] 가마쿠라 말 무로마치 초기의 임제종 승려(1275~1351). 천태, 진언 등을 배운 후 임제선을 수련했다.

[†††] 에도 중기의 임제종 승려(1685~1768)로 일본 임제종의 중흥조로 불린다. 현재 임제종의 대부분이 하쿠인의 영향 아래에 있다.

"그, 그건, 그."

계속 추궁을 당하면 대답은 점점 우둔해지는 법이다. 나도 이마가와와 똑같이 생각은 해 보았지만 하나같이 비슷비슷한 해답밖에 떠오르지 않았고, 그 외에는 할 필요도 없는 말일 뿐 물음에 대한 답은 없었다.

우리는 평소에 예술이라는 말을 마치 당연한 것처럼 입에 담는다.

그러나 이렇게 보니 나는 아무것도 이해하지 못하고 아무것도 생각하지 않은 채, 그저 막연하게 말을 사용하고 있을 뿐이었다 ──── 그렇게 되는 것일까.

노사는 또 크게 웃었다.

"핫핫하, 그렇게 곤란해 할 필요는 없소. 별로 괴롭히려는 것은 아니라오. 그렇지, 그렇다면 아름다운 것으로 되었소. 하지만 이마가와 씨. 예술은 아름다운 것으로만 정해져 있는 게 아니지 않소?"

"아────."

이마가와는 기묘한 얼굴을 한 채 굳어지고 말았다.

"그렇습니다, 이마가와 씨. 당신은 어제 아름다운 것만이 좋은 사진은 아니라고, 제게 말씀하셨지요."

도리구치가 뒤에서 그렇게 말을 걸었지만 이마가와에게 그 말은 들리지 않는 것 같았다.

"그렇소. 오래된 절의 손때 묻은 난간은 전혀 아름답지 않지만 모두들 아름답다고 말하지요. 썩어서 코가 떨어져나간 부처님을 예술이라고 부르기도 하는 것 같더군요."

107

노사는 다시 목소리의 어조를 바꾸었다.

"다시 말해서 예술은 무엇이든 상관없는 것이오. 아름답다고 생각하면 쓰레기도 아름답고, 멋지다고 생각하면 분뇨도 멋지지요. 절대미니 절대예술이니 하는 것은 없는 거요. 주관의 문제일 뿐이지. 그렇다고 해서 아무도 이해할 수 없는 것을 만드는 사람은 역시 예술가라고 불리지는 않지요. 그건 당연해요. 한두 명밖에 칭찬하지 않을 때는, 이것은 아직 예술이라고는 불리지 않으니 말이오. 그럼 많은 사람들이 좋다고 생각하는 것이 예술인가 하면, 뭐 그렇다고 할 수도 있지만, 다른 사람들이 좋아하는 것만 많이 만드는 사람이 예술가라는 소리를 듣는다면 그것도 좀 이상하지요 ———."

노사는 이마가와의 대답을 기다리지 않고 말을 이었다.

"예술이라는 것은, 사회니 상식이니 하는 그런 배경이 있고, 그것과 어떻게 타협을 하느냐 하는 문제거든. 사회 대 개인 같은 도식이 없으면 예술이 되기는 어려운 모양이오. 이것은 어느 쪽이건 빈숭들과는 상관이 없지요. 선승은 아름답게 만들려고 생각하지는 않소. 예술을 하려고 생각하지도 않고. 선승이 만드는 것은 설명도 상징도 아니고, 물론 이치도 필요 없소. 절대적인 주관이지요. 세계를 확 움켜잡고 턱 내놓을 뿐이라오. 다른 사람들이 그것을 아름답다고 느낀다 해도, 만든 선승과는 상관없는 일이오. 세상 사람들이 그것을 예술이라고 부르든 미술이라고 부르든 알 바 아니지."

"하아아———."

이마가와는 칠칠치 못하게 입매를 느슨하게 늘어뜨리며 둥근 눈을 크게 떴다. 마치 자아의 붕괴를 일으킨 것 같은 표정이지만 아마 지금 그는 맹렬하게 생각하고 있을 것이다.

"갈(喝)!"

"아."

노사가 일갈했다. 이마가와는——— 마치 꿈에서 깨어난 것처럼 돌아왔다.

"생각하려 하지 마시오. 알려고 해도 안 되오. 당신은 이미 알고 있소. 말로 하려고 하면 달아나고 말 것이오."

"예."

이마가와는 몸을 앞으로 스윽 쓰러뜨리고 방바닥에 두 손을 짚었다.

노사는 그 모습을 보고 나서 천천히 말했다.

"그러니 그런 미술품 따윈 선사에는 필요 없다고, 료넨스님은 말한 것이라오. 그래서 나올 때마다 팔아 버렸소. 어차피 그뿐인 것, 귀중한 것이라며 애지중지하는 것보다는 천한 돈으로 바꿔 버리는 편이 깔끔하다고——— 그 사람은 그렇게 생각한 것이지. 무슨 인연인지는 듣지 못했지만 당신의 종형제에게 팔았던 것이오."

"그럼 전쟁이 끝난 후 계속 소식이 없었던 것은."

"다 팔아 버렸기 때문이지요."

"알겠습니다. 고맙습니다."

이마가와는 정중하게 머리를 숙였다. 뭔가 생각하는 바가 있었을 것이다.

잠시 사이를 두고 아츠코가 말했다.

"아마———그, 잇큐 선사님도 선의 예술적 전개를 몹시 싫어하지 않았던가요? 양식화한 오산문학을 비판하시지 않았던가요?"

"그런 것 같더구려. 오산문학은 무소 소세키가 시조라고 하지만 말이오. 무소 선사는 빈승의 스승님과 마찬가지로 정원을 만들고 조경하는 일의 명인이었고 시문과 글에도 능한 사람이었소. 하지만 그 무소 선사가 공안문답은 깨달음에 방해가 된다고 했고 그런 의미에서, 유언으로 선승이 깨달음에 방해가 되는 예술에 심취하는 것을 엄하게 금하였지요."

"그런가요?" 하고 아츠코는 의외라는 듯이 말했다.

"그렇다오. 하지만 금하였어도 그 경향은 더욱 강해졌어요. 아가씨의 말대로 잇큐 스님 같은 사람은 그와 같은 경향을 심하게 비판했던 모양이오. 잇큐 스님은 또 공안도 싫어했던 모양이고. 공안을 대중이 알기 쉽도록 풀이한 요소[養叟][†]에 대해 퍼부은 잇큐의 독설은 심했으니 말이오. 법(法)도둑이라는 말까지 했다오."

"그런 점도 료넨 스님과 비슷하군요."

"그렇지. 그러고 보니 료넨 스님도 공안을 싫어했군요.

---

† 잇큐의 사형(1376~1458). 무로마치 초기의 임제종 대덕사파의 대본산 대덕사의 26대 주지로, 재야에서의 종교 활동을 중시했다고 한다.

빈승은 공안으로 단련된 편이지만, 료넨 스님은 공안 따윈 엿이나 먹으라는 식이었으니 말이오. 그런 의미로는 분명히 잇큐 스님과 비슷할지도 모르겠구려. 아니, 하지만 오히려 료넨 스님은 반케이 요타쿠[盤珪永琢][†]의 견해에 가까운 말을 했던 것 같은데. 반케이도 공안을 낡은 쓰레기라고 부르며 전혀 돌아보지 않았던 사람이니 말이오."

"실례지만———."

그 자리에 매몰되어 있던 마스다가 머뭇거리며 물었다.

"공안이라는 게 뭡니까? 죄송합니다, 형사는 무지한지라."

"공안? 그렇지, 아까 임제대오(臨濟大悟)의 이야기 같은 것도 공안이라면 공안이지요. 선문답이라는 것 말이오. 어려운 질문을 스승이 한다. 거기에 제자가 대답한다."

"수수께끼 풀이 같은? 아니면 시험 같은 겁니까?"

"아니, 아니. 그런 게 아니라오."

"잘 모르겠는데요."

꽁무니를 빼는 마스다를 향해 아츠코가 설명했다.

"연역과 귀납을 통해 논리적으로 이끌어 내는 명쾌한 해답이 존재하지 않는 문제에 대해서, 어떻게 즉시 대답하는가 하는 것인데——— 이것은 수행이지요. 임제종 같은 간화선(看話禪)[††]에서 많이 행하는———."

[†] 에도 초기의 임제종 승려(1622~93).

[††] 공안 연구를 중시하고 좌선에 의해 정력(定力)을 다지는 것을 경시하는 풍조의 선풍. 간화선의 '화(話)'는 공안, 화두를 의미한다.

"허허허. 아가씨는 아는 게 많은 것 같은데, 이 경우에는 쓸데없는 지식은 방해가 된다오. 하지만 뭐, 설명을 하려면 그렇게 말할 수밖에 없으려나. 확실히 답은 없지요."

"답이 없다고요? 아직 잘 모르겠는데요."

마스다가 고개를 갸웃거렸다.

"모르겠소? 예를 들면 형사님, 소가 저 창밖을 걷고 있다고 칩시다."

노사는 창문이 있는 듯한 벽 쪽을 가리켰다. 어두워서 그 소재는 확인할 수 없었다.

"소? 예에, 소 말이군요."

"우선 뿔이 이렇게 지나가고, 이어서 머리가 지나가고 다음으로 몸이 지나가고, 그리고 왠지 꼬리만 안 지나갔소. 이것은 왜일까?"

"예? 아니, 왜냐고 물으셔도 소에게는 꼬리가 있으니까요. 이렇게 등 뒤쪽에 붙어 있는 셈이니, 뿔이 보였다면 보일 텐데요. 미처 못 보았나? 아니, 아니, 그런 설명으로는 안 되겠지요. 실제로는 있지만 보이지 않았다는, 뭔가 철학적인, 아니, 세련된 대답을 해야――."

"그게 안 되는 거요."

"안 되다니요? 뭐가 안 된단 말입니까?"

"생각하는 게 안 되오."

"생각하지 않으면 대답할 수가 없는데요."

"그러니 료넨 스님도 잇큐 스님도 반케이도 공안을 싫어한 것이지요. 스님들도 모두, 대개 지금의 당신 같은 생각

을 한다오. 오랜 시간 동안 공안은 말장난처럼 여겨져 왔
소. 그, 최근에는 뭐라고 하던가요, 그, 게."

"게임?"

"맞소, 맞소. 머리를 쓰는 게임처럼, 얼마나 세련된 대답
을 하느냐, 거기에 공을 들이게 되었소. 어느 모로 보나
속이 깊어 보이는 답을 어떻게 아름답게 만들 것인가, 거
기에만 골몰하는 것이지. 좋은 답이 적혀 있는 안켄[行券]
이라는 이름의 비법서까지 횡행한 시기가 있었다고 하더
군요. 그것은 구도(求道)가 아니오. 말장난이고, 선의 타락
이오————."

"말의 잔재주에 지나지 않는 셈 ———— 이군요."

이마가와는 그렇게 말했다.

"그렇소. 그 말이 맞아요, 이마가와 씨. 그래서야 절대로
안 되지요. 본래 공안은 그런 게 아니거든. 공안은 생각해
서는 안 되오. 답은 누구나 처음부터 알고 있을 테니 말이
오."

"처음부터 답은 알고 있다고요?"

마스다는 기묘한 얼굴을 했다.

알고 있을 테지만, 하고 노사는 말했다.

"그게 슥 나와야만 비로소 대오(大悟)라는 것이 되지요.
뭐, 하쿠인 스님 같은 사람은 이 공안을 새로 만들거나
고침으로써 일본에 선을 뿌리내리게 했고. 그렇게 나쁜
것도 아니지만, 아무래도 료넨 스님은 싫어했던 모양이더
군. 자주 화를 내곤 했거든. 그 사람은————."

노사는 눈을 감았다.

"———부처가 되려고 하기보다 부처로 있는 편이 번거롭지도 않고 빠른 길이다——— 불생선(不生禪)의 반케이 요타쿠 같기도 하고, 훗날 그대가 와서 만일 내게 묻는다면 주사어행(酒肆魚行)† 또한 음탕한 중——— 풍광선(風狂禪)의 잇큐 소준 같기도 하고, 뭐 그런 사람이었던 거지요."

그것을 어디에서 인용한 것인지, 물론 나 따위는 알 수 없다. 의미조차도 어렴풋이 전해져 왔을 뿐이었다. 그래도 조금 정신을 차린 것 같은 마스다가 물었다.

"피해자는 그 골동품을 매각한 돈을 어떻게 했습니까? 여자를 두고 있었다는 것은 거짓말이라고 해도, 착복했다거나."

"착복? 그야 조금은 했을지도 모르지. 아까도 말했지만 여자와 놀아나기는 했소. 돈도 얼마쯤은 들지 않았겠소? 빈승은 이 나이이다 보니 상관이 없지만 말이오. 하지만 그것도 전쟁 전의 일이겠지요."

"그럼 횡령이라는 건 그걸 말하는 걸까요?"

"횡령? 횡령이라는 건 잘 모르겠구려. 비싸게 파는 것은 그 사람의 재능이니 이문을——— 뭐, 원가가 없으니 어디까지가 이문인지는 모르겠지만 그, 예상보다 비싼 가격에 팔았을 때, 그 몫을 나누어 받은 것이라고 생각하는데.

† 술집도 가고 고깃간도 간다는 뜻으로 《십우도》에 묘사된 열 장면 중 마지막 장면인 '입전수수(入鄽垂手)'에 나오는 말이다. 원문은 "주사어행 화령성불(酒肆魚行 化令成佛)"로 '술집도 가고 고깃간도 들어가서 교화를 펼쳐 부처를 이루게 한다'는 의미이다.

절에는 제대로 돈을 내놓았던 모양이고. 몇 번이나 말하지만 그런 것으로 제 배나 불릴 사람이 아니라오. 료넨 스님에게는 금전욕이라는 것이 없었으니 말이오. 무엇보다 횡령이라고 하면, 예를 들어 교단에서 보내 준 원조금 같은 것을 훔쳤다거나 그런 뜻이겠지요? 누가 그런 소리를 하던가요?"

"조신 스님——— 인가요? 그 조신 스님이 그러더군요. 유켄 스님은 증거가 없다며 부정적이었어요. 하지만 지안 스님이 조사하고 있다는 말도 하던데요."

"조신? 바보 같은 말이로군."

노사는 작은 목소리로 내뱉듯이 말했다.

"하지만 소문에 따르면 피해자는 사업에도 손을 댔다고 들었습니다."

"사업? 아아, 그것은 하코네 환경보호단체에 관여하고 있었던 거요."

"환경보호?"

"그렇소. 빈승은 산을 내려가지 않아서 잘 모르지만, 자동차니 철도니 하는 것이 산을 난도질한다고 하더군. 물론 편리해지는 것은 이 지방 사람들에게도 좋은 일이겠지만 모처럼의 경관을, 오오, 료넨 스님은 겉으로 보이는 모습을 이야기한 것이 아니라고 했소만——— 뭐, 이 천연자연의 모습을 망치는 것은 괘씸한 짓이라면서 말이오. 그런 일을 하는 단체와 접촉하고 있었다오."

"그것은 사업이 아니로군요."

"일종의 사업이겠죠."

아츠코는 그렇게 말했다.

"뭐, 추젠지 씨가 그렇게 말씀하신다면 그런 걸까요. 하지만 그렇다면 고사카 료넨 씨라는 사람은 약간 그 무뢰한 같다――고 할까, 호방(豪放)하고 뇌락(磊落)한 데는 있었지만 아주 열심히 수행하고 또 자연보호까지 생각하는 건전한 사람이었다는 뜻이 되는군요. 이야기만 들어서는 엄청나게 뒤가 구린 수상한 스님――아차, 실례했습니다. 수상쩍은 인물이라고 생각하고 있었는데요. 하지만 이렇게 되면 살해 동기를 가진 인물을 오히려 찾기 어려워지는데. 정말로 치정이 얽혀 있을지도 모르겠군요."

마스다는 팔짱을 끼었다. 당혹스러운 모양이다.

"형사님. 하지만 료넨 스님은 실제로 살해되고 말았으니 범인은 존재할 게 아니겠소."

"그야 그렇습니다만. 하지만 가령 그, 종교상의 교의를 이해하는 데 생각의 차이가 살인의 동기가 된다거나 하는 일은 생각하기 어렵겠지요. 하지만 이쿠보 씨가 본 스님 차림의 인물도 있고, 역시 승려가 수상하긴 한데――."

거기에서 마스다는 이쿠보를 보았다.

이쿠보는 누군가의 그늘에 가려져 내 쪽에서는 잘 보이지 않는다.

"――게다가 그게 일반적인 동기에 의한 살인이라면, 그 이상한 사체 유기 상황을 어떻게 설명해야 할지. 수사가 처음으로 돌아간 것 같군요."

마스다는 더욱더 곤란해진 듯이 그렇게 말을 맺고는 몸을 비스듬히 기울였다. 노사도 약간 곤혹스러운 어투로 말했다.

"그런데 료넨 스님은 대체 뭘 발견한 것일까? 이 편지만 보고는 잘 모르겠는데. 당신도 뭔가 짐작 가는 데———는 없소?"

"없습니다. 제가 여쭙고 싶을 정도였어요."

"뭔가 발견한 걸 게요. 그 사람은———그러고 보니 아무래도, 그것은———음."

노사는 뭔가 생각에 잠겼다. 아츠코가 물었다.

"이마가와 씨에게 팔려고 했던 신품이라는 것이 발견된 것은 작년 말쯤이라고 했지요. 그리고 해가 바뀌어, 이마가와 씨와 만나기로 약속한 날, 아마 료넨 스님은 살해되었을 거예요. 아니면———적어도 그날 실종되었지요. 최근, 이라고 할까요, 그 전후에 료넨 스님의 분위기가 이상하지는 않았나요?"

형사 같은 말투였다. 익숙하다.

"글쎄요. 그러고 보니 사라지기 전날, 이곳에 와서 잠시 이야기를 했는데."

"뭐라고 하던가요?"

"그게 말이오. 그렇지, 활연대오(豁然大悟)한 것 같은 말을."

"활연대오?"

마스다는 알기 어려운 말이 나올 때마다 말이 막힌다.

그때마다 되묻는 것은 열심이어서라기보다 형사의 습성일까. 나의 경우 앞뒤 문맥으로 대강 뜻을 짐작할 뿐 흘려 넘기는 것이 대부분이고, 따라서 이야기의 흐름은 끊기지 않지만 잘못된 인식을 하게 되는 경우도 많다.

이런 경우 대개 아츠코가 보충해 준다.

"길이 열리듯이 망설임은 날아가고 깨달음을 얻는다, 는 뜻이지요?"

"그렇소."

"깨달았다고 ——— 료넨 스님이 말씀하셨나요?"

"말했지. 말했지만, 농담일지도 모른다오."

노사는 잠시 입을 다물었다.

도리구치가 불쑥 말했다.

"굉장하군요. 깨닫다니."

"그, 그것은 대단한 일이 아닙니까? 깨달았다니, 깨달으면 ——— 수행은 끝나는 게."

마스다가 궁금증을 다 말하기도 전에 노사는 대답했다.

"한 번 깨달아서 되는 것이 아니라오."

"깨달음은 끝이 아닙니까?"

"쌍륙(双六)†과는 다르다오. 오후(悟後)의 수행, 즉 깨달은 후의 수행이 문제거든. 게다가 깨닫는 것은 한 번만이 아니오. 하쿠인 같은 사람은 평생에 대오(大悟) 열여덟 번, 소오(小悟)는 수도 셀 수 없다고 했소. 료넨 스님이 어떻게 깨달았는지는 알 수 없고 그런, 소오 따윈 그 사람에게는

---

† 두 개의 주사위의 끗수에 따라 말을 써서 승부를 겨루는 놀이.

일상다반사 같은 일이었을지도 모르고 ———.”

조금 말이 분명하지 못했다.

"그때의 일을 좀더 자세히 말씀해 주십시오.”

"자세히고 뭐고 ——— 글쎄요, 없어지기 전날 밤, 빈승을 불쑥 찾아왔소. 그리고 다이젠 스님, 저는 활연대오했습니다 ——— 라고 말하더군.”

"그래서요?"

"아아, 빈승은 농담이라고 생각했소.”

"진지하게 대하지 않았다는 겁니까?"

"그렇지요. 그렇게 대놓고 말하는 승려는 별로 없으니까요. 그때는 진지하게 대하지 않았소. 농담을 하는 줄 알고 그때 ——— 그렇지, 그때는. 왠지 빈승도 분위기에 편승해서 가소 소단[華叟宗曇]†을 흉내 내어 '료넨 스님, 그럼 나한의 경지요, 작가(作家)의 경지요?' 하고 물었지요.”

"무슨 뜻입니까?"

"가소란 아까부터 말한 잇큐 스님의 스승님이라오. 지금 한 말은 잇큐 스님이 활연대오했을 때 그 가소 스님이 했던 말을 따라한 게지요. 나한이란 소승불교에서 깨달음을 얻은 사람을 말하는 것이고 작가란 뛰어난 스승을 말하는 것이오. 다시 말해 혼자만 좋은 깨달음이냐, 위대한 선승의 깨달음이냐고 물은 것이지요. 하기야 가소 스님은 나한의 깨달음이 틀림없다고 생각하고 내뱉은 말이지만, 빈승은 그 점을 굳이 물어본 것이오. 뭐, 가벼운 기분이었

† 무로마치 중기 임제종의 승려(1351~1428).

119

지요."

"그랬더니요?"

"아아, 료넨 스님은 역시 금방 말뜻을 알아듣고 ——— 이것이 나한의 경지라면 나한을 기꺼워하고 작가를 싫어할 뿐이지요, 라고 말했소. 이것도 그때 잇큐 스님이 한 대사라오. 료넨 스님은 농담이 통하는군, 하고 빈승은 크게 웃었소 ——— 헌데."

"헌데?"

"혹시 그 사람은 ——— 진심이었던 걸까."

노사는 거기에서 입을 다물었다.

진심이라는 것은 ——— 그 료넨이 깨달음을 얻었다는 뜻일까.

마스다는 몸을 앞으로 내밀었다.

"그 ——— 그래서요?"

"——— 그게 끝이오. 다음날 아침 수행 때는 말을 하지 않았소. 평소와 딱히 다른 점은 없었는데, 그게 마지막이 되고 말았소."

"흐음. 그럼 말입니다. 활연이니 대오니 하는 것이 어떤 기분인지 저는 잘 모르겠는데요."

마스다는 계속해서 이마 언저리를 긁적이고 있다.

초조하다기보다 답답할 것이다.

도리구치가 그 모습을 곁눈질하며 변함없는 말투로 의견을 늘어놓았다.

"마스다 씨, 역시 이건 하계의 속인이 범인입니다. 여자가 얽혀 있거나―――아니면 그 환경단체인지 뭔지가 관련되어 있는 거지요. 자연파괴를 반대하는 단체의 편을 들고 있었다면 개발을 추진하는 측의 놈들과는 뭔가 알력이나, 어쩌면 이해관계가 있었을지도 모릅니다."

실로 사건기자다운 의견이었다. 도리구치는 조금씩 기세를 되찾기 시작한 모양이다.

"하지만 말입니다―――."

마스다는 한심한 표정으로 다시 이쿠보를 보았다. 아무래도 그녀의 증언이 마음에 걸리나 보다. 이제 범인 스님설의 결정적인 근거는 그녀의 목격담뿐이기 때문이다.

"저는―――."

이쿠보는 그렇게만 말하고 입을 다물었다.

"―――이쿠보 씨가 본 인물은 역시 수사를 교란하기 위한 변장이나 뭐 그런 거였을까요?"

마스다의 말을 받아 노사는 말했다.

"그쪽이―――그 범인으로 보이는 승려 차림의 남자를 보신 분이오? 하지만 형사님. 그, 스님이라고 해도 우리 절의 행각승만 수상하다고 할 수는 없습니다. 이 근처에는 곳곳에 절이 있지요. 아니, 애초에 스님에게는 다리가 있소. 그러니 근처에 있는 절의 승려뿐 아니라 여행 중인 승려일 가능성도 있지 않소이까?"

"예. 뭐."

"아."

아츠코가 작게 외쳤다.

그리고 재빨리 도리구치를 돌아보았다.

"저, 완전히 잊고 있었어요. 도리구치 씨, 그, 센고쿠로에 오는 도중에 만난———."

"뭡니까? 무슨 일이죠?"

마스다가 고개를 돌려 두 사람을 번갈아 바라보았다.

"그게요, 마스다 씨. 엄청나게 잘생긴 스님이."

"도리구치 씨! 무슨 말씀을 그렇게."

"아아, 알겠습니다, 추젠지 씨. 그, 그러고 보니 그 사람은 자신은 명혜사의 승려가 아니다———그렇게 말했지요."

"무슨 말입니까? 경찰에 말하지 않은 사실이 아직도 더 있었습니까?"

"아뇨, 그 센고쿠로에 도착하고 나서 곧바로 여러 가지 일이 너무 연이어 일어나는 바람에 완전히 잊고 있었는데, 그 오히라다이 방면에서 센고쿠로로 가는 외길 도중에, 저희는 여행 중인 승려와 마주쳤답니다."

"그 산길에서 말입니까?"

"네. 그래서 저는 명혜사 분일 거라고만 생각하고 그렇게 물어보았지요. 그랬더니."

"소승은 정처 없이 떠돌아다니는 행각승이라고, 점잔을 빼며 말했어요."

도리구치는 사극 같은 목소리로 그렇게 말했다. 그 승려의 흉내를 내려고 한 모양이다.

"그리로 내려갔다면 기점은 센고쿠로나———이곳

──── 이라고밖에 생각할 수 없군요. 센고쿠로에 그런 스님이 있었습니까?"

마스다는 이마가와를 다시 돌아보았다.

"없었습니다. 아니, 적어도 머물고 있는 동안 저는 그런 스님은 보지 못했습니다."

"그렇겠지요. 만약을 위해 일주일 정도 거슬러 올라가서 숙박객을 조사해 봤지만 그런 스님은 없었어요. 그것은 시체를 발견한 날이지요? 노사님, 으음, 어제인가요? 다른 절에서 누군가 스님이 이곳을 찾아왔다고 하신 게."

"왔──── 을지도 모르지요."

"사실입니까?"

"지객에게 물어보면 알 수 있소. 지안 스님은 사건과 상관없다고 판단하고 말하지 않았겠지만 아마, 으음, 가마쿠라의──── 그렇지, 료넨 스님이 옛날에 있던 절에서 온 사람일 거요. 행각승이 한 명 왔는지 올 거라고 했는지. 어제나 그저께의 일이었을 것 같은데. 무슨 용무로 오는지, 은거 중인 빈승은 전혀 모르겠소만."

"그럼 그겁니다! 틀림없겠지요. 그거라면."

마스다를 가로막듯이 갑자기 이쿠보가 발언했다.

"그, 그 스님은 가마쿠라에서 오셨나요?"

"그런 것 같은데. 왜 그러시오?"

"이, 이름은 모르시나요?"

"유감스럽게도 빈승은 모르겠구려. 이름은 지안 스님이 아니면 모를 거요."

"그렇 ———— 군요."

"이쿠보 씨, 뭔가 아십니까?"

발언에 방해를 받은 마스다가 의아하다는 듯이 되물었지만 이쿠보는 알아들을 수 없을 만큼 작은 목소리로,

"아뇨 ————."

라고 대답했을 뿐이었다. 아무리 봐도 그녀의 거동은 수상하기 짝이 없다. 처음에는 기괴한 현상과 마주친 탓에 정서가 불안정해졌나 보다고 생각했지만 아무래도 그런 것도 아닌 모양이다.

"아무래도 말이지요, 그럼 노사님. 그 손님에 대해서는 지안 씨에게 물어보면 신원 같은 것도 알 수 있는 거지요? 추젠지 씨, 도리구치 씨, 그 스님의 얼굴은?"

"뭐, 기억은 납니다. 눈 속에 검은 옷을 입은 스님, 마치 그림으로 그린 것 같은, 지나치게 잘생긴 사람이었거든요. 그렇지요, 아츠코 씨?"

아츠코는 도리구치를 무시했다.

눈 속을 걷는 검은 옷의 승려?

어제 ———— 아니, 그저께 아침.

나도 그 승려는 보았다.

내가 교고쿠도라고 착각한 눈 속의 승려가 바로 아츠코 일행이 마주친 승려가 아닐까.

내 직감이 그렇게 말하고 있었다. 물론 확증은 없다. 게다가 기억은 그것뿐이니 확인할 길도 없다. 어쨌거나 나는 창 너머로 보았을 뿐이다. 동일인물인지 아닌지는 알 수

없다.

그러나———.

———나중에라도 마스다에게 알려주어야 할까.

아무래도 신경이 쓰였다. 쥐 승려의 이야기도 그렇고 지금 나온 눈 속의 승려도 그렇고, 이쪽의 일과 저쪽의 일은 왠지 호응하고 있는 것 같은 기분이 들어 견딜 수가 없었다. 그것은 당연히 환상이 틀림없을 것이다. 확실하게 대응하는 사실이 있는 것은 아니고, 단순한 인상에 지나지 않는다. 오시마 사건은———경찰이 이미 조사했겠지만———전혀 상관이 없을지도 모른다.

방금 나온 승려 이야기도 심히 불안하다.

———그 후리소데를 입은 소녀.

그것은.

"저어, 다이젠 노사님———."

왠지 대화에 빈틈이 생겼기 때문에, 그때까지 방관자였던 나는 처음으로 노사에게 말을 걸었다.

"저는, 저기, 글을 쓰는 사람입니다. 말하자면 제삼자고, 직접적으로는 아무 관련도 없지만———아아, 세키구치라고 합니다. 그러니까———."

혀가 잘 돌아가지 않아서 알아듣기 힘들다. 아무리 구어라지만 문법도 엉망진창이어서 왠지 스스로도 엄청나게 바보 같다는 생각이 들었다.

"———그, 아까 이쪽에서, 저, 후리소데를 입은 소녀를 보았는데, 으음, 그."

나는 산에서 본 후리소데 소녀——— 성장하지 않는 미아에 관한 이야기를 어떻게 해서든 듣고 싶었다. 그 소녀가 이 세상의 존재라는, 좀더 확실한 증언을——— 말이다.

아까 사정청취 때도 그 소녀는 잠시 화제에 올랐다. 근처에 사는 노인의 가족이라는 얘기였는데, 그것밖에는 알 수 없었다. 그 정도의 정보로는 내 마음속의 그 소녀는 여전히 마물로 남아 있을 뿐이다.

"아아. 스즈 말이오?"

"스즈?"

큰 소리를 낸 것은 이쿠보였다.

"스즈? 후리소데를 입은 소녀? 그것은 대체———."

아마 이쿠보는 후리소데를 입은 소녀에 대해서 모를 것이다. 아까도 스가와라가 냉큼 무시하는 바람에 인상에 남지 않았을 것이다. 스가와라는 스님을 의심하고 있기 때문에 그런 것은 상관없다고 판단한 것이다. 시간도 없었으니 어쩔 수 없지만——— 그렇다 해도 이쿠보가 이렇게까지 당황하는 것은 아무리 생각해도 과잉반응이다.

"그건 대체 무슨 말씀이신가요? 아츠코 씨, 그리고 여러분, 모두 아시는 얘기인가요? 그것은———."

이쿠보는 주위를 둘러보고 마지막으로 노사를 보더니 입을 다물었다. 그러나 어두워서 표정은 전혀 알 수 없다. 오직 오싹오싹한 기척만이 전해졌다.

"그것은 진슈[仁秀] 씨 댁의 처자인 것 같은데, 잘은 모르겠군요. 언제부터 있었는지."

"진슈라면, 역시 스님이십니까?"

"아니, 사실은 히토히데라고 읽을 테지요. 빈승들은 모두 음독으로 읽다 보니 자연스럽게 그렇게 부르고 있소만."†

"그 진슈라는 사람은 어떤 사람입니까? 그냥 근처에 사는 노인이라든가, 아니면 절에서 일하는 사람이라든가 ———."

"절에서 일하는 사람은 없소. 그런 사람들이 하는 일을 빈승들은 수행으로서 하고 있으니 말이오. 이웃에 사는 노인이라는 말은 맞겠지요. 이 절 바로 뒤에서 밭을 일구고 있다오. 지금은 절의 밭과 구별이 가지 않게 되었지만. 빈승이 이 절에 왔을 때 처음으로 만났소. 깜짝 놀랐지요. 빈승의 스승님이 알고 있었는지, 그건 잘 모르겠지만 아무래도 이 절이 발견되기 전부터 계속 그곳에 살았던 모양이오."

"그럼 이런 산속에서 농사를?"

"농사라고 할 정도는 아니라오. 자신들이 먹을 만큼만 근근이 짓고 있었을 뿐이지요. 선인 같은 생활을 하고 있었던 것이오."

선인 ——— 그럼 그 소녀는 선녀라는 뜻일까. 그렇다면 나이를 먹지 않는 것도 수긍이 간다.

---

† '仁秀'는 음독하면 진슈, 훈독하면 히토히데가 됨. 스님들의 이름은 모두 음독으로 읽는다.

"그 왜, 당신들도 만나지 않았소? 그 덩치가 큰 데츠도라는 행각승."

"예에, 얼핏 보았을 뿐이지만 그 진슈 씨의 손자라고 했던 ———."

"손자? 진슈 씨는 그 정도 나이가 아니오. 더 나이가 많지요. 뭐, 그 데츠도와 스즈와 셋이서 살고 있다오. 그러니까 나이는 아주 많지만 건강하지요. 허리도 굽지 않았소. 빈승보다 더 나이 들었을지도 모르지만 상당히 정정하시지요. 이거 참, 빈승은 수행이 부족한가 보오."

"그런 노인이 이런 산속에 사신다고요? 조상 대대로 살았던 걸까요?"

"글쎄요. 그 할아버지는 자기 얘기는 전혀 하지 않으니 모르지요. 하지만 읽고 쓸 줄도 알고, 배운 것도 있는 듯하오. 어쩌면 세상에 염증을 느껴 세상을 버리고 은둔한 사람일지도 모르오."

"그 데츠도 씨와 스즈 씨라고 하셨나요? 그 두 분은 진슈 씨와 핏줄이 이어져 있지는 않다 ——— 고 하셨는데, 그건 무슨 뜻인지?"

"데츠도는 빈승이 산에 들어왔을 때는 없었지만 ——— 아니, 있었나? 있었다 해도 젖먹이 어린애였겠지요. 어느새 밭일을 거들고 있었고, 그대로 이곳에 출입하게 되어 정신을 차려 보니 승려의 작업을 거들고 있어 결국은 승려가 되었소. 아무리 뭐라 해도 진슈 씨가 낳았을 리는 없으니 말이오. 그러니 버려진 아이나 뭐 그런 게 아닐까 싶구려. 그걸 진슈 씨가 주운 게 아닐까? 스즈도 마찬가지요. 스즈는——— 그렇지, 언제부터 있었는지, 스즈를 보게 된 것은——— 지난 삼사 년 정도였던가?"

"삼사 년? 그럼 전쟁 후란 말씀입니까?"

그러면 13년 전의 목격담은——— 어떻게 되는 걸까?

"그렇소. 전쟁 후의 일이지요. 아니, 전쟁 전부터 있었는지도 모르지만 어릴 때는 보지 못했소. 그렇지, 그러고 보니 계속 앓아누워 있었다는 말을 들은 것 같구려. 지금은 보시다시피 건강하지만, 역시 조금——— 음. 그러니 아마 그 애도 버려진 아이거나, 미아였을 거요."

마스다가 즉시 경관다운 반응을 했다.

"하지만 정말로 그렇다면 경찰에 신고를 하든지 해서 보호해야 하지 않습니까. 교육도 받게 해야 하고요."

"아아, 그건 그렇겠지만 아무래도 그 남매는, 물론 친남매는 아니지만, 둘 다 그, 좀 머리가 늦되다오. 하계의 학교는 도저히 다닐 수 없다고——— 뭐, 옆에서 보기만 했으니 어느 정도인지는 알 수 없지만 말이오. 그런 생각이 드는구려. 허나 이곳에서는 어떻게든 잘해 나가고 있소. 아무 불편 없이 살아가고 있지요. 데츠도는 말은 잘 못하지만 아주 근면하게 작업을 해내고. 게다가 누구에게 듣는 것인지는 모르겠지만 공안을 열심히 배우고 있소."

"공안? 아까 그, 소가 어쨌다는 둥 하는 그 어려운 것 말입니까?"

마스다는 정말 싫다는 듯이 말했다.

"맞소. 데츠도는 누구에게 그것을 듣고 와서 매일 생각하는 모양이오. 공안은 몇 개나 있으니 말이오. 천 종류도 넘지요. 풀어도 풀어도 다 풀 수는 없다오."

"하지만 노사님, 당신은 아까 공안은 생각해서는 안 되는 것이라고 말씀하시지 않았습니까?"

"그렇긴 한데, 데츠도는 멋있는 답을 짜내려고 한다거나, 논리를 비비 꼰다거나, 그런 짓을 하는 것은 아니오. 진지하게, 진심으로 생각하지요. 그리고 가끔 빈승을 찾아와서 더듬거리는 말로 이러이러해서 이렇게 생각하는데 어떠냐고 묻는다오. 꽤 이상야릇한 말도 하지만, 이게 또 진지하단 말이오. 빈승이 가르칠 수 없는 것도 많소."

"예에."

"그래서———."

이쿠보가 말했다. 조금 차분해진 것 같다.

"그 스즈라는 소녀의———나이는?"

"글쎄요. 열둘인가 셋인가."

"그렇———습니까. 예? 열둘이나 열셋? 그럼———하지만———만일."

말꼬리가 점점 작아지더니 사라졌다. 한없이 명확하지 못한, 의문을 머금은 말투였다.

뭔가———알고 있다.

나는 이쿠보를 보았다. 역시 그림자를 덮어쓰고 있어서 잘 보이지 않는다. 낮부터 이미 색깔을 잃고 있었던 이 여성은 이제 빛마저 완전히 잃었다.

이쿠보는 아까 수수께끼의 승려와 후리소데 차림의 소녀 양쪽에 모두 과잉반응을 보였다. 나는 둘의 관계가 어떤 것인지 도저히 상상도 가지 않는다. 눈치를 살핀다. 이쿠보의 그림자가, 그리고 노사의 그림자가, 모든 사람들의 그림자가 흐느적거리며 크게 흔들렸다. 다음 순간.

훅 하고 불이 꺼졌다.

진정한 어둠이 우리를 감쌌다.

노사가 있던 방향에서,

노사의 목소리가 났다.

"오오, 초도 다 된 모양이구려. 마침 딱 좋은 시간이오. 이보게, 누구, 누구 없나?"

대체 몇 시가 된 걸까.

이곳에 온 것이 오후 열 시 삼십 분 경. 두 시간 이상은 이야기를 나누었을 것이다. 그렇다면 날짜도 바뀌었을 텐데. 오전 세 시 반의 기상시간까지 앞으로 세 시간도 남지 않았다는 걸까.

불러도 사람은 좀처럼 나타나지 않았다. 잠들어 버린 걸까.

"어허, 이것 참, 어쩔 수 없군요. 죄송합니다. 지금 불을 ────."

장지문이 열리는 기척이 났다.

기척이 아니었다.

촛불을 든 커다란 남자의 그림자가 거기에 있었다.

"오오? 자네는 데츠도인가? 데츠도, 어째서 자네가 온

131

게야? 다른 사람들은 어찌 되었지?”

“똥막대기.”

“뭐라고?”

이상하다. 왠지 몹시 이상했다.

“똥막대기가 뭐지?”

억양 없는 말투다. 검고 커다란 몸이 얼굴 언저리만 흐릿하게 밝다. 자세히 보니 데츠도는 스님들이 작업할 때 입는 옷을 입고 있었고 머리에 수건을 감은 채 지게 같은 것을 짊어지고 있는 것 같았다.

“똥막대기라는 게 무슨 소린가? 뭐, 됐네. 그 불을 좀 가져오게. 그리고 누군가 안내할 사람을 좀 불러다 주겠나? 밖에 아무도 없나 본데.”

“죄송합니다, 노사님. 그———.”

데츠도의 등 뒤에서 세 승려가 황급히 나타났다.

“죄송합니다, 깜박———.”

“아아, 괜찮네. 벌책은 없을 테니. 이런 시간까지 이야기에 열중해 있던 빈승이 잘못이지. 지안에게 알려졌다간 내가 벌책감이야. 자, 여러분을 안내해 드리게. 오오, 내 멋대로만 굴어서 미안하오. 여러분, 이 정도면 되겠지요?”

노사는 다시 우리들을 돌아보며 그렇게 말했다.

“아, 예, 매우 큰 참고가 되었습니다. 협조해 주셔서 고맙습니다.”

마스다가 먼저 인사를 하고, 우리는 그 뒤를 따라 차례

차례 머리를 숙인 후 일어섰다. 나는 다리가 완전히 마비되어서 그것을 들키지 않으려고 천천히 일어섰지만, 한 번은 비틀거렸다.

이렇게 해서 회견은 느닷없이 종료되었다.

데츠도는 어느새 사라지고 없었고, 아까 그 승려들이 차례차례 방으로 들어와 우리들을 안내해 주었다.

"저어, 노사님."

이마가와가 혼자서 노사에게 슬쩍 다가갔다.

"괜찮으시다면 그, 잠시만 더 말씀을———아니, 몇 분 안 걸릴 겁니다."

"아아———."

노사가 그 청을 허락했을 때, 이미 방 안에는 나밖에 남아 있지 않았다. 이마가와는 당연히 내게 정중히 양해를 구했다.

"세키구치 씨. 저는 곧 뒤따라가겠습니다. 먼저 돌아가 계시겠습니까?"

"아, 예에."

그래서 나는 방을 나와 이치전을 떠났다.

내율전에는 몹시 간소한———간소하다기보다 허름한———이불이 준비되어 있었다. 엄청나게 추웠기 때문에 나는 당장 이불을 뒤집어썼지만 아무도 자는 사람은 없었다.

시간은 내 예상을 뛰어넘어 오전 한 시를 이미 지난 참이었다. 기상시간까지 두 시간도 남지 않았다. 도리구치는 한 번 자면 열 몇 시간이나 일어나지 않으니 도저히 잘 수 없을 것이다.

이마가와는 정말로 십 분도 지나지 않아 금세 돌아왔다. 어영부영하는 사이에 아침은 곧 찾아왔다.

시끄러우면서도 엄숙한 방울 소리가 들려와, 조금 풀어져 있던 나는 자연스레 긴장할 수밖에 없었다.

새벽 취재는 미리 촬영장소나 순서를 정해 두었는지, 아츠코와 이쿠보의 움직임에는 군더더기가 하나도 없었다. 도리구치도 평소와 달리 기민하게 움직였다. 나와 마스다는 그냥 바보같이 뒤를 따라 뛰어다녔을 뿐이었다.

그리고———.

그리고, 나는 지금 완전히 이완되었다.

"아아, 아무래도 잘 못 쓰겠어요."

아츠코는 그렇게 말한 후, 앉은 채 두 팔을 뻗어 한껏 기지개를 켰다.

"좌선에 대해서는 아무 설명도 듣지 못했군요. 어제도 ———."

아아, 하고 대답을 하려고 했지만 하품이 섞여서 "후아아"라고 말하고 말았다.

"다시 한 번 다이젠 노사님께 여쭤보고 올까요?"

"후아아, 그게 좋겠다, 아츠코. 그 사람이 제일 이야기가 통할 것 같으니."

또 하품이 섞이고 말았다.

"선생님, 같이 가실래요?"

"나? 뭐, 가도 상관은 없는데――아츠코, 너무 무리하지 않는 게 좋아."

"하지만 무슨 사진을 찍었는지 나중에 모르게 되면 큰일이고, 이 분위기 속에서 써 두는 게 좋을 것 같거든요."

"그거라면 나도 봤고, 도리구치 군도 있잖니. 게다가 아무래도 모르겠으면 교고쿠도에게 물어보면 될 거다. 어지간한 건 알고 있을 거야."

"오빠한테는 신세 지고 싶지 않아요."

"그래? 하지만 우리는 아직 용의자인지 피의자인지 그러니까, 사실은 이 마스다 형사를 깨우지 않으면 마음대로 행동할 수 없는데."

"이마가와 씨와 이쿠보 씨도 그냥 나갔는데요."

"하지만."

"저, 저는 깨어 있습니다!"

마스다가 새빨간 눈을 억지로 부릅뜨며 벌떡 일어났다.

"추, 추젠지 씨. 그 노사님에게 가 봅시다. 저는 좀더 물어보고 싶은 게 있습니다. 그걸 듣기 전에는 산을 내려갈 수 없어요."

혀도 제대로 안 돌아간다. 마스다는 상당히 무리를 하고 있는 듯했다. 아츠코 앞이라 체면을 차리는지도 모른다. 그에 비해 도리구치는 코를 드르렁드르렁 골고 있다. 입까지 벌리고 있다. 나는 침이 흐르지는 않을까 하고 쓸데없는 걱정을 했다. 도리구치도 아츠코에게 그런 모습을 보이고 싶지는 않을 것이다.

당사자인 아츠코는 그런 것은 전혀 눈에 들어오지 않는지 "그럼 갈까요?" 하고 기운차게 말하더니 기세 좋게 일어섰다. 마스다는 충혈된 눈을 한 채 비틀거리며 그 뒤를 따르고, 나도 일이 이렇게 되니 어쩔 수 없어서 일부러 귀찮다는 듯이 일어섰다.

바깥은 여전히 추웠고 몹시 밝았다.

아츠코가 눈부신 듯 눈을 가늘게 뜨며 말했다.

"그러고 보니 ——— 오늘 아침 조과 때 다이젠 노사님이 계셨나요? 뵙지 못한 것 같은데요."

"글쎄. 뒤에서 보면 스님들은 모두 대머리니까 잘 모르겠는데. 그러고 보니 보이지 않았던 것 같기도 하다만."

솔직히 나는 다이젠이라는 사람의 얼굴이 생각나지 않는다.

어둠 속에 떠올라 보이던 주름의 음영 외에는 아무 인상도 없었다.

마스다가 말했다.

"그 사람은 나이가 많으니 아침 독경은 면제받는 게 아닐까요?"

"하지만 어젯밤에는 일과는 제대로 할 게요, 라고 말씀하셨는데요."

"그럼 늦잠을 주무셨나 보지요."

"그럴까요 ———?"

아츠코는 살짝 고개를 갸웃거리며 몇 번 눈을 깜박거렸다. 조금 졸린 것 같았다.

그때 바람을 가르는 듯한 소리가 났다.

손을 가슴 앞에서 깍지를 낀——— 차수(叉手)라고 하는 모양이다——— 몇 명의 승려가 옆쪽 회랑을 엄청난 기세로 달려간 것이다. 속도는 빠른데 발소리는 나지 않는다. 독특한 달리기다.

"왜 저럴까요? 무슨 일이 있었던 걸까요?"

"아, 지안 씨가."

역시 가슴 앞에서 차수를 한 채, 귀로 바람을 가를 듯이 지안이 나타났다. 뒤로 종자 두 명을 거느리고 있다. 법의 소매가 바람을 머금고 둥글게 부풀어 있었다.

지안은 우리들의 모습을 보고는 걸음을 딱 멈추었다.

미리 짠 것처럼 종자들도 멈춘다.

지안은 인형 같은 얼굴을 이쪽으로 향했다.

창백했다.

"마스다 님 ——— 이라고 하셨지요."

"예? 그런데요."

"이쪽으로 오시지요."

"네?"

지안은 나와 아츠코를 날카롭게 노려보고 나서,

"동사(東司)에 ——— 같이 좀 가 주셨으면 합니다."

하고 탄력 있는 목소리로 말했다.

"동사? 동사가 어딥니까?"

마스다는 뱀 앞의 개구리처럼 얼빠진 표정으로 옆에 있는 아츠코에게 도움을 청했다.

"동사란 부정한 곳을 말해요, 마스다 씨."

"변소? 왜 내가 저 사람이랑 변소에———."

"빨리 오십시오."

지안은 벨 듯이 엄한 목소리로 일갈하고 다시 빠른 걸음으로 떠났다. 마스다는 약간 동요하다가 결국 회랑 바깥쪽으로 나란히 달려 지안 일행의 뒤를 쫓았다. 나와 아츠코는 얼굴을 마주보고 나서 또 그 뒤를 쫓았다.

어디를 통해 건물로 들어가야 할지 헤매다가 결국 마스다도 꽤 늦었기 때문에 우리는 셋이 함께 그 장소에 도착했다. 이쿠보도 있었다.

그리고 유켄도, 조신도 있었다. 사무에나 법의를 입은 승려들이 여기저기에 우두커니 서서 멍한 얼굴을 하고 있다.

어디가 이상한 것도 아니었는데, 왠지 기묘한 광경이었다. 계율이 엄한 선사(禪寺)의 풍경이라고는 생각되지 않았던 것이다. 오늘 아침에 본, 일거수일투족까지 통솔된, 발가락까지 구석구석 경전이 닿아 있는 승려들의 모습은 거기에 없었다. 뭔가 심지가 빠지고 공기가 흐트러져 있다. 눈에 보이지 않는 질서가 붕괴되어 있었다.

"대체 무슨 일이 있었던 겁니까?"

마스다가 유켄에게 물었다.

"음———."

유켄은 바위 같은 얼굴을 더욱 딱딱하게 굳히고 그저 미간에 주름만 지었다.

"무슨 일입니까?"

나는 이마가와 옆에 서서 몰래 물었다.

이마가와는 그냥 천천히 고개만 가로저었다. 도토리 같은 눈을 둥글게 부릅뜨고 있다. 이쿠보는 유령처럼 우두커니 서 있다. 나는 어쩔 수 없이 시선을 돌렸다.

복도에 나무문이 늘어서 있었다. 이곳이 동사———소위 변소일 것이다. 내율전에는 따로 측간이 설치되어 있었기 때문에, 나는 물론 이곳을 처음 보았다. 아무래도 변소까지 취재하지는 않기 때문이다.

가장 안쪽 문이 열려 있었다. 그 문의 그늘에서 지안이 나왔다.

"이게———무슨 일이람."

지안은 떨고 있었다.

마스다가 앞에 있던 두 명의 승려를 헤치고 지안에게 달려갔다.

"지안 씨. 무슨 일인데 그러십니까?"

지안은 등골이 서늘해질 정도로 차가운 눈빛으로 마스다를 내려다보았다. 그리고 한층 더 싸늘하게 말했다.

"허락되지 않는 일입니다. 이런 무질서한———절조
(節操) 없는 일은———다, 당신들이———."

나도 앞으로 나섰다. 아츠코도 뒤를 따랐다.

"―――당신들이 휘젓고 다니니 이런 일이 일어나는 거요!"

지안은 히스테릭하게 그렇게 외치더니 반쯤 열려 있던 문을 난폭하게 후려쳐서 활짝 열었다.

사극에 나올 법한 나무 변소였다.

거기에.

다리가 두 개 돋아 있었다.

거꾸로―――머리에서부터 사람이 박혀 있는 것이다.

옷은 말려 올라가고 완전히 탄력을 잃은 두 개의 막대기는 의지도 무엇도 없이 칠칠치 못하게 좌우로 벌어져 있다. 푸르죽죽하고 물렁물렁한 피부가 마치 가짜 같다.

어떻게 된 건지 잘 알 수가 없었다. 인간의 몸이 자연스럽게 취할 만한 자세가 아니다.

말하자면―――.

이것은 시체다. 시체를 변소에 머리부터 힘껏 처박고 몸을 젖히게 해서 균형을 잡은 것이리라.

바닥이 조금 파손되어 있었다. 어깨 언저리까지 억지로 밀어 넣었을 것이다.

자세히 보니 부자연스럽게 부러진 두 손도 보인다.

노인 같다.

"이것은―――."

마스다가 겨우 그렇게만 말했다.

아츠코가 중얼거렸다.

"다, 다이젠———노사님?"

"어? 이게, 다이젠 씨?"

마스다는 한 번 흠칫 튕기더니 한 발짝 내딛어 몸을 굽히고 들여다보는 것 같은 자세를 취했다.

"아아? 아아, 이거."

쥐어짜내는 것 같은 목소리를 내며 마스다는 일어서서 다시 전원을 돌아보았다.

"혀, 현장은, 바, 발견 당시 그대로인가요?"

뒤집어진 목소리였다.

"바, 발견자는———으음, 이건."

아무도 대답하지 않았다.

"마스다 씨, 여기는 제가———빨리, 빨리 지원을."

아츠코가 말했다.

"그, 그렇군요. 부, 부탁드립니다. 혀, 현장 보존은, 화, 확실하게. 곧 돌아오겠습니다."

"어리석군요!"

지안이 큰 소리로 말했다.

마스다는 넘어질 듯이 달려갔다.

나는 어제까지 노사라고 불리던 두 개의 다리를 그저 바라만 보고 있었다.

*

소방단 생활 삼십육 년의 추억

다이쇼 6년(1917)에 온천마을 소방단 제2부에 입단한 지 약 삼십육 년. 방수(放水) 담당 조장으로 일하다가 이번에 퇴단을 하게 되었습니다. 사사와라 어르신께서 기념으로 한 문장 써 달라 청하셔서, 익숙하지 않은 서툰 글을 이렇게 씁니다.

올해, 우리 소방단에도 드디어 소방수 운송용 소형 트럭이 배치되었습니다. 이제 현장으로 가는 시간도 훨씬 짧아지고 더 좋은 소방 활동이나 구명 활동을 할 수 있게 될 것입니다.

전쟁 전까지 소방단은 소방조(消防組)라고 불렸고 소방수도 합피[†]에 복대라는, 검객 영화의 소방대원 같은 멋진 옷차림을 하고 있었습니다. 전쟁 동안에는 경방단(警防團)으로 이름을 바꾸어 마을의 후방 방어를 맡았습니다. 한창 전쟁 중이라 옷은 수수한 것으로 바뀌었지만 장비는 여전히 소방 장비라, 상당히 불안한 기분이 들었지요.

그 당시와 비교하면 큰 발전인지라, 매우 기쁘게 생각합니다.

장비 탓을 하고 싶지는 않지만 산기슭에 있는 마을과 달리 산간부에서는 신속한 이동이 어렵습니다. 게다가 수

[†] 기모노 위에 걸치는 무릎길이 또는 허리길이의 겉옷. 에도 시대에 무가의 일꾼부터 부잣집의 하인, 직인 등이 주인집의 문장이나 가게 이름을 물들여 입은 것에서 시작되었다. 현재는 직인들이 주로 입는다.

원을 마음대로 확보할 수 없는 지역도 많지요.

어쨌든 지금까지는 짐수레로 이동을 했으니까요. 산길이 많은 하코네의 마을들을 펌프를 싣고 뛰어다니자니 엄청나게 힘들었습니다. 언덕길을 올라갈 때는 끈으로 묶어끌고 뒤에서 미는 등 고생깨나 했지만 문제는 언덕을 내려갈 때였습니다. 올라갈 때와는 반대로 뒤에 끈을 매고 끌어, 미끄러져 떨어지지 않도록 조심하면서 내려가야 했습니다. 공연히 서두르다가 언덕길에서 미끄러져 떨어지기라도 하면 물통이 부서질 뿐 아니라 수레를 끌고 밀던 단원들도 다치고 마니까요.

중노동인 데다 위험하기 짝이 없지요.

현장에 도착하면 도착한 대로 이번에는 교대로 물통을 밀며 물을 뿌립니다. 도하츠'가 배치된 것은 전쟁 후의 일이고, 제가 현장에 나가던 무렵에는 사람이 눌러서 물을 뿜어내는 수통이었습니다. 이것도 힘든 일입니다. 겨울철에도 땀으로 범벅이 되지요. 모두들 열심히 했지만 그런 악조건이다 보니 소방 활동을 제대로 할 수 없는 경우도 있어서, 그게 분했어요.

햇수로 삼십육 년 동안의 소방단 생활에서 가장 분했던 것이, 잊지도 못할 쇼와 십오 년 정월 삼일에 있었던 화재였습니다.

---

† 선외기. 소방펌프를 주로 생산, 판매하는 일본의 제조업체 도하츠 주식회사의 제품.

아직 새해 기분이 가시지 않아 긴장이 풀려 있었던 걸까요. 아니오, 그렇지는 않았을 것입니다. 술에 취했든 자고 있었든, 화재라는 말 한마디만 들으면 우리는 바짝 긴장하니까요. 취기도 졸음도 싹 깨고 말지요. 그것이 소방부라는 존재입니다.

다만, 그해는 예년보다 눈도 많이 내려서 길이 좋지 않았습니다.

게다가 불행한 사고도 있었지요.

화재가 일어난 곳은 고와쿠다니에서 좀더 들어간 곳에 있는 작은 마을이었습니다. 산길을 오르던 중 짐수레를 끄는 끈이 끊어진 것입니다. 저는 뒤에서 수레를 밀고 있었는데, 갑자기 엄청난 무게가 걸리더니 수레와 함께 언덕 아래까지 미끄러져 떨어지고 말았습니다. 함께 밀고 있던 두 사람 중 한 사람은 손가락이 뭉개지는 큰 부상을 당했고, 다른 한 사람은 허리를 심하게 다쳐 걸을 수 없게 되었지요.

다행히 물통은 무사했습니다.

저는 찰과상 정도였기 때문에 나머지 단원들과 힘을 합쳐 필사적으로 언덕을 올라갔지만, 도착은 늦어지고 말았습니다.

유감스럽게도 전소했습니다.

사망자가 다섯 명이나 나왔지요.

지진이나 태풍 같은 큰 재해 때라면 몰라도 화재로 그렇게 사망자가 많이 나온 경우는 제 경험상 처음이자 마지막이었습니다. 이것이 제 긴 소방생활 속에서 가장 큰 굴욕이었습니다. 우리는 너무 분해서 집에 돌아온 후 울었던 기억이 납니다.

오 분, 아니 일 분만 더 도착이 빨랐다면 혹시 한 명이라도 구할 수 있지 않았을까 하고 생각하면 지금도 안타까운 회한의 마음이 끓어오를 정도입니다.

다만 경찰이 도착하기 전까지 현장을 샅샅이 조사했는데, 아무래도 수상한 점이 많았어요. 도착이 늦은 것은 사실이지만 그렇다 해도 불이 번지는 속도가 너무 빨랐습니다. 아무래도 한 곳에서 불이 난 것 같지는 않았어요.

안방에 주인 부부의 시체가 있었고, 그곳에서 불이 난 것은 틀림이 없었지만 건물이 탄 상태를 보면 현관, 부엌이 먼저 탔더군요. 불이 옮겨 붙었다고 하기에는 상당히 기묘한 상태였습니다. 게다가 하녀방도 완전히 불에 탔고 그곳에서 세 명이 죽어 있었습니다. 그래서 경찰에 이것은 방화라고 여러 번 말했지만, 결국 범인이 잡혔다는 이야기는 아직 듣지 못했습니다.

그것도 분하게 생각하는 이유 중 하나입니다.

자동차가 생기고 기술이 진보하여, 이러한 분한 마음, 슬픈 마음을 맛보는 일도 적어질 거라 생각하면 감개무량합니다. 후배 여러분, 앞으로도 하코네의 안전을 위해 더욱더 노력해 주십시오.

쇼와 28년 1월 1일
마지막 시무식을 앞두고 적음

하코네 소방단 소코쿠라 분단(分團)
호리고시 마키조

*

5

마스다는 야마시타 경부보와 스가와라 형사, 그리고 경관 두 명을 데리고 삼십 분 정도 후에 돌아왔다.

왕복 세 시간은 걸릴 거리이니, 아무리 뭐라 해도 너무 빠르다. 아무래도 야마시타 일행은 이미 이쪽을 향해 출발했던 모양이다. 부르러 간 마스다와는 산속에서 마주친 것 같았다.

야마시타는 여전히 혼란에 빠져 있었다.

하기야 나도 냉정하지 못했다. 혼란에 빠지는 것마저 포기하고 있었을 뿐이다. 그것은 다른 사람들도 마찬가지였고, 물론 승려들도 예외가 아니었다.

야마시타는 도착하자마자 자기소개도 하지 않고 현장으로 직행해 경관 두 명에게 그곳을 감시하게 한 뒤, 우리를 포함한 승려 전원을 밖으로 내보냈다. 이미 감식이나 조사원 등의 지원 요청은 수배해 둔 모양이다.

야마시타는 전원을 둘러보며 소리쳤다.

"어, 어쨌거나 전원을 한 방에 모아 두게. 지원이 도착할 때까지 아무도, 한 발짝도 거기서 내보내지 마!"

당연하다는 듯이 지안이 반발했다.

"그건 곤란하오. 절대 승복할 수 없습니다."

"곤란해? 무슨 웃기는 소릴 하는 거요. 당신들은 모두 중요참고인이오. 아니, 용의자란 말이오. 멋대로 구는 건 안 될 일이지! 일본은 법치국가요. 당신들도 일본 국민이라면 법률을 준수할 의무가 있어요! 내 명령에 따르지 않는 자는 수사방해로 간주하고 즉각 체포하겠소!"

야마시타는 엄청난 기세로 떠들어 댔다.

그 말에 지안은 내뱉듯이 응대했다.

"아아, 어찌 그리 말투가 난폭한지! 설령 이 중에 범인이 있다 해도 이 상황에서 이곳을 도망쳐 나가는 어리석은 자는 없을 겁니다! 애초에 우리 절의 행각승 중에 불살생계(不殺生戒)를 깨는 발칙한 자가 있을 리도 없어요. 그렇다면 그 흉악한 행위는 외부 사람의 짓일 테지요. 그럼 이 참상은 경찰관이 붙어 있었는데도 일어난 불상사라는 뜻. 당신은 대체 어떤 형태로 책임을 질 생각입니까! 우리는 피해자입니다. 그런 무례한 태도는 인권 침해일 뿐이에요!"

"잠깐, 지안 스님. 상황을 생각하시는 게 좋겠소. 지금은 경찰을 따르는 것이 상책이에요."

"그것은 ─── 유나(維那)이신 유켄 스님이 하실 말씀이 아닌 것 같군요. 저는 이런 무질서는 용납할 수 없습니다."

"용납하고 말고의 문제가 아니지 않소. 료넨 스님에 이어, 다른 사람도 아닌 다이젠 노사님이 살해되었소. 게다가 산 안에서, 아니, 경내, 아니, 아니, 사당 안에서 말이오. 당신은 그래도 평상시와 마찬가지로 일정을 진행해야 한다는 말씀이시오?"

"물론입니다. 사고 때문에 일정이 흐트러지다니 우스운 일이지요."

"평소대로 행동하는 것만이 수행은 아니오. 어떤 상황에서도 수행은 수행이지요. 나는 유나로서 승려들이 경찰에 따르도록 지도해야겠소!"

"아무래도 상관없으니 빨리 시키는 대로 하시오. 마스다. 사람들을 어딘가 적당한 곳에 모으게."

"아니, 적당한 곳이라니요."

"경내를 멋대로 돌아다니는 것은 안 될 일입니다!"

"아직도 그 소리요, 지안 스님."

"아———."

어수선한 분위기에 물을 끼얹은 것은 조신이었다.

"지, 지안 스님, 부탁입니다. 지금은 경찰에, 경찰의 감시 하에 전원을 ——— 지금은 시키는 대로."

"뭐라고요? 그건 무슨 소립니까. 조신 스님."

"그러니까 지안 스님. 이, 이 중에 범인이 있느냐 없느냐는 다른 문제요. 이 끔찍한 일이 ——— 이것으로 끝날 거라는 보장은 전혀 없다는 뜻입니다. 당신은 어떨지 몰라도, 다, 다음은 저나, 아니, 관수님일지도 몰라요."

"뭐라고요?"

"이런 끔찍한 일이 더 계속될 거라는 거요, 당신!"

"아, 아니, 모, 모르지요, 그――."

"어리석은 말씀을 하시는군요, 조신 스님. 정신이 나가기라도 하셨소?"

"미친 것은 당신이오, 지안 스님."

"뭐라고요――."

"조용히 하게, 꼴사납군!"

땅 밑에서 울려 나오는 것 같은 위엄 있는 목소리였다.

승려들의 벽이 일제히 양쪽으로 갈라지고 오랫동안 사라졌던 질서가 순식간에 회복되었다.

법당을 등지고 실로 당당한 승려가 서 있었다.

옆에 두 명의 시승(侍僧)을 거느리고 있다.

금사은사로 짠 아름다운 가사를 걸친, 체격이 좋은 승려다. 그 가사의 고귀한 무늬는 본 적이 있었다. 조과 때 법당의 중심에 앉아 있던 승려가 걸치고 있던 것이다. 다시 말해――.

"다――당신은? 이보게, 스가와라 군. 이 사람은?"

일동은 모두 조용해졌지만 야마시타의 혼란만은 증폭된 모양이었다. 완전히 위엄을 잃었다. 고작해야 국가 지방경찰의 경부로서는 도저히 맞설 수 없는 압박감을, 이 승려는 넘칠 정도로 갖고 있었다.

"빈승은 이 절의 관수 마도카 가쿠탄이오."

"다, 당신이――."

고승의 풍모란 바로 이런 풍모를 말하는 것이다. 뜬 건지 감은 건지 알 수 없는 눈은 딱히 어디 한 곳을 보는 것이 아니라 마주한 세계의 전부를 위압하고 있었다.

그러나 그 압도적인 무언의 위압감은 우선 지안을 직격한 모양이었다.

"예, 예하, 왜 이런 곳에."

"지안. 이것은 무슨 일인가? 참으로 꼴사납군. 경찰 분들에게 무례하잖나."

"하, 하지만."

"변명은 필요 없네. 산의 일정이 흐트러지는 것은 감원(監院)의 부덕. 승려들의 기강이 흐트러지는 것은 유나의 부덕. 그것을 외부에서 오신 손님 탓으로 돌리다니 이 무슨 기만이란 말인가!"

가쿠탄은 천천히 고개를 돌렸다.

그리고는 말했다.

"데츠도. 지안과 유켄에게 벌책을 주도록 하게."

제일 뒤쪽에서 일의 진행을 멍하니 바라보고 있던 데츠도는 갑작스런 지명에 놀라지도 않고, 또 대답도 하지 않은 채 느릿느릿 한가운데로 나왔다.

전혀 예측하지 못한 전개였다. 우리는 물론이고 야마시타 이하 경찰 관계자들조차 전혀 참견하지 못한 채 그저 우두커니 서서 지켜볼 수밖에 없게 되었다.

데츠도는 어젯밤보다도 더 거한으로 보였다. 오늘은 사무에가 아니라 법의 소매를 걷어올리고 어깨띠를 하고 있다. 승병 같은 이상한 차림새다.

손에는 평평한 나무 막대를 들고 있었다.

경책(警策)이라는, 수행승을 때리는 막대다.

지안과 유켄은 얼마쯤 비장한 표정이 되어 묵묵히 눈 위에 앉더니 살짝 고개를 숙였다.

괴승 데츠도는 우선 지안의 바로 뒤에 서더니 경책을 그 어깨에 바싹 댔다.

나는 데츠도의 얼굴을 뚫어져라 바라보았다. 길쭉한 얼굴이다. 이마가 튀어나와 있었다. 움푹 팬 눈꺼풀에는 빛이 없고 콧방울을 벌렁거리는 것 외에는 무표정에 가깝다. 이 얼굴에서는 도무지 희로애락을 읽어 내기가 쉽지 않다.

데츠도는 말없이 경책을 높이 들어 올려 힘껏 내리쳤다.

마치 다다미라도 두들기는 듯한 둔탁한 소리가 났다.

지안은 목례를 한 번 했다.

"이, 이봐요, 그만둬요, 그런, 어린애도 아닌데 어째서 때리는 거요!"

야마시타는 전혀 상황을 인식하지 못하겠는지 말리려고 끼어들다가 마스다의 제지를 받았다.

"어째서 말리는 겐가, 마스다! 이봐. 폭력은 안 돼. 관수, 폭력은 안 되오. 즉시 멈추게 해요."

야마시타가 고함치고 있는 사이에 경책은 두 번, 세 번 휘둘러졌다.

상당한 힘이다. 봐 주는 것은 없다.

"이봐요, 당신, 듣고 있는 거요? 민주주의 사회에 폭력적 해결은 없소! 어떤 죄에 대해서도 체벌은 안 돼! 그만두게 해요!"

"조용히. 마음이 흐트러집니다."

"뭐?"

"체벌이 아니오."

"체벌이야. 체벌이지 않나?"

아무도 대답하지 않았다. 데츠도는 유켄 뒤로 옮겼다.

"누가 누구를 재판하는 것도 아니오. 죄에 대한 벌도 아니지요. 때리는 것 외에는 길이 없는 거요."

"뭐라고?"

유켄을 다섯 대 때렸을 때 경책이 부러졌다.

"거기까지. 데츠도, 수고했네. 물러가게."

가쿠탄이 엄숙하게 말했다.

데츠도는 말없이 손을 멈추었다.

유켄은 깊이 절을 했다.

지안의 피부는 완전히 핏기가 사라지고, 눈을 감고 고개를 숙인 아름다운 승려는 위생박람회에서 볼 수 있는 인형처럼 왠지 몹시 농염해 보였다.

"자———이 산의 관수는 빈승인데, 경찰의 책임자는 어느 분이시오?"

"아아, 나요."

"참으로 폐를 끼쳤습니다. 행각승의 부덕은 빈승이 대신 사죄드리겠소이다. 죄송하게 됐소."

가쿠탄은 머리를 숙였다.

"아, 아니, 그."

야마시타는 침착함을 잃고, 흐트러진 앞머리를 쓸어 올렸다. 지금 이 자리에서 가장 높은 사람이 야마시타에게 머리를 숙인 것이다. 말하자면 그는 단숨에 정점에 올라선 상황이다. 이 상황은 그의 입장에서 보자면, 소위 복권(復權)한 것과 같은 상황이다. 야마시타는 두세 번 헛기침을 하고 나서 한껏 거만하게 말했다.

"에에——— 이것은 아주 흉악한 살인사건입니다. 조사해 보지 않으면 단정할 수는 없지만 연속살인사건일 가능성도 아주 높아요. 이것은 불길한 일이에요. 앞으로 수사에 전면적으로 협조해 주시길. 당신들은 승려이기 전에 일본의 국민이니까 그럴 의무가 있어요. 묻는 말에는 숨김없이 증언해 주길 바랍니다. 또 조사원의 지시에는 전면적으로 따를 것. 그러지 않으면 당국도 법률에 따라 나름의 조치를 취해야 할 겁니다. 아시겠지요?"

야마시타는 단숨에 그렇게 말하고는 후우 하고 크게 숨을 내쉬었다. 갑자기 이국의 왕이 된 것 같은 기분일 것이다. 그러나 어차피 소심한 사람이라 긴장과 당혹은 숨길 수 없었던 모양이다.

가쿠탄은 동요하지 않고 이렇게 말했다.

"이름을 말씀하시는 게 좋겠소."

"뭐?"

"이름을 말씀하시는 게 좋겠다고 말했소. 빈승은 귀공이 진짜 국가경찰로 일하고 계시는 분인지 아닌지도 확인하지 못했소."

"아아, 나는———."

야마시타는 경찰수첩을 꺼냈다.

"———됐습니까? 봤겠지요. 나는 정말 경찰관입니다. 그러니 앞으로는 내 말을 따르도록. 으음, 우선 전원을———."

"멍청한 놈!"

호통소리에 야마시타는 다리가 풀릴 정도로 겁을 먹었다. 그 순간에 야마시타의 권위는 실추되었다. 산의 대장은 한순간의 영화도 맛보기 전에 실각한 것이다.

"아무리 이쪽이 예를 다하려 해도, 이름조차 대지 않는 무례한 자의 말을 따를 수는 없소! 귀공은 어느 정도나 되는 사람이오!"

야마시타는 울 것 같은 얼굴을 했다.

"나, 나는 경부보입니다. 아, 아니, 이 사건의 수사주임이에요. 그러니———."

"귀공이 어떤 신분이든 우리와는 전혀 상관이 없소!"

"아, 아니, 나는 그런, 다만 국민은 경찰에 협조할 의무가———."

"우리가 승려로서 따라야 할 것은 불법(佛法)이오. 사람으로서 따라야 할 것은 도덕이지요. 국민으로서 따라야할 것은 법률이오. 하지만 귀공 개인을 따라야 할 이유는 어디에도 없소. 귀공은 단순히 경찰기구의 일원일 뿐이지 않소. 귀공 개인이 대단한 것은 아닐 테지. 착각하지 마시오."

야마시타는 대꾸할 말조차 잃은 듯했다.

스가와라가 보다 못해 말했다.

"관수님. 당신의 말씀은 알겠습니다. 하지만 우리도 좋아서 이러고 있는 게 아니거든요. 저는 이번이 세 번째 방문입니다. 처음에 왔을 때는 자기소개도 했고 예도 다했어요. 그래도 당신들이 협조적이지 않았던 것은 확실합니다. 그러다 결국 이런 일이 일어나고 말았지요. 그러니 우리도 태도를 고치긴 할 테지만 그쪽도———."

"귀공이 스가와라 씨요?"

"스가와라입니다. 이쪽은 가나가와 본부의 야마시타 경부님. 그쪽에 있는 분이———."

"마스다 씨인가? 들었소. 참으로———."

가쿠탄은 강력한 힘을 지닌 듯한 시선——— 정확하게는 자장(磁場) 같은 것으로, 온몸에서 발산되는 것이니 시선이라고 부를 수는 없지만——— 으로 일동을 순서대로 둘러보고 나서 무겁게 말했다.

"——— 알겠소. 무례를 용서하기 바라오. 지안."

"예."

"앞으로는 야마시타 씨의 지휘에 따라 수사에 전면적으로 협조하도록. 대웅보전과 법당 이외에는 개방하고, 자유로이 드나드시게 하게. 일정은 전부 수사를 우선해서 다시 짜도록. 빈승도 필요하다면 언제든 응하겠네. 야마시타 씨."

"네, 네?"

"하루라도 빠른 ─── 해결을 부탁드립니다."

가쿠탄은 다시 절을 하고 떠났다. 야마시타는 한 번 떠밀려 떨어졌다가 다시 구원을 받은 꼴이 되었다. 다시 말해 실컷 놀림을 당한 거나 마찬가지여서 이미 위엄이라곤 전혀 없었다. 야마시타는 경부보로서의 자각을 되찾는 데 그로부터 오 분 가까이나 시간이 걸렸다.

"스, 스가와라 군. 그───."

"압니다. 경부보님도 재난을 겪으셨군요. 이곳은 만사가 저런 식이에요. 앞으로는 그런 줄 아십시오. 어어이, 지안 씨인가? 당신, 어디 큰 방을 좀 빌려주지 않겠소? 그곳에 수사본부를 ─── 옮길 거지요, 야마시타 씨?"

"옮겨야지. 센고쿠로에서 조사할 것은 이제 없어."

"그렇지요. 그럼 저기를 좀 빌려 주십시오. 근처 방에 모든 스님을 모아놓고, 지원이 올 때까지 거기서 아무도 내보내지 말아요. 수행을 하려면 참선이든 정좌든 시키시고. 그리고 ─── 아아, 형씨, 아니, 마스다 군인가? 그자들을 어제 묵은 곳에 모아 놓고 감시 좀 해 주지 않겠나?"

그 자들 ─── 우리 취재반과 이마가와는 다시 내율전에 유폐되었다.

내율전으로 돌아가 보니 도리구치는 아직 쿨쿨 자고 있었다.

깨워도 일어나지 않을 것은 알고 있었기 때문에 나는

처음부터 내버려 두었지만, 달리 도리구치를 깨울 생각을 하는 사람도 없는 것 같았다.

마스다도 아츠코도 이마가와도, 모두 어두운 얼굴을 하고 그저 잠자코 있었다. 동요 같은 명확한 상태가 아니라 다들 그냥 차분하지 못한 기분에 가까운 정신상태였던 것이 아닐까. 이쿠보는 여전히 핏기가 없었고 심중은 헤아리기 어려웠다.

"세키구치 씨."

마스다가 말했다.

"어떻게 ——— 생각하십니까?"

어떻게도 생각하지 않았다.

"어떻고 저떻고 없지요. 저는 ——— 글쎄요. 당혹스럽습니다, 마스다 씨. 분명히 노사님은 살해되었어요. 살인임에는 틀림이 없지요. 그리고 바로 몇 시간 전까지 우리는 그 죽은 사람과 이야기를 나눴습니다. 이것은 보통 같으면 좀더 ——— 그렇지, 슬프다거나 깜짝 놀란다거나 ——— 뭐, 깜짝 놀라기는 했지만 어쨌거나 그런 기분이 드는 게 보통이겠지요. 이것은 인간으로서, 라고 할까 사회윤리 같은 것에 비추어 보면 바람직한 일은 아니겠지만, 솔직히 저는 그런 일반적인 감정을 가질 수가 없어요."

"그건 ——— 저도 그렇습니다, 세키구치 씨. 저는 형사가 된 지 오 년쯤 되었는데 지금까지는 대단한 사건은 아니어도 나름대로 의기라고 할까, 그, 뭔가 사회정의를 지키는 자가 갖는 감정이 있었습니다. 아니, 내가 형사이기 때문에 그렇게 의식했던 건 아니로군요. 다만 일반인일 때는 살인사건을 만날 일이 없지 않습니까. 그러니 그런 재미없는———이렇게 말하는 것은 피해자에게 실례가 되겠지만———재미없는 사고사 같은 사건이라도 말이지요, 그, 뭐라고 할까요. 그렇지, 특별한 죽음이었습니다. 전쟁 때문에 사회에 의해 살해되는 게 아니에요. 아무리 사소한 살인사건이라도 범인이 있어요. 동기가 있고요. 살인사건은 용서할 수 없지만 적어도 전쟁의 대량학살보다는 개인의 존엄이 있었어요."

마스다는 용의자를 감시하는 형사라는 입장을 내던지고 이야기하고 있었다. 그것은 몹시 감정적이었다. 따라서 논리적이지는 않았지만 나는 그가 말하고자 하는 의미를 조금 알 것 같은 기분이 들었다.

"하지만 왠지 이번에는 그게 없단 말입니다. 싱거운 느낌이 드는 탓도 있지만, 그렇지, 별로 죽는 것, 살해되는 것이 대단한 일이 아닌 것 같은———아니, 경관이 이런 말을 하면 안 되겠지요."

"아니, 마스다 군. 그 마음은 알겠어요. 나도 이렇게 말하기는 뭣하지만 연극 같은 느낌이 들어요. 료넨 씨 사건은, 물론 나는 현장도 보지 못했고 물론 생전에 그를 만난 적도 없었으니 아무리 시체를 보아도 남의 일 같아서. 그 탓인가 하는 생각도 했지만 다이젠 씨는 말이지요. 이야기도 나눴고 현장도 보았지만———."

그게 어쨌다는 거냐는 기분이 들었던 것이다.

누군가가 다이젠 씨를 죽이고 거꾸로 변소에 처박았다.

그게 어쨌다는 거냐———.

실로, 실로 비인간적인 감정이다. 이래도 괜찮을 리가 없다.

작년에 몇 번의 비참한 사건을 경험하는 바람에 내 안에 익숙함이 생겨난 것일까.

아니———그렇지는 않다. 그럴 리는 없다.

그런 것이 아니었다.

아츠코가 말했다.

"그건———그 연출은 대체 뭘까요."

"연출?"

"그건 연출이잖아요. 저는 그 외에는 그 상황을 설명할 말이 떠오르지 않아요. 설마 화장실 속에 집어넣은 시체를 감추려고 한 것은 아닐 거예요. 그건 어떤 암시, 아니———주장? 아니, 역시 연출이에요."

"범인의 메시지라는 뜻입니까?"

"그렇다고 할까———못된 장난———그런 느낌도 아니네요."

아츠코는 양손으로 뺨을 덮으며 생각에 잠겼다.

분명히 그렇다.

만일 다이젠 노사가 지극히 평범한 시체로 발견되었다면———평범한 시체라는 게 어떤 상태를 가리키는 건지 모르겠지만———나도 좀더 다른 감정을 가졌을지도 모른다.

　변소에서 튀어나온 두 개의 다리는 감상(感傷)이나 비분 같은 직접적인 감정을 날려 버리는, 일종의 바보스러움을 발산하고 있었다. 다이젠의 시체는 특별하게 장식되는 바람에 오니시 다이젠이라는 개체 ——— 인격 ——— 로서 특별성을 잃어버렸다. 시체는 인간으로서의 존엄마저 잃고 단순히 웃기는 오브제로 전락하고 만 것이다.

　그래서 ———.

　그렇다면.

　"저어, 아츠코. 네가 말하는 연출은 고인을 매도하고 저주하기 위해 이루어진 게 아닐까? 생전의 다이젠 노사의 인격을 더럽히고 폄하고 욕되게 하기 위해서 ———."

　"하지만."

　아츠코는 얼굴을 들었다.

　"그렇다면 료넨 씨는 어떻게 되나요?"

　"어떻게 되다니?"

　"마스다 씨. 마스다 씨는 이 두 개의 살인사건이 서로 무관하다고 생각하시나요?"

　"그렇게는 생각하지 않는데요. 아무리 뭐라 해도 이것이 관련성이라곤 없는 서로 다른 사건이라면 우연이 지나치니까요. 이건 연속살인사건이겠지요."

　"그렇다면 ——— 그 나무 위의 시체도 ——— 유기했다기보다 연출이었다는 뜻이 되지 않을까요?"

　"아 ——— 그런가?"

마스다는 입을 딱 벌렸다.

"거기에 감추었다, 혹은 버렸다기보다 거기에 장식했다, 거기에 놓아두고 싶었다는 거로군요."

"그렇다면———."

아츠코는 검지를 이마에 댔다.

"나무 위에 놓는 것이 과연 죽은 사람을 모욕하는 결과가 될까요? 세키구치 선생님."

"그것은———적어도 내 상식으로는 그렇게 효과적인 모욕 방법은 아닌데."

그렇게 생각했다.

변소에 꽂아 두는 것과 나무 위에 방치하는 것은, 내 감성으로는 같은 선상에 놓을 수 없다.

"그러니까 아츠코가 말하는 시체 연출설이 옳다면 변소와 나무 위가 같은 선상에 놓일 만한 논리를 찾아내지 않는 한 범인을 이해할 수 없다는 건가?"

"맞아요. 그런 논리를 우리들의 상식 속에서 발견할 수 있을 것 같지는 않아요. 제게 지식이나 교양이 없는 것뿐일지도 모르지만요."

"정신이상자의 범행———이라는 겁니까?"

마스다가 싫은 얼굴을 했다.

"그것도 아닌 것 같아요. 정신이상자라는 호칭은 싫지만, 일반적으로 말하는 그 이상쾌락살인과는 다르다는 생각이 들어요. 그런 사람들에게는 외부에는 통용되지 않는 그들만의 법칙 같은 것이 있고, 그래서 그런 범죄들은 그 법칙에 따라 이루어지는데요, 이번 사건은——— 뭐, 근거는 없지만——— 그 법칙이 일반적으로 정신이상자라고들 하는 사람들의 내부에서 생성된 게 아닌 듯한——— 그러니까 개인의 세계에 멈춰 있는 종류는 아닌 듯한 기분이 들거든요."

"그렇군."

나는 과거에 관여했던 사건을 반추했다.

사건 속에 등장한 시체들은 모두 어떨 때는 방치되고, 어떨 때는 토막토막 잘리고, 목이 베였다. 생각해 보면 평범한 시체는 하나도 없었다. 그것들은 어떤 의미로——— 평범하지 않았기 때문에——— 사람으로서 저주——— 시체로서 축복——— 받고 있었다. 어느 하나도 평범한 시체가 아니었던 것이다. 범인이, 또는 범죄를 둘러싼 환경 자체가 안고 있던 망상——— 그들에게는 현실——— 을 실현하고, 또는 유지하고, 또는 파괴하기 위해 시체들은 반드시 필요했다. 그들의 이야기로는 그것은 죽어야만 했던 시체들이었다. 따라서 사건 속의 시체들은 모두 순수한 피해자였다. 개중에는 이름도, 얼굴조차 모르는 시체도 있었지만 그것들은 내 안에서는 똑같이 특별한 시체들이었다.

이번에는———.

어딘가가 다르다.

아츠코의 말대로 개인의 의지도 망상도 왠지 상관없는 것 같은 기분이 든다. 고사카 료넨이 어떤 인생을 걸어온 어떤 인간이든, 오니시 다이젠이 어떤 사상을 가진 어떤 인격의 승려이든, 그런 것은 아무래도 상관없는 것 같은 ———.

그런 사건인 것이다.

이 환경 때문일까.

분명히 이곳은 우리들이 사는 하계와는 다르다.

진상을 해명하려는 형사들이 오히려 훨씬 우스꽝스럽게 비친다. 이 절의 모든 승려들을 범인이라고 생각하는 난폭한 이론보다도 이 산 자체가 범인이라는 망언이 더 와 닿는다. 승려들은 ——— 우리들도 포함해서 ——— 이 산에 붙잡힌 포로인 것이다. 그 포로들이 뭔가 사람을 초월한 큰 의지에 의해 차례차례 숙청되는 듯한 ———.

그럴지도 모른다.

——— 이곳에서는 나갈 수 없는 걸까.

다이젠은 그렇게 말했다.

——— 여기서 나갈 수 없습니다.

——— 이 '우리[檻]'는 부서지지 않습니다.

'우리'다.

역시 이곳은, 이 산은 '우리'가 아닐까.

그렇다면 왜, 왜 그 두 사람이 ———.

"지금 생각난 건데요 ———."

아츠코의 목소리가 내 생각을 중단시켰다.

"——— 혹시 그것은 비유가 아닐까요?"

"비유?"

마스다와 이마가와가 반응했다.

"비유라면 그, 물을 술이라고 주장하거나 단무지를 달걀부침이라고 생각하며 읊는, 그 공동주택의 꽃구경 같은 것 말입니까? 저어———."

"대상을 다른 것에 빗대어 표현하는, 와카†나 하이쿠††에서 말하는 그 비유 말인가요?"

마스다는 라쿠고, 이마가와는 와카와 하이쿠로 이해한 모양이다.

아츠코는 "네, 맞아요" 하고 말했다.

"하지만——— 무슨 비유인지는 모르겠네요."

비유라, 하고 말한 마스다는 눈만 돌려 천장을 보았다.

"아아, 탐정소설에서 읽은 것 같네요. 요코미조 세이시였나? 그것도 시체를 매달거나 장식하는 이야기였는데———."

마스다는 라쿠고도, 탐정소설도 좋아하는 모양이다.

"네, 그 말씀이 맞아요, 마스다 씨. 그렇게 이해해야만 이번 사건도 땅에 발을 딛게 되지 않을까 해요. 뭐, 이건 희망적 관측이지만요."

"아하. 바깥에서 논리를 찾는 건가요? 저한테는 추상적인 이야기지만요. 그러니까 예를 들면 죽이는 것보다 그 연출을 하는 데에 더 의미가 있었다는 식의——— 그렇다

---

† 일본의 전통적인 정형시로 초기에는 중국에서 전래한 한시(漢詩)와 구분하고자 하는 의미로 사용되었으나, 시간이 지나면서 하이쿠와 더불어 일본의 대표적인 시가 장르로 발전했다.

†† 일본의 전통적인 단시(短詩).

면 조금 이해가 가는군요. 살해 동기는 그 연출에 시체가 필요했기 때문이라는 뜻이 되지요."

다시 말해서 ——— 피해자는 누구든 상관없었다는 뜻일까? 범인에게 살인 자체에 대해서는 동기도, 필연성도 없었고 오히려 그 이상한 오브제를 만드는 게 목적이었다는 뜻일까? 그렇다면 내가 느끼고 있는 위화감은 거기에서 기인하는 걸까.

그건 아닌 것 같은 기분이 들었다.

비유라는 것은 옳은 것 같다.

그러나 비유가 먼저 있었다 ——— 는 것은 어떨까.

이마가와가 말했다.

"그럼 다이젠 스님은 작품이 되고 말았다는 겁니까? 그것은 아닌 것 같습니다. 아니, 아니라고 생각하고 싶습니다. 저는 ———."

"뭡니까?"

"——— 저는 여러분보다 충격이 큰 것 같으니, 그래서 냉정한 판단이 아닐지도 모른다는 생각은 들지만."

"충격이 크다고요? 무슨 뜻입니까, 이마가와 씨. 아아, 그러고 보니 당신은 어제도 다이젠 씨와 조금 더 남아 있었던 모양인데 ———."

마스다는 갑자기 형사로 돌아온 것 같은 말투로 이마가와를 다그쳤다.

이마가와는 늘 그렇듯이 우물거리는 축축한 말투로 대답했다.

"예. 저는 어젯밤에 아무래도 노사님께 여쭙고 싶은 것이 있어서 그 자리에 남았습니다. 그리고 잠시 이야기를 나눈 후, 내일 다시 오라는 말을 들었습니다."

"다시?"

마스다는 거기에서 숨을 삼켰다.

"그럼 이마가와 씨. 당신은 오늘도 다이젠 씨를 만났습니까?"

"예. 만났습니다."

"만났다니――― 다이젠 씨는 오늘 살해되었다고요."

"하지만 뵀습니다. 아침 수행 후, 식사가 끝나면 오라고 하셔서 식사가 끝났을 때쯤 이치전으로 찾아뵀지요."

"식사 후? 그래서 취재 중에 당신의 모습은 보이지 않았던 거군요?"

취재에 동행한 사람―――이마가와를 제외한 다섯 명은 승려들의 식사 풍경을 촬영하느라 조금 늦게 아침을 먹었다. 그때 이마가와는 외출 준비를 마친 상태였고, 다시 취재를 나가 점심때 돌아왔을 때는 모습이 보이지 않았다.

"이마가와 씨. 당신은 몇 시쯤까지 이치전에 있었습니까?"

"예. 여섯 시 반부터 삼십 분 정도입니다. 그 후 잠시 혼자서 생각을 좀 하다가 여덟 시 반쯤 다시 찾아뵀을 때는 이미 노사님은 계시지 않았습니다."

"그 후에 어떻게 했습니까? 당신은 점심도 우리랑 따로 먹었지요."

"예. 이 내율전으로 돌아와 계속 여기에 있었습니다. 정오가 되어 에이쇼 씨가 점심을 가져다주었고, 여러분이 돌아오지 않아서 혼자 먼저 먹은 뒤에 다시 한 번 이치전으로 가 보았습니다. 하지만 역시 노사님은 계시지 않았고 저는 꼭 뵙고 싶었기 때문에 절 내부를 기웃거리고 있었는데, 그러다가 그———."

"시체가 발견되어 소동이 일어났다?"

"그렇습니다. 그것뿐입니다."

"그것뿐이라니——— 이마가와 씨."

마스다는 갸름한 얼굴을 바싹 당겼다.

"경우에 따라서는 당신의 증언이 중요합니다. 대체 당신은 어째서 그렇게 다이젠 씨와 몇 번이나 만나고 싶었던 겁니까?"

"으음."

이마가와는 이상한 얼굴을 했다.

"얘기하자면 길 것 같기도 하고 짧을 것 같기도 하고."

"당신은 고사카 료넨과 종형제의 관계를 알고 싶어서 이곳에 온 게 아니었습니까? 거기에 대해서 다이젠 씨는 자신이 알고 있는 사실은 전부 그 자리에서 이야기하지 않았던가요? 우리도 들었습니다. 그 외에 무엇이 알고 싶었던 겁니까?"

"으음, 깨달음———아니, 예술———그것도 아닐까

요. 그렇지, 말로 표현하면 달아나는 것에 대해서입니다."

"예?"

그러고 보니 어제 다이젠은 이마가와에게 말했다.

———당신은 이미 알고 있소.

———말로 하려고 하면 달아나고 말 것이오.

대체 무슨 뜻이었을까. 분명히 예술이란 무엇인가에 대한 이야기였던 것으로 기억하고 있다. 그러고 보니 그때 이마가와는 몹시 감동했던 것 같기도 하다.

이마가와는 느릿느릿 말했다.

"저는 예술가 집안에서 태어났거든요."

"예술가?"

"하지만 실은 직인 집안이었습니다."

"직인?"

"그리고 그것은 어느 쪽이든 마찬가지였고, 그런 생각을 하는 것 자체가———아아, 역시 말로는 잘 표현이 안 되는군요."

그러더니 이마가와는 이상한 얼굴을 일그러뜨리며 번민했다.

마스다는 도대체가 납득이 가지 않는 모양이었다.

"모르겠군요, 이마가와 씨. 직인이라면 통을 만들거나 벽을 칠하거나 하는 사람을 말하는 거 아닙니까? 예술가라면 그, 뜻을 알 수 없는 그림을 그리거나 기묘한 조각을 만들거나 하는 사람이고요. 전혀 다르지 않습니까."

"아니오. 마찬가지입니다. 아니, 마찬가지라고 하면 좀 이상하지만, 그 부분을 아무래도 말로 표현하면 달아난단 말이지요."

"흐음. 그건 말로는 표현할 수 없다는 뜻인가요?"

"그렇습니다. 옛날에 저는 그림을 잘 그리면 예술가가 될 수 있을 거라고, 그렇게 생각했습니다. 그런데 아버지가 그게 아니라고 하셔서, 저도 잘 모르는 채로 좌절해서 인생을 보내고 있었지요. 잘 그리려고 하는 것이 왜 안 되는 것인지, 그걸 아무래도 알 수가 없었거든요. 그리고 어제, 다이젠 스님의 이야기를 듣다가 그것을 알 것 같은 기분이 들더군요. 하지만 그런 기분이 든 것만으로는 안 것이 아니라고 생각했기 때문에, 좀더 남아서 여쭈었던 것입니다. 아는 것과 아는 것 같은 기분이 드는 것은 다른 것입니까——— 하고."

"흐음. 그랬더니요?"

"같다고 말씀하셨습니다. 하지만 알았다고 해도 안 것 같은 기분이 드는 것뿐이라면 모르는 것과 마찬가지라고 하셨어요."

"무슨 소린지 통 모르겠군요. 앞의 대답과 모순되지 않습니까."

"저도 그렇게 생각했습니다. 그래서 어느 쪽이 맞는 거냐고 다시 물었습니다. 그랬더니 다이젠 스님은 제게 공안을 이야기해 주셨습니다."

"공안? 아아, 그 수수께끼? 어떤 공안을요?"

가르침을 청한 이마가와에게 스님이 내어 준 공안은 다음과 같은 것이었다.

먼 옛날. 어느 승려가 스승에게 물었다.

―― 개에게 불성(佛性)이 있을까요?

스승은 즉시 대답했다.

―― 있다.

승려는 다시 물었다.

―― 그럼 왜 개는 축생의 모습을 하고 있습니까?

스승은 대답했다.

―― 불성이 있다는 것을 알면서도 악업을 저지르는 업장(業障)† 때문이다.

다른 승려가 다시 한 번 똑같은 것을 물었다.

―― 개에게 불성이 있습니까?

그러자 스승은 이번에는,

―― 없다.

하고 즉시 대답했다. 그래서 그 승려가 다시,

―― 왜 없는 것입니까?

하고 묻자,

―― 불성이 있다는 것을 모르기 때문이다. 무명(無明)††의 망집 속에 있기 때문이지.

―――――――――――――――

† 불도의 수행을 통해 착한 마음이 생기도록 하는 것에 장애가 되는 세 가지, 즉 삼장(三障) 중 하나. 성불을 방해하는, 몸, 입, 생각에 의해 저지르는 나쁜 행위.

171

하고 스승은 대답했다.

이것은 '구자불성(狗子佛性)'이라는 이름의 공안인 모양
이다.

수많은 공안 중에서도 기본 중의 기본이라고 한다. 물론
출전이나 시대 같은 것은 나로서는 전혀 모르니, 그것이
얼마나 정확하게 현대어로 옮긴 것인지는 판단할 수 없다.
우선 이마가와의 기억을 믿을 수 있으리라는 보증도 없고,
무엇보다 이야기할 때 다이젠 노사가 자의적으로 고쳤을
가능성도 있었다. 어쨌거나 이마가와에게 주어진 공안은
이런 것이었다고 한다.

"모르겠군요."

마스다가 말했다.

"어차피 그 불성——— 불성이라는 것은 부처의 성질
이라는 뜻이지요? 그 불성은 있는 것이 전제잖습니까. 있
는데도 모르면 없는 것이 되고, 알면서도 나쁜 짓을 하면
있는 것이 되는 겁니까? 그럼 있는 게 더 나쁜——— 아
니, 그렇지는 않으려요. 이해가 안 가는군요, 그런 궤변
은."

"예에. 그래서 저도 모르겠다고 말했습니다. 그랬더니,
아니, 알고 있을 거라고 다이젠 스님은 말씀하셨습니다."

---

†† (앞쪽)진리에 어두운 것. 근원적인 무지. 인간이 갖는 욕망이나 집착 등의
   번뇌의 근본에 있는 것. 천태종에서 말하는 삼혹(三惑) 중 하나.

† 조주구자(趙州狗子), 혹은 조주무자(趙州無字)라고도 한다. 《무문관(無門關)》
   제1칙의 내용이다.

"흐음. 남이 내게 넌 알고 있을 거라고 말한들 곤란할 텐데요. 그래, 그때 다이젠 씨에게 뭔가 이상한 기색은 없었습니까?"

"글쎄요, 구자불성 이야기를 해 주시던 중에 '아아, 그랬던 건가?' 하고 뭔가 깨달으신 것 같기도 하고 납득하신 것 같기도 한 몸짓을 하셨습니다."

"그랬던 건가? 그렇게 말하던가요?"

"예. 그리고 전부 이야기하고 나서 '과연, 그렇군, 이마가와 군, 고맙소' 하고 이번에는 후련한 표정으로 말씀하셨습니다."

"후련한 얼굴로 고맙다고? 대체 뭔지."

"그러고 나서 '당신도 이미 알고 있다. 하룻밤 동안 생각해 보고 내일 다시 오라'고 하셨습니다."

"고맙다면서 또 오라고? 그래서 이마가와 씨, 당신은 하룻밤 동안——이라고 할까, 몇 시간밖에 없었던가요. 그——공안을 생각해 보셨습니까?"

"예. 생각하지 말라고 해도 생각하게 되더군요. 해답을 생각했던 것은 아니지만 계속 곱씹다가, 그러다가."

"그러다가, 라니 이마가와 씨, 당신은 그 답이라도 알아낸 겁니까?"

"글쎄요, 뭐, 그런 기분이 들었어요, 아니, 그게 아니라 뭐라고 할까——."

아침을 혼자 먹은 이마가와는 일단 취재반——우리가 돌아오기를 기다렸다. 그러나 돌아온 우리들의 분위기

가 너무나도 어수선해서, 이마가와는 미묘한 사정을 설명
할 계기를 놓치고 말았다고 한다. 분명히 우리는 식사할
때 서두르고 있었던 것 같다. 이마가와는 그 동안에도 내
내 공안에 대해 생각하고 있었고, 정신을 차리고 보니 우
리는 다시 취재를 나갔다고 했다.

이마가와는 별수 없이 혼자서 이치전으로 향했다.

처음에 입구에서 불렀지만 응답이 없었고 인기척조차
나지 않았다고 한다.

이마가와는 때가 어긋났나 싶어 어쩔 줄 몰라 하면서
건물 주위를 한 바퀴 돌았다.

"그때, 그렇지, 데츠도 씨가 있었습니다."

"어디에?"

"이치전 바로 뒤에 있는 산에서 나오더군요. 위치로 말
하자면 대응보전 바로 뒤에 해당할까요. 저는 말을 걸었지
만 무시당했습니다. 데츠도 씨는———아까와 똑같은 옷
차림으로 삼문(三門) 쪽으로 걸어갔습니다."

이마가와는 다시 현관으로 돌아가 한 바퀴를 더 돌고,
어젯밤에 이야기를 나누었던 방 바깥쪽으로 가서 혹시나
싶어 창문 앞에서 다이젠의 이름을 불렀다고 한다. 그러자
이번에는 장지 너머에서 목소리가 들렸다고 한다.

———뉘시오.
———이마가와입니다.
———이마가와?

―― 골동품상 이마가와입니다.

―― 음, 오오, 골동품상 이마가와 씨군요.

―― 노사님이십니까?

―― 그렇소, 그렇소.

―― 어젯밤에 말씀해 주신 구자불성 이야기에 대해서, 그.

―― 구자불성?

―― 예. 그, 자세히 생각해 보았는데요.

―― 그렇군, 구자불성, 당신도 풀었소?

―― 으음, 그런 것 같은데요.

"역시 풀었군요, 이마가와 씨!"

마스다가 몹시 높은 목소리로 말했다.

"풀었다고 생각한 것은 아니었지만 그, 역시 이것은 있지만 없는 것이 아닐까 하는 생각이 들었기 때문에 저는 노사님께 그렇게 말했습니다."

"예에? 하긴 어제도 공안에는 해답은 없는 거라고 했지요."

마스다가 고개를 약간 갸웃거렸다. 아츠코가 말했다.

"그게 아니라 이마가와 씨는 개에게 불성은 없다가 정답이라고 생각하신 게 아닌가요?"

"네에? 하지만 없는 게 아니라 있는 게 기본이고, 있는데도 없는 게, 으음, 알기 어렵네요."

이마가와는 기묘한 얼굴로 두 사람을 보며 해명했다.

"으음, 그게 아니라 있는 것도 없는 것과 같은 게 아니냐는 말이 하고 싶었던 겁니다."

"예에?"

"개에게 불성은 있지만, 그것은 없는 것과 마찬가지가 아닐까 하는 생각을 했거든요."

"아니, 이마가와 씨. 저는 모르겠군요. 그래서 노사님은 뭐라고 하시던가요?"

안에서 들리는 노사의 목소리는 이마가와의 답을 들은 순간 갑자기 탄력 있는 목소리로 바뀌었다고 한다.

그러고 보니 어젯밤에도 노사는 상황에 따라 몇 번이나 음색을 바꾸곤 했다.

―――― 훌륭하오. 훌륭한 영해(領解)†요.

"하아, 정답이었습니까?"

"공안에 정답이라는 건 없는 모양입니다. 다만 노사님은 이어서 이렇게 말씀하셨어요."

―――― 산천초목실유불성(山川草木悉有佛性), 그리고 천지만물유상개무(天地萬物有象皆無)이니 무에서 태어나 무로 돌아간다.

노사는 혼잣말처럼 그렇게 말하며 가가대소했다고 한

† 불교에서 진리를 직관적으로 파악하고 이해하는 것. 진리에 도달하는 것.

다. 그리고 이어서,

―――그 이상은 몸을 망치게 될 것이오. 무무무무(無無無無), 그거면 됐소. 본래 ≪무문관(無門關)≫[†]에서는 이렇게 말하고 있지요. 구자(狗子)에게 불성이 있든 없든, 조주(趙州)[††]가 말하기를 없다. 없다고 했소. 깨끗하게 인정했지.

하고 말했다고 한다.
"그 경은 또 뭡니까? 전혀 모르겠군요."
"뭐, 저도 의미는 잘 알 수 없었지만 그래도 알았어요 ―――이 안다는 말이 나쁜 겁니다. 아무래도 혼란의 원인이 되거든요. 잘 통하지가 않아요. 저는 알 수 없었지만, 그―――."
"깨달은 거군요, 이마가와 씨."
아츠코가 말했다.
"겨우 이 정도로 깨달았다고 할 수 있는지는 모르겠지만 ―――또 모른다는 말이 나오고 말았군요. 정말 말이라는 것은 불편하지요. 하지만 이렇게 말하면 번거로우니 아츠코 씨 말씀대로 말을 고치겠습니다. 저는 알 수는 없

―――――――――――――――――

[†] 옛 사람의 공안 48칙을 해석한 책. 중국 송나라 때의 선승 무문 혜개(無門慧開)가 설법한 것을 1228년에 제자 종소(宗紹)가 엮은 것으로, 선종(禪宗)의 입문서. 그중 제1칙이 '조주구자(조주의 개)'이다.

[††] 중국 당나라 말기의 선승(778~897). 어릴 때 조주(曹州)의 용흥사(龍興寺)에서 출가하였고 후에 지양(池陽)의 남전 보원(南泉普願) 밑에서 공부했다. 스승의 '평상심시도(平常心是道)'에 관한 말을 듣고 큰 깨달음을 얻어 그 법맥을 이어받게 된다.

었지만 깨달았습니다."

"어떤 깨달음입니까?"

"글쎄요. 말하자면 모든 것은 무(無)이고, 무인 이상 있다거나 없다거나 하는 것은 마찬가지라는 것이지요. 그때 저는 어젯밤에 제가 한 첫 번째 질문, 안 것과 안 것 같은 기분이 드는 것은 같은가 다른가 하는 물음에 대한 해답을 ———."

"알은 겁니까?"

"아츠코 씨의 말을 빌자면 깨달은 겁니다. 그것은, 잘 표현할 수는 없지만 이렇습니다. 알고 있어도, 안 것 같은 기분이 든 순간에 그것은 모르는 것이나 마찬가지가 되고 만다, 즉 안 것 같은 기분이 든다는 것은 안 것 자체를 자기 자신에게 설명하는 상태인 것입니다. 사실은 알고 있는데도, 설명하는 단계에서 그것은 본질이 아니게 되지요. 따라서 안 것 같은 기분이 들 때는 알고는 있지만 모르는 것과 다를 바가 없는 것입니다. 설명을 빼고 알았다는 사실 자체를, 사는 것 자체로 체현해야만 비로소 알았다는 것이 되는 거겠지요."

흐음, 하며 마스다가 머리를 끌어안았다.

"그러니까 그림을 그릴 때는 자신이 종이가 되고 붓이 되어야지, 종이를 종이로 보고 붓을 붓으로 보는 동안에는 그것은 그저 잔재주 같은 기술에 지나지 않는다고 ———."

나는 이해할 수 없었다. 논리로는 알지 못하는 것도 아니지만 실감은 나지 않는다. 그 차이가 바로 아는 것과 깨닫는 것의 차이일지도 모른다. 어차피 나는 깨닫지 못한 것이다.

그러나 그렇게 말하면 그런 기분도 들지만 아는 것과 깨닫는 것의 차이도 따지고 보면 말 바꾸기에 지나지 않는 것이 아닐까. 고작해야 수사(修辭) 문제로 바꾸어 놓고 안심할 뿐인 것 같은 기분도 든다.

게다가 그 어렴풋이 이해할 수 있는 논리도, 내게는 도저히 노사의 말에서 도출된 논리로는 여겨지지 않았다. 뭔가 헤아릴 수 없는 비약이 있는 것 같다. 그러면 그 비약된 부분이 비약이 아니게 되느냐 그렇지 않느냐가 깨닫느냐 깨닫지 못하느냐의 차이인지도 모른다.

"뭔가 속이 깊군요. 이게 철학이라는 걸까요."

마스다가 말했다. 아츠코가 즉시 말했다.

"마스다 씨. 선은 철학이 아니래요. 선을 철학이니 뭐니 하는 걸로 말하면, 우리 오빠는 엄청나게 화를 낸답니다."

교고쿠도가 철학을 어떻게 파악하고 있는지 들은 적은 없지만 지금 아츠코가 한 말로 보아 선과는 몹시도 거리를 두면서 파악하고 있는 모양이다. 지금으로써는 나는 구별을 할 수 없다.

마스다는 교고쿠도를 모르기 때문에 그저 흐음 하며 목을 움츠렸다.

이마가와는 말을 이었다.

"제가 그 작은 깨달음을 얻은——— 깨달음은 얻는 것이 아니라고 하지만——— 뭐, 그런 경지에 다다른 것은,

하지만 노사님의 말씀을 듣고 나서 곧바로는 아니었습니다. 일단 이치전을 떠나 이 내율전을 향해 오던 중이었지요. 노사님의 말씀을 이해하지는 못했지만 몇 번인가 곱씹어 보다가 겨우 깨달음에 이른 것입니다. 그래서 다시 이치전으로 향했지요. 아무래도 그 경지를 다이젠 스님께 말씀드리고 싶었거든요. 그것이 그렇지, 여덟 시 반쯤이었는데 이번에는 아무리 불러도 대답은 없었습니다."

그렇다면 다이젠은 일곱 시에서 여덟 시 반 사이에 살해되었다는 뜻일까.

마스다는 감탄하며 말했다.

"그렇군요. 그래서 이마가와 씨. 깨달음을 얻은 당신으로서는 이번의 그것은 비유가 아니라고 생각하시는 거군요."

깨달았다는 말은 하지 말아 달라고 이마가와는 말했다.

"진짜 깨달음을 얻은 분께 야단맞을 것 같습니다. 제가 왜 비유가 아니라고 생각했느냐 하면, 저는 료넨 스님의 현장도 다이젠 스님의 현장도 모두 이 눈으로 보았지만 전혀 다른 것으로는 보이지 않았 ──── 기 때문입니다."

"다른 것으로 보이지 않았다고요?"

"그렇습니다. 료넨 스님의 시체는, 제게는 앉아 있는 스님으로밖에 보이지 않았습니다. 아아, 그건 처음에 나무 위에 있었으니까 나무 위에 앉아 있는 스님이지요. 바로 그대로입니다. 다이젠 스님은 변소에 거꾸로 처박힌 시체로밖에 보이지 않았습니다. 다시 말해 이것이 비유라면 료넨 스님은 '나무 위에서 좌선을 하는 스님'에 비유된 것이고, 다이젠 스님은 '변소에 거꾸로 처박힌 시체'에 비유된 것이지요."

"그렇군요 ——— 그렇다면야 비유가 아니라 그냥 그대로네요."

"아아, 그런가요 ———."

아츠코는 다시 뺨을 눌렀다.

"——— 비유라는 건 뭔가 다른 것에 견주니까 비유인 거지요. 그건 그것 이외의 것으로는 보이지 않는다 ——— 보이지 않네요. 정말. 다시 말해서 그건 역시 천박한 연출에 지나지 않는——— 걸까요."

아츠코는 현장을 떠올리고 있는 모양이다.

변소에 거꾸로 처박힌 꼴사나운 시체.

무엇에도 비유될 수 없다.

그런 것은 ———.

그런 것은 아무것도 상징하지 못한다.

그 꼴사나운 모습은 역시 죽은 사람에 대한 모독일 뿐인 걸까. 단순한 장난치고는 너무 심하다. 맹렬한 악의 때문에 한 짓일까. 아니, 그것도 아니다. 아닌 것 같다는 생각이 든다.

이마가와가 말했다.

"그렇습니다. 그게 비유라면 괴상한 것에 비유한 것입니다. 저는 다이젠 스님이 그런 이상한 것으로 비유되는 것도, 그것 때문에 살해되고 말았다는 결론도, 조금 안타

깝게 느껴집니다. 뭔가 다른 이유로 어쩔 수 없이 그렇게 되었다고 생각하고 싶어요. 몹시 짧은 시간 함께 했을 뿐이지만 왠지 제자라도 된 것 같은 느낌이 들었거든요. 그 것뿐입니다."

이마가와에게는 나름의 감정이 있었던 것이다.

나는 이마가와에게 조금 미안한 생각이 들었다.

다이젠을 사람으로 취급하지 않았기 때문이다.

마스다도 아츠코도 입을 다물었다.

도리구치의 규칙적인 숨소리가 들렸다.

아무것도 모르고 속 편하게 자고 있다.

"그렇지, 이쿠보 씨."

마스다가 생각난 듯이 말했다. 이쿠보는 장지 그늘에 고개를 숙이고 앉아 있었다.

발끝밖에 보이지 않는다.

이름을 부르자 한 박자를 두고 나서 장지 그늘에서 이쿠보가 얼굴을 내밀었다.

초췌하다. 마스다는 그 모습을 보고,

"어차피 나중에 질문을 받으시겠지만 만약을 위해 먼저 여쭙겠습니다. 야마시타 씨가 상당히 화가 났으니 모르면 제가 야단맞거든요. 그, 취재가 끝난 후에 당신도 혼자 행동을 한 모양이던데, 어디에 가 있었습니까? 언제부터 자리를 떴지요?"

하고 물었다.

이쿠보는 아츠코를 슬쩍 보았다.

아츠코는 그 태도를 민감하게 알아채고,

"어머나, 마스다 씨는 계속 깨어 계시지 않았던가요? 이쿠보 씨는 분명히 허락을 얻고 나서 나갔어요. 그렇지요?"

하고 심술궂게 말했다. 마스다는 머리를 긁적였다.

"심술궂으시네요. 실은 밥을 먹은 후에 잠깐 잠이 들고 말았습니다. 도리구치 씨만큼은 아니지만요."

힐끗 보니 도리구치는 아직도 자고 있었다. 이렇게까지 자다니 좀 이상하다. 숙면을 뛰어넘어 폭면(爆眠)이다. 그건 그렇고 아츠코에 대한 마스다의 태도는 약간 허물이 없어진 것 같다.

이쿠보가 가느다란 목소리로 말했다.

"저는——— 진슈 씨에게——— 갔어요."

"진슈 씨라면, 그 이곳에 살고 있었다는 노인 말인가요? 어째서?"

"네——— 좀 흥미가——— 있었거든요."

"이쿠보 씨. 으음, 의심하는 건 아니지만 당신은 뭔가 알고 있는데 숨기는 것 아닙니까?"

"네?"

"마스다 씨. 그건 너무 심한 말이에요. 이쿠보 씨를 의심하는 건가요? 마스다 씨까지 저희를———."

"예? 아니, 추젠지 씨. 물론 저는 기본적으로 여러분을 믿고 있습니다. 그것은 범인이 아닐 거라는 믿음이지요. 하지만 뭔가 우리가 모르는 사실을 알고 있을 가능성은 있고, 그것을 숨기고———아니, 아직 말하지 않은 것도 다소 있지 않을까 싶어서, 그."

마스다는 점점 저자세가 되더니 결론을 흐렸다.

그의 마음은 모르는 것도 아니다. 이쿠보의 거동———특히 이 명혜사에 온 후의 거동은 분명히 상식을 벗어난 감이 있다. 생각해 보면 숙박 취재를 처음 제안한 사람도 그녀였다. 결과적으로는 스가와라 형사를 제외한 전원이 이곳에 묵은 셈이지만, 만일 그렇게 되지 않았다 해도 그녀는 혼자서 이곳에 묵을 것 같은 기세였다. 아니, 처음부터 이곳에 묵을 생각으로 온 것 같은 인상을 나는 받았다. 게다가———눈 속을 오간 수수께끼의 행각승이나 심지어는 그 성장하지 않는 미아———정확하게는 그 모델이된 소녀일까———스즈에 대해서도———.

그녀는 뭔가 알고 있는 것이다.

그러고 보니 에노키즈도 신경을 썼다.

———다 알고 있었으니까 빨리 말해요.

에노키즈의 발언이다. 목격자이니 알고 있었다 해도 이상하지 않다는, 나는 기괴한 탐정의 말을 그런 액면 그대로의 의미로 받아들였다. 하지만 사실은 그 이상의 의미를 가진 말이었을지도 모른다.

에노키즈에게는 무언가가 보였던 걸까.

———아무래도 스님이 너무 많군.

에노키즈는 그런 말도 했다. 스님의 모습이 보였던 걸까. 어쨌거나 마스다가 수상하게 여기는 것은 당연하다.

아츠코가 이쿠보를 감싸듯이 말했다.

"하지만 마스다 씨. 이번에 저희가 이 명혜사에 오게 된 것은 거의 우연에 가까워요. 취재를 거절당했다면 오지 않았을 거예요. 이쿠보 씨가 개인적으로 관련되어 있을 리는 없어요."

"그렇게 말씀하시지만 추젠지 씨. 취재 허가가 내려진 것은 꽤 예전이지 않습니까?"

"네, 그건 그렇지만요."

"게다가 이번 취재도 뇌파조사 허락을 얻었기 때문에 기획하신 거지요?"

"그것도 ——— 맞아요."

"다시 말해서 취재를 의뢰한 것은 조사를 허락한다는 답신이 온 후이고, 본래 뇌파조사 의뢰 자체는 그보다 더 전으로 거슬러 올라가야겠지요. 이 절과 편지를 주고받으려면 한 달이 걸리니, 적어도 네 달 이상 전부터 이쿠보 씨는 이 명혜사와 관련을 맺고 있었던 것이 ——— 되지 않습니까?"

"그야 그렇지만요."

"게다가 이쿠보 씨는 이 명혜사에 대해서, 이름은 몰랐지만 존재 자체는 이전부터 알고 있었다고 어제 직접 말씀하셨어요. 더욱이 고향도 이 근방이신 것 같고 ——— 저도 의심하고 싶지는 않지만 의심을 살 요소는 충분히 갖고 있단 말입니다. 안 그래도 야마시타 씨는 무조건 의심하는데요."

185

"그것도 그렇지만———."

"괜찮아요, 아츠코 씨."

이쿠보는 그제야 제대로 목소리다운 목소리를 냈다.

"저는——— 실은——— 네. 숨기고 있었어요."

"이쿠보 씨, 당신——— 정말로?"

"미안해요, 아츠코 씨. 이런 일이 일어날 줄은 생각도 못 했거든요. 하지만 어쩔 수 없지요."

"범죄와 관련이 있는 일입니까?"

"없을——— 거예요."

"지장이 되지 않는다면 오늘 무슨 일을 하셨는지도 함께 들려주시면 안 될까요?"

"저는 사람을 찾고 있었어요."

이쿠보는 그렇게 말했다.

"어떤 사람을 찾고 있었어요. 그리고 그——— 너무나도 우연이——— 하지만 설마 그렇지는 않을 거라고 생각했는데———."

"무엇이든 말씀해 주십시오. 경우에 따라서는 형사 마스다 류이치는 귀를 닫겠습니다. 저는 융통성 있는 경찰관이 되는 게 목표거든요."

"그런 신념은 너무 내놓고 표방하지 않는 게 좋아요. 마스다 씨."

아츠코가 말하자 마스다는 헤헤헤 하고 웃더니,

"네에, 그야 그렇지요. 하지만 지금은 취조를 하는 것도, 물론 사정청취도 아니다, 그런 말을 하고 싶었던 겁니다

————.”

　하고 말했다.

　그리고 곧 이쿠보는 마스다의 요구에 따라, 더듬거리면
서도 자신의 이야기를 하기 시작했다.

　"저는 고와쿠다니 상류에 있는 쟈코츠가와 강가의 작은
마을에서 태어났습니다. 지금은 본가도 신고쿠하라 쪽으
로 이사를 했지만 전쟁 전까지는 그곳에서 살았지요. 그곳
에서 있었던 일이에요."

　이야기하는 이쿠보는 여전히 아래만 보고 있었다.

　"작은 마을이었어요. 산업은 역시 나무공예가 대부분이
었고 저희 집도 소소한 낚시와———이것은 그냥 아침식
사 때 먹을 생선을 잡던 정도였지만———공예로 먹고살
았어요. 아버지는 하루 종일 녹로 대패를 돌리곤 했지요.
소리 나는 팽이나, 고리던지기 같은 장난감을 주로 만드셨
던 것 같아요. 이 근처에서는 어디서나 흔히 볼 수 있는
오래된 집이었던 것 같은데, 어릴 때는 먹고살기가 어려워
서 어머니는 나무를 베어 살림에 보태곤 했어요. 어쨌거나
옛날에는 좀더 느긋했다는 게 아버지의 입버릇이었던 모
양이에요. 오빠가 미야노시타의 호텔에 취직해서 살기가
조금 편해졌을 무렵, 아버지는 돌아가셨어요. 그게 쇼와
12년(1937)의 일이지요. 그 무렵 저는 미야노시타에 있는
진조 소학교에 다니고 있었어요. 멀어서 통학하기 힘들었
지만, 더 멀리서 다니는 아이들도 있었기 때문에 불평하기
도 좀 그랬고———아니, 그때는 즐거웠어요. 그렇지, 그

건 아버지가 돌아가시고 나서 삼 년 후의 일이었답니다."

13년 전. 쇼와 15년 정월의 일이라고 한다.

중일전쟁이 시작되고 나서 세 번째 정월. 기원[†] 2600년
(1940)이라는 그럴 듯한 선전으로 막을 연 그 해의 일을,
나는 똑똑히 기억하고 있다.

그해는 내게 작년과 마찬가지로 잊을 수 없는 해이다.
그리고 지금 센고쿠로에 있는 구온지 노인에게도 그것은
마찬가지일 것이다. 그래서 똑똑히 기억하고 있다.

그해 정월이라면 나는 아직 학생이었다.

흰쌀금지령 때문에 칠분도(七分搗)[††]가 된, 탄 것 같은 검
은 밥을 먹었다. 거친 학생들이 강제로 먹이던 술에는 삼
할 이상 물이 섞여 있었다.

군수경기인지 뭔지 때문에 경기는 좋았지만 그것도 말
뿐이었고, 물건이 없었기 때문에 사치는 죄악이었다. 국가
가 주도한 철저한 근검절약, 자숙 체제는 이윽고 찾아올
태평양 전쟁의 전주곡처럼 서서히 사람들의 마음을 좀먹
고 흐트러뜨렸다.

그 무렵의 일인 것이다.

이쿠보는 말했다.

당시 이쿠보는 열세 살이었다고 한다.

마스다는 맞장구도 치지 않고 능청도 떨지 않은 채 그저

[†] 현재 국제적으로는 서력기원이 사용되고 있으나 여기에서는 진무 천황이
즉위한 해(기원전 660년)를 황기원년(皇紀元年)으로 하는 기원을 말한다. 보
통 사용하지 않음.

[††] 현미를 도정해 원래 무게의 70퍼센트를 제거한 쌀.

듣고만 있었다. 술회가 어디에서 사건과 연결될지 짐작도
가지 않았기 때문일 것이다.

이쿠보가 살던 마을에는 유복한 집이 딱 한 집 있었다.
다이쇼 시대 말기에 이주해 온 집이었다고 한다.

마츠미야라는 그 집의 가장은 직인도, 농민도 아닌 사업
가였던 모양이다. 본업은 알 수 없었지만 하코네 물 공장
에 출자를 하기도 하고 하코네 세공에 칠하는 옻을 수입하
거나 원목을 벌채하고 세공품 자체를 매매하는 사업, 나아
가서는 채석장에까지 손을 뻗치는 등 상당히 폭넓게 사업
을 했다고 한다. 물론 그것은 본래 그 지방 사람들이 하던
일이었으니 알력도 상당히 있었던 모양이지만 그는 어디
부는 바람이냐며 끄떡도 하지 않았나 보다.

돈이 있었기 때문이다. 지방 산업에 손을 댄 것도 변덕
같은 것이었을지도 모른다. 안 그래도 벌이가 시원찮은
소소한 일이라 이문은 크지 않았다. 따라서 열심히 그 일
을 하던 지방 사람들이 보기에는 실로 거북한 존재였을
것이다. 다툼은 피할 수 없었다.

지역과의 다툼을 상징하는 것이 자동차였다. 쇼와 초기,
오히라다이에서 소코쿠라 마을까지———— 소위 온천 마
을의 물자 운반은 대부분이 짐마차로 이루어지고 있었다.
화물자동차는 모든 마을을 통틀어 한 대밖에 없었다. 그런
상황에서, 마츠미야 가는 사치스럽게도 자가용 화물자동
차를 소유하고 있었다고 한다. 효과적으로 사용하면 헤아
릴 수 없을 정도로 지역에 공헌하게 되는 도구다. 하지만

마츠미야는 자가용 이외의 용도로 그 차를 사용하지 않았다. 마을을 위해 차를 내준 적은 단 한 번도 없었다는 것이다. 다른 사람이야 어떻게 되든 알 바 아니라는, 그런 사람이었던 모양이다.

마츠미야에게는 두 아이가 있었다.

위의 아이는 남자아이였는데 이름은 히토시라고 했다. 어떤 한자를 쓰는지는 모르겠다고, 이쿠보는 말했다. 히토시는 아버지를 닮지 않아 제법 돼먹은 젊은이였던 모양이다.

당시에는 아직 열일고여덟 살이었던 것 같은데 아버지의 방식에 반발하며 학교도 그만두었고, 마을 전체의 발전에 힘을 쏟아야 한다는 의견을 아버지에게 말했다고 한다.

그래 봐야 아버지는 전혀 귀를 기울이지 않았던 모양이지만 그래도 히토시는 포기하지 않고, 적어도 자신만이라도 뭔가를 해야겠다는 생각에 적극적으로 마을사람들과 접촉을 가지면서 열심히 활동했던 것 같다. 나이가 그렇게 많지는 않았지만 몹시 야무진 청년이었나 보다.

하지만 마을 사람들의 입장에서 보면 어차피 타지 사람, 아무리 젊은이가 열심히 지역 활성화에 봉사해도 탐탁지 않은 것은 탐탁지 않다. 게다가 편견도 있었다. 그 마츠미야의 자식이라는 이유로 처음부터 색안경을 끼고 본다. 어쩔 수 없는 일이긴 하지만 히토시의 계획은 좀처럼 잘 되지 않았던 모양이다.

어렸던 이쿠보가 어떻게 그런 것을 알고 있느냐 하면,

그것은 그녀가 히토시의 동생과 같은 반이었기 때문이라고 한다. 아무리 타지 사람이고 벼락부자에 미움 받는 집 아이라고 해도, 그곳은 좁은 마을이었다. 어린아이들이었고 나이가 같은 탓도 있어서 두 사람은 몹시 사이가 좋았다고 한다.

이쿠보의 소꿉친구이며 히토시의 동생이었던 아이의 이름은 스즈코라고 한다.

"스즈———코?"

마스다가 그제야 겨우 말을 했다.

"어? 아마, 으음, 그 후리소데를 입은 소녀의 이름도 그런 이름이———그건 스즈였나요? 아?"

그해 정월———.

마츠미야 가는 화재로 불타고 말았다.

"아직 소나무를 떼기 전———이 근처에서는 설 때 소나무가 아니라 비쭈기나무를 쓰는데———네. 1월 3일의 일이었어요."

"화재라니 전소되었습니까?"

"전소되었어요. 화재는 드문 일이었기 때문에, 소방단이 도착했을 무렵에는 이미———."

"원인은———설마 방화입니까?"

"과실은 아니었던 모양이에요. 실수로 불이 난 건지 방화인지는 결국 알 수 없었던 것 같지만 강도가 침입한 흔적은 있었나 봐요. 그렇다면 상식적으로는 방화라고 봐야지요."

"그야 그렇겠지요. 하지만 강도가 침입했다는 근거는? 물건이 없어지거나 그랬나요?"

"발견된 시체는 불에 타 죽은 게 아니었어요."

"뭐라고요?"

"스즈코의 아버지와 어머니의 사인은 타살(打殺)이었어요. 살인사건이었지요."

"하아, 강도살인에 방화라고요? 흉악범죄로군요."

"아뇨, 그러니까 불이 난 것과 살인이 있었던 것은 사실이지만 강도인지 아닌지도, 방화인지 아닌지도 알 수 없어요. 실수로 불이 났는데 화재의 혼란을 틈타 사람을 때려죽이는 것도 가능하잖아요?"

"뭐, 우연히 불이 났다면 그렇지요."

"불이 났기 때문에 살의를 품을 수도 있지요. 게다가 강도가 아닐 거라는 생각에는 이유가 있었던 모양이에요. 마츠미야 가에는 외국인 고용인이 세 명이 있었는데, 그 고용인들은 셋 다 그냥 타 죽었거든요. 저항한 흔적도 없었고, 말하자면 미처 도망가지 못한 거지요. 강도가 든 것치고는 조금 묘했어요. 적어도 억지로 침입한 것은 아니었어요. 강도가 고용인에게는 들키지 않고 주인과 아내를 때려죽이고 불을 지른다 ——— 이상하다면 이상하지요."

"이상하긴 하지만요. 보통 그런 건 실수한 거라고 생각하지 않습니까? 고용인의 눈을 피해 몰래 숨어들긴 했는데 주인에게 들켜 때려죽였다, 그리고 방화."

"네. 하지만 이 경우 도둑질보다 원한일 거라고 경찰도 판단한 모양이에요. 그 지방 산업을 반쯤 장난으로 망쳐놓아서 상당히 원한을 사고 있었으니 그 탓일 거라며, 꽤 소문이 돌았어요."

"아아. 그건 이해가 가는군요. 그렇겠지요. 그래서 범인은?"

"마스다 씨가 말하는 미궁에 빠졌지요."

"흐음, 미궁에 빠졌다고요———."

마스다는 양손을 깍지끼고 천장을 보았다.

"그렇군요. 음——— 그리고 보니 그 아드님——— 히토시 씨였나요. 그리고 따님——— 스즈코 씨는?"

"네. 그게 히토시 씨는 연말에 아버지와 크게 싸우고 집을 나갔어요. 그래서 목숨을 건졌지만 스즈코는———."

"스즈코는?"

"화재현장에 시체는 없었어요."

"도망친——— 겁니까?"

"모르겠어요. 행방도 알 수 없었어요."

"알 수 없다? 사라진 건가요?"

"다만———울면서 산 쪽으로 걸어가는 여자아이를 보았다는 사람이 몇 명——— 있었어요."

"산으로? 어째서."

"모르겠어요. 그리고 사람들이 보았다는, 그 산으로 들어간 여자아이는——— 후리소데 나들이옷을 입고 있었다고 해요."

"후, 후리소데? 그, 그것은."

"네. 후리소데요. 당시에는 근검절약이 미덕이었고 하물며 산속 깊은 곳의 한촌이었어요. 나들이옷을 입을 수 있는 아이는 그리 많지 않았지요. 아니, 우리 마을에서는 스즈코밖에 갖고 있지 않았어요. 저도 꽤 부러웠던 기억이 있어서 ——— 그리고 그날도 스즈코는 후리소데를 입고 있었어요. 그러니 증언이 사실이라면, 그것은 99퍼센트 스즈코가 틀림없어요. 그래서 ———."

"아아!"

나는 저도 모르게 오열 같은 소리를 냈다.

후리소데를 입고 산으로 들어간 소녀.

그것은 '성장하지 않는 미아'다.

그대로 계속 ———.

그럴 ———.

"그럴 리는 없어!"

스즈가 스즈코일 리는 없다. 그렇다면 ———.

"네, 물론이지요. 세키구치 선생님. 그럴 리는 없어요. 그 후로 벌써 13년이나 지났는걸요. 저는 벌써 스물여섯 살이에요. 그 후 전쟁이 시작되었고, 그 전쟁도 끝나 세상도 많이 변했어요. 이 근처도 개발이 진행되어 제가 살았던 마을도 이제 없지요. 그런데 스즈코만 그대로 있을 리는 절대로 없지요. 절대로 없어요. 없을 텐데———."

이쿠보는 괴로워했다.

"——— 여기에는 후리소데를 입은 열세 살의 스즈라는
소녀가 있었어요! 그래서!"

이쿠보는 고개를 축 늘어뜨렸다.

"그래서 저는."

자못——— 놀랐을 것이다.

어젯밤 스즈의 존재를 알았을 때의 그 혼란스러운 듯한
모습도 충분히 이해가 간다.

방관자인 나조차 사정을 안 지금은 착란을 일으킬 것만
같다.

13년 동안 시간이 멈춰 있던 소녀. 성장하지 않는 미아.

——— 그것은——— 요괴다.

교고쿠도의 말대로, 그렇게 생각하면 아주 편리하다. 그
러나 한편으로 그 스즈라는 소녀가 실존하는 것은 틀림없
는 사실이다. 아무리 환상적으로 보여도 사람들의 눈앞에
그렇게 당당하게 출현하는 요물이 있을 리 없다. 그렇기
때문에.

그렇기 때문에 더더욱 침착해질 수가 없는 것이다. 요괴
로 치부할 수는 없다. 그러나 과학적이고 합리적인 결론을
이끌어 낼 만한 정보 또한 우리는 갖고 있지 않다. 다시
말해서 알 수 없는 일이라고 포기할 수밖에 없는 걸까.

"그날———."

내 시답잖은 사색은 이쿠보의 말에 서서히 녹아 결국에

는 연기처럼 사라졌다.

"———그 화재가 있던 날 낮에, 실은 저는 스즈코를 만났어요."

"예? 그렇습니까? 그것 참, 음."

괴로웠겠네요, 라고 마스다는 말을 잇고 싶었을 것이다. 이쿠보는 아련한 눈을 하고 말을 이었다. 그 시선 너머에는 13년 전의 광경이 펼쳐지고 있는 것 같았다.

"후리소데가 인형처럼 예뻤어요. 스즈코는 평소부터 히토시 씨에 대해서 몹시 신경을 쓰고 있었지요. 이대로 가다간 조만간 아버지나 히토시 씨 둘 중 한 명이 없어질 거라면서. 아니, 아버지가 없어지지는 않을 테니 히토시 오빠가 집을 나갈 거다———그런 말을 했어요. 열세 살이면 이미 고용살이를 나갈 수 있는 나이이니, 웬만한 것은 아는 나이지요. 스즈코는 오빠를 좋아했어요. 그리고 결국 히토시 씨는 집을 나가 버렸지요. 어디로 갔는지는 대충 알았지만 정월 초부터 스즈코가 찾아갈 수도 없었고요. 그래서 몰래 저를 불러낸 거였———어요."

"어째서요?"

"오빠와 연락을 하기 위해서요. 저는———편지를 전해 달라고 부탁받았———어요."

쇼와 15년의———편지라.

"그렇군요. 그래서 이쿠보 씨 당신은."

"네?"

"당신은 그 편지를 전해주었습니까?"

"네. 소코쿠라 마을의 절에 있을 거라고 했는데 그곳은 저도 알고 있었거든요. 스님도 아이를 좋아하는 마음씨 좋은 분이었기 때문에, 그래서 스즈코에게 편지를 받아다가 ——— 그대로 그 절에 ——— 갔어요."

"히토시 씨는?"

"네?"

"그러니까 편지는 건네주신 겁니까?"

"——— 없었 ——— 어요."

갑자기 목소리 톤이 내려갔다. 처음 만났을 때와 똑같이 겁먹은 듯한 약한 목소리였다.

"없었다고요?"

"네에 ——— 없었어요. 그래서 일단 집으로 돌아왔어요. 그리고 가족들 몰래 스즈코에게 그 사실을 알리러 가야겠다고 생각했는데, 그러다가 날이 저물어서 ——— 그."

거기에서 말은 한 번 끊겼다.

"그날 밤에 화재가 ———."

"아아, 그래서 이쿠보 씨. 당신은 계속 마음을 쓰고 있었군요. 몇 년이 지났어도. 알겠습니다. 그건 이해가 가네요. 그럼 그 편지는?"

"네 ———."

편지는 화재로 혼란스러운 와중에 분실한 모양이다.

좁은 마을에서 일어난 화재다. 이쿠보의 오빠는 산기슭의 전화가 있는 집까지 달려갔고 소방단이 도착할 때까지는 마을사람들이 모두 나서서 불을 끄려고 노력했다고 한다. 그러나 발견되었을 때는 이미 상당히 불길이 번진 후여서 양동이로 물을 끼얹는 정도로는 말 그대로 언 발에 오줌 누기였던 모양이다.

소방단이 왔을 무렵에는 대부분 불에 탄 후였다고 한다. 그 소동 속에서 품에 넣어 두었던 편지도 어디론가 사라지고 만 모양이다.

히토시가 돌아온 것은 다음날인 4일이었다.

불에 탄 흔적을 보고 히토시는 망연자실했다고 한다.

그러나 하룻밤 사이에 가족을 잃은 불행한 청년은 그 비참한 처지에도 불구하고 주위의 동정을 사지는 못했던 모양이다. 설령 무슨 일이 있었다 해도 어차피 미움받는 사람의 아들임에는 변함이 없었던 셈이다. 아니, 냉대를 받은 것뿐이라면 그나마 나았다. 아버지와 사이가 안 좋았던 것이나 싸운 끝에 가출을 했던 것이 발각되어, 놀랍게도 히토시에게는 부모 살해 및 방화 혐의가 씌워졌다. 결국 체포까지 당하고 말았다고 한다.

"알리바이는?"

"없었나 봐요. 전날 밤까지는 그 절에서 얹혀 지내고 있었던 모양이지만 화재가 있던 날 오후부터 다음날 아침까지는 혼자서 마을이나 산을 돌아다녔다고 증언했대요."

"아아, 그럼 수상하게 여겨질 패턴이군요. 담당이 야마시타 씨였다면 즉시 송검했을 거예요. 저라면 석방했겠지만."

마스다는 아주 무책임한 말을 했다.

다만 스즈코의 유체가 발견되지 않았던 것만이 그 청년의 유일한 희망이었던 모양이다. 동생은 살아 있다, 동생을 빨리 찾아 달라, 동생에게 물어보면 알 거다――― 히토시는 그렇게 주장했다.

물론 동생을 걱정하는 마음도 있었겠지만 동생만 무사히 돌아오면 자신의 혐의도 벗겨질 거라고――― 그렇게 생각하고 있었던 모양이다.

분명히 스즈코는 살인을 목격했을 가능성이 높았다. 한시라도 빨리 찾고 싶은 것은 경찰도 마찬가지였을 것이다. 목격자의 증언도 있고 해서 청년단이나 소방단의 수색이 며칠에 걸쳐 이루어졌지만, 많은 노력에도 스즈코의 행방은 묘연하여 알 수 없었던 모양이다. 일주일 만에 수색은 중단되었다. 겨울산이다. 어린 소녀가 생존할 가능성은 거의 없었다.

스즈코는 행방불명으로 처리되었다.

이마가와가 말했다.

"히토시 씨라는 사람은――― 왠지 불쌍하군요. 듣자하니 나쁜 짓은 하나도 안 했고, 오히려 좋은 청년인데요. 어떻게 생각하십니까? 형사님."

"글쎄요. 잘못한 것은 부모 쪽이 아닐까요? 그는 마을을 위해 최선을 다했잖아요? 아버지와 아들의 불화도 따지고 보면 그 탓일 테고요. 그 가족 싸움도 마을을 생각한 싸움이었던 게 아닙니까?"

"네. 그 화물자동차를 마을을 위해 도움이 되는 일에
썼으면 좋겠다는 것이, 그때 싸운 주된 이유였던 모양이에
요. 그래서 히토시 씨를 미워해서는 안 된다는 분위기는
일부에 확실히 있었고, 시간이 지나면서 그런 풍조는 동정
으로 바뀌어 서서히 퍼졌던 것 같아요. 그래서 지역 사람
들이 경찰에 탄원서를 내기도 하고 해서."

"탄원서? 그런 게 효력이 있습니까?"

"잘 모르겠지만 당시에는 나름대로 효과가 있었나 봐
요."

탄원서를 작성하게 된 본래의 계기는 스즈코가 가엾다
는 동정론이었다고 한다. 어린 스즈코에게는 아무 죄도
없다, 이래서는 왠지 불쌍하다———수색을 맡았던 청년
단원이 그렇게 말하기 시작했다고 한다. 히토시는 청년단
젊은이들을 중심으로 약간이나마 인망이 있었다고 한다.
그 동정론이 지역 전체의 합의를 얻어 탄원서라는 형태로
결실을 맺은 것이다.

결정적인 증거도 전혀 나오지 않았다.

히토시는 결국 증거불충분으로 석방되었다.

스즈코를 빨리 찾아내지 못한 점은 경찰 측도 약간의
책임을 느끼고 있었던 모양이다. 게다가 아무리 사이가
안 좋다고 해도 이유가 이유인 만큼 성급하게 살인에 이를
것으로 생각하기도 어려웠던 듯하다. 게다가 아버지는 그
렇다 치더라도 어머니까지 죽일 동기는 히토시에게는 없

었다. 이것은 극악무도한 부모를 둔 탓에 일어난 불행이며, 말하자면 누명 ——— 이라는 판단이었다.

"그 후 히토시 씨는 신세를 졌던 스님의 권유도 있어서 ——— 출가했어요."

"출가? 스님으로?"

"네. 선사로요."

아무래도 ——— 스님이 너무 많다. 확실히 에노키즈의 말대로 차례차례 스님들만 등장한다.

어쨌거나 히토시는 고립되어 있을 때 체포되었고, 석방된 후 곧 출가한 셈이 된다. 그러니 그 사이에 어린 이쿠보가 히토시와 접촉하는 것은 불가능에 가까웠다. 이쿠보는 편지를 건네지 못했을 뿐 아니라 편지를 전해 달라는 부탁을 받았다는 사실조차 전할 수 없었다.

그 후 눈 깜짝할 사이에 세상은 어지러워지고 전쟁이 시작되었다.

출가한 히토시가 어디로 갔는지, 열세 살의 어린 소녀로서는 알 길도 없었으리라.

이쿠보는 마스다의 말대로 지금껏 그 사실이 마음에 걸렸을 것이다.

"이쿠보 씨, 당신은 그럼 ———."

계속 잠자코 듣고 있던 아츠코가 조용히 물었다.

"——— 이번에 제국대학 교섭 담당을 자청한 것도?"

"네. 저는 처음부터 순수하지 않은 동기를 갖고 있었어요. 아츠코 씨."

이쿠보는 그제야 얼굴을 들고 아츠코를 보았다.

"선사———라는 말을 듣고 저는 곧 히토시 씨를 떠올렸지요. 절과 교섭하는 역할을 자청한 것도, 혹시나 하는 생각이 있었기 때문이에요."

"혹시나 라니, 히토시 씨의 행방을 알 수 있을지도 모른다고 말인가요? 하지만 이쿠보 씨. 그건 효율적이지 않은데요. 그렇게 번거로운 방식으로 하지 않더라도 뭔가 다른 방법이———."

"물론 전쟁이 끝난 후에 조금 조사해 보기는 했어요. 하지만 마츠미야 가는 자손이 거의 끊겨졌어요. 호적이나 주민등록도 전쟁으로 일부가 없어져서 확실한 것은 아무것도 알 수 없었고요. 출가를 권한 스님도 돌아가신 후여서, 결국 히토시 씨가 출가했다는 절의 이름조차 알 수 없었어요. 제가 들은 것은, 아무래도 가마쿠라 근처의 선사 같다는 소문뿐이었지요."

"가마쿠라의 선사———라. 음? 그게 뭐였죠?"

마스다는 이쪽을 돌아보았지만 나는 아무 대답도 하지 않았다.

"그래요———하지만 겨우 그 정도 정보로, 설마 가마쿠라의 모든 절에 편지를 보내거나 조사할 수도 없었고 하물며 한 곳 한 곳 절을 돌아보는 것은 도저히———."

그것은 당연할 것이다.

아무리 마음에 걸린다 해도 그것은 일상생활에 지장을 가져올 정도는 아니었고, 어지간히 자금력이 있고 한가한 사람이 아니라면 그런 바보 같은 짓은 할 수 없었을 것이다.

"그렇군요, 그러던 차에 싫어도 한 곳 한 곳 선사에 연락을 해야만 하는, 참으로 안성맞춤의 일이 들어온 거군요. 그래서 당신은 달려들었다———그런 겁니까?"

"네. 전화가 있는 절부터 순서대로 연락을 했어요. 그때마다 마츠미야 히토시라는 승려는 없는지, 아니면 과거에 있지 않았는지 물었고, 서한으로 조사 의뢰를 타진하는 경우에는 그런 문장을 하나 덧붙여 써 보내고."

"아하."

"좋은 대답은 좀처럼 오지 않았어요. 네, 뇌파측정 조사도 물론이지만 그, 히토시 씨에 관한 대답도요. 그런데 그것은———그렇지, 작년 9월 정도였을까요. 조사의뢰 교섭을 시작한 지, 그렇지, 두 달 정도 지났을 무렵, 가마쿠라의 임제종 절에서 답신을 받았어요. 거기에———."

"좋은 대답이라도?"

"아뇨. 의뢰는 거절당했어요. 하지만 그런 이름의 승려는 분명히 있었다고."

"호오! 그거 잘됐군요. 해 보길 잘했네요."

"하지만 지금은 없다고 씌어 있었어요. 마츠미야라는 승려는 그 절에서 전쟁에 나갔다가 이 년 전에 돌아왔다고 했어요. 그런데 돌아온 후로 뭔가 그———."

"수상한 점이라도?"

"아뇨———답신을 주신 것은 지객 스님이었는데, '저는 잘 모르지만'이라는 전제가 붙어 있긴 했지만 그 편지에 따르면 관수가 직접 명해서 며칠 전에 긴 여행을 떠난 것 같다고."

"관수가 긴 여행을 명했다고요? 어디로 갔답니까?"

"그게 아무래도, 최종적인 목적지는 하코네의 센겐야마 산중에 있는 이름 없는 절인 것 같다고———."

"혹시 이곳을 말하는 겁니까? 이 산은 센겐야마 산이었지요. 일단. 그렇군요, 그래서 당신은 이쪽으로 연락을?"

"네——— 하지만 그 편지에서는 주소도, 절의 이름조차 알 수 없었어요. 그래서 저는 거기서 단념했지요. 살아 있음을 안 것만으로도 다행이라 생각했어요. 그런데 그 후 다른 절에서 받은 편지에도, 아무래도 명혜사인 것 같은 내용이 있었어요."

"아아, 어젯밤에도 이곳에 대해서 말해준 곳이 두세 군데라고 했던가요."

마스다는 그렇게 말했지만 내 기억이 확실하다면 어젯밤에 이쿠보는 네 군데라고 말했을 것이다. 게다가 그중 명칭까지 알고 있었던 것은 한 곳이었다——— 고.

"네. 두 군데 정도. 그런 쪽의 과학 조사는 우리 절로서는 찬성할 수 없지만 하코네에 있는 무명의 선사——— 즉 이곳——— 라면 받아들일지도 모른다, 그곳은 교의와 무관하니까, 라는 답신을 받고."

"하기야 실제로 무관했지요. 종파는. 그래서 드디어 이곳에?"

"네. 어젯밤에도 말씀드렸지만 어느 절이나 그렇게 말

쓱하시는 것치고는 애매한 정보밖에 갖고 있지 않아서 솔직히 두 손 든 상태였는데, 그러다가 어느 절에서 명혜사라는 이름을 분명하게 지명해 왔어요. 주소와 연락처도 적혀 있었기 때문에, 그래서 ——— 우선 타진해 보기로 결심한 거지요."

"흐음, 그렇군요. 어제 다이젠 노사님이 료넨 씨와 관련되어 있다는 식의 말을 했던 것은 그 절이었군요. 그건 그렇고 당신 입장에서 보자면 이 명혜사가 좋은 대답까지 해 주었으니 일석이조였던 셈이네요. 일도 그렇고, 개인적인 문제도 그렇고."

"네 ——— 그렇게 ——— 되겠지요. 하지만 히토시 씨에 대해서는, 만날 수 있을 거라는 기대는 하지 않았어요. 어쨌거나 여행을 떠났다는 것이 벌써 몇 달 전의 일이었고요. 가마쿠라에서 하코네라면 어디에 들르든 며칠도 걸리지 않으니까요."

"직행하면 하루밖에 안 걸리지요. 아니, 반나절인가?"

내게는 마스다의 그 말이 몹시 신선하게 들렸다. 그때 나는 걸어서 며칠 걸릴 거라고 생각하고 있었던 것이다. 이동은 도보로 할 거라고 ——— 철석같이 믿고 있었다.

이 산 때문이다.

"하지만 그 가마쿠라의 절에도 부탁해 두었어요. 마츠미야 씨가 돌아오시면 꼭 알려 달라고 ———. 하지만 연락은 없었고, 이쪽에 타진하기 전에도 혹시나 하여 물어보았지만 역시 돌아오지 않았다는 대답이었어요. 그래서 혹

시 계속 이쪽에 머물고 계시는 건 아닐까———하는 생각
도 했답니다. 그래서 여기서 허락한다는 답변을 받았을
때는 엄청나게 흥분해서."

"그 허여멀건 와다 지안의 답신 말이군요."

마스다의 뺨이 가볍게 경련했다. 아무래도 마스다는 지
안을 싫어하는 모양이다.

"맞아요. 지안 씨의 답신에는 마츠미야라는 승려에 대
해서는 전혀 적혀 있지 않았지만, 뇌파조사는 승낙할 테니
일정 등 자세한 내용을 연락해 달라고 씌어 있었어요. 달
리 받아들여 줄 만한 절도 없었기 때문에———그."

아츠코가 말했다.

"게다가 우리 나카무라 편집장님이 나서서 선행 취재를
해 버리셨지요."

"맞아요. 이것도 사실은 《희담월보》의 취재니까 저는
동행할 필요도 없었지만, 일단 담당자라는 이유로 무리하
게 부탁을 드렸던 거예요."

"여기는 들어본 적도 없는 수수께끼의 절이었으니까요.
나카무라 편집장님의 부탁을 받고 오빠에게 조사해 달라
고 했지만, 그래도 알 수 없었어요. 모르겠다고 말했더니
편집장님은 더욱 흥미를 갖게 되셔서———."

"네. 하지만 저는 이 근처에 큰 절이 있다는 얘기는 옛날
에 어머니께 들은 적이 있었어요."

"어머니께?"

"네. 나무공예에 쓸 원목을 벌채하는 일을 하던 어머니

가 전에 한 번 산에서 길을 잃고 헤매다가 이 절을 발견했던 모양이에요."

"흐음. 그래서 당신은 전부터 알고 있었다고 말씀하셨던 건가요? 그것 참 우연이군요. 그런데 그게 언제쯤의 일입니까?"

"아버지가 계셨을 때니까 쇼와 10년이나 11년, 그 이전 일까요, 그 무렵이었던 것 같아요."

"그럼 이곳이 발견된 후이기는 한 셈이군요. 다이젠 노사님은 물론이고 료넨 씨나, 아니, 가쿠탄 관수나 유켄 씨도 있었을지도 모르겠네요."

"네. 하지만 어머니는 사람은 만나지 못했다고 했어요 ——— 그냥 산속에 큰 절이 있었다고 ———."

"으음, 하지만 이곳은 그렇게 길을 잃은 정도로 발견할 수 있을 만한 절이 아닌 것 같은데요? 수백 년이나 발견되지 않은 것을 보면 ——— 아무래도 말이지요. 무엇보다 당신의 어머니, 여자의 걸음으로 숲을 헤치고 들어갈 수 있다면 스즈코의 행방을 수색할 때 건장한 청년단 사람들이 발견했다 해도 이상하지 않지요."

"네. 그건 그렇지만 ——— 하지만 제가 살던 마을은 고와쿠다니에 훨씬 가까웠으니까요. 수색도 고와쿠다니 주변을 중심으로 이루어졌지요. 어린아이의 걸음으로 이 산을 넘기는 힘들고, 게다가 겨울이었으니 수색을 할 때도 이쪽까지는 찾아보지 않았던 게 아닐까요?"

"하지만 어머니는 산을 넘었던 거군요? 겨울철이 아니

라 해도 거기에서 산을 넘자면 힘든 길일 텐데요?"

"어머니는 그때 분명히 ——— 그렇지, 유모토 쪽에서 올라갔을 거예요."

"예? 유모토 쪽에서 이곳으로 올 수 있습니까?"

"오히라다이 쪽에서 오르는 것보다는 시간이 걸릴 것 같기도 하지만 오쿠유모토 부근에서라면 비교적 쉽게 오를 수 있지 않을까요?"

마스다는 잠시 시선을 허공에 두었다. 그리고는 손뼉을 탁 쳤다.

"그렇군! 여기서 오쿠유모토로 가는 것은 우리가 생각하는 것보다 훨씬 쉬운 일이군요. 시간적으로도 ——— 이곳 스님의 걸음이라면."

"아마 거의 내리막길일 테니까요 ——— 별로 힘들지 않을 것 같은데."

"그거예요. 고사카 료넨은 이 길로 간 겁니다. 그렇다면 세키구치 씨가 말했던 쥐 스님 이야기도 앞뒤가 맞아요!"

내 즉흥적인 발언이 갑자기 탄력을 받은 모양이다.

나는 정보제공자로서의 입장상 일단 물어보았다.

"마스다 씨. 그 안마사 ——— 오시마 씨에게는 확인해 보았습니까?"

마스다는 오랜만에 기쁜 얼굴을 했다.

"아직 야마시타 씨에게는 아무 말도 듣지 못했지만 물론 확인했겠지요. 유력한 증언이니까요. 세키구치 씨의 이야기에 따르면 쥐 스님 사건은 료넨 씨가 실종된 날의 일이 되는 셈인데, 어젯밤의 사정청취에 따르면 이 절에서 료넨 씨가 마지막으로 목격된 시간은 오후 여덟 시 사십 분입니다. 이건 시간적으로 좀 무리가 아닐까 싶었는데, 이렇게 되면 수긍이 갑니다."

이쿠보도 이마가와도 멍한 얼굴을 하고 있었다. 물론 무슨 소린지 몰라서이다.

"이거, 이쿠보 씨. 잘 얘기해 주셨습니다. 조금은 살 것 같군요. 그건 그렇고 그 히토시 씨라고 하셨나요? 그 사람은 어디로 간 걸까요."

묘하게 들뜬 마스다를 힐끗 보고 나서, 아츠코가 다시 이쿠보를 돌아보며 기묘한 얼굴로 말했다.

"아직 이 근처에 있을지도 모르는——거군요."

"예? 무슨 뜻입니까?"

"그러니까 마스다 씨. 우리가 산길에서 만났던 여행 중인 스님이 바로 그 마츠미야 씨일 가능성이——이쿠보 씨도 어젯밤에 그렇게 생각하신 게 아닌가요?"

"네. 아츠코 씨 일행이 스치고 지나간 스님이 가마쿠라의 절에서 온 손님인 것 같다는 말을 들었을 때는 저도 그게 히토시 씨가 아닐까 생각했어요. 시기적으로는 꽤 차이가 나지만 그래도 왠지 틀림없을 것 같은 기분이 들어서——."

이쿠보는 분명히 그 화제에도 민감하게 반응했다.

마스다는 다시 한 번 손뼉을 쳤다.

"아아, 가마쿠라에서 온 스님이라는 게 그 사람이었나

요! 이거, 아까 가마쿠라와 스님이라는 말이 왠지 마음에 걸리더라니, 그렇군요, 잊고 있었습니다. 그렇다면 당장 지안에게 확인을 해 봐야겠군요. 이쿠보 씨, 이것은———어쩌면 당신은 수사에 매우 중대한 열쇠를 제공해 주신 것인지도 모르겠네요."

"무슨———뜻인가요?"

"이번 사건과 그 13년 전의 사건이 뭔가 근본적인 부분에서 연결된 것 같은, 아니, 왠지 탐정소설 같긴 한데요, 그게 열쇠인 것 같은, 그런 일도 있지 않을까 하는 생각이 번득였습니다, 저는!"

"무슨 뜻인지 잘 모르겠는데요."

"그러니까———."

마스다는 더욱더 희희낙락한 표정이 되었다.

"가령 그 13년 전의 마츠미야 가 살인방화사건의 진범이———다이젠과 료넨이었다면 어떻습니까?"

"네?"

"복수———라는 겁니까?"

이마가와가 항의하듯이 말했다.

"하지만 다이젠 스님이 그런 짓을 할 사람이라고는, 저는 아무래도 생각되지 않습니다. 느낌에 지나지 않지만, 그래도 그 결론은 지나친 비약이군요."

"이마가와 씨. 인상만으로 사람을 판단해서는 안 된다———고 합니다. 게다가 그들이 범인이 아니었다고 해도 그 히토시가 그들을 진범이라고 믿고 있었다고는 생각할 수 있겠지요. 사실이 어떠냐 하는 것보다 범인이 어떻게 생각하고 있었는가 하는 것이 더 중요합니다. 그렇게 믿고 있었다면 부모의 원수인 셈이지요."

그것이 범인밖에 뜻을 알 수 없는 그 모욕적인 시체 연출의 이유일까.

"하지만 마스다 씨―――."

다음으로 아츠코가 말했다.

"그러면 이쿠보 씨가 찾는 사람이 살인범이라는 뜻이 되고 마는데요―――."

아츠코도 별로 찬성할 수 없다는 어조다.

이쿠보는 잠자코 있다.

"―――가능성을 부정하지는 않겠지만 조사확인작업을 하기도 전에 경찰관이 그런 말씀을 하시는 건 좀 그렇군요. 번득임도 예측의 일종이에요."

마스다는 아츠코에게 야단을 맞고 조금 풀이 죽었다.

"예에, 죄송합니다. 그 말씀이 옳습니다. 하지만 역시 흘려들을 수 없는 이야기이긴 하네요."

어쨌거나 스님이니까요, 하고 마스다는 말했다.

나는 나 자신도 그 히토시로 보이는 승려―――로 여겨지는 인물일 뿐이지만―――를 목격했다는 것을 이 자리에서 마스다에게 말해 버리려고 했지만 마스다가 갑자기 큰 소리를 질렀기 때문에 또 말할 기회를 놓치고 말았다.

"아아, 그래서 이쿠보 씨―――아아, 그, 기분 나쁘게 생각하지 마십시오. 추젠지 씨의 말씀대로 방금 한 발언은 제 생각에 지나지 않으니까요. 아무 근거도 없는 이야기입니다. 그보다 으음, 원래 하려던 질문인데요, 그, 당신은 오늘 오후에 무엇을 하고 계셨는가 하는 것을———."

"아아———."

이쿠보는 문득 쓸쓸해 보이는 얼굴을 했다.

딱히 숨기고 있었던 것도 아니겠지만 오랫동안 마음에 감추고 있던 사실을 큰마음 먹고 방출한 것치고는——— 그녀는 조금도 편해지지 못한 듯이——— 내 눈에는 그렇게 보였다.

이쿠보는 오른쪽 위를 한 번 힐끗 쳐다보고 난 뒤 대답했다.

"제가——— 이곳을 나가서 혼자 행동을 한 시간은 겨우 삼십 분 정도였어요. 진슈 씨에게 가서 그 스즈라는 소녀를 만나고자 했을 뿐이에요. 아무래도 으스스해서 견딜 수가 없었거든요——— 그 소녀가 스즈코일 가능성은 없어요. 그런데도 공통된 점이 너무 많은 것 같아서."

"너무 많다기보다 작위적이지요."

"네. 그래서 비록 본인은 아니라 해도 뭔가 관계가 있는 것은 아닐까 하는 생각이 들었어요. 저는 히토시 씨의 발자취를 쫓아, 그것도 지극히 타성적으로 우연의 이끌림에 의지해 여기까지 왔고, 그랬더니 히토시 씨가 아니라 실종되었을 때의 스즈코와 비슷한 나이의 소녀가 있었으니까 왠지———."

그녀의 기분은 아주 잘 알 것 같았다. 나도 스즈라는

소녀에 대해서는 석연치 않은 꺼림칙함을 품고 있었기 때문이다. 그러나 내가 석연치 않은 주된 이유는 '성장하지 않는 미아' 이야기에 기인한다. 그렇다면 그런 것은 이야기로만 들은 수상쩍은 환상담에 지나지 않는다. 한편 그녀가 아는 스즈코는 실존인물이다. 스즈코와 스즈 사이에서 어떠한 관련성을 찾으려 하는 것은———.

그것은 단순히, 괴이한 일을 현실로 인정해 버리는 것에 지나지 않는 게 아닐까. 그 경우, 괴이한 일은 설명체계로서 기능하는 것이 아니라 과학적 설명의 부정에 한없이 가까운 형태로 기능하고 만다.

부족한 정보를 하나라도 더 많이 메우고 과학적 사고로 이해할 수 있는 상태로 가져가지 않으면 도저히 수습할 수 없을 것이다.

"———마음이 가라앉질 않아서."

"그래서 스즈 씨는요?"

만나지 못했다고 이쿠보는 대답했다.

"노인은 계셨지만요. 노인과는 잠깐 이야기를 나누었어요."

"흐음, 그 할아버지만은 이쿠보 씨 외에는 아무도 아직 만나지 못했군요. 실은 이곳에 오던 도중에 야마시타 씨 일행은 후리소데 소녀를 만났던 모양이던데요. 그런데 그 할아버지가 사는 오두막이라는 곳은?"

"네에, 오두막이라기보다 이곳과 비슷한 암자예요. 대웅보전 뒤쪽에 밭이 있는데, 거기서 더 들어가서 있어요.

숲과 덤불에 에워싸여서, 미리 알고 가지 않으면 알아보기 어려울지도 모르겠어요."

이마가와가 물었다.

"이곳과 비슷한 암자에 사십니까? 역시 무슨무슨 전이라는 이름이 붙어 있나요?"

"건물 이름은———물어보지 않았지만 제가 보기에는 비슷해 보였어요."

"그럼 할아버지는 절의 건물을 무단으로 빌려 쓰고 있는 거겠군요. 집세를 내야 할 텐데."

"하지만 마스다 씨. 다른 스님도 다 비슷비슷해요. 현재 땅주인은 어딘가에 있겠지만 이 절이 사실 누구의 것인지는 알 수 없거든요."

이마가와가 그렇게 말하자 마스다는 "아아, 마찬가진가? 마찬가지로군" 하고 중얼거리더니 눈을 몇 번 깜박이고 나서,

"아아, 마찬가지입니다. 맞아요. 그 할아버지도 스님들과 마찬가지예요. 충분히 수상하지 않습니까? 이거 마크해 둬야겠는데."

라고 말했다. 아츠코가 물었다.

"수상한가요?"

"수상하지요. 정체도 모르고요. 키우는 아이도 버려진 아이인 모양이고, 땅주인이 아니라는 것만 봐도 오히려 가장 수상한 인물이에요. 아아, 이쿠보 씨, 그 할아버지와 어떤 얘기를 했나요? 아니, 어떤 사람이었습니까?"

"네——."

노인은 말랐다고 한다.

커다란 눈을 반쯤 뜨고 희미하게 웃고 있었다.

사람 좋아 보이는 노인이었다고 한다.

볕에 그을린 가무잡잡한 얼굴. 머리카락은 없었다고 한다. 벗겨진 건지 삭발한 건지 구별이 가지 않았던 모양이다. 기막히게 균일하게 볕에 그을려 있었고 눈가에 새겨진 주름은 깊었다——.

노인은 흐릿한 회색의—— 쥐색이라고 하나—— 법의 같기도 하고 사무에 같기도 한, 잘 알 수 없는 것을 걸치고 있었다고 한다. 얼핏 보기에는 농부들이 입는 작업복으로도 보였다고 한다. 띠 대신 굵은 새끼줄 같은 것을 감고 있었는데 옷자락이나 목깃은 풀려서 너덜너덜했다. 그것은 이야기만 들으면 옛 시대의 기이한 옷차림일 것 같지만 가난한 산촌에서 자란 이쿠보의 눈에는 특별히 이상한 차림새로 비치지도 않았다고 한다.

노인은 갈퀴 같은 것으로 눈을 치우고 있었다.

—— 저어,

—— 예, 예.

—— 저는, 그,

—— 자, 들어오시지요. 차를 드십시오.

노인은 차를 권했다.

쉭쉭 소리가 나고 있었다.

이로리[†] 위에서는 찻주전자에 담긴 물이 끓고 있었다.

―― 저어, 스즈 씨에 관한 일로,

―― 스즈는 없습니다. 놀러 갔어요.

―― 스즈 씨는 몇 살인가요?

―― 잘 모르겠지만 열서너 살이겠지요.

―― 언제부터 이곳에?

―― 잘 모르겠지만 13, 4년쯤 될 겁니다.

―― 그럼 ―― 여기서?

―― 사람은 해마다 변한다고 하나 백년하청을 기다리는 몸에게는 십 년이 하루와 같구나. 수년이 지났는지 수십 년이 지났는지 전혀 알 수가 없도다.

―― 스즈 씨는 여기서 태어나셨나요?

―― 자, 차를 드시지요.

―― 13년 전, 스즈 씨와 비슷한 나이의, 똑같이 후리소데를 입은 스즈코라는 아이가 이 산에서 길을 잃었는데 혹시 그에 대해 아시는 것은,

―― 글쎄요, 그게 스즈라고요?

―― 그런 말씀은 아니지만 그, 너무나도,

―― 그 아이가 13년 전의 그 아이라고 하신다면 그것은 그렇겠지만, 그게 아니라면 다른 아이는 모르겠군요. 이곳에 있는 사람은 데츠도와 스즈뿐입니다.

"그건 다시 말해서 자신은 스즈코 씨라는 사람은 모른

---

† 실내의 바닥을 네모나게 파서 불을 지펴, 난방을 하거나 요리를 하는 곳.

다, 아무 관계도 없다는 뜻이로군요. 나이를 생각하면 스즈 씨와 마츠미야 스즈코 씨가 다른 사람이라는 사실은 틀림없으니까요."

아츠코는 그렇게 말하며 검지로 턱 끝을 문질렀다.

"그렇게 받아들일 수밖에 없다———고 저도 생각했어요. 즉 모든 것은 우연이고, 전부 제 착각이었던 셈이지요."

이쿠보는 그렇게 말했다.

"그럴까요. 거짓말 같은데———."

마스다는 의심하고 있다.

"———나이도, 옷차림도, 그리고 이름도 같은 소녀가 13년의 시간을 사이에 두고 이렇게 가까운 곳에? 그러고도 관계가 없다고는 생각할 수 없는데요. 그런 우연이 있을 수 있을까요?"

있었을 것이다.

아츠코의 말대로 13년 전의 마츠미야 스즈코와 명혜사의 스즈는 다른 사람이다. 이것은 양쪽 다 실재하는 인물이니 의심할 수 없는 사실이다. 나이가 다르다.

그리고 괴담 '성장하지 않는 미아'의 정체의 절반, 최근 목격된 '미아'는 분명히 명혜사의 스즈다. 십여 년 전의 '미아'와 현재의 스즈를 다른 사람이라고 생각하면 '성장하지 않는 미아'는 괴이한 일이 아니게 된다.

그러면.

십여 년 전의 '미아'와 13년 전의 마츠미야 스즈코는 대체 어떤 관계일까.

　가장 속시원한 것은 이런 해답이다.

　십여 년 전의 '미아'는 마츠미야 스즈코다.

　최근의 '미아'는 명혜사의 스즈다.

　이거면 '성장하지 않는 미아'는 소멸한다.

　────── 결국 '성장하지 않는 미아'를 일어날 수 없는 일로 정의하는 준거는 출몰기간의 길이라는 문제 하나로 수렴한다 ────── 그것을 뒷받침하는 증거는 아주 미덥지 못한 것이며 ──────.

　그렇다. 증거는 미덥지 못하다. 따라서 서로 다른 개체라고 생각될 만한 반증이 갖추어지면 '성장하지 않는 미아'는 괴이한 일이 아니게 되는 셈이다. 우연이든 무엇이든 상관없다. 마츠미야 스즈코라는 실존인물이 바로 반증이다.

　그것은 스즈코와 스즈가 지나치게 유사하다는 우연의 산물이 만들어 낸 환상이다. 마츠미야 스즈코의 존재가 바로 과학적 이해를 방해하고 있던 빠진 정보가 아니었을까 ──────.

　아니다. 뭔가 잊고 있다. 우연으로 처리할 수 있는 미덥지 못한 증거 ────── 대체로 같은 장소에 출몰한다는 것. 대략적인 복장이 같다는 것. 겉으로 보이는 연령도 비슷하다는 것. 그리고 그다지 일반적이지 않은,

"노래 ——— 노래야."

"뭡니까, 세키구치 씨? 갑자기."

노래다. '미아'는 십여 년 전에도 그 노래를 불렀다. 다시 말해서 이 경우에는 ———.

"아. 아아, 저어, 이쿠보 씨."

물어봐야 한다. 정보를 보완해서. 그렇게 확인하지 않으면 ———.

——— 정말로 괴이인가?

괴이가 정착하고 만다.

"이쿠보 씨" 하고 나는 흥미로운 기분으로 물었다.

"예?"

이쿠보는 곤혹스러운 듯한 얼굴을 했다.

"그, 스즈코 씨 말인데요."

"스즈 ——— 코 씨라니."

"아아, 13년 전의 마츠미야 스즈코 씨 말인데요, 그, 당시 ——— 이상한 노래를 부르거나 하지는 않았습니까?"

"노래?"

노래라니, 하고 이쿠보는 더욱 곤혹스러운 얼굴을 했다.

"아아, 그건 어젯밤의 그 노래 말씀이십니까?"

이마가와가 혀짤배기소리로 말했다. 이마가와는 나와 함께 그 소녀의 노래를 들었다.

"——— 맞아요. 실은 현재의 스즈 씨는 산중에 어울리지 않는 그 옷차림 때문에 사정을 모르는 산기슭 사람들에게는 반쯤 요괴처럼 여겨지고 있습니다. 아니, 저도 이마가와 씨에게 듣기 전까지는 그렇게 생각하고 있었으니 어젯밤에 보았———아니, 만났을 때는 놀랐지요. 그리고 그녀가 요괴라는 것을 단정하는 요소 중 하나가 늘 부른다는 이상한 노래입니다."

"어떤 노래인가요?"

"글쎄요, 저는 아무래도 음계에 대한 기억이 애매해서 재현하기는 어려운데, 이마가와 씨는———."

"저는 음치입니다."

"아아———그러면 그 숫자 세는 노래 같은, 찬불가 같은 선율인데 사람의 아이라면 아궁이에서 불에 타라는 둥, 원숭이의 아이라면 산으로 가라는 둥 하는 노래였습니다."

"부처의 아이라면 어떻게 할까, 라는 구절도 있었지요."

이쿠보는 고개를 갸웃거렸다.

"들은 적은 없는———데요."

"그렇습니까?"

그렇다면 역시 다른 사람인가?

또 혼란스러워졌다.

마츠미야 스즈코가 그 노래를 모른다면 스즈코는 지금의 '미아'———스즈와도, 십여 년 전에 나타난 옛날의 '미아'와도 다른 사람이라는 뜻이 되고 만다. 그렇다면 십여 년 전———스즈코가 실종된 것과 거의 같은 시기에 이 산에는 후리소데를 입은 동년배의 소녀가 두 명이나 있었다는 뜻일까?

복잡하다.

마스다가 말했다.

"아무래도 개운하지 않으신 모양이군요, 세키구치 씨."

"아아. 개운하지 않습니다."

"저도 그렇습니다. 그 할아버지, 아무리 생각해도 시치미를 떼고 있는 것 같다는 생각밖에 안 들거든요. 저기, 그 점은 어떻던가요, 이쿠보 씨?"

이쿠보는 약간 눈을 내리깐 채 대답했다.

"네 ——— 하지만 그 후에는 아무것도 물을 수 없었어요. 그리고 세 번째로 차를 권하시는 바람에 저는 조금 무서워져서."

"또 차를?"

"네. 태도는 몹시 부드럽고 사근사근한데, 그게 오히려 무섭더군요. 저는 일찌감치 돌아왔어요. 그리고 다음으로 데츠도 씨한테라도 물어볼까 하는 생각을 했지만 ——— 그보다 우선 가마쿠라의 스님 이름이 뭔지 확인해야겠다는 생각이 들어서 지안 씨가 있는 곳으로 갔지요."

"아아, 마츠미야 히토시 말이군요. 그래서요?"

"지객료에는 아무도 없어서 삼문으로 가 봤더니 동사 쪽이 소란스러워서."

"아아, 가 보니 그 소동이 일어나고 있었던 거군요. 으음 ———."

마스다는 양손을 깍지 껴 뒤통수에 대고는 누르다시피

하며 고개를 숙였다.

"───수면부족 때문만은 아니군요. 뭐가 뭔지 모르겠어요. 제가 바보인 걸까요."

"아뇨, 마스다 씨. 이 사건은 아무도 뭐가 뭔지 모르고 있어요. 음, 우리는───모르겠어요."

아츠코가 보기 드물게 자포자기한 듯 말했다. 어떤 고난에 빠져도 우선 긍정적이고, 흐릿한 광명을 찾아 건설적인 말을 한다───그것이 아츠코의 특성이라고 나는 생각하고 있었다.

따라서 의외라면 의외였다.

"───아마 우리뿐 아니라 이 절 사람들도 아무것도 모를 거예요. 오히려 지금 가장 많은 정보를 갖고 있는 것은 우리일지도 몰라요. 하지만 어떤 것도 형태가 되지는 않았어요. 아무리 추리해 봐도, 그래서 어떤 정합성을 가진 결론을 이끌어 낸다 해도 그것은 안 것 같은 기분이 드는 것일 뿐이지요. 정말로 알고 있는 것은 범인뿐이지 않을까요?"

"흐음, 큰일났군요."

마스다는 깍지 낀 손을 떼어 뒤로 짚고 다리를 뻗어 쭉 젖혔다.

그때 갑자기 문이 열리는 소리가 났다.

"이봐! 형씨. 노닥거릴 시간은 없다고. 뭘 하는 겐가?"

야비한 목소리였다.

장지문이 열리고 그 틈으로 스가와라가 사자 머리 같은

얼굴을 내밀었다.

마스다는 튕기듯이 자세를 원래대로 했다.

"노, 노닥거리는 게 아닙니다, 스가와라 씨."

"일손이 부족해. 이래서는 산 아래에서 지원이 오기 전에 당신 상사가 미쳐 버릴 걸세. 도와주게."

"예에, 지금 어떤 상황입니까?"

"사정청취를 하고 있는데. 그 왜, 끊임없이 그런 상태잖나. 진행이 안 된단 말이야. 이쪽은?"

"예. 일단 사정청취라고 할까 정보수집은 끝났습니다. 여러 가지 보고해야 할 것도 있고."

"이쪽도 마찬가질세. 오늘 아침에 수사회의에서 결정된 것도 있고. 어쨌든 같이 가 주게."

"하지만 이 사람들은."

"용의자 눈치를 봐서 어쩌자는 건가. 당신들, 귀찮으니까 스님이랑 같은 방으로 가 주시오."

"그건 상관없지만———."

아츠코는 도리구치를 보았다.

도리구치는———아직도 쿨쿨 자고 있었다.

*

이것도 들은 이야기다.

명혜사의 지객료를 빌려서 열린 하코네 승려 살해사건 임시수사본부의 수사회의는 와명선조(蛙鳴蟬噪)†의 양상을

223

띠었고, 결실 없는 탁상공론은 그저 시끄럽게 야마시타의
오른쪽 귀에서 왼쪽 귀로 빠져나갔다.

지원요원이 도착한 것은 18시 30분이었다.

명혜사에는 전화는 고사하고 전기나 수도조차 들어오
지 않는다. 과학수사에는 전혀 맞지 않는 현장이다. 장난
같은 흉악한 범죄의 흔적은 이미 밤의 장막으로 덮였고,
반근대적인 환경에서의 현장검증은 난항을 겪고 있었다.
시체는 끌어올렸지만 어둠 속에서 작업을 계속하기란 불
가능하다고 판단해 상세한 검증작업은 내일 아침으로 미
루어졌으며 감식반은 20시에 일시 철수했다.

승려들의 사정청취를 일단 중지하고 회의가 시작된 것
은 그 후의 일이다.

처음에 있었던 마스다 형사의 보고는 매우 흥미로웠다.

오전 중에 회의를 할 때는 명확하지 않았던 사항이 차례
차례 밝혀진 것이다. 물론 개개의 사항에 대한 확인 작업
이 끝날 때까지는 마스다의 이야기를 무작정 받아들일 수
도 없었지만, 그래도 수사의 골자를 짜는 데는 유익한 정
보였음은 틀림없다.

또 13년 전에 일어났다는 살인방화사건과의 기묘한 부
합도 신경 쓰이는 점이었다.

명료하지 않았던 사건의 윤곽은 이것으로———.

---

† (앞쪽)'개구리와 매미가 울어 시끄럽다'라는 뜻으로, 쓸데없는 입씨름 혹은
글이나 논설이 졸렬하고 보잘것없음을 의미한다.

—— 더욱더 애매해졌다.

야마시타는 가벼운 편두통을 느꼈다.

마스다의 보고를 듣고 있으면 아무래도 이 절의 스님을 의심하는 것도 잘못 짚은 거라는 기분이 들기 시작한다.

그 마츠미야인가 하는 떠돌이 승려——— 와다에게 확인을 해 보지 않았으니 그 승려가 마츠미야라고 단언할 수도 없지만——— 도 수상하다. 이쿠보라는 여자도 수상하다. 이마가와의 행동도 더욱 수상하다. 보통 같으면 이마가와 같은 자는 별건체포해서 추궁했어도 문제되지 않았다. 그 정도로 수상하다. 그러나 야마시타는 그러는 한편으로 명혜사 공모설——— 특히 구와타 조신 범인설에 근거 없는 매력을 강하게 느끼고 있었다.

"어쨌거나 중들의 행동을 파악하려면 일람표 같은 것을 만들어야 할 것 같은데요. 규칙적이긴 할 테지만 이 상태에서 파악하는 것은 무리일 듯합니다. 어느 시간에 어디에 누가 있었고 그것을 누가 보고 있었는지, 전체적인 모습을 전혀 알 수가 없어요. 이래서는 범행 시각이 추정된다 해도———."

"그런 건 처음부터 알고 있었네. 하지만 설령 그런 것을 만들어 중들의 동향을 파악한다 해도, 아니, 어떨까요, 경부보님. 이 경우 중들 사이의 증언이라는 것은 유효할까요?"

"그것은———."

"그야 유효하겠지요, 스가와라 씨. 아무리 같은 절의 중들이라 해도 부모형제는 아니니까요."

"자네는 여기에 처음 와서 모르는 모양인데, 이곳 중들의 이야기에 비하면 친족의 증언이 훨씬 더 믿을 만한 것 같네. 그렇지, 특수관계인, 내연의 아내 같은 것보다는 중들의 결속이 훨씬 더 강하단 말일세. 종교적 일체감이라고 해야 하나?"

"선종이라는 것은 염불 같은 것과 달리 혼자서 하는 고행 같은 거 아니었나?"

"아니겠지요, 다함께 앉아 있으니까요. 공범의 냄새가 나는데요."

"그것은 승려에 대한 편견입니다━━."

갑론을박을 끝낸 것은 마스다였다.

"━━그런 의논은 쓸데없는 일입니다, 쓸데없는 일."

"뭔가, 마스다 군? 하룻밤 묵더니 세뇌당한 건가?"

"그렇지 않습니다. 아무리 승려가 상대라 해도 그런 쓸데없는 입씨름은 소용없습니다. 오해는 안 되지요. 인상만 갖고 수사를 할 수는 없다고 경부보님도 말씀하시지 않았습니까. 번득임도 예측의 일종━━이란 말입니다."

"이 사람 왠지 콧김이 거칠군. 뭐, 옳은 말이네만. 어떻습니까, 경부님?"

"경부보일세. 그런데 마스다 군, 중들끼리 서로 감싸거나, 또는 절의 명예를 지키기 위해 위증을 하는 것은 충분히 생각할 수 있는 일일 텐데."

생각할 수 있는 일이 아니라 사실은 생각하고 싶은 거라고, 야마시타는 일단 인식하고 있다. 입장상 그렇게 말할 수 없을 뿐이다.

마스다는 전에 없이 신이 나서 대답했다. 스가와라가 말한 대로 평소보다 기운차 보이기도 한다.

"야마시타 주임님의 의견도 정론이라고 생각은 하지만, 아까 보고를 드린 대로 이 명혜사는 특정 교단이나 종파의 사원이 아닙니다. 그런 결속은 오히려 약하지 않을까요? 예를 들면 료넨과 다이젠은 같은 임제종이라도 파가 다른 모양입니다."

"하지만 임제종은 임제종 아닌가? 그, 자네."

"본부의 마스다입니다. 임제에는 그러니까——— 열네 개의 파가 있습니다. 그것은 전부 다릅니다."

"다르다면 조동종인가? 그쪽하고 더 크게 다르지 않나?"

"말씀대로 조동종과 임제종은 임제 내부의 각 파의 차이보다 큰 차이가 있겠지요. 제 전문이 아니라서 그 이상은 대답할 수 없지만요."

"자네의 보고에 따르면 살해된 고사카 료넨과 오니시 다이젠은 모두 임제종의 승려라고 하는데."

"그렇게 들었습니다."

"그럼 마스다 군. 나머지 간부 중에서 임제 계통인 자는?"

"와다 지안——— 일까요."

"아아, 지안? 가령 말이지요, 범인은 지안도 죽여서 이 절에서 임제파를 없애려고 ——— 꾸민 것은 아닐까요?"

"그런 바보 같은. 스가 씨, 그건 아니야."

"하지만 뎃짱."

"이봐, 자네들. 약칭으로 서로 부르는 건 그만두게. 이래 봬도 회의야, 회의. 이 촛불 탓인가?"

야마시타는 마치 산적의 모의 같은 지객료의 분위기가 몹시도 마음에 들지 않았다.

"———마스다 군."

"예?"

"자네의 보고가 옳다면 이 명혜사에는 몇 개의 종파가 있네. 그것은 틀림이 없겠지. 그렇다면 종파 사이의 대립 같은 것은 없나? 지금 스가와라 군이 말한 것 같은 일은 실제로 일어날 수 없는 건가?"

"일어날 수 없을 겁니다. 왜냐하면 예를 들어서 말이지요, 이곳 승려들은 모두 어디어디의 교단에서 파견되어 와 있는 겁니다. 그러니 설사 지안 씨를 죽인다 해도 곧 후임이 보충될 ——— 테지요. 아, 뭐, 당장 오지는 않으려나?"

"그럼 고사카나 오니시의 후임도 온단 말인가?"

"그건 알 수 없어요. 보충되지 않을 수도 있겠지요. 그것은 그 교단이 이 명혜사에 더 관여해 봐야 이점이 없다고 판단한 경우일 겁니다. 사실 다이젠 노사님의 이야기에 따르면 각 교단들도 이제 타성으로 관여하고 있을 뿐인 것 같았으니까요.”

“그렇다면 그야말로 아까 한 얘기가 아닌가. 명혜사를 한 종파가 독재지배하는 것도 가능하지 않나?”

“그것은 무의미합니다, 스가와라 씨.”

마스다는 가느다란 눈썹을 일그러뜨렸다.

“———이곳은 각 교단의 원조금으로 운영되는 절입니다. 명혜사에서 임제종을 배척하고 조동종이 독재를 한다는 것은, 요컨대 임제의 원조를 끊는다는 뜻이겠지요. 조동종은 한 종파니까 혼자서 모든 것을 떠맡는 셈이 되고 말아요. 경제적이지 못하지요. 무엇보다 살인을 저지르지 않더라도 대화로 해결할 수 있습니다. 그런 정도는.”

“그런가? 뭐, 내가 종교에 편견을 갖고 있는 건지도 모르지. 어제의 느낌으로는 이곳 중들은 무슨 짓을 저질러도 이상하지 않은———.”

“그러니까 스가와라 씨. 그건 무슨 짓을 저지르더라도 살인을 할 만한 동기는 되기 어렵다, 될 수 없다, 그렇게 받아들여야 합니다.”

“그건———.”

정반대로군——— 하며 스가와라는 두툼한 입술을 삐죽거렸다.

“하지만 마스다 군. 그 의견은 본래 오니시 다이젠의 의견일 테지. 그 다이젠이 바로 제2의 피해자란 말이야.”

야마시타는 억지로 자신에게 유리한 방향으로 이야기를 이끌어갈 생각이다.

"글쎄. 오니시는 정말로 마스다 군이 보고한 그대로의 견해를 가졌다고 생각해도 될까? 늙고 교활한 승려가 어떤 다툼을 은폐하기 위해 마스다 군에게 엉터리 견해를 불어넣었다고 생각할 수도 있지. 게다가 그 오니시가 살해된 이상, 절 안에 분쟁이 없었다고 단언할 수도 없을 것 같네만. 그러니까 탐문을 할 때 그 점을 중점적으로 물었으면━━━."

"그건 주임님. 이 절 안에서 종파의 차이에서 오는 다툼이나 파벌싸움 같은 것이 있었는지 없었는지를 물어보라는 뜻입니까?"

"그런 인식을 갖는 것이 과연 이 절 안에서 비상식적인 일인지 아닌지를 개개인에게 물어보라는 걸세. 전체를 둘러보면 모두 똑같아 보이지만 중들도 얼굴은 하나하나 달라. 생각하는 것도 다를 테지. 만일 뭔가━━━이것은 종파와 무관해도 상관없지만, 두 사람의 피해자에게 공통된 사항이라도 나오면 최고니까. 그런 자잘한 작업이 바로 지금의 우리들에게는 필요한 거야."

야마시타는 자의적으로 방향을 틀었다고 생각했지만 입 밖에 내고 보니 의외로 앞뒤가 맞았다. 의외로 좋은 생각일지도 모른다며 좋아하고 있는데, 관할서 형사이며 가장 연장자인 츠기타라는 노형사━━━아까 스가와라가 뎃짱이라고 부른 남자━━━가 난색을 표했다.

"저희 집은 대대로 조동종이고 저도 신도 총대표를 맡고 있지만, 그런 이야기는 아무래도 갑자기는━━━."

"츠기타 ——— 씨라고 했나요? 분명히 우리 마스다가 말한 대로 중들은 전부 수상하다, 믿을 수 없다는 인식은 편견이겠지만, 그렇다고 해서 종교인이니 믿을 수 있다거나, 이 종파를 신앙하고 있으니 범죄를 저지를 리가 없다거나 하는 것도 ——— 이것은 섣부른 예측이나 편견에 들어갑니다. 설령 신자 중에서 범죄자가 나왔다 해도 그 사실이 곧 신앙 자체를 부정하지는 않을 테지요. 당신의 신앙은 당신의 신앙. 어떤 결과가 되든, 나는 당신네 절을 나쁘게 말하지는 않을 겁니다."

"그렇지요 ———."

츠기타는 벌레를 씹은 것 같은 얼굴을 했다.

"——— 하지만 주임님. 저는 오히려 외부 사람들이 더 수상한 것 같은데요."

"외부라면 취재하러 온 사람들 말이오?"

"예를 들면 그 골동품상. 이마가와인가요? 그 사람은 첫 번째 피해자와도 관계를 갖고 있어요. 이마가와와 만나기로 약속한 날에 료넨은 실종되어 죽었지요. 이러니저러니 해도 여관에서 빠져나가면 범행이 불가능하지는 않습니다. 게다가 이번에도 다이젠과 단독으로 회견을 가졌어요. 듣자 하니 피해자를 마지막으로 목격한 것도 이마가와가 아닙니까."

"본 게 아니에요. 목소리를 들었을 뿐입니다."

"그 점이 믿을 수 없는 거지. 정말로 ———."

젊은 형사가 말했다.

"── 이마가와는 정말로 다이젠과 만났을까요? 마스다 군의 보고를 믿지 않는 것은 아니지만 그 깨달았다느니 알았다느니, 저는 납득할 수 없는데요. 이마가와의 이야기를 뒷받침하는 증언은 지금으로서는 어떤 중에게서도 나오지 않았잖아요."

"그 남자가 절 안을 돌아다니는 모습은 몇 명의 중이 보았는데요."

"그건 여덟 시가 지난 작무(作務)† 시간이었잖아요? 다이젠이 있었던 건물로 향하는 것을 본 사람은 없어요."

"데츠도 ── 인가? 그 사람과 마주쳤다고 했지? 이마가와는."

"데츠도는 아무 말도 하지 않습니다."

"하지 않는 게 아니야. 하지 못하는 거지."

"뭔가 유리하게 되어 있군."

눈이 불편한 목격자니, 말을 제대로 못 하는 증인이니 ── 그런가 하면 웅변적인 관계자의 말은 이해할 수 없고 ──.

"그리고 ──."

츠기타는 말을 이었다.

"이쿠보 기요에였나요? 그녀의 이야기도 검증을 해야죠. 분명히 13년 전에 그런 사건이 있긴 했습니다만. 저는 이야기로만 들었지만 ──."

---

† 선종(禪宗)에서 행해지는 농업 활동이나 청소 등의 작업으로 수행의 한 방편이다.

"당신은 그 당시부터 형사 일을 하고 있었나요?"

"그 무렵에는 경관이었지요. 스가 씨, 당신이 막 형사가 되었을 때였잖나. 기억 안 나?"

"그랬나요? 저는 그런 사건은 기억 안 나는데."

"그래? 확실히 석연치 않은 사건으로 기억하고 있지만, 나라의 중요한 일을 앞두고 있었으니 면밀한 조사를 했는지 어떤지는 의심스럽지요. 다시 조사해야 할까요?"

"시효도 지났을 것 같은 그런 사건을 말인가?"

번잡한 것에 비해 성과는 기대할 수 없을 것———이라고 생각한다.

하지만 끝까지 자기주장을 굽히지 않으면 또 수사원과의 신뢰관계를 잃게 된다.

지금은 츠기타의 의견을 받아들여야 할 거라는 생각이 들었다.

야마시타는 센고쿠로의 전철을 다시 밟게 되는 것은 사양하고 싶었다.

고립되는 것도 경멸당하는 것도 정말 싫다.

야마시타는 재빨리 머리를 굴렸다.

이곳에 오는 길에도 처음에는 걸음이 무거웠다.

그러나.

마스다에게 두 번째 살인이 있었다는 보고를 받고 마음이 바뀌었다.

연속살인이라면 또 얘기는 다르다. 공로도———배가 된다.

이번에야말로 하는 마음에, 긴장한 채 쳐들어온 것까지는 좋았지만, 야마시타는 도착하자마자 창피를 당하고 말았다.

그러나 야마시타는 조금 강해졌다.

―――― 실수를 한 건 아니야.

실수했다는 의식은 전혀 없었다.

게다가 다행스럽게도 마스다와 스가와라 이외의 증원들은 경내에서 야마시타가 벌인 추태를 모른다. 지금은 어떻게 해서라도 센고쿠로에서의 오명을 씻고 민완 경부보의 긍지를 만회해야 한다. 무엇보다 명예는 빨리 회복해야만 했다.

―――― 이시이 경부가 수사주임으로 오는 건.

죽어도 싫었다.

"알겠어요, 츠기타 씨. 당신은 그 13년 전의 사건을 맡아 주시오. 그리고 다른 사람들은 지금부터 마을로 돌아가서 고사카가 마을에서 어떻게 생활했는지, 마스다 군의 보고 ―――― 그러니까 오니시의 증언 진위 여부를 계속해서 확인해 주어야겠는데 ―――― 우선 스님을 전부 하산시킬 수도 없으니 여기에는 인원이 상당수 필요하겠군. 그러니 ―――― 자네랑 ―――― 자네."

절묘한 배분이 필요하다. 현재 시점에서는 절 내부도 외부도 모두 수상하다. 어느 쪽에서 범인이 나와도 야마시타의 공이 될 만한, 용의주도한 인물 배치가 중요하다.

"―――― 나머지 다섯 명은 여기서 계속 절을 수사한다,

이 정도면 어떻겠습니까, 여러분?"

이의는 나오지 않았다. 견실한 배치였을까?

우선——위엄은 지켰다.

"그건 상관없는데요, 야마시타 수사주임님."

"뭔가, 마스다 군."

"우리는 이곳에서 묵는 거지요? 그렇다면 수사원의 식사 등은 어떻게 하실 생각입니까? 설마 먹지도 마시지도 않고 밤새 사정청취를 할 수는 없잖아요. 야마시타 주임님."

"아아? 그건."

전혀 생각하지 않았다.

"그리고 저어, 승려 이외의 용의자도 여기에 계속 놔두는 겁니까? 그럴 수는 없을 텐데요. 뭐, 이마가와 씨는 확실히 수상한 것 같기도 하지만, 그래도 아무 증거도 없으니까요. 용의자라고 처음부터 말했기 때문에 계속 용의자로 밀어붙여 왔지만, 그 사람들은 목격자, 고작해야 참고인이잖습니까? 이렇게 대우해도 되는 겁니까? 체포라도 하지 않는 한 법적 구속력은 없잖아요."

"그것은——."

마스다는 마음 한구석에서 자신을 비웃고 있다.

야마시타는 알 수 있었다. 자신이 이시이를 경멸하는 것처럼 마스다는 자신을 경멸하기 시작했다.

이대로 놔두었다간 발목을 잡힌다. 아니, 수사원들의 보조가 맞지 않게 된다.

——— 방해된다.

당초에는 유일하게 이야기가 통하는 놈이라고 생각하고 있었는데 지금은 달라진 것 같다.

그렇기는 하지만 마스다의 의견도 지극히 당연했다. 이대로 아침까지 이러고 있을 수도 없다.

"——— 그렇군, 여기는 교통이 나쁘니까 ——— 아아, 센고쿠로를 잘 활용해야겠네. 자네들 생각은 어떤가?"

"어떠냐니, 그곳에서 묵는 겁니까?"

"뭐, 한 시간 정도는 걸리지만 산기슭까지 내려가는 것보다는 훨씬 가까우니까. 거기에는 전화도 있고 이래저래 편리하잖나. 그렇지, 마스다 군. 자네 센고쿠로에 이 관할서 명혜사 조랑, 그———."

야마시타가 턱짓을 하자 전원이 그쪽 방향을 보았다. 정확하게 그들이 있는 방향은 아니어서 조금 웃겼다.

"용의자 ——— 아니, 취재하러 온 사람들을 데리고 돌아가게."

"네에?"

"그리고 마스다 군, 자네는 앞으로 센고쿠로에 남아 주게."

"하아. 돌아오지 말라고요?"

"관할서나 본부와 연락도 해야 하니까. 그쪽에 있어 주게. 다른 사람들은 내일 아침에 감식반이 들어올 시간까지 이곳으로 돌아와 주시오. 그렇지, 그리고 내일 이후의 식사 같은 것도 센고쿠로에서 조달해 달라고 할까? 마스다 군, 수배를 부탁하네. 센고쿠로는 자네가 맡아. 자네가 책임자일세."

마스다는 배라도 아픈 것 같은 얼굴을 했다.

야마시타의 입장에서는 자신과 떼어 놓는 것, 중책을 맡겨 자존심을 만족시켜 주는 것, 나아가 실수가 있었을 때 책임을 뒤집어씌우는 것———의 일석삼조를 노린 절묘한 배치였던 셈이지만 마스다의 입장에서 보자면 귀찮기 짝이 없었을지도 모른다. 마스다는 항의하듯이 말했다.

"야마시타 씨———주임님은 어떻게 하실 겁니까?"

"물론 나는 여기에 남아야지. 경관들만 남겨둘 수는 없잖나. 그렇지, 아아, 스가와라 군."

"왜 그러십니까?"

스가와라가 투박한 얼굴을 든다.

촌스러운 얼굴과 멋대가리 없는 반응.

그러나 지금은 이 무뚝뚝한 시골 형사가 야마시타의 구명줄이었다.

"자네도 나와 함께 남도록 하게. 절의 사정을 잘 알 테니. 알겠나, 마스다 군. 취재하러 온 사람들은 기본적으로는 놓아주지만 놈들의 의혹이 풀린 건 아니야. 자유롭게 행동하게 두는 것도 좋지만 행선지나 발자취는 파악해 두도록. 이마가와와 이쿠보는 상당히 수상하니 놓치지 말게. 부탁하네."

마스다는 고개를 갸웃거렸다.

야마시타는 마스다의 반론을 듣고 있을 여유가 없었다.

"그럼 이만 해산하겠습니다. 조기해결을 목표로 각자 노력해 주십시오. 산기슭까지 하산하는 사람은 길조심하고. 아아, 스가와라 군, 잠깐."

"네?"

"할 얘기가 있는데 ———."

야마시타는 스가와라를 일부러 남겨둔 것이지만 너무 눈에 띌 정도의 교활한 배치였나 하는 생각도 하고 있었다. 누가 알아채는 것도 싫어서 야마시타는 다른 형사들의 동향에 신경을 썼다. 다행히 다른 형사들은 각자의 직무를 하기 위해 이미 방을 나서기 시작했다. 하지만,

——— 뭐야, 저 녀석.

마스다만은 방을 나가지 않고 그 자리에 선 채 불만이라도 있는 듯한 얼굴을 하고 야마시타를 보고 있었다. 야마시타는 시선을 피했지만 마스다는 그럴 수도 없는지, 가까이 다가왔다.

"저어."

"뭔가, 마스다. 빨리 해 주게. 행동은 신속하게. 아니면 뭔가 내 배치에 불만이라도 있나?"

뭔가 미비한 점이 있었던 걸까.

——— 그럴 리가 있나.

이런 곳에서, 이런 환경에서 대체 이 이상 뭘 어떻게 하라는 것인가. 아니면 마스다는 야마시타가 모르는 특별한 정보라도 쥐고 있는 걸까. 어쨌거나 마스다는 하룻밤 사이에 이 절에서 상당히 많은 정보를 수집했다. 그렇다면,

―― 그럴 가능성도 있나?

그래서 사정을 잘 모르는 야마시타의 실수를 비웃고 있
는 걸까.

그렇다면 ――.

그러나 마스다는 능청스러운 얼굴로 말했다.

"하아, 그런 건 없는데요. 다만 한 가지 깜박 잊고 말씀
드리지 않은 게 있어서요."

"뭐, 뭐지?"

무엇을 숨기고 있지?

"예에, 아까부터 이야기에 나올 때마다 계속 무시당하
고 있지만 그 진슈 노인 말입니다."

"진슈 ―― 라니 누구지?"

"그 왜, 여기에 사는 할아버지."

스가와라가 조언해 주었다.

"아? 아아, 진슈. 그런데?"

"저는 수상하다면 그 사람이 제일 수상하다고 생각하거
든요. 진슈 노인은 그저 승려가 아니다, 또는 센고쿠로에
있었던 게 아니라는 이유만으로 지금 완전히 범위 밖에
있지 않습니까. 그건 아닙니다. 스님들과 똑같이 생각해야
해요. 츠기타 씨가 조사할 13년 전의 사건과 관련되어 있
다면 더욱 수상하지요."

"아, 알고 있네."

사실은 ―― 전혀 몰랐다.

할 수 있다면 ―― 이제는 귀찮은 등장인물이 사건에

끼어드는 것은 사양하고 싶은 마음이다. 이보다 더 복잡한 전개는 야마시타의 허용범위를 뛰어넘을 것 같은 기분이 들기 때문이다. 그러다 보니 그런 바람이 의지가 되어 암묵적으로 진슈 노인을 화제에서 떼어 놓고 있었을지도 모른다.

"———잘 알고 있네. 내게 맡겨."

"예에, 그렇다면 괜찮습니다만———."

마스다는 성큼성큼 퇴장했다.

사실은 허를 찔렸다———는 사실을 마스다에게 들키지 않았을지 걱정이 되어, 야마시타는 심장 박동이 약간 빨라졌다. 스가와라가 걱정스러운 듯이 말했다.

"그보다 뭔가 하실 말씀이 있습니까? 경부보님."

수사원들이 장지문을 열어젖히고 요란하게 움직이기 시작했다. 야마시타는 스가와라에게 손짓을 해 얼굴을 가까이 하고는 귓속말을 했다.

"스가와라 군. 난 역시 구와타가 마음에 걸려."

"아아. 오늘도 왠지 분위기가 이상했지요."

"그래서 말인데 오늘밤에 자네는 나와 함께 구와타를 ———."

"그렇군요. 그래서 절 남겨두신 거군요."

"그렇지. 제일 유력한 용의자는 우리가 조사해야지. 알겠나?"

"물론입니다. 자백을 하게 하지요, 자백."

윽박질러서, 계획대로 구와타가 다 불면 귀찮은 일은

없다. 스가와라는 자백하게 하는 것이 취미인 모양이니
파트너로는 손색이 없다.

이 단계에서 야마시타는 추리하는 것도 수사하는 것도
내팽개친 자신을 깨닫지 못했다. 이미 진상을 규명하려는
노력은 포기했고 눈앞에는 예정조화 같은, 이미 정해진
해결만이 있었다.

소란스러운 분위기는 아무리 시간이 지나도 가라앉지
않았다.

드르륵 하고 몇 번이나 문이 열렸다 닫히고, 그러다가
계속 열려 있게 되었다.

"뭐야, 뭐야. 칠칠치 못하군. 안 그래도 추우니까 좀 닫
아."

스가와라가 중얼거리며 현관으로 갔다가 곧 돌아왔다.
묘하게 굳은 얼굴을 하고 있었다.

"경부보님. 큰일났어요."

"뭐가? 무슨 일인가?"

"구와타가."

"구와타?"

"구와타가 소란을 피우고 있는 모양인데요."

"소란을 피워?"

"아아, 왔네요."

야마시타가 나가 보니 바깥은 소란스러웠다.

스가와라는 소란을 피우고 있다고 표현했지만 목소리
가 들리는 것은 아니고 그저 차분하지 못한 분위기가 곳곳

에서 소용돌이치는 듯한 느낌이었다.

　형사들이 여기저기에 우두커니 서서 그 상황을 지켜보고 있었다. 오른쪽 안쪽에 있는 건물의 문이 활짝 열려 있고 희미하게 새어나오는 흐릿한 불빛 앞에는 몇 사람의 그림자가 엿보인다. 스님은 아닌 것 같으니 마스다와 취재 온 사람들일까. 그 왼쪽 옆 건물에는 분명히 스님 모양의 그림자가 ——— 야마시타는 와다 지안이라고 생각했다 ——— 버티고 서 있다. 그 뒤에도 승려인 듯한 그림자가 보인다. 그것들을 배경으로 경관 두세 명에게 둘러싸인 구와타 조신이 오른쪽 어깨를 약간 올리고 걷는 독특한 걸음걸이로 다가왔다.

　구와타는 야마시타 앞으로 오더니 걸음을 멈추었다.

　마치 시중을 드는 승려의 대역처럼 경관이 옆에 바싹 붙어 있다. 달빛과 눈빛, 그리고 촛불의 희미한 불빛을 받은 승려에게는 음영이 없다. 평평한 모습이다.

"야마시타 님이시지요."

"무, 무슨 일이오?"

——— 자수인가?

"소승을 보호해 주셨으면 하오."

"보호?"

"그렇소. 저기에는 있을 수 없어요."

"그건 무슨 뜻입니까?"

"다음은 소승 차례요. 소승이 ——— 살해될 거요."

"그, 그런 바보 같은."

야마시타는 갈팡질팡하며 스가와라의 눈치를 살폈다.

자세히 보니 구와타 조신은 겁을 먹은 것 같았다.

어쨌거나 다른 승려들에게서 격리해 주었으면 좋겠다, 자신은 표적이 되고 있다는 말만 되풀이한다.

야마시타는 곤혹스러웠다. 아니, 그렇다기보다는 막 시작하려던 순간 맥이 꺾이는 바람에 왠지 의욕을 잃고 매우 불쾌한 기분이 들었다. 가장 유력한 범인 후보가 스스로 보호를 요청한 것이다. 윽박지르려던 참인데 보호해 달라고 하다니. 만일 정말로 다음 표적이 구와타라면 구와타는 범인이 아니라는 뜻이 되고 만다.

설득하는 것도, 승낙하는 것도 묘한 상황이다.

그러나 구와타는 완고했다.

"알겠소. 당신은 이 건물——— 지객료인가? 여기에 있도록 해요. 나와 스가와라 군이 같이 있을 테니까."

"가능하면 산을 내려가게 해 주셨으면 하는데."

"산을? 그럴 수는 없어요, 구와타 씨. 갑자기 그럴 수는."

"다이젠 스님은 절 안에서 살해되었습니다. 게다가 경찰이 절 안에 계시는데도 상관없이 말입니다. 이곳도 안전하지 않아요."

"하지만 고사카 료넨은 절 밖에서 살해되지 않았소. 마찬가지겠지요."

"그러니 이렇게 경찰 여러분께 보호를 청하는 것입니다. 파출소라도, 아니, 구치소라도 상관없습니다."

"그러니까 근거를 말하시오, 근거를."

"절 안에서는 말씀드릴 수 없습니다."

"아아, 정말."

어째서 이렇게 엇갈리는 것일까.

"경부보님, 잠깐."

스가와라가 작은 목소리로 불렀다.

야마시타는 구와타에게서 시선을 떼지 않은 채 몸을 뒤로 물려 충분히 거리를 두고 나서 상체를 비틀어 스가와라 쪽을 돌아보았다. 스가와라가 소곤소곤 말했다.

"저건 이상하군요."

"당연히 이상하지. 잘못 짚었나?"

"아뇨, 오히려 제대로 짚은 걸 겁니다."

"어째서? 저렇게 무서워하고 있지 않나?"

"혼자만 무서워하는 건 이상하잖아요. 다른 스님들은 모두 냉정합니다. 왜, 이런 경우 피해자인 척하는 게 제일 수상하지 않게 보일 거라고 생각한 거겠죠."

"이보게, 스가와라 군, 그럼 자네는 이건 연극이라고 ──."

스가와라는 검지를 세우며 쉬잇 하고 말했다.

"조용히 하십시오. 지금은 우선 구와타 한 명만 센고쿠로 쪽으로 옮기는 건 어떨까요?"

"센고쿠로로?"

"뭐, 마스다 군 외에 오늘 센고쿠로에서 묵는 형사는 세 명이나 있어요. 거기에는 경관도 아직 남아 있고, 안전하다면 안전하겠지요. 구와타도 납득할 겁니다. 물론 도망 칠 수는 없고요."

"그래서?"

"그러니까 구와타의 분위기가 수상한 것은 다른 스님들 이 봐도 일목요연하지 않습니까. 구와타를 다른 곳으로 옮겨두고 본인이 없는 곳에서 놈에 대해 탐문해 보는 겁니 다. 본인이 없는 편이 스님들도 얘기하기 쉽겠지요."

"아아, 주변의 장해물부터 제거하고."

"맞아요, 맞아요. 주위를 공략하고 나서 본성을 함락하 는 겁니다. 그때까지는 마스다 군에게 잘 지켜 달라고 하 지요————."

스가와라는 곁눈질로 마스다를 보았다. 야마시타도 따 라하듯이 그를 보았다. 마스다 일행은 갑작스러운 사태에 출발을 미루고 건물 입구에 모여 멀거니 기다리고 있다.

"그렇군. 그렇게 할까."

야마시타는 구와타에게 시선을 돌렸다.

두꺼비처럼 떡 버티고 서 있었다.

"그렇게 ———— 합시다. 마스다! 마스다 군!"

마스다는 잰걸음으로 달려왔다.

"구와타 씨. 아실지도 모르겠지만 마스다 형사입니다. 당신은 오늘밤부터 한동안 이 마스다 군과 함께 센고쿠로 ———— 아시지요? 센고쿠로로 옮기십시오. 아니, 걱정하 실 것 없어요. 오늘밤에는 형사가 세 명이나 같이 있을 테고, 경관도 많이 배치하도록 하겠습니다. 안전할 겁니다. 단 제가 연락할 때까지 멋대로 행동하지 말아 주십시오. 센고쿠로에서 얌전히 계실 것. 아시겠지요. 알겠나, 마스다."

마스다는 아까보다 더 의아한 얼굴을 했다.

마스다와 구와타, 취재반과 그 외의 형사들이 물러가고 절이 ——— 라기보다 야마시타가 침착함을 되찾은 것은 결국 22시가 지났을 무렵이었다. 지나가 버리고 나니 조용해서, 스님이나 경관들이 많이 남아 있지만 인기척조차 나지 않는다. 승려들의 구속도 일단은 풀렸지만 전혀 움직이는 기척은 나지 않았다. 아무리 경관이 감시하고 있다고는 해도 이 정적은 이상하다. 아니면 평상시에도 이렇게 조용한 걸까.

야마시타는 이 정도의 고요함을 체험한 적이 없었다. 밤은 그윽하게 깊어 간다 ——— 는 것은 이런 밤을 말하는 것일까.

"야마시타 님."

"우왓."

기척이 나지 않았기 때문에 깜짝 놀라고 말았다.

입구의 문이 열려 있고 승려가 서 있었다.

"뭐, 뭐지, 자네는? 놀랐잖나."

"많이 늦었습니다만 ——— 식사를 하시지 않겠습니까. 변변치 못한 음식이라도 괜찮으시다면 준비하겠습니다."

"아, 아아, 그래 주면 고맙지."

"경비를 서시는 분들의 몫도 준비할까요? 전좌가 안 계

셔서 조금 시간이 걸릴지도 모르겠지만 한 시간이면 준비
할 수 있을 것 같은데요."

"그렇게 해 주시오."

"그럼 ———."

물러가려고 하는 승려를 스가와라가 불러세웠다.

"아아, 에이쇼 군. 유켄 씨를 불러줄 수 있겠나?"

"알겠습니다."

"스가와라 군, 자네는 기억력이 좋군. 저 자의 이름이
에이쇼인가? 나는 구별이 안 가."

"나카지마 유켄의 종자(從者)입니다. 아직 열여덟 살이라
고 하는데 상당한 미소년이지요. 그런데 경부님. 나카지
마는 구와타에 대해서 뭐라고 말할까요?"

"사정청취 순서는 ——— 나카지마부터 하면 될까?"

"될 겁니다. 그 자는 유나니까요. 구와타가 도망치면 야
단을 맞을 사람은 나카지마입니다. 또 몽둥이로 얻어맞을
거예요. 아까 있었던 소동도 처음에는 나카지마와 구와타
사이에서 일어난 거지요. 화가 나 있을지도 모르니 있는
얘기 없는 얘기 다 늘어놓을 겁니다."

"그래 ———?"

야마시타는 교묘하게 이용할 생각이었지만 실은 스가
와라에게 교묘하게 이용당하는 있는지도 모르겠다고, 문
득 생각했다.

나카지마 유켄은 곧 나타났다.

스가와라가 앞지르지 못하게 하려고 야마시타는 인사도 하는 둥 마는 둥 질문을 시작했다.

더는 촌뜨기에게 주도권을 빼앗길 수는 없다고 생각했기 때문이다.

"나카지마 씨. 왠지 일이 엉망진창이 되어서 ─── 직책상 당신도 힘들겠지만 잠시 시간 좀 내 주십시오. 괜찮겠습니까?"

"그러지요. 그쪽도 공무일 테니 말이오. 불상사를 일으킨 것은 우리 절의 행각승이고 관수께서도 그리 하라고 말씀하셨으니 무슨 불평이 있겠습니까."

"그렇게 말씀해 주시니 고맙습니다. 그건 그렇고 구와타 씨는 왜 그러는 걸까요."

"소승도 이해할 수가 없구려."

"피해망상이라고 하나요. 그런 것일까요?"

"글쎄요, 죄업은 본래 형태가 없고 망상전도(妄想顚倒)†와 같다고 하니 말이오. 진위 여부는 알 수 없으나 수행승의 행동이라고는 생각할 수 없는 망언에 어리석은 행동입니다. 그런 어리석은 행동을 하다니, 마음속에 뭔가 꺼림칙한 부분이라도 있는지 ───."

"수상하다고 생각하십니까?"

"수상? 수상하다니 무슨 뜻이오? 경찰은 조신 스님이 범인이라고 생각하십니까?"

---

† 마음의 집착으로 인해 사물의 본래 모습을 바르게 보지 못하고 잘못 생각하는 것을 의미함.

"마, 말도 안 돼요. 그저 그렇게 두려워하는 이유를 알수가 없어서 그렇습니다. 이유는 전혀 얘기해 주질 않아요. 절에는 있을 수 없다고 하는데, 그 사람은 대체 절 안의 누구를 두려워하고 있었던 거지요?"

"——— 지안 스님인 것 같——— 았는데."

"지안? ——— 와다 씨를 두려워하고 있었다고요?"

"물론 아무 근거도 없소. 그야말로 망상이지요. 지안이 그런 짓을 할 리도 없고요. 다만 조신 스님 같은 분이 그렇게 허둥거리는 것도———."

"뭔가 이유가 있습니까?"

"뭐, 이미 아시겠지만 지안 스님은 임제승. 조신 스님은 나와 마찬가지로 조동종의 승려요. 조신 스님은, 어쨌거나 임제 쪽과 마음이 맞지 않는다오. 료넨, 다이젠이 죽은 후, 이제 임제승은 지안 스님뿐——— 뭐, 제자들은 있지만——— 어쨌거나 조신 스님 입장에서는 우선 의심하고 들자면 지안 씨밖에 없다, 그렇게 생각하는 것인지도 모르지요."

"역시 종파가 다르면 싸움도 있습니까?"

"싸움은 없소. 서로 받아들일 수 없는 부분이 있었을 뿐이오."

"받아들일 수 없는? 서로 양보할 수 없는 부분이 있다는 뜻입니까?"

"그렇소. 선승은 함부로 다른 종파를 비방하거나 하지는 않지만 특히 선정(禪定)¹은 생사를 걸고 임하는 법. 조신 스님에게는 조신 스님의 선이 있소. 받아들일 수 없는 것은 어쩔 수 없지요."

"흐음. 그렇다 해도 왜 그렇게 두려워하는 걸까. 피해자가 고사카 씨뿐이었을 때는 구와타 씨도 저러지 않았지요? 오니시 씨가 살해된 순간 갑자기 태도가 바뀐 것 같았는데요. 고사카, 오니시 등 임제승이 연이어 죽었으니 다음은 와다 씨라고 생각하는 게 보통이 아닙니까? 그런데 다음은 자신이라며 두려워한다는 것은———."

——— 보복인가?

"——— 만약, 이것은 어디까지나 만약입니다. 만약 구와타 씨가 고사카와 오니시 살해의 진범이었다고 치지요. 그리고 혼자 남은 임제승인 와다 씨의 보복을 두려워하는 거라든가."

"그것은 글쎄요."

나카지마 유켄은 살짝 고개를 갸웃거렸다.

"다음에는 지안 스님이 표적이 될 거라는 내용도, 지안 스님이 복수를 꾀한다는 내용도, 모두 납득하기 어렵군요. 지안 스님은 다이젠 노사님과는 말이 잘 통했던 모양이지만 료넨 스님과는 매우 거리를 두고 있었소. 임제승이라는 엉성한 틀로 묶는 것에는 동의할 수 없소이다."

"그렇군요. 하지만 고사카, 오니시에 이어 다음은 구와타 ——— 라는 것도 우리는 납득할 수 없는데요. 그 세 사람에게는 더욱 공통점이 없지 않습니까."

† (앞쪽)참선하여 마음이 흐트러짐이 없는 경지에 이르는 것.

"그렇게 말씀하시면 대답할 수가 없지만———그렇지, 소승은 조신 스님의 수행과 깨달음에 대한 사고방식은 잘 모르겠지만———아."

"왜 그러십니까?"

"조신 스님은 료넨 스님과는 물과 기름처럼 맞지 않아서 심하게 대립하고 있었소."

"호오."

야마시타는 그런 이야기를 듣고 싶었던 것이다.

"견원지간이었다고———생각해도 되겠군요."

"뭐———그랬지요. 조신 스님은 전에 료넨 추방 탄원까지 냈을 정도이니."

"추방?"

"그렇소. 법의를 벗기고 절에서 쫓아내고 자리를 파한 후 그 밑의 흙을 7척 정도 파내어 버리고———이것은 도겐이 제자 겐묘에게 했던 처사인데, 그렇게 해야 한다고 말했소. 그만큼 조신 스님이 감정적이었다———는 뜻일까요."

———그거다.

스가와라도 말했다. 역시 구와타와 고사카는 매우 사이가 나빴다. 구와타에 대한 의혹의 근간은 거기에 있다.

"그것은 그, 서로 받아들일 수 없는 어쩌고라는 그겁니까?"

"도를 지나친———것 같기도 했소만. 하지만 이 절은 법맥이 제각각입니다. 관수라 해도 제자도 아닌 자를 파문

할 수는 없고, 물론 승적을 박탈할 권한도 없지요. 그런 탄원은 잘못된 것이기는 하오. 다만 이 탄원에 찬성한 것이 ——— 지안이었소."

"지안? 하지만 아무리 사이가 안 좋았다 해도 와다 씨는 고사카 씨와 같은 임제종일 텐데요."

"아까도 말씀드렸지만 임제라고 해서 다 같은 것은 아니오. 지안 스님은 조신 스님 이상으로 료넨 스님과 심하게 대립하고 있었소. 조신 스님은, 그래서 지안 스님이 료넨 스님을 죽였다고 생각하고 있었을지도 모르지요."

교의상의 대립. 선승의 파계. 기행 ———.

——— 그런 것들은 동기가 되지 않는다.

마스다는 그렇게 말했다. 그러나 야마시타가 보기에는 꼭 그런 것 같지도 않다. 심하게 대립하던 둘 중 어느 한쪽이 다른 한쪽을 말살하겠다는 결론에 이르는 것은, 적어도 야마시타의 상식으로는 부자연스럽지 않다. 그렇게 생각하면 구와타, 와다 모두 고사카를 살해할 동기는 있었다고 생각해도 되지 않을까. 그렇다면 ———.

"오니시 다이젠 씨의 입장 ——— 이랄까, 그 구와타 씨나 료넨 씨와의 관계는 어땠습니까? 와다 씨와의 관계는 양호했겠지요?"

"노사님은 ——— 글쎄요. 료넨 스님에 대한 이해는 있었던 모양이오. 그 분은 당신 자신도 다이구 료칸[大愚良寬]† 같은 풍모였고 반케이니 쇼산[正三]†† 이니 잇큐니 하

---

† 에도 시대의 조동종 승려(1758~1831). 18세 때 출가했다. 욕심이 없고 호담한

는, 소위 특이한 선승에게 더욱 마음을 기울이셨지요."

"저는 잇큐 스님밖에 모르겠군요."

하지만 야마시타는 그렇다고 자신이 무지하다고 생각하지도 않는다. 자신이 어디까지나 평균이다. 자신이 모르는 것은 다른 사람들도 보통 모른다고, 그렇게 생각하고 있다.

"그러시오? 대법정안(大法正眼) 반케이 요타쿠는 에도 초기 임제의 거장인데, 이 사람은 불생선(不生禪)이라는 것을 제창했소. '모든 것은 불생(不生)†에 들어 있다'라는 것이지요. 반케이는 공안을 싫어하고 의단(疑團)††을 갖는 것조차 부정하며 속세의 말로 도법을 설파하고 가나로 그것을 기록했소. 스즈키 쇼산은 외도선(外道禪)†††을 설파하고 재가불법(在家佛法)을 제창했으며 평생 사법(嗣法)††††을 하지 않은 분이라오."

"자———잠깐만요. 기본적인 것을 좀 여쭙겠는데, 우

성격으로 평생 절을 갖지 않고 백성들과 함께 어울리며 교화에 힘썼다.

†† (앞쪽)스즈키 쇼산[鈴木正三], 일본의 선종 승려(1579~1651). 무사 집안 출신으로 도쿠가와 이에야스 휘하에서 두드러진 전과를 올렸다. 42세에 출가해 선종의 승려가 되었다.

† 헤맴도 깨달음도 삶도 죽음도 없는, 번뇌가 일어나지 않는 고요한 선정(禪定)을 의미.

†† 마음속에 있는 늘 풀리지 않는 의심. 불교에서는 보통 '큰 의심'이라는 의미로 사용한다.

††† 선종에서 말하는 다섯 종류의 참선 수행[五宗禪] 중 하나. 일반인이 하는 명상 수행으로 인과를 부정하고 현실적인, 기능적인 목적을 가지고 수행하는 것을 의미.

†††† 선종에서 제자가 스승의 법(法)을 물려받는 것.

선 임제종과 조동종은 어떻게 다릅니까? 서로 받아들일 수 없는 부분이라는 게 뭔지, 전혀 모르겠는데."

―― 그런 건 살인사건 수사와는 상관없다.

그러니 알 필요는 전혀 없다. 야마시타는 그렇게도 생각했다. 흥미도 전혀 없다. 그러나 그것이 동기와 관련이 있다면 아는 것도 괜찮지 않을까 하고 생각한 것이다.

유켄은 너무나도 기본적인 질문에 곤혹스러웠는지 약간 우물거렸다. 생각해 보면 형사에게 경찰이란 뭐냐고 묻는 것이나 마찬가지일 것이다.

"선(禪)은 보리달마를 시조로 중국에 전해졌고 그 후 2조 혜가(慧可), 3조 승찬(僧璨), 4조 도신(道信), 5조 홍인(弘忍)으로 이어졌으며 6조 혜능(慧能) 때 대성(大成)하지요. 6조 때 법계가 갈리어 청원(靑原)에서 3종, 그러니까 조동과 운문과 법안으로, 남악(南嶽)에서 임제와 위앙, 2종으로 나뉘면서 오엽(五葉)이 되었소. 우리나라에 전해진 것은 그중 임제와 조동 둘이오. 임제종은 임제 의현에서 시작하지요. 이것은 참선하는 자에게 공안을 주고 그것을 골똘히 생각함으로써 수행하게 하는, 소위 간화선(看話禪)이오. 이에 비해 동산 양개(洞山良价)부터 시작하는 조동종은 묵조선(黙照禪)이라고 불린다오. 이쪽은 그냥 앉아 있기만 하지요."

"흠, 앉아 있기만 하면 되는 건가요?"

"된다오."

"그럼 그 반케이니 쇼산이니 하는 것은 어떻습니까?"

"반케이는 임제종이면서도 공안을 싫어했소. 머릿속에

서 비비 꼬아 엉뚱한 해답을 생각해 낸들 아무 소용도 없다, 아무것도 하지 않아도 부처는 부처. 이것은 도겐의 법을 이은 나에게는 친숙하지만 당시 임제 스님들에게는 받아들일 수 없는 생각이었을 거요. 하지만 반케이의 굉장한 점은 의단——— 의심하는 것조차 부정해 버린 것이라오."

"의심해서는 안 된다는 건가요?"

"선뿐 아니라 특히 불교에서는 의심하는 것이 기본이오. 나는 누구인가, 인간이란 무엇인가를 의심하고 그 의심을 때려 부수었을 때 깨달음이 있지요."

"깨달음——— 이라고요."

잘 모르겠다. 다만 적어도 경찰만은 의심을 하지 않고서는 아무것도 할 수 없는 직업이다.

"하지만 반케이는 의단이 없는 것에 의단을 품고 불심을 의단으로만 삼는 것은 잘못——— 이라며 잘라내지요. 스즈키 쇼산은 조동 승려이지만 개조인 도겐을 두고 아직 불경계(佛境界)[†]에 있지 못하다——— 며 비난하고, 온화하고 노력을 아끼지 않으며 욕심이 없는 모습의 승려들을 패기가 없다고 질타했고, 맥 빠진 말향(抹香)[††] 냄새 나는 깨달음의 경지는 미치광이 짓이라고 내뱉었소. 용맹하고 과감한 선승이지요."

"호오, 고사카 씨도 그랬습니까?"

[†] 수행을 통해 도달하게 되는 깨달음의 지위.
[††] 불공을 드릴 때 사용하는 가루 향.

"그랬소. 반케이나 쇼산, 잇큐, 모두 지금 살아 있다면 경원시되었을 테니, 료넨 스님 같은 사람은 주위의 미움을 사도 어쩔 수 없지요. 조신 스님은 쇼산을 인정하지 않고, 지안 스님은 반케이를 인정하지 않는다오. 그러니 료넨 스님과 마음이 맞지 않는 것도 어쩔 수 없지."

"하지만 그 오니시 씨는 양쪽 모두와 잘 지내고 있었던 거로군요?"

"예, 다이젠 노사라는 분은 기본적으로 오산계(五山系)의 선풍(禪風)이라서. 말하자면 ——— 이런 말은 좀 그렇지만 ——— 가(可)도 없고 불가(不可)도 없고, 비판을 당해도 소 귀에 경 읽기, 이름과 마찬가지로 '태연'하게 자신의 선을 계속하셨지요.[†] 게다가 성품이, 적을 만들 만한 언동도 하시지 않는 분이었소. 뭐, 어찌된 셈인지 조신 스님과는 그다지 친교가 없었던 모양이지만."

"구와타 씨와는 사이가 나빴나요?"

"대립이라고 할 정도까지는 아니오만."

"그렇습니까 ———."

야마시타는 생각한다. 이것은 ——— 구와타, 와다 모두 고사카 살해 동기는 있었어도 오니시 살해에는 강한 동기가 없다는 뜻이다. 그러나 고사카 살해와 오니시 살해는 연속살인일 가능성이 높다. 다시 말해서 동일인의 범행일 것이다. 그렇다면 두 사람이 공범일 수는 없을까? 굳이 말하자면 구와타가 오니시와는 잘 지내지 못했다고 하니,

---

[†] 다이젠[泰全]과 태연(泰然)은 일본어로 읽으면 발음이 같다.

그렇다면 역시 구와타가 범인일까.

가령———오니시는 뭔가 범인을 특정할 수 있을 만한 증거를 쥐고 있었고, 그래서 입을 막기 위해 죽인 것이 아닐까. 그렇게 생각할 수도 있다.

———그렇다면 구와타가 겁을 먹고 있는 것은 왜일까.

자신이 피해자인 척해서 범행을 와다에게 덮어씌우려는 속셈은 아닐까. 와다에게도 고사카 살해 동기라면 충분히 있는 셈이니, 범인으로 만들려면 와다는 최적의 대상이라고 할 수 있을 것이다.

———하지만 오니시 살해는 어떻게 되지?

오니시에 대해서 와다는 원한을 갖고 있지 않다.

동기가 없는 와다에게 오니시 살해의 죄까지 뒤집어씌우기는 어렵다.

뭔가, 어딘가가 틀린 것 같은 기분이 든다. 그렇다 해도 구와타의 분위기는 이상하다.

———그는 정말로 두려워하고 있어.

아무리 생각해도 보복을 두려워하는 것 같았다.

가령———고사카 살해가 구와타와 오니시의 공모였다면 어떨까. 그 보복으로 우선 오니시가 살해된다. 다음은 자신이라며 구와타는 두려워한다.

———아니. 오니시와 고사카는 친했다.

그러면 공범이라는 것도 있을 수 없는 일일까.

한쪽이 괜찮으면 다른 쪽이 이상해져서 아무래도 속 시원한 형태로 완성되질 않는다.

"아무래도 나카지마 씨, 그―――고사카 씨, 오니시 씨, 구와타 씨로 이어지는 공통점은 역시 생각하기 어렵겠 지요."

유켄은 잠시 눈을 감고 있다가 갑자기 바위 같은 얼굴을 들고 생각난 듯이 말했다.

"공통점은―――있소."

"있다! 무엇입니까?"

야마시타는 얼굴을 불쑥 앞으로 내밀었다.

"그렇게 몸을 내밀지 않으셔도 됩니다. 나도 방금 당신 이 말씀하실 때까지는 깨닫지 못했던 일이지만 료넨 스님, 다이젠 스님, 그리고 조신 스님, 이 세 사람은 모두 이번 제국대 뇌파측정검사에 찬성한 사람들이오."

"뇌파검사 찬성파―――라고!"

―――그런 구분도 있나.

야마시타가 생각하지 못했던 결론이었다.

취재하는 쪽도 취재되는 쪽도 한통속, 하물며 그 너머 에 있는 과학조사가 명혜사에 어떤 의미를 갖고 있는지는 ―――야마시타는 생각해 보지도 않았던 것이다. 마스다 의 보고를 듣고 당초에는 절 안에 과학조사를 반대하는 의견이 있었다는 사실은 대충 알고 있었다. 그러나 그것 때문에 절이 양분될지도 모른다―――라는 생각은 전혀 하지 않았다.

"그 부분에 대해서, 뇌파조사 의뢰가 있었을 때의 일을 자세히 얘기해 주실 수 있겠습니까?"

"처음에는 무슨 바보 같은 일이냐고, 모두들 생각했지요. 사실 바보 같은 일이오. 나는 지금도 그렇게 생각한다오. 과학을 바보 취급하는 것은 아니오. 과학은 위대하지요. 쇳덩어리가 하늘을 날고 나무 상자가 조루리†를 읊고, 낫지 않던 병을 고치니 훌륭한 일이오. 하지만 그것은 그것. 우리와는 상관없는 거요. 좌선을 과학으로 해명해서 앉지 않고도 깨닫는 기술이 생긴다 해도 그것은 선과는 상관없단 말이지요. 실유불성(悉有佛性)††, 애초에 만물은 태어나면서부터 깨닫는 거요. 그러니 참선이라는 것은 깨닫기 위해 앉는 것이 아니지요. 수행은 깨닫기 위해서 하는 게 아니오. 지관타좌(只管打坐)——— 우리는 그저 앉을 뿐이오. 그거면 되는 거지요. 좌선을 깨달음의 수단으로 삼는 것은 곧 길을 벗어난 짓. 수행과 깨달음은 수증일등(修證一等), 항상 동등해야 하는 것이오. 그렇다면 수행하지 않고 깨달음의 구조를 안다 해도, 또는 깨달음 없이 수행의 구조를 안다 해도 그것은 전혀 소용없는 일이지요."

"흐음. 그런 건가요."

건성으로 대답한다. 야마시타는 잘 모르는 얘기다.

유켄은 눈썹 하나 까딱하지 않고 말했다.

"알기 쉽게 말하자면 가령 ——— 당신은 밥을 먹지요?"

---

† 이야기나 음악에서 행하는 낭송의 한 종류로, 주로 샤미센 반주와 함께 이루어진다.

†† 모든 중생에게는 부처가 될 수 있는 본성이 있다는 뜻.

"그야 먹지요. 지금부터 얻어먹을 참인데."

"왜 먹느냐고 묻는다면."

"그야 배가 고프니까———아니, 영양을."

"그렇지요, 영양을 섭취하기 위해서일 거요. 그렇다면 먹지 않아도 영양을 섭취할 수 있는 장치가 생겨서, 내일부터 밥을 안 먹어도 된다고 한다면 어쩌시겠소?"

"그건 싫은데요. 먹는 즐거움이 없잖습니까."

"그럼 반대로 먹는 즐거움을 만끽하기 위해, 아무리 먹어도 몸으로 가지 않는 장치가 생긴다면."

"그것도 좀. 먹어도 먹어도 영양을 흡수하지 못한다면 조만간 죽을 테고요."

"그럴 거요. 그런 것은 나누어서는 생각할 수 없는 것. 하지만 과학인지 뭔지는 나누는 것을 가능하게 하고 말겠지요."

"아아, 그렇군요. 그런 건가———."

야마시타는 우선 납득은 했지만 이것이 경찰의 사정청취 맞나 하는 생각이 문득 뇌리를 스쳤다.

"뭐, 당신 생각은 알겠습니다, 나카지마 씨. 그런데 구와타 씨는 당신과는 다른 생각을 갖고 있었던 거지요?"

"아니. 기본적으로는 같았겠지요. 료넨 스님도 다이젠 스님도 마찬가지였을 거요. 다만 각자 생각에 차이는 있었던 모양이지만. 어쨌거나 제일 먼저 조사 의뢰를 받아들이자고 말한 것은 조신 스님이었소."

"왜지요? 똑같이 과학은 쓸모없다고 생각하고 있었다

면 그런 말은 하지 않았을 텐데."

"잘은 모르겠소. 다만 아주 열심이었어요. 선을 과학으로 해명하는 게 아니다, 과학을 선에 도입하는 거라고 했는데 진의는 알 수 없지요. 직접 본인에게 물어보시는 게 좋을 거요. 하지만 여기에는 지안 스님이 맹렬히 반대했소. 그야말로 엄청나게 험악한 기세였지요. 나는 솔직히 어느 쪽이든 상관없었기 때문에 지켜보고 있었지만, 그러다가――― 갑자기 다이젠 노사님이 조신 스님에게 찬동한 거요. 이어서 료넨 스님이 찬성했소. 노사님의 본심을 저 같은 게 잴 수는 없지만 료넨 스님의 마음은 조금 알지요."

"안다고요? 당신이?"

"그 사람은 선에 과학은 필요 없지만, 마찬가지로 전통도 신비성도 필요 없다고 했소. 종파도, 대의명분도, 예술작품도 무관하다는 거지요. 선승은 무일물(無一物)†이면 되오. 그런데 이 건물에는 다 씻어낼 수도 없는 역사의 어둠이라는 괴물이 도사리고 있소. 승려의 등 뒤에는 교단이라는 방해꾼이 버티고 있지요. 어차피 법맥도 제각각이니 차라리 모든 것을 버릴 좋은 기회가 아닐까 하고, 료넨 스님은 그렇게 생각한 모양이오."

"그런데 과학조사를 실시하면 어떻게 됩니까?"

"그 사람은 과학과 전통을 상쇄하려는――― 계획이었

---

† 본래무일물(本來無一物). '가진 게 아무것도 없다' 또는 '본래 한 물건도 진실하고 미더운 것이 없다'는 뜻으로 아무것에도 집착하지 않는 청정한 마음상태를 말한다.

던 것 같소. 이 명혜사를 덮고 있는 환상을 씻어 내고 백일하에 드러낼 생각을 했던 모양이오. 그러고 나서 앞으로 어떻게 할 생각이었는지는 모르겠지만.”

“그렇군요. 하지만 들은 바에 따르면 당신들은 본래 각 교단에서 이 명혜사를 조사하기 위해서 파견된 거라면서요. 그렇다면 멋대로 그런 짓을 하면 안 되는 거 아닙니까?”

“뭐, 그렇지요. 다만———.”

“다만?”

“이제——— 그런 것은———.”

“예?”

“아니, 료넨 스님은 아마——— 여기서 나가고 싶었을 거요.”

“그 사람은 자주 외출하곤 했다면서요?”

“외출한다고 나갈 수 있는 것은 아니오.”

유켄은 그렇게 말하고는 입을 다물었다.

“——— 아아, 실례.”

그리고 한 번 눈을 감았다가 다시 떴다. 바위 같은 얼굴이 표정을 되찾았다.

“그렇지——— 뇌파조사에 관한 이야기를 하고 있었지요. 그렇게 해서 찬성한 지사(知事)는 세 명, 반대한 것은 저를 제외하고 세 명——— 아니, 두 명이 되어서 최종적으로는 가쿠탄 선사님이 허락하신 것인데——— 그래서 우선 마지막으로 찬성한 료넨 스님이 살해되고, 다음으로 다이젠 스님이 살해되었소. 그러니 조신 스님은 다음은 자신일 거라며 두려워한 것인지도 모르지요."

"하지만 마지막으로 찬성한 것은 관수인 가쿠탄 씨 아닙니까? 게다가 당신도."

"소승은 의사표명은 하지 않았다오. 게다가 결정권은 관수에게 있소. 책임은 무겁지. 처음으로 적극적으로 찬성한 자기 자신과 같거나, 그 이상으로 무겁다고 ——— 조신 스님은 그렇게 생각하신 건지도 모르겠소."

——— 다음은 저나, 아니, 관수님일지도 몰라요

분명히 구와타는 그렇게 말했다.

"그렇군요. 그렇다면 뭐, 그가 두려워하던 이유는 안 것 같기도 한데 ——— 하지만 그런 게 살인의 동기가 될까? 그 정도까지 ——— 찬성파의 목숨을 빼앗아 버릴 만큼, 이라는 뜻인데요, 그렇게까지 뇌파검사에 반대했다면 지금부터라도 못 하게 할 수는 있잖습니까?"

"가능하겠지요. 또 설사 불가능해도 그런 것은 살인 동기가 되지는 못하오. 그러니 이것은 어디까지나 료넨, 다이젠, 조신 세 사람의 공통점일 뿐이라오. 그저 조신 스님 본인은 어쩌면 그렇게 생각하고 두려워한 것일지도 모른다는 것이지요."

"아아, 처음에 말했던 피해망상 말이군요. 으음 ——— 그렇다면 구와타 씨가 와다 씨를 의심했던 것은 설명이 되겠군. 살해된 두 사람의 공통점이 뇌파측정 찬성파였던 것밖에 없다면, 반대파의 짓이라고 생각할 수는 있으려나.

구와타 씨가 그렇게 생각했다면 ——— 반대파의 선봉인 와다 씨가 그 사람을 ——— 아니, 잠깐. 끝까지 반대했던 것은 와다 씨 혼자였던 겁니까?"

"아, 아니 ——— 그것은 ——— 아아, 젊은 승려 중에도 이의를 제기하는 자는 있었고, 결코 그런 것은 아니오. 지안이 단독으로 이의를 제기했던 것은 아니라오. 하지만 조신 스님은 착란을 일으키고 있었고, 아까도 말씀드렸다시 피 평소 생각이 맞지 않았던 임제승 지안 스님을 우선 의심 할 수밖에 없지 않았을까요. 어쨌건 전좌인 지사로서는 수 행이 부족했소. 아무리 그래도 그렇게 동요하다니 광기 같 았소. 허둥거리는 데에도 정도가 있지. 하물며 같은 절의 행각승을 의심하다니, 도저히 정상이라고는 ———."

"당신 ——— 유켄 씨."

책상다리를 하고 앉은 스가와라가 갑자기 불렀다. 촛불 을 옆에 놓고 앉은 모습이 마치 기소의 나무꾼 같다.

"당신은 어떻게 생각합니까? 그 지안 씨를."

그러고 보니 ——— 확실히 스가와라는 나카지마 유켄 이 와다 지안과 별로 사이가 좋지 않다고 했다.

"그건 ———."

"그건?"

"어 ——— 어리석군요. 지안 스님이 범인이라니 있을 수 없는 일이오. 그 사람은 고결한 선승이라오. 아니, 오늘 아침에 지안 스님 본인도 말했지만 이 절에 불살생계를 깰 승려 따위 없소. 그러니 ——— 조신 스님은 지금 마경

(魔境)에 드신 거겠지요. 조만간 그곳을 빠져나오면 어리석은 언행도 고쳐질 거요."

"흐음. 하지만 당신, 어제의 분위기를 보면 지안 씨와는 그다지 잘 지내지 못하는 것처럼 보였는데 그것도 그, 서로 받아들일 수 없다는 둥 하는 그겁니까?"

"내가? 지안과? 아니, 그렇지 않습니다."

"하지만 말했지요. 맞지 않는 것은 맞지 않는다는 둥, 진에인지 뭔지가 끊기 어렵다는 둥."

"그, 그야 뭐, 내가 화를 잘 내는 성질을 버리지 못하는 미숙한 자라는——— 뜻이지요."

"그런가요?"

"왜 그러시오?"

"당신이 화를 내는 것도 그 서로 받아들일 수 없는 종교 상의 어쩌고인가요?"

"무슨 말씀을 하고 싶으신 건지 모르겠구려."

"좀 다른 이유가 있는 건 아닙니까? 수행승도 살아 있는 인간입니다. 감정은 있겠지요. 좋아한다거나 싫어한다거나——— 아시겠습니까? 하계에서는 그런 것이 동기가 되지요. 어떻습니까, 나카지마 씨. 짐작 가는 데는 없으십니까? 예를 들면, 그렇지, 절 안에서 치정 싸움이 있었다거나———."

"어떻게 절 안에서 치정 싸움이 날 수 있단 말이오, 스가와라 군!"

"——— 그런 일은 없을까요?"

"그런 일은——없소."

——뭐지, 이 진지한 대답은?

"없습니까?"

"끈질기시구려. 경관이든 뭐든, 승려에게 그런 어림짐작은 실례천만이오. 설사 어떤 경우라 해도 우리 절의 행각승 중에 살인자가 있으리라고는 생각할 수 없단 말이오! 좀더 밖으로 시선을 향하는 게 좋을 거요."

"외부로 말이지요. 그럴까요. 뭐, 좋습니다. 그런데 다시 한 번 묻겠는데 오늘 아침에 오니시 씨는 조과에 오지 않았지요."

"그렇소."

"자주 있는 일인가요?"

"처음 있는 일이었소."

"그래서 유나인 당신은 어떻게 했지요?"

"나이가 많으시니, 몸이라도 안 좋으신가 싶어 상태를 보고 오라고 시켰소."

"에이쇼 군에게?"

"아니오. 에이쇼와, 조신 씨의 종자인 다쿠유 두 사람은 조과가 끝난 후 취재반과 동행하라고 일러둔 터라 다른 승려에게——."

"아아, 그런 모양이군요. 그러니까 나카지마 씨, 당신도 구와타 씨도, 취재가 끝날 때까지 같이 있었던 작은 스님은 없었군요. 혼자였던 셈이지요?"

"그렇게——되나. 내가 노사님의 상태를 살펴보고

오라고 지시한 것은 쇼슌이라는 승려요."

"그 사람은 누구도 모시지 않는 스님이지요? 하지만 오니시 씨를 모시는 작은 스님들은 아침에 일어나 보니 이미 노사님은 없었다고 증언했어요. 다시 말해서 오니시 씨는 전날 밤 오전 한 시 넘어서까지 취재반 사람들과 이야기를 했지만 네 시 반도 되기 전의 이른 아침에는 이미 나가고 없었다는 뜻인 것 같군요."

"그런 모양이구려. 하지만 조과 전에 그런 보고는 없었소. 조과 후에도 나는 용무가 있었기 때문에 다이젠 노사님의 시종들에게는 이야기를 들을 시간이 없었고. 쇼슌은 그냥 가까이 있었기 때문에 시켰을 뿐이오. 노사님은 이치 전에 계실 거라고 생각했지요."

"시간이 없었다 ——— 고요. 당신은 조과 후에 용무가 있었던 거군요?"

"관수님을 만나야 했소. 전날 있었던 일을 보고하고 앞으로의 대응에 대해서 얘기해 둘 필요가 있어서."

"와다 씨나 구와타 씨도 함께?"

"아니, 함께는 아니었소. 조신 스님은 내가 나갈 때 관수님께 왔지요. 지안 스님은 없었소."

"그렇게 말했었지요. 구와타 씨도. 와다 씨는 뭔가 조사할 게 있었다고 했어요. 당신, 관수와는 몇 분 정도 같이 있었습니까?"

"한 십오 분 정도."

"그 후에는?"

"그 후에는———죽좌를."

"당신의 암자———어디라고 했지요?"

"상견전(相見殿)."

"거기서 아침을 드셨다고요."

"그렇소."

"식사를 담당하는 작은 스님도 그렇게 말했지요."

"이봐, 대체 뭔가, 스가와라 군. 그런 것은 전부 아까 사정청취 때 물은 거잖아."

야마시타는 스가와라의 질문 의도를 알 수가 없었다. 그러나 스가와라의 심문은 매우 형사다웠다. 방금 전까지, 묻는 것인지 가르침을 청하는 것인지 애매했던 야마시타의 질문과는 크게 다르다.

"경부보님, 물론 이미 물어본 것이지만———하지만 저는 좀더 묻고 싶습니다. 나카지마 씨, 아침식사는 다섯 시 반부터였지요. 독경이 끝나는 것은 다섯 시. 십오 분 동안 이야기를 했다 해도 약간 시간이 비는군요."

"응? 그런 것 같지는 않았소만. 관수님을 만나고 나와서 상견전으로 돌아와 보니 금세 조식이었던———."

"식사는 모두 같은 시간에 하겠지요. 그렇다면 나카지마 씨가 나올 때 들어간 구와타 씨는 식사시간 직전에 관수를 찾아갔다는 뜻입니까?"

"조신 스님은 전좌이니 그건 어쩔 수 없지요. 준비를 갖추고 나서 찾아뵀을 것 같은데———."

"그렇군요. 아침밥을 다 짓고, 조리장의 책무를 다하고 나서 찾아뵌 것이군요."

"전좌는 단순한 요리사가 아니오. 인망이 두터운 수행
승이 아니면 맡을 수 없는 중요한 역할이지요. 무엇보다
———."

"그런 건 아무래도 상관없습니다. 나카지마 씨. 그럼 당
신은 오니시 씨가 이른 아침부터 없었던 사실에 대해서
언제 보고를 받았습니까?"

"죽파(粥罷)에."

"밥을 다 먹고 나서 그 쇼슌 씨가 상견전에 말씀드린
거군요."

"그렇소. 쇼슌과 다이젠 노사님의 종자 승려 셋이 와서,
노사님이 실종되었다고 알렸소."

"시간은?"

"여섯 시가 넘었던가?"

"그래서요?"

"료넨 스님 일도 있었으니 ——— 역시 안 좋은 예감이
들었소. 네 사람한테는 우선 입단속을 해 두고 근처를 찾
아보라고 시켰지요. 그리고 나서 우선 지안 스님에게 알리
러 갔소."

"직접?"

"취재하러 온 사람들도 절 안에 있고, 이런 일은 신중해
야 한다고 생각했소. 자초지종을 말하자 지안 스님도 곤란
해 하는 것 같더군. 어쨌거나 허둥거리지 말라고 했소. 나
는 다음으로 조신 스님에게 알리러 갔지만 조신 스님은

없었소."

"구와타 씨의 암자에 가신 겁니까?"

"우선 고원(庫院)에 갔다가, 그 후에 각증전에 가 보았지만 안 계셨소."

"당신 혼자서?"

"그렇소. 그러고 나서 이치전으로 갔지요."

"이치전에 도착한 것은 몇 시쯤입니까?"

"아까 사정청취 때도 이야기했지만 아침 일곱 시가 넘어서였소."

"아무도 만나지 못했나요?"

"만나지 못했소."

"이치전에도 아무도 없었단 말이지요."

"없었소."

"안에는?"

"들어가지 않았소."

"왜지요? 왜 확인을 하지 않았습니까?"

"아침부터 안 계셨다고 들었고, 불러도 대답이 없었기 때문에 ———."

"그런데 오니시 씨는 있었던 모양입니다."

"있었다고요?"

유켄은 코 위에 주름을 지었다.

"그렇지는 않을 텐데. 계셨다면 대답을 하셨을 테고, 기척도 나지 않았소."

"아니 ——— 그 이마가와라는 골동품상이 여섯 시 반

부터 일곱 시 사이에 이치전에서 오니시 다이젠과 이야기를 했다고 증언했습니다."

———아아, 그런가.

야마시타는 그제야 스가와라를 따라잡았다. 야마시타는 승려들의 움직임과 이마가와의 움직임을 겹쳐서 생각하지 않고 있었다.

"뭐, 여기에는 시계가 없으니 정확한 시간은 알 수 없지요. 대략 일곱 시라고 해도 여섯 시 오십 분인지 일곱 시 십 분인지. 그 차이는 이십 분이나 돼요. 남의 이목을 피해 건물에 들어가는 것도 빠져나오는 것도 간단한 일이고요. 그러니 당신의 증언을 아예 부정할 수는 없지만———아무래도 왠지 뒤죽박죽인 것 같지 않습니까?"

"뭐가———말이오?"

"아니, 보통 실종되었다가 시체로 발견된다는 것은 흔히 있는 일이지요. 하지만 고사카 료넨. 그 사람은 아침 독경 후에 실종되었다고 하는데, 실종된 지 반나절 이상 지나서 다쿠유 군에게 목격되었어요. 그리고 그 직후에 살해된 모양이더군요. 이번의 오니시 다이젠. 이 사람도 실종된 것은 이른 아침이라기보다 심야였지요. 그렇다고 하지만 역시 이마가와에 의해 한 번 목격되었고요. 시체가 발견된 시간을 생각해 봐도 살해는 이마가와가 돌아가고 얼마 안 되어 이루어졌겠지요. 양쪽 다 한 번 실종된 사람이 상당한 시간이 지난 후에 딱 한 사람에게 목격되고, 그 후에 곧 살해되었어요. 이건 부자연스럽지 않습니까.

이상하지요."

"우연히 그랬겠지요."

"그야 그렇지만 그렇게 말하면 너무 인정머리 없고요. 여기에는 서른 명도 넘는 사람이 있습니다. 그 전원의 눈을 피해서 몰래 도망쳐 다니는 것은 어렵지 않을까요. 뭐, 절을 빠져나가서 어디론가 가 버린 거라면 또 모르겠지만요. 어느 쪽이건 이 절 안에 숨어 있었다, 또는 한 번 돌아왔다는 뜻이 되지 않습니까?"

"그렇게 말씀하신다면 그럴지도 모르지요. 하지만 나는 모르는 일이오. 그렇게 말할 수밖에 없소."

"흐음――조신 씨는 관수와 만난 후에 어디에 있었습니까? 아니, 어디에 있었을 것 같습니까?"

"그건 본인에게 물으시는 게 좋겠소."

"당신 의견을 듣고 싶은데요, 나카지마 씨. 그렇지요, 경부보님?"

"아? 음."

야마시타는 시골 형사와 중 사이에서 오가는, 속에 칼을 품은 듯한 응수를 정신없이 듣고 있었다. 이래서는 주도권이고 개뼈다귀고 없다. 그냥 방관자다.

"그, 그렇군, 나카지마 씨, 당신의 견해를 듣고 싶군요."

야마시타는 허둥지둥 수습했다.

유켄은 쏘는 듯한 눈으로 야마시타를 노려보았다. 기죽어선 안 된다.

"모르는 것은 대답할 수 없소. 어떤 대답을 기대하시는지 모르겠지만 아마 기대에 응하는 것은 무리일 거요. 사악한 생각도 하고 있지 않고, 변호할 필요도 없겠지요."

"그야 그렇지만———."

"알겠습니다. 정말 고맙습니다."

스가와라가 멋대로 긴장의 실을 끊어 버렸다.

"이보게, 스가와라 군. 멋대로 끝내지 말게."

"경부보님, 아직 더 묻고 싶은 것이라도 있으십니까?"

"아니, 그———."

있는 것 같기도 하고——— 없는 것 같기도 한. 그냥 결국 스가와라에게 주도권을 빼앗기고 있었다는 것이 분했을 뿐인지도 모른다.

"——— 그렇지. 나카지마 씨. 오니시 씨의 시체 발견에 대해서 말인데요, 발견된 것은 아마."

대충 던진 질문이었다.

"오후 두 시가 지났을 때쯤이오. 동사에 간 승려가 발견하고 우선 제게 알렸지요. 소동이 일어나면 안 되겠다 싶어서 현장에 가 보니 이미 소동이 일어난 후였소. 우선 그 자리를 수습하고 승려들에게 동사를 닫게 하고——— 현장을 보존한다거나 그런 게 중요하다고 들었으니 말이오. 그래서 확인하자마자 관수에게 소식을 전하러 달려갔고, 다시 돌아와 승려에게 지안 스님을 불러오게 했소. 그렇지——— 삼십 분은 지났을 것 같군. 지안 스님은 십 분 정도 후에 도착했소. 그리고 곧 경찰인 마스다 님——— 인가? 그 분이 오셨소. 마스다 님이 절에서 나가신 것은 그러니

까 두 시 오십 분이 지났을 때 정도였을까요. 세 시가 되었
으려나."

야마시타는 센고쿠로에 십 분도 있지 않았으니 센고쿠
로를 떠난 것이 14시 10분 정도. 산속에서 마스다와 마주
친 것이 15시 10분쯤. 절에 도착한 것이 분명히 20분 뒤인
15시 30분이었다.

계산은 맞는다.

"그, 동사인가요? 변소 말이지요. 발견된 변소는 아침
부터 그때까지 아무도 사용하지 않았습니까?"

"조과 후에 청소를 하는데 그때는 아무 이상도 없었다고
들었소. 그 후의 일은 알 수 없지만 사용한 사람이 있을지
도 모르지. 하지만 그 소식을 들은 것은 그 시간이었으니
그때까지는 아무도 알아차리지 못했나 보오."

"그렇 ─── 겠군요."

"이제 됐소?"

"아, 예, 됐습니다."

아무래도 야마시타는 칠칠치 못하다.

스가와라가 의미심장한 눈빛으로 야마시타를 보았다.

─── 이 녀석도.

바보 취급하는 건가.

"실례합니다."

장지문이 열리고 에이쇼가 상을 들고 들어왔다.

"오오, 밥상이 차려진 모양이군. 괜찮으시다면 나는 이
만 실례하고 싶은데."

"아아, 그러십시오. 괜찮겠지, 스가와라 군."

"예. 저는 상관없습니다만."

유켄은 그 말을 듣자 소리도 없이 일어섰다.

에이쇼가 상을 들고 들어온다. 그 뒤로 젊은 승려 두 명이 따라 들어와 야마시타 일행 앞에 상을 놓았다.

그때.

종이 울렸다.

"뭐지? 이런 시간에."

야마시타는 회중시계를 꺼냈다. 22시 42분. 몹시도 어중 간한 시간이다.

종은 계속해서 울렸다.

박자도 세기도 엉망진창이다. 마구 난타하고 있다.

"뭐야! 무슨 일인가?"

유켄이 보기 드물게 발소리를 내며 입구로 향했다.

에이쇼 일행이 불안한 듯이 돌아본다.

허둥거리는 기척이 현관 쪽으로 다가오고 목소리만 들 렸다.

"유켄 스님. 그 하쿠교 스님이."

"바보 같은 놈! 여기서 그 이름을 말하면 어떡하나!"

유켄은 기민한 동작으로 돌아보더니,

"에이쇼, 이리 오게."

하며 밖으로 뛰어나갔다. 두 승려는 이미 목례를 한 번한 후 자리에서 일어나 유켄을 따라가고 있다. 에이쇼는

야마시타와 스가와라를 번갈아 바라보고,

"시, 실례합니다."

하고 작은 목소리로 말하며 일어섰다. 나가려고 하는 에이쇼의 소매를 스가와라가 붙잡았다.

"이봐요! 에이쇼 군. 하쿠교라는 건 누구지요!"

"그, 그것은———."

"그런 이름의 스님은 명부에 없어요!"

"죄, 죄송합니다———."

에이쇼는 다시 한 번 머리를 숙이며 뿌리치듯이 발길을 돌렸지만 스가와라는 집요했다.

"잠깐. 저기요, 야마시타 씨, 밥을 먹고 있을 때가 아니에요. 이봐, 에이쇼 군! 기다려요!"

딸려 올라가듯이 일어선 스가와라는 에이쇼의 뒤를 쫓아 밖으로 나갔다. 야마시타도 뒤를 따랐다.

——— 싫다. 정말 싫어.

야마시타는 생각했다. 자신의 추리는 하나도 들어맞지 않는다. 자신의 경험은 하나도 도움이 되지 않는다. 자신의 직위도 통용되지 않는다. 자신은 이 자리에 필요한 사람이 아니다.

종루 주위에 승려들이 모여 있었다. 경관도 몇 명 섞여 있지만 수는 승려들에 비해 적다. 소동이 일어났다고 해서 당장 자리를 떠날 수도 없을 테니 이것은 어쩔 수 없을 것이다. 괴성이 들렸다.

종루 위에서는 기괴한 인물이 뜻을 알 수 없는 말을 외치면서 몇 명의 승려를 상대로 난투를 벌이고 있었다.

손에는 나무망치 같은 것을 들고 있다.

의복은 너덜너덜하고 머리카락과 수염도 아무렇게나 자랐으며 드러난 팔다리는 부러질 것 같을 정도로 야위었다.

"저건 누구지?"

―― 진슈인가 하는 노인인가?

야마시타는 순간 그렇게 생각했다. 그러나 아까 그 승려는,

―― 하쿠교, 라고 했던가?

지안이 있었다. 혼란 속에서도 아름다운 승려의 자세는 변함없어 보였다. 등을 곧게 펴고 있어서 몹시 눈에 띈다. 야마시타 일행의 모습을 확인하자, 지안은 눈썹을 추켜올리며 노려보았다. 너희들 때문이라는 듯한 공격적인 시선이다. 물론 그렇지는 않지만, 그 시선을 튕겨낼 수 있을 만한 자신감을 야마시타는 이미 상실해 가고 있다. 아니, 마음 어디에선가 그럴지도 모른다고 생각하기 시작한 것 같기도 하다.

종루 위의 괴상한 인물은 큰 소리로 외쳤다. 뭐라고 외치는지는 알 수 없었다.

―― 아는 게 없어.

꿈이라도 꾸는 것 같은 기분이 들었다.

승려 중 한 명이 나무망치로 머리를 얻어맞고 기절했다.

경관 한 명이 뛰어올라갔다.

당황한 유켄의 모습이 보였다.

"나———나카지마 씨!"

야마시타는 큰 소리로 불렀다.

"이건 대체 뭐요! 이봐요, 나카지마 씨! 설명을 해요, 설명을!"

"이, 이건 사건과는 상관없는———."

경관이 얼굴을 얻어맞고 코피를 뿜으며 종에 부딪쳤다.

뎅, 하고 웅얼거리는 소리가 났다.

"상관없지 않아요! 이봐, 괜찮나!"

스가와라가 두세 명의 승려를 밀치고 종루 위로 뛰어올라가, 그대로 괴인에게 몸을 부딪쳤다. 비틀거린 남자 위로 몇 명의 승려가 덮쳤다.

야마시타는 승려들이 만든 담을 가르며 달려갔다.

남자는 버둥버둥 몸부림치고 있다.

포승을 손에 든 스가와라가 더 꽉 누른다.

얼굴이 이쪽을 향했다.

죽은 물고기 같은 탁한 눈이,

야마시타를 보고,

———웃었다?

오싹했다.

어느새 야마시타 옆에 와 있던 지안이 체념한 듯한 얼굴로 말했다.

"이 사람은———명혜사 서른일곱 번째 승려, 이전의 전좌였던 스가노 하쿠교라고 합니다."

서른일곱 번째 ──── 하고 야마시타는 뒤집어진 목소리를 냈다.

　"아직 더 ──── 있었던 건가."

　"하쿠교 스님은 현재는 마음의 병을 앓고 있습니다. 엉뚱한 행위를 할 뿐 아니라 이렇게 날뛰기 때문에 토굴에 격리해 두었지요. 경찰 여러분께 말씀드리는 게 늦어진 것은 사과드립니다."

　"토굴? 토굴이라니, 이봐요."

　"폐를 끼쳤군요."

　"그런 문제가 ────."

　지안의 어깨 너머로 야마시타는 보았다.

　삼문 그늘에서 얼핏 보이는 후리소데 차림의 소녀.

　스즈 ──── 도,

　웃고 있었다.

심우(尋牛)

견적(見跡)

견우(見牛)

득우(得牛)

목우(牧牛)

기우귀가(騎牛歸家)

망우존인(忘牛存人)

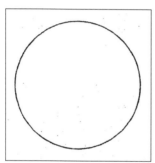

인우구망(人牛俱忘)

반본환원(返本還源)

입전수수(入鄽垂手)

6

교고쿠도의 시무룩한 얼굴을 보고 이렇게까지 안도감을 느낄 수 있으리라고는——솔직히 나는 생각도 못했다.

그가 악귀를 떼어 내는 방식은 잘 알고 있다.

나는 몇 번이나 저쪽 편으로 갈 뻔했다가 이 남자에게 도로 끌려왔다. 경계에서 불안하게 흔들리는 사람이 있으면 이 친구는 불쾌한 표정으로 소리도 없이 다가와, 어떨 때는 등을 떠밀고 또 어떨 때는 팔을 세게 잡아끌어 적당하게 수습하고 만다.

이번만은 나는 그런 상태가 아니——라고 생각했다.

나는 주체성도, 목적의식도 없이 그저 흘러가는 대로 관여하고 말았다. 그저 제삼자일 뿐이었기 때문이다.

그러나 그렇게 따지자면 도리구치와 아츠코도 마찬가지고, 말하자면 다른 사람의 불의의 사고와 마주친 여행자 정도의 관여일 뿐이다. 자신의 깊은 부분이 이번 사건과 유기적으로 연결되어 있는 인물은 고작해야 이쿠보 여사뿐이고, 그것도 근거는 매우 박약하다. 말하자면 그럴싸한 밥상은 차려져 있지만 살인사건 자체와는 상관이 있는지 없는지 알 수 없다. 이마가와도 마찬가지일 거라고 생각한다.

그렇지만 우리는 하나같이 안도했다.

아츠코도 도리구치도, 그리고 교고쿠도를 처음 만나는 이마가와와 이쿠보도.

친구는 미간을 찌푸리며 아쿠타가와 류노스케[芥川龍之介]†의 초상처럼 턱에 손을 댄 특유의 자세로 센고쿠로의 다다미방에 앉아 있었다. 그리고 우리 얼굴을 보자 한층 더 불쾌한 표정이 되어 한마디,

"이 경솔한 사람들 같으니."

라고 말했다.

아무 말도 듣지 못하는 것보다는 훨씬 나았다.

이어서 마스다를 포함한 다른 형사들의 노려보는 시선을 받으며 구와타 조신 스님이 다다미방으로 들어왔다.

겁먹은 선승은 있는 힘껏 노력해 그 나름의 위엄을 지키면서, 본의 아니게 검은 옷을 입은 음양사와 대치하게 되었다.

몇 시간쯤 전.

아니, 그것은 겨우 여섯 시간쯤 전의 일이다.

잠들어 있는 도리구치를 억지로 깨워서 우리가 선당으

---

† 일본의 소설가(1892~1927). 합리주의와 예술지상주의 작품으로 한때를 풍미했으나 자살로 생을 마감했다.

로 이동한 것은 저녁 다섯 시 무렵이었던 것 같다.

선당 안을 들여다본 순간의 뭐라 말할 수 없는 감동을
────── 과장된 말이지만 ────── 나는 평생 잊을 수 없을
것이다.

소리가 없었다. 기척도 없었다. 그러나 거기에는 많은
사람들이 앉아 있었다.

입구에는 경비를 보는 경관이 한 명 서 있었다. 물론
보초병은 쓸데없는 말도 하지 않고 직립부동의 자세를 무
너뜨리지도 않았지만 그래도 소용없었다. 보통은 예의바
르게 보이는 제복 차림의 공무원도 선당 안에서는 왠지
속된 ────── 괴상한 이분자(異分子)에 지나지 않았다. 경관
조차 그런 판이니 우리는 최악의 침입자다. 팽팽하게 긴장
된 공기 속에 우리 같은 발칙한 자들이 있을 곳은 처음부터
없었다. 목소리도 제대로 내지 못하고, 앉을 수도 없었다.
우리는 방구석에 미안한 듯이 서 있었다.

잠시 후 한 명의 승려가 돌아오고 교대하듯이 한 명이
나갔다. 아무래도 승려들은 한 명씩 순서대로 사정청취에
불려가고 있는 듯했다.

들어온 승려는 말없이 자신이 앉을 자리 ────── 단(單)
────── 앞에 서서 깊이 목례를 하고 오른쪽으로 돌아 다시
절을 한 후 뒤를 향한 채 한 다리씩 단에 올라가 앉았다.
오른쪽 발을 왼쪽 허벅지에, 왼쪽 발을 오른쪽 허벅지에
올리고 전후좌우로 가볍게 몸을 흔들어 앉은 자세를 가다
듬는다. 눈을 반쯤 감고 호흡을 가다듬은 후에는 미동도

하지 않는다.

집중하고 있는 걸까.

확산하고 있는 걸까.

어느 쪽도 ———아니다.

선은 집중력을 키워준다고 누군가가 말했다.

또는 일종의 명상법이라고도 들었다.

그것은 전혀 아니라고 생각했다.

좌선은 목숨을 건 수행이라고 말하는 사람도 있다.

그렇게 필사적인 것은 아니라는 이야기도 들었다.

그것은 양쪽 다 맞는 것 같았다.

기세라곤 전혀 없이 인생 전체를 걸고 앉는다.

산뜻하다. 아니, 지나치게 산뜻하다. 엄청난 기세로 임하지 않으면 사소한 일조차 해내지 못하고, 그런 주제에 인생을 걸기는커녕 작은 위험부담을 지는 것마저 싫어하는———나 같은 사람은 도저히 못 할 일이었다. 내 인생은 항상 긴장감이 부족하면서도 막연한 불안에 늘 뒤덮여 있다. 완전히 정반대다. 나는 어둑어둑한 선당의 정적 속에 있기만 해도 어떻게 되어 버릴 것 같았다.

경책을 가슴에 꽂은 유켄 스님이 조용히 스님들 사이를 오가고 있다. 움직이는 것이라면 그것뿐이고, 내 시선은 무의식중에 유켄의 움직임을 쫓고 있었다. 광량이 부족한 선당 안에서는 스님들을 식별하기 어렵다. 하기야 나는 지안과 유켄, 그리고 안내를 해 준 에이쇼와 다쿠유, 거한인 데츠도 정도밖에 모르니, 밝았다 해도 그리 차이는 없었을지도 모른다.

혼침(昏沈) ——— 졸음이 덮쳐오거나 마음이 흐트러진 것이 보이면, 좌선 중인 스님은 경책으로 얻어맞는다.

보고 있을 수가 없었다.

새벽 취재 때도 그랬다.

조과(朝課)도 행발(行鉢)†도 아무렇지도 않았지만, 좌선을 취재할 때가 되자 나는 견딜 수 없어져서 혼자 이 선당을 나섰던 것이다.

아츠코가 좌선이 무엇인지를 묻는다 해도 대답할 수 있을 리 없었다.

그리고 다시 선당에 가득 찬 긴장감과 지긋지긋한 중압감이 말로 표현할 수 없는 척력(斥力)이 되어 나를 밖으로 밀어내려 하고 있었다.

게다가 선당은 상당히 싸늘했다. 바깥 기온과 다를 게 없다. 도리구치는 아직도 빨간 눈을 비비고 있다. 오는 길에 사정은 설명했지만 아직 잠이 덜 깬 모양이다.

아츠코는 추운 듯이 자신의 어깨를 안고 있고 이쿠보는 초췌한 눈으로 승려들을 차례로 둘러보고 있었다.

승려가 한 명 돌아왔다. 나는 입구를 바라보았다. 보초를 서고 있는 경관의 다리가 가늘게 떨리고 있다. 추운 것이다. 그 희미한 진동이 바로 그를 승려들과 구분하고 속세로 떨어뜨리는 원인이라는 것을 그때 겨우 알았다.

빨리 밖으로 나가고 싶었다.

---

† 발우를 들고 식당으로 향하는 것으로 승려들의 식사를 의미한다.

그런 상태가 한 시간 반이나 이어졌다.

쓰러질 뻔한 이쿠보는 아츠코의 부축을 받으며 결국 쪼그려 앉았다. 도리구치는 일찌감치 기재가 들어 있는 케이스에 걸터앉았다. 서 있는 것은 나와 이마가와뿐이다.

이마가와는 넋을 잃은 것처럼———그때의 내게는 그렇게 보였다.

갑자기 난폭한 바람이 불더니 입구에서 거친 사람들이 난폭한 소리를 내며 침입해 왔다. 몇 명의 형사와 경관들이었다. 지원 수사원이 도착한 것이다.

우리는 밖으로 쫓겨나 옆에 있는 작은 건물로 옮겨졌다.

그러나 불편한 것은 여전했다.

아주 조금 따뜻해졌을 뿐이다.

시각적으로 차단된 것뿐이다. 옆 건물에 많은 승려들이 계속 앉아 있다는 현실은 버리려 해도 버릴 수 없었다. 예를 들어 상자 속에 뭔가 정체를 알 수 없는 것이 들어 있다고 치자. 아무리 뚜껑이 열리지 않으니 괜찮다고 해도, 그것을 손에 들고 있는 것은 오히려 싫을 것이다. 뭔가 들어 있다는 것만은 확실하게 알고 있는데 볼 수만 없는 상태라는 것은 더욱 불안을 부추긴다.

그런 기분이었다.

물론 옆에 있는 커다란 상자 속에 들어 있는 것은 정체를 알 수 없는 불쾌한 것이 아니라 청정한 수행승들이지만.

사정을 아는 건지 모르는 건지 의심스러웠지만, 젊은

경관 한 명이 우리를 감시하기 위해 실내에 남았다. 밖에도 한 명 있는 모양이다. 그 때문만은 아니겠지만 입을 여는 사람은 없었고, 앉은 자세를 바꾸는 것조차 꺼려졌다. 방바닥과 옷자락이 스치는 소리가 들릴 정도였다.

들리는 것은 멀리서 나무들이 술렁거리는 소리뿐이다.

겨울 밤바람이 산속을 지나가는 것이리라.

아니. 저것은———.

"뭔가———."

아츠코가 알아차렸다.

"——— 사람 목소리가 들리지 않으세요?"

"응?"

방 입구에 걸터앉아 있던 경관이 그 말에 반응해 얼굴의 각도를 약간 바꾸었다. 귀를 기울이는 것이다.

"바람 아닐까요?"

도리구치가 그렇게 말했기 때문에 경관은 안심한 듯이 원래의 자세로 돌아갔다. 그러나.

그것은 바람이 아니었다.

신음소리——— 나무가 삐걱거리는 소리. 흐느껴 우는 소리일까. 저것은———.

저것은 쥐——— 일까?

"아뇨. 들립니다. 저건 목소리입니다."

이마가와가 말했다.

"응———?"

경관이 일어서서 문을 열었다.

"어이, 이봐, 이상 없나?"

"없어."

바깥에 있던 경관이 무뚝뚝하게 대답했다.

"무슨 소리 안 들려?"

"글쎄. 조용한데."

경관은 우리를 힐끗 훔쳐보았다.

"그렇———군."

"마침 잘됐군. 추워. 나랑 좀 교대해 주게."

"안도 마찬가지야."

"조금은 낫겠지."

바깥에 있던 경관이 들어왔다.

그 등 뒤의 어둠을 하얀 그림자가 스윽 지나갔다.

스즈———다.

나 말고는 아무도 알아채지 못한 것 같다.

한 시간 정도가 더 지나서 마스다가 왔다.

"아아, 여러분. 이렇게 늦게까지 내팽개쳐 두어서 죄송합니다. 수고스럽겠지만 지금부터 센고쿠로로 돌아가게 되었어요."

"지금 말입니까?"

"이곳에 있는 것보다 대우는 나을 겁니다. 게다가 무사히 돌아가면 풀어드릴 거고요. 용의자 취급은 하지 않아도 된다고 하니까요. 준비가 되면 곧 출발하겠습니다. 조금이라도 이른 편이 낫겠지요."

"우헤에. 풀어주는 건 기쁘지만 무사히 돌아가지 못할 수도 있는 겁니까?"

"그야 도리구치 군. 길이 그러니까."

"맞아요. 밤에 산길을 내려가는 건 위험합니다. 하지만 저 외에도 형사가 세 명쯤———."

이번에는 똑똑히 목소리가 들렸다.

그것도 선당에서——— 선당에서 목소리가.

그것은 있을 수 없는 일이다.

"——— 뭐지? 이봐, 자네, 저 목소리는 뭔가?"

"저는 모릅니다."

"그야 그렇겠지. 잠깐 가서 보고 오라는 뜻이야."

"예에."

경관이 뛰어나갔다. 나는 허둥지둥 신발을 신고 문가에서 바깥을 내다보았다. 바로 그때, 선당 문이 열렸다.

"조신 스님! 그만 좀 하십시오!"

히스테릭한 지안의 목소리였다. 이어지는 딱딱한 목소리는,

"놓으시오. 도망치지도, 숨지도 않을 거요!"

화려한 가사. 구와타 조신———.

경관 세 명이 나와서 조신을 막았다.

"걱정하지 마시오!"

조신은 뿌리치듯이 지객료 쪽으로 성큼성큼 걸어가기 시작했다. 이변을 알아채고 지객료 문에서 남자———스가와라 형사일까——— 가 얼굴을 내밀었다. 나는 밖

으로 나가 구와타와 나란히 섰다. 여기저기에 낯선 남자들이 서서 상황을 지켜보고 있다. 지원 나온 형사인 것 같았다.

"무슨 일입니까?"

도리구치가 나왔다. 아츠코도 뒤이어 얼굴을 내밀었다.

구와타 조신은 경관을 거느린 모양새가 되어 지객료에 도착했다.

"일이 빨리 전개되어서 일거에 해결된다면 저는 기쁠 뿐이지만."

마스다는 눈을 가늘게 뜨고 그 모습을 바라보면서 그렇게 말했다. 도리구치는 그 옆모습을 보며,

"그렇게 잘된다면 경찰은 필요 없겠지요."

하고 말했다. 아니나 다를까 야마시타의 고함소리가 들렸다.

"마스다! 마스다 군!"

그리고———.

어떤 사정인지 전혀 알 수 없었지만——— 이라기보다 사정 설명을 들을 여유가 우선 없었지만———우리는 몇 명의 형사들과, 무슨 이유인지 구와타 조신과 함께 산길을 내려가게 되었다.

내리막길이지만, 그 길은 올 때보다 더 힘들었다.

형사들은 각각 커다란 손전등을 손에 들고 있었지만 몇 줄기의 빛에 부분적으로 비추어지는 풍경의 틈새는

알 수 없는 이상한 광경일 뿐이었고, 땅과 공간이 반전되어 평형감각은 사라지고, 오르막길인지 내리막길인지, 나아가서는 어디가 땅이고 어디가 하늘인지조차 알 수 없었다.

나는 그저 차갑고 축축한 굴속으로 미끄러져 떨어지는 작은 동물처럼, 되는 대로 몸을 맡길 수밖에 없었다.

그러다가 나무와 눈과 어둠이 혼연일체가 되고, 나는 ——— 마치 밤의 산에서 태어난 아기처럼 ——— 센고쿠로에 도착했다.

23시 17분이었다.

지배인은 크게 놀라며 우리를 큰 객실로 안내했다.

그곳에 ——— 친구 ——— 교고쿠도는 있었다.

"이 경솔한 사람들 같으니."

"교, 교고쿠도, 자네가 왜 여기 있나?"

"있으면 안 될 것도 없잖나. 내게는 내 볼일이 있네. 자네들 덕분에 피해가 이만저만이 아니야."

"이 분은?"

마스다가 수상하다는 시선으로 교고쿠도를 살펴보았다.

폐병 환자처럼 안색은 나쁘고 인상도, 기분도 나쁘다. 게다가 기모노 차림이니 처음 만난 사람에게는 수상하게 보이는 게 당연하다.

"——— 오빠예요."

아츠코가 미안하다는 듯이 그렇게 말하자 마스다는 갑자기 수상쩍게 여기는 것을 멈춘 ——— 것처럼 보였다.

"그, 그렇습니까? 알겠습니다. 생각났어요. 이 분이 그 요괴를 부린다는 선생님이십니까?"

"요괴를 부려요? 그건 웃자고 하시는 말씀이지요, 마스다 씨?"

"시치미를 떼시면 곤란해요, 세키구치 씨. 이시이 경부님께 들었습니다. 불가사의한 힘으로 마법처럼 사건을 해결한다는 분이지요. 이거, 아츠코 씨의 오라버니셨습니까? 빨리 말씀해 주시지."

마스다는 절에 있는 동안에는 아츠코를 추젠지 씨라고 불렀으면서, 어느새 아츠코 씨라고 부르게 되었다. 어쨌거나 마스다가 한 말에 관할서 형사들은 더욱 이상하게 생각한 것이 틀림없었다.

그렇다 해도 심한 착각이 아닌가. 에노키즈를 '불가사의한 힘으로 마법처럼 사건을 혼란에 빠뜨리는 탐정'이라고 평한다면 이해가 가지만, 교고쿠도는 정반대라고 생각한다. 옆에서 보면 그렇게 보이는 것일까.

도리구치가 몰래 아츠코에게 말했다.

"우헤에, 아츠코 씨, 스승님은 마법사였습니까?"

"글쎄요. 요괴를 부리는 것은 확실하지요."

아츠코는 그렇게 대답했다.

교고쿠도는 남들이 뭐라고 하건 들은 척도 하지 않는다.

종업원 몇 명이 자다가 일어나서 우리를 원래 묵던 방으로 안내해 주었다. 식사 준비도 해 줄 모양이다.

경찰은 큰 객실과, 조신에게 주어진 별채에 나누어 묵게 되었다. 에노키즈도 구온지 노인도 이미 잠든 모양이다. 에노키즈의 방은 내 오른쪽 옆방, 교고쿠도는 그 오른쪽 옆에 방을 잡은 모양이었다.

피곤하고 졸려서 견딜 수 없었지만 우선 식사 준비가 되기 전에 가볍게 목욕을 하기로 했다.

횡댕그렁한 목욕탕이었다. 탈의실 ——— 이라기에는 지나치게 넓을 정도의 방이지만——— 은 아무래도 우리 방 바로 밑에 있는 모양이다. 복도 아래쯤이 욕조가 되는 것일까.

훌륭한 노송나무 욕조에는 이미 도리구치가 들어가 있었다.

흐늘흐늘하게 지친 나와 비교하면 도리구치는 어느 모로 보나 튼튼하다.

도리구치는 나를 보더니 머리에 올려놓았던 수건으로 얼굴을 닦으며,

"아아, 선생님. 이거 극락인데요. 배는 고프지만요."

하고 말했다.

"자네는 느긋하기도 하군."

"글쎄요. 저는 체력만은 좋으니까요. 여기에 배만 부르면 완벽하게 부활할 겁니다."

"계속 잠만 잤으니 당연하지. 자네는 참 속 편한 사람이야."

물은 뜨거웠다. 이제부터 어떻게 될까 하고 말했더니 도리구치는 헤헤헤 하고 웃었다.

"뭐, 스승님이 오셨으니 안심이지요."

"교고쿠도 말인가? 그 친구는 뭔가 다른 볼일로 온 거야. 틀림없이 관여하고 싶어 하지 않을 걸세."

나는 교고쿠도를 보고 몹시 안심했으면서도, 한편으로는 그런 확신 같은 견해도 갖고 있었다.

몸이 따뜻해지자 더욱 졸렸다.

방으로 돌아가 보니 이미 이부자리가 깔려 있었고, 종업원이 기다렸다는 듯이 주먹밥과 차를 가져왔다.

몹시 배가 고팠지만 아무래도 식욕이 나지 않아서, 나는 주먹밥 하나만 먹고 잠들고 말았다.

짐승처럼 몸을 웅크리고 잤다.

                            *

내가 잠든 사이의 일 ———— 당연히 전해 들은 것 ————
이다.

목욕을 마치고 나온 도리구치는 왠지 석연치 않은 기분을 주체하지 못하고 있었다고 한다.

피곤을 모르는 튼튼한 젊은이는 본인의 말대로 주먹밥을 잔뜩 먹고 나자 완전히 충전이 되어 기운을 되찾고 만 것이다. 이러니저러니 해도 꽤 오래 숙면했고, 덕분에 밤낮이 완전히 뒤바뀌어 눈은 더욱 말똥말똥해져서,

———— 이제 어떡한다.

하고 생각했다고 한다.

자는 사이에 엄청난 일이 발생한 모양이다. 사람들이 깨워서 일어났을 때 일단 설명은 들었지만 소설가의 장황한 이야기는 여전히 요령이 없었고, 그렇다고 해서 아츠코나 이마가와에게 어떻게 된 일이냐고 물을 수 있는 분위기도 아니었기 때문에 잘 알 수가 없었다. 그 후에는 뭐가 뭔지 모르는 사이에 일이 빠르게 진행되어, 정신을 차리고 보니 센고쿠로에 있었다.

――― 그럼 잠깐 교고쿠 스승님한테라도 다녀오는 게 낫지 않을까.

가 보자고, 그렇게 생각했다고 한다.

교고쿠도는 밤늦도록 안 자는 사람이라 한 시나 두 시에 잠들 위인이 아니라고 들었기 때문이다.

복도는 캄캄했다. 형사들도 잠들었을 것이다.

어제 아침의, 에노키즈의 연출에 의한 부산스러운 소동이 벌써 먼 옛날의 일처럼 느껴졌다.

"삐걱삐걱" 하고 천장에서 소리가 났다. 지붕에 스님이 있는 것 같은 기분이 들어서 도리구치는 걸음이 빨라졌다. 방은 아마 옆의 옆방일 것이다. 문틈으로 가늘게 불빛이 새어 나왔다. 생각했던 대로 밤늦게까지 안 자는 고서점 주인은 아직 일어나 있는 것 같았다. 도리구치는 두 번 정도 가볍게 문을 두드리고는 열었다.

"저어."

장지문이 스윽 열리고, 돌아본 것은 욕의 차림의 아츠코였다.

"우헤에, 죄송합니다."

"네? 아, 괜찮아요. 여기는 오빠 방이에요."

"예? 오오, 깜짝 놀랐어요. 저는 방을 잘못 찾은 줄 알았거든요. 이상한 오해를 샀다간 목숨이 위험하지요."

"목숨이 위험하다니, 무슨 뜻인가요?"

아츠코가 의아하다는 듯이 말하자 안쪽에서 교고쿠도의 목소리가 났다.

"그야 너 같은 말괄량이의 방에 침입했다간 목숨이 몇 개 있어도 모자라다는 뜻이겠지. 도리구치 군, 추우니 문을 좀 닫아 주지 않겠나?"

"아니, 그런 뜻이 아닌데요———."

밤중에 아츠코의 방에 숨어들기라도 했다간 교고쿠도의 저주를 받아 죽을 것이다———도리구치는 그렇게 생각했지만, 그렇게 말할 수도 없어서 웃으며 얼버무렸다. 입은 재앙의 근원이라는 격언을, 도리구치는 아무래도 학습하지 않은 모양이다.

"그럼 무슨 뜻인데요?"

그렇게 말하며 입을 삐죽인 아츠코는 머리를 감은 후 아직 손질을 하지 않은 터라, 왠지 평소의 아츠코와 다른 사람 같아서 도리구치는 어디에 눈을 둬야 할지 곤혹스러웠다.

아츠코의 설명을 듣고 도리구치의 미싱링크는 겨우 연결되었다. 분명 엄청난 일이다.

그러나 교고쿠도는 도리구치보다 훨씬 더 사정을 잘 파악하고 있었다. 산길에서 마스다와 마주치고 허둥지둥 되돌아온 경관이 지원 요청 전화를 큰 소리로 걸고 있던 그때, 교고쿠도는 이 센고쿠로에 도착했다고 한다.

그 후에는 설명하지 않아도 알겠지만, 아내들에게 얻은 정보와 구온지 노인이나 에노키즈에게 얻은 정보를 조합해 대략적인 개요는 알아낸 모양이다.

"정말이지 이런 곳까지 왔는데 이렇게 귀찮을 데가 있나. 불길한 예감이 들기는 했네만. 내일 아침 일찍 돌아가야겠다."

그렇게 말하며 육체노동을 싫어하는 서재파 고서점 주인은 차를 한 모금 마셨다.

"돌아가다니 오빠. 왜 여기에 온 건데요? 사건 때문에 온 게 아니었어요?"

"이 녀석아. 어째서 내가 그런 살인사건 현장 같은 데를 좋다고 찾아가야 한다는 거냐? 경찰이 그렇게 많이 있다면서. 에노키즈까지 와 있잖아."

"그러니까, 그럼 왜 온 거예요?"

"일하러 왔지, 일. 명혜사 관수님께 묻고 싶은 게 있었는데 이래서는 물어보기도 힘들고. 첫 번째 피해자가 스님이라는 말을 듣고 혹시나 하는 생각은 했다만, 절 안에서 또 한 명이 살해되었다면 이야기나 듣고 있을 때가 아니지 않니. 정말 일이 성가시게 되었어."

아츠코의 오빠는 정말로 기분 나빠 보이는 얼굴을 했

다. 처음 만났을 때는 몸둘 바를 몰랐지만 아무래도 원래 그런 모양이다. 정말로 화가 나거나 기분이 나빠지면 더 무서워진다. 무섭다기보다 흉악한 얼굴이 된다. 반년이 지난 지금 그것을 아는 도리구치는 별로 신경 쓰지 않게 되었다.

"그럼 스승님, 사건에 관여할 생각은 없으시다는 거지요?"

"나는 자네 같은 잠꾸러기 제자를 둔 기억은 없네, 도리구치 군. 하지만 자네의 말은 옳아. 나는 그런 것에 상관하고 있을 만큼 한가하지 않거든. 그런 수상쩍은 것은 세키구치 군한테나 맡기면 되는 거야. 틀림없이 유쾌한 추리를 해 줄 걸세."

"냉정하시네요. 하지만 지난번에도 처음에는 그렇게 말씀하셨는데 마지막에는 해결해 주시지 않았습니까. 무엇보다 저희가 돌아오기를 기다리고 계셨던 걸 보면 흥미가 없으신 것 같지도 않습니다."

"기다리고 있었던 게 아닐세. 나는 자네들이 오늘 돌아올 줄은 몰랐으니 기다릴 수도 없지. 나는 그저 구온지 씨와 긴 이야기를 나누고, 에노키즈를 상대하다 보니 늦어진 걸세. 다시 돌아가기가 귀찮아서 하룻밤 묵기로 했을 뿐이고. 보초를 서는 경관을 상대로 잡담을 하고 있는데 자네들이 돌아온 거지."

"그러고 보니 에노키즈 대장님은 어떻게 되셨습니까?"

"뻗었네."

"뻘었다고요?"

"저녁식사를 한 후에 쥐를 퇴치하겠다느니 뭐라느니 하
면서 용감하게 천장 뒤로 올라갔는데, 거기에 꼽등이 시체
가 있었거든. 도리구치 군은 모르겠지만, 에노키즈는 물기
없는 과자와 꼽등이를 무엇보다 싫어한다네. 도중에 속이
안 좋아졌다며 픽 쓰러지더군. 탐정이고 뭐고 아무것도
못 했어."

"전우주에 무서운 게 없는 대장님이 벌레를 싫어한다고
요? 흐음."

"그런데 여기 쥐도 말이지———."

교고쿠도는 천장을 올려다본다.

"———지금 묵고 있는 유모토의 여관에도 쥐가 나왔거
든. 어떻게 된 일일까."

"그런 건 아무래도 상관없어요, 오빠. 지금 내가 한 얘
기, 어떻게 생각하세요?"

"어떻게도 생각하지 않는데. 감상은 없다."

"감상이 아니라 생각을 듣고 싶은 거예요."

"생각이 있어도 말할 수는 없지. 알리바이가 있는 사람
도 없고 동기가 있는 사람도 없어. 그리고 범행가능한 관
계자는 도합 마흔 명 이상 되지. 흉기 추정이니 유류품이
니 하는 물적 증거에서부터 좁혀 나갈 수밖에 없을 거다.
경찰에 맡겨 두면 해결될 테고, 해결되지 않는다고 해도
너나 도리구치 군이 곤란해지지는 않을 거야."

"우리는 용의자란 말이에요. 귀여운 동생에게 살인 혐

의가 씌워졌는데 어떻게 그렇게 아무렇지도 않을 수가 있
어요?"

"하지만 너희들은 범인이 아니잖니? 그럼 괜찮다. 체포
되고 기소되고 억울한 누명을 쓰게 된다면 단호하게 싸우
겠지만 그렇게 되지는 않을 거니까. 아니면 너 범인이냐?
진범인데 잡히고 싶지 않아서 상의하는 거라면 그건 안
된다. 내가 신고할 거야."

"정말 싫은 오빠라니까. 그렇죠?"

아츠코는 욕의 매무새를 가다듬으며 도리구치 쪽을 보
았다.

도리구치는 역시 눈 둘 곳이 마땅치 않아 시선을 족자로
옮겼다.

도리구치의 방에 걸려 있는 것과 거의 비슷할 정도로
명청한 그림이었다. 소 등에 남자가 타고 있다. 느긋하게
산책이라도 하는 것 같다.

"아아, 뭐였지요? ≪우유도(牛乳圖)≫ ──."

"저거 말인가? ≪십우도≫일세."

"맞다, 맞다. 저기, 스승님. 저건 어떤 그림입니까? 어제
다이젠 스님 ── 아아, 돌아가셨지요 ── 아, 아니,
그, 두 번째 피해자에게 설명을 들었는데 전혀 이해할 수
없었습니다."

"나는 자네 스승이 아니라니까. 저것은 선문(禪門)에서
말하는 '선종사부록(禪宗四部錄)' 중 하나일세. 뭐, 그들의 기
본 고전이라고 해야 하나. ≪신심명(信心銘)≫, ≪증도가(證

道歌)≫, ≪좌선의(坐禪儀)≫, 그리고 ≪십우도≫가 사부(四部)일세. 문헌으로서는 가치가 있지만, 글쎄, 쓸데없는 것이지. 착각을 일으키기 쉬운 모양이고."

"착각?"

"응. 깨달음을 얻은 수행자, 그러니까 사람들이 흔히 말하는 사가(師家)가 본다면 느끼고 얻는 바도 많겠지만, 그냥 선을 조금 집적거린 정도의 애송이가 보면 오쇼 도카쿠[横生頭角]와 지온[慈遠] 스님의 소서(小序)에도 있듯이, 쓸데없는 데 빠지고 말거든."

"후우, 어제 들은 것과 마찬가지로 어렵네요."

"이것은 말일세, 도리구치 군. 어렵게 말하지 않으면 너무 노골적이야. 잇큐 씨도 답게 하라고 말했다네. 그걸 굳이 노골적으로 말하면 이것은 열 장짜리 만화 같은 걸세."

"그럼 '노라쿠로 하사†' 같은 걸까요?"

"그렇지, '사자에 씨††' 같은 걸세. 우선 이 방에 있는 족자의 소에 타고 있는 남자. 이 사람이 주인공이지. 첫 번째 장에서 이 남자는 갑자기 소를 잃어버렸다는 것을 깨닫게 되네."

"그 전에 소를 키우고 있었습니까?"

---

† '노라쿠로'는 다가와 스이호의 만화 제목이자 이 만화에 등장하는 주인공의 이름이기도 하다. 1931년부터 고단샤의 잡지 ≪소년 클럽≫에 연재되었으며, 일본 만화가 처음 싹트던 당시에 열광적인 인기를 끌었다.

†† 하세가와 마치코가 그린 만화의 제목. 원작은 신문에 연재되던 4컷 만화이다. 1946년 4월, 후쿠오카의 지방신문인 ≪석간 후쿠니치≫에서 연재되기 시작했다. 일본의 신문연재만화로서는 최대의 베스트셀러.

"아니, 이 세계는 거기에서 시작하네. 그 전은 없어. 이 남자는 소를 잃어버렸다는 것을 깨닫고 찾으러 가려고 해. 이것이 〈심우(尋牛)〉일세. 이쿠보 씨인가 하는 여성이 처음에 묵었던 방의 이름일세. 다음. 두 번째. 이것은 아츠코 방에 있는 그림이었지. 남자는 물적 증거를 발견하네. 소의 발자국이야. 이것은 귀중한 단서지."

"아아, 그것은 발자국을 발견한 모습이었군요. 그래서 제 방은 〈견적(見跡)〉인 거네요."

"그래. 세 번째는 도리구치 군의 방에 있는 걸세."

"흐음. 〈견우(見牛)〉입니다."

"그렇지. 소를 발견한 모습일세."

"그건 발견한 거였습니까? 그래서 머리밖에 그려져 있지 않았군요. 이상하다고 생각했어요."

"그래. 소의 일부분을 목격했을 뿐이야. 아직 전부 본 것은 아닐세. 손에 넣은 것도 아니라네. 그래서 다음에는 소에 고삐를 매어 붙잡으려고 하는 걸세. 그것이 네 번째 장인 〈득우(得牛)〉지. 이것은 지금 쿨쿨 자고 있을 세키구치 군의 베갯맡에 걸려 있을 거야. 그리고 마침내 소를 잡는 데에 성공하네. 다섯 번째 장은 소를 데리고 걷는 그림 〈목우(牧牛)〉일세. 옆에 있는 에노키즈의 방에 걸려 있지. 다음이 ——— 이걸세."

달변가인 고서점 주인은 시선으로만 도코노마를 가리켰다.

"이것은 여섯 번째 장인 〈기우귀가(騎牛歸家)〉라는 그림일세. 이 방의 이름은 줄여서 기우의 방으로 되어 있네만. 소를 완전히 길들여서, 등에 올라타고 피리까지 불고 있지. 집으로 돌아가는 걸세. 자, 도리구치 군. 자네 방에 있는 소는 검은 소인가, 흰 소인가?"

"검었는데요. 흑우(黑牛)."

"이 남자가 타고 있는 소는———."

"아아? 희네요! 색칠하는 것을 잊은 겁니까?"

"그렇지는 않네."

"그럼 다른 소———는 아니겠지요? 그렇다면 도망친 사이에 더러워져서 검었던 건가?"

"하하하, 그거 좋군. 소는 붙잡아서 길들인 순간에 검은색에서 흰색이 되는 걸세. 뭐, 그것은 그렇다 치고, 그럼 이 다음 그림은 어떤 그림일 것 같나?"

교고쿠도는 도리구치를 응시했다.

"글쎄요. 뭐, 도망친 것을 붙잡아 집에 돌아가게 되었으니 이는 다 잘 된 것일 테니까——— 집에서 사이좋게 소와 사는 그림이겠지요."

도리구치는 그림까지 상상할 수 있었다.

맛있게 풀을 먹는 소를 만족스러운 듯이 바라보는 주인공———반전이라도 있지 않은 한, 이 전개라면 그 외에는 있을 수 없다.

하지만 교고쿠도는, 그게 아니라네——— 하고 말했다.

"보통은 그렇게 생각하지. 하지만 아니라네. 집으로 돌아가 편히 쉬는 것은 남자 혼자뿐일세. 그뿐 아니라 남자는 소에 대해서는 완전히 잊고 있는 거야. 그것이 이쪽 방에 걸려 있어야 하는 일곱 번째 그림 〈망우존인(忘牛存人)〉일세. 보지는 못했지만, 옆방은 '망우의 방'이니 틀림없겠지."

"잘 모르겠는데요. 고생해 가며 찾다가 발견해서 겨우 데리고 돌아온 것을 잊어버린다고요? 무의미하군요. 또 도망친 걸까요?"

"아니, 없어진 걸세. 그 후에 소는 더 나오지 않아. 그 다음, 제일 끝에 있는 이마가와 씨———나는 소개받지는 못했지만———그의 방에 있는 그림에는 아무것도 그려져 있지 않을 걸세. 그것이 여덟 번째에 해당하는 〈인우구망(人牛俱忘)〉이라고 하네."

"예에? 아무것도 그려져 있지 않다면 백지? 날림입니까?"

교고쿠도는 그렇지 않다며 웃었다.

"이것이 네 컷 만화였다면, 그게 세 번째 컷이겠지."

"기승전결의 전이라는 뜻입니까? 그럼 그 후에 결말이 기다리고 있는 건가요?"

"결말이 있다고 해도, 제일 중요한 그 결말 부분만이 이 센고쿠로에는 없다네. 그 다음은 물가에 꽃이 피어 있는 〈반본환원(返本還源)〉이 아홉 번째고, 포대존(布袋尊)† 같

---

† 포대는 중국 당나라 말기의 선승으로, 살찐 배를 드러내고 일상 생활용구를 넣은 자루를 짊어지고 지팡이를 들고 다니며 사람의 운명이나 날씨를 예지했다고 한다. 생전부터 미륵의 화신이라는 말을 들었으며, 일본에서는 칠복신 중 하나로 신앙을 받게 되었다.

은 모습으로 완전히 바뀌어 버린 남자———아니면 다른 사람———이 자루를 짊어지고 그냥 서 있는 〈입전수수 (入廛垂手)〉가 마지막 열 번째지. 이걸로 끝일세."

"흐음. 줄거리는 알겠는데 뜻은 모르겠습니다. 아츠코 씨는 아시겠어요?"

아츠코는 양손으로 감싸듯이 찻잔을 들고 족자를 보고 있었다.

"저는 ≪십우도≫라는 건 깨달음에 이르기까지의 과정 을 그린 것이라고 들었어요———."

"깨달음? 명혜사에서 이마가와 씨가 말했던 것 말입니 까? 그럼———아아, 알겠습니다. 이 소라는 게 깨달음 이겠군요. 깨달음을 찾다가 깨달음을 발견하고 깨달음을 얻는다는———."

"일반적으로는 그렇게들 말하지. 그리고 그건 옳다고 하면 옳아. 하지만 깨달음이라는 것은 얻는 것이 아닐세. 그러니 깨달음을 찾으러 가는 그림은 애초에 이상한 말이 야. 깨달음은 항상 어떤 상태에서도 자신 안에 갖추어져 있네. 도망치지도, 숨지도 않지."

"그럼 틀렸나요?"

"틀리지는 않아. 다만 깨달음이 도망쳤으니 쫓아가자, 아아, 깨달음을 찾았다, 깨달음을 얻었다———그렇게 본다면 처음에 말한 대로 큰 착각, 이라는 것이지. 게다가 만일 이것이 그런 이야기였다면 이렇게 그리지는 않았을 거다. 내가 만화가라면, 그렇지, 그런 줄거리의 이야기를 그린다면 처음 컷은 남자가 소와 살고 있는 그림을 그렸을 거야. 그리고 소가 도망치는 그림도 그렸을 테지. 게다가 이것이 깨달음을 얻을 때까지의 이야기였다면 이 방에 있는 여섯 번째 그림 〈기우귀가〉가 마지막 컷이 될 거야. 뒤의 네 장은 필요도 없어. 그런데 이 그림의 남자는 아무 것도 없는 데서부터 시작해. 그리고 아무것도 없는 상태로 끝나지. 처음과 마지막 컷에서 다른 점은 남자가 자루를 들고 있다는 것 정도거든."

"그럼 깨달음은 소가 아니라 그 자루입니까?"

"아닐세. ≪십우도≫에서, 깨달음은 역시 소로 비유되고 있다네. 깨달음이라기보다 본래의 자기라고 할까——— 임제의 말을 빌면 '일무위(一無位)의 진인(眞人)'이라고 할까 ——— 뭐, 표현상의 문제이니 그런 것은 아무래도 상관 으려나. 우선 깨달음이라고 해 둘까? 아까도 말했지만 깨 달음이라는 것은 바깥쪽에 있는 게 아닐세. 근처에 떨어져 있는 것도 아니지. 누구나 태어날 때부터 갖고 있네. 아니, 갖고 있다는 말도 적당하지는 않군 ——— '존재하는 것' 이 곧 깨달음이거든. 모든 것에는 불성이 있다는 게 기본 이지."

"그게 ——— 산천초목실유불성?"

아츠코가 말했다.

"그렇지. 그러니 소가 즉 깨달음이라면, 그것을 외부에 묻고 다니는 것은 이상한 일이야. 따라서 이것은 어디까지 나 비유라고 생각할 수밖에 없어. 비유되지 않으면 착각을 하게 되거든."

"어떤 착각을 하게 됩니까?"

"그러니까 소라는 것이 본래의 자기라면, 소와 남자는 동일인물이라는 뜻이 되잖나? 남자는 본래 자신이 소라는 것을 모르고 소―――진정한 자신―――이 어딘가 다른 곳에 있다고 생각하며 찾는 걸세. 그리고 발견하지. 본 것만으로는 소용이 없어. 소를 자신의 것으로 만들려고 고생고생―――수행―――하지. 그리고 길들이는 걸세. 본래의 자신을 손에 넣어. 그리고 원래 있던 곳으로 돌아왔을 때는―――소는 사라져야만 하는 걸세."

"아, 1인 2역인가요?"

"그렇지, 소와 남자는 본래 동일인물이거든. 둘로 나뉘어서 동시에 존재한다는 형태는 본래 있을 수 없고, 하물며 동일한 곳에 양쪽이 다 존재하는 것은 절대로 있을 수 없는 일일세."

"그래서 소는 없어진 건가요? 없어졌다기보다 없었던 거군요?"

"그렇지. 이것에 대해서도 해석은 여러 가지가 있지만, 예를 들면 이런 해석도 있네. 깨달음이라는 목적을 소에 비유한다는 행위는, 깨달음이라는 사냥감을 잡기 위한 덫이다―――이해하기 어렵나? 사냥감을 잡고 나면 덫은 필요 없다―――음, 이런 비유의 비유가 더욱 혼란을 부르겠군. 역시 동일인물이 같은 시공(時空)에 여러 개 존재할 수는 없다고 말하는 게 더 이해하기 편하려나."

"뭐, 알 것 같습니다. 저 같은 범죄사건 기자에게는 그 편이 더 이해하기 쉽네요."

"그래?"

그럼 그런 것으로 해 두자고 교고쿠도는 말했다.

"이렇게 해서 남자는 혼자 남았네. 아니, 처음부터 혼자였지만 말이야. 하지만 소———본래의 자신이 없어졌다는 것은 자기 자신이 없어졌다는 것과도 같은 걸세. 거기에 이르러서 모든 것이 사라지네. '무(無)'가 되지. 그게 여덟 번째 그림인 〈인우구망〉이야."

"그건———불교에서 흔히 말하는, 모든 것은 무(無)다———라고 할까 뭐라고 할까, 그 소위 '절대무(絕對無)'를 나타내는 거예요? 오빠?"

"그건 그렇지. 물론 해석은 얼마든지 가능해. 이것은 공(空)을 공(空)하는———절대공(絕對空)의 '원상(円相)'이거든. 당연하지."

"모르겠습니다."

"음. 그럼 좀 알기 쉽게 말할까? 목적이 있고 그걸 의식하고 있는 동안에는 진짜가 아니다, 라고나 할까. 병든 자는 건강을 의식하지. 하지만 정말 건강한 사람은 건강을 의식하는 일은 없을 걸세. 건강이라는 개념이 사라진 상태가 진정한 건강인 거지. 자기에 대해서도 세상에 대해서도 그것은 마찬가지여서 자신이란 무엇인가, 세상이란 무엇인가 하고 묻는 동안에는 진짜가 아닐세. 자신이나 세상 같은 것이 완전히 없어져야만 비로소 자신이 있고 세상이 있는 거라고———."

"조금 알 것 같네요."

"그럼 되는 걸세, 도리구치 군."

"글쎄요. 안 것 같은 기분이 드는 것뿐인데요."

어디선가 들은 것 같은 말이라고 도리구치는 생각했다.

"그거면 되네. 해석도 설명도 수없이 많고, 다른 사람이 설명해 준다고 알 수 있는 종류의 것이 아니니 말일세. 하지만 나는 그런 것과는 별개로 이 '인우구망'은 상당히 고도의 기법으로 그린 메시지라고 받아들이고 있네. 즉 지금까지의 일곱 장의 그림은 속인들이 알기 쉽게 말하자면 비유 만화거든. 만화를 읽는 경우, 객관적으로 스토리나 작화의 묘미를 즐기는 방법도 있지만 소설 같은 경우에는 읽는 사람이 주인공에게 감정이입을 하는, 아니, 주인공이 되어 읽는다는 방법이 있지. 이 ≪십우도≫는 그렇게 보는 방법을 강렬하게 주장하고 있네. 다시 말해서 소를 찾는 남자는 이것을 보는 사람 자신이다, 자기 일이라고 생각해라, 주인공은 너다———."

"아아, 영화를 보는데 갑자기 스크린 속의 배우가 관객에게 말을 거는 것 같은———그런 쇼킹한 구조로군요."

아츠코는 이해한 것 같았지만 도리구치는 잘 이해가 안 갔다.

"그래. 독자———관객이 여기서 갑자기, 자신이 주인공이었다는 걸 자각하는 거야. 이건 꽤나 획기적이지. 그리고 이것은 본래 여기서 끝도 아니란다. ≪십우도≫에는 두 장이 더 있거든."

"아까 말씀하셨던 마지막 두 장 말이군요."

"그렇다네. 정말로 마지막이지. 이 두 장이 ≪십우도≫의 가장 중요한 부분일세. 선문의 고전에는 ≪십우도≫보다 앞선, 아주 비슷한 텍스트가 존재하지. 그 이름도 ≪목우도(牧牛圖)≫라고 하네. 이것은 검은 소를 길들여 점점 하얗게 만드는, 또 하얗게 길들인 소를 검게 만든다는 내용의, 여덟 장에서 열두 장으로 된 것이라고 하네. 그리고 ≪목우도≫는 이 원상, 즉 공(空)으로 끝나지."

"아하, 갑자기 소 색깔이 바뀌는 것은 그것을 견본으로 삼았기 때문이군요? 그런데 어째서 소가 하얘지거나 검어지는 겁니까?"

"물론 그것도 비유일세. 설명하려면 많은 불전(佛典)과 선적(禪籍)을 인용해야 하니 그만두지. 이 ≪십우도≫의 작자는 그 ≪목우도≫를 바탕으로, 그것을 압축하고 두 장을 더해서 완전히 새로운 것을 만들어 버렸네. 그 점이 굉장한 걸세."

"어떻게 굉장한 겁니까?"

"그러니까 깨닫는 것이 최종 목적이 아니라는 주장이야. 깨달음이나 최종 해탈 같은 것은 목적 ——— 즉 수행의 종착점일 수가 없는 걸세."

"그렇습니까?"

"그렇다네. 깨달음은 항상 여기에 있고, 깨달음과 수행은 불가분이며, 말하자면 평생 계속 깨닫고 계속 수행하는 것이야말로 본래의 모습이라는———그것이 선의 진수거든."

"깨닫기 위해 수행하는 게 아닙니까?"

"사는 것이 곧 수행이고, 살아 있는 것이 깨달음일세. 그저 족한 것을 아는, 그거면 되는 거야."

"그러니까 선의 수행자라는 건 지상 목표가 있어서 그것을 향해 매일 정진 노력을 되풀이하며 대오(大悟)를 향해 매진하는———게 아니로군요?"

아츠코도 곤혹스러워하고 있었다.

그러나 어젯밤에 다이젠 노사도 말했다.

———깨닫는 것은 한 번만이 아니오.

———깨달은 후의 수행이———문제거든.

"그렇지. 깨닫는 것은 필요해. 자신에게 본래 불성이 갖추어져 있는 줄도 모르고 살아서야, 불성을 갖고 있지 않은 거나 마찬가지가 아니냐. 그러니 불성에 눈을 돌린다, 불성을 자신의 것으로 만든다———즉 ≪십우도≫의 전반 부분은 역시 중요한 거야. 하지만 그 결과 대오하더라도 결코 그게 끝은 아니지. 그것은 본래의 모습으로 돌아간 것뿐이고, 그 후에도 계속 살아가거든———계속 수행을 하지 않으면 거짓이다, 잘못이다, ≪십우도≫는 그렇게 가르치고 있어. 깨달은 후의 수행이 중요한 거다."

선종 승려도 아니면서, 비뚤어진 고서점 주인은 노선사와 똑같은 대사로 말을 맺었다.

"그럼 스승님, 이 센고쿠로에는———이랄까 명혜사

에서 발견된 ≪십우도≫에는 가장 중요한 부분이 빠져 있었다는 거로군요."

"그렇게 되지."

"흐음──── 과연 추젠지 아키히코, 그쪽에 대해서는 잘 아시는군요. 음, 서 있던 지렁이'에요."

"지렁이? 그쪽이라니 어느 쪽 말인가?"

"그냥 그쪽이요. 뭐, 이해하기 쉽다는 뜻으로는 어느 스님의 이야기보다 이해하기 쉬웠습니다. 훌륭한 스님이 되실 수 있겠는데요."

"바보 같은 소리 말게. 나는 그들이 보기에는 고작해야 문자나 좀 익힌 법사'', 불법이 무엇인가를 알 뿐 이르지는 못한 사람에 지나지 않네. 불법은 개념도 사상도 논리도 철학도 아니야. 선(禪)을 알려면 앉을 수밖에 없네. 수행도 하지 않고 같잖은 논리만 갖다 붙여 봐야 건방지다는 소리를 들을 뿐일세. 자칫하면 경책으로 얻어맞을걸. 기껏해야, 아는 척하는 사이비 선승보다는 겸허하니 그나마 조금 낫다는 정도지."

"하아────."

천장에서 달그락달그락 소리가 났다.

"아무래도 쥐가 있나 보군. 그것도 꽤 커."

---

† 발음하면 '탓테이타 미미즈'다. 원래 말은 '타테이타니 미즈', 즉 '세워 놓은 판자에 물을 붓다'라는 속담으로, 청산유수라는 뜻이다.

†† 법사는 불도를 수행하며 불법에 정통하여 그 가르침을 널리 퍼뜨리는 사람, 즉 승려를 말하지만, 문자법사는 선종에서 教學(교학)만 익히고 참선 수행이 없거나 문자에 얽매여 이치를 잘못 아는 사람을 이르는 말이다.

교고쿠도는 천장을 올려다보고는 이어서 도코노마를 보았다.

"뭐, 그건 그렇고 이 《십우도》 족자는 꽤 오래된 걸세. 이것이 명혜사에서 나왔다면——아니, 아츠코에게 들은 그 명혜사의 일그러진 역사가 사실이라면——역시 한 번 가 봐야겠군. 사건은 언제 해결되나?"

"그건 내가 묻고 싶어요, 오빠. 그러니까 그 몰라도 되는 것만 알고 있는 머리를 조금만 써 달라고 부탁하는 거잖아요."

"생각한다고 알 수 있는 게 아니잖니. 조사는 경찰이 할 일이야. 내일 에노키즈가 갈 거라고 했으니 그러면 어떻게든——."

"될 거라고 생각해요, 오빠?"

"——아니."

교고쿠도는 태연하게 그렇게 말했다.

"진상을 안다고 해도 경찰이 납득하지 못한다면 마찬가지니까. 곤란하게 되었구나."

"뭘 곤란해 하십니까, 스승님. 그, 스승님이 하신다는 일은 대체 뭡니까?"

"그러니까 도리구치 군, 만담가도 아닌데 스승, 스승 하지 말아 주게. 나는 서점 주인일세. 책을 팔거나 사는 게 당연히 내가 하는 일 아니겠나? 세키구치 군처럼 소설가인지 사건기자인지 판별할 수 없는 생활을 보내고 있지는 않다네."

"책을 팔거나 사는데 어째서 명혜사 관수를 만나셔야 하는 겁니까?"

"음―――그 다이젠 스님의 스승이라는 사람―――그 사람이 명혜사를 발견한 때가―――메이지 28년(1895)이라고 했지. 아니, 미묘하단 말이야. 실제로 다이젠 스님이 주지로 명혜사에 들어온 것이 다이쇼 15년(1926)―――즉 쇼와 원년이잖아. 그때까지 얼마나 자주 명혜사에 다녔던 걸까―――."

"처음에는 열심히 다녔지만 그러다가 그렇게 자주 가지도 않게 되었다―――고 다이젠 노사님은 말씀하셨는데요. 본인도 두 번쯤 함께 왔었다나요."

흐음 하며 교고쿠도는 팔짱을 꼈다.

"그래? 당시의 일을 알고 있는 것은 그 다이젠 스님뿐―――이었겠지. 그 다이젠 스님이 돌아가셨으니 이야기를 들을 수도 없게 된 셈이로군. 그 다음으로 오래된 사람이―――."

"죽은 료넨 스님과 관수이신 가쿠탄 선사님이에요."

"그래? 또 죽었나."

"죽었지요."

"관수님도 만날 수 없을 테고. 무엇보다 지금 명혜사에 들어가기는 어려울 테지."

그야 어려울 것이다. 경찰은 그저 동요하고 있을 뿐인 것 같고, 스님들도 신경이 날카로워져 있다. 사정이 어떻든 이 상황에서 명혜사로 가는 게 좋은 방법이라고 하기 어렵다. 야마시타도 수상한 인물이 더 늘어나는 것은 피하고 싶을 테고, 그 지안이 뭐라고 할지 알 수 없다.

절 사람에게 이야기를 듣는 것은 당분간 어렵겠다며 교고쿠도는 얼굴을 찌푸렸다.

"그렇지, 스승님. 절에 갈 수는 없어도 여기에 조신 스님이 와 있지 않습니까. 만나 보시면 어떻겠습니까?"

도리구치가 그렇게 말하자 교고쿠도는 한쪽 눈썹을 추켜올렸다.

"그래? 아마 전좌 지사라고 했지."

"네, 네. 요리사 같은 거라더군요."

"전좌는 중요한 지위일세."

"흐음. 요리사가 중요한 지위인가요?"

"당연하지. 식(食)은 모든 것의 기본일세. 그렇군, 지금 여기에 명혜사 승려가 와 있었군———."

"겁을 먹고 있지만요."

"음———아까 얼핏 보았는데 상당히 절박한 것 같더군."

"그 스님, 산을 내려올 때도 한마디도 하지 않았습니다. 발걸음은 흔들림이 없었지만요. 초조해 하는 모습은 세키구치 선생님과 좋은 승부가 되겠던데요."

"그는 무엇을 두려워하는 거지?"

아츠코가 대답했다.

"마스다 씨의 이야기로는, 다음은 자기 차례라고 하셨다던데요."

"네."

"그럼 구와타 조신은 범인을 짐작하고 있다는 뜻이로군. 게다가 범인은 지금 명혜사에 있다고, 적어도 조신 스님은 그렇게 생각하는 셈이야."

"――― 그렇게 되나요?"

"아마 그것은 틀림없을 게다."

"네?"

교고쿠도는 막힘없이 그렇게 단언했다.

"틀림없다고요?"

"조신 스님은 착각을 하고 있는 게 아닐까. 그리고 그 착각 때문에 ――― 경찰에 의심을 받고 있다거나 그런 것은 아닐 테지?"

"그걸 어떻게 알았어요?"

"마법입니까, 스승님?"

"마법이라니 무슨 소린가? 그런데 ――― 그 조신 스님 자신이 진범일 가능성은 있는 건가? 예를 들면, 그렇지, 경찰의 동향은?"

"경찰이 조신 스님을 어떻게 생각하는지는 모르겠지만 저는 그 스님이 범인인 것 같지는 않은데요. 그렇죠, 아츠코 씨?"

"확실히 ――― 야마시타 씨는 의심하고 있을지도 모르지만 근거가 있는지는."

"그래? 그렇다면 연기는 아닌 셈이로군. 그럼 자의식 과잉의 피해망상이겠지. 다시 말해서 조신 스님에게는 뭔

가 양심에 찔리는 점이 있는 걸 게다. 그런 것은 경찰에게
는 금세 알려지니까. 그래서 역시 의심받고 있는 거겠지."

교고쿠도는 가엾다는 듯이 말했다.

"하지만 그 겁먹은 모습은 연기가 아니었습니다. 마치,
그렇지, 무언가에 씐 것 같은 상태였거든요."

"아아, 그렇다면 씐 걸세. 철서에."

고서점 주인은 아무렇지도 않게 지껄였다.

"철서라는 게 뭡니까?"

"아아, 몰라도 되네."

"안 됩니다. 씌었다면 떼야죠. 그게 스승님의 일 아닙니
까?"

"맞아요, 오빠. 뭔지는 모르겠지만 그렇다면 오빠가 나
서야죠."

"아니, 둘 다 무슨 소릴 멋대로 지껄이는 거야. 씐 것을
떼는 것은 장사로 하는 일이란 말이다. 부탁도 받지 않았
는데 일을 할 수야 없지. 게다가 그런 것은 내버려 둬도
자연히 떨어질 게다. 범인이 잡히면 깨끗이 떨어질 거야.
어째서 내가 스님의 철서를 떼어야 한다는 거지? 나는 고
양이가 아니야."

천장이 달그락달그락 소리를 냈다.

"쥐는———잡아야 하는 걸까."

고서점 주인인 음양사는 몹시 떨떠름한 표정의 얼굴로
한숨을 쉬었다.

*

   나는 아직 졸렸지만, 어찌된 셈인지 꽤 이른 시간에 눈이 떠지고 말았다. 복도에서는 작은 소란이 일어나고 있었는데, 그 소리에 잠이 깬 걸까.

   소란의 원흉——— 인지 아닌지 사실은 알 수 없지만 ——— 은 에노키즈인 듯했다. 요컨대 내 귀에 들린 소음은 에노키즈의 목소리였던 셈이다.

   "와하하하, 도리 이 바보 같은 친구야! 놓쳐 버렸잖은가. 그런 것에 들어갈 리가 없지."

   "우헤에, 하지만 이건 양동이라고요."

   "양동이 따위엔 들어가지 않아!"

   "그런 쥐가 어딨습니까."

   "있었어. 있었다고!"

   복도에서는 엄청난 소란이 연출되고 있는지 심한 진동이 침상까지 전해졌다. 나는 견딜 수 없어 복도로 나갔다. 옷을 갈아입는 데에 시간이 걸린 탓인지, 그때는 이미 복도에는 아무도 없었다.

   별 수 없이 계단을 내려가 큰 객실로 가 보았다.

   큰 객실에는 지배인과 종업원 세 명, 구온지 노인, 이마가와와 도리구치, 그리고 에노키즈가 있었다.

   "오오, 세키 군이군. 이제야 일어났나? 나는 일찍 일어나서 지금 쥐를 잡고 있던 참이라네! 부럽나!"

   "쥐를 잡아요?"

"뭐든지 갉는 통에 죽겠어."

"갉는다고요?"

"아직 잠이 덜 깼나? 이 잠꾸러기 원숭이."

에노키즈는 성큼성큼 다가왔다. 이런 경우에 그는 틀림 없이 나를 쥐어박곤 한다. 나는 구온지 노인과 이마가와에게 인사를 하는 척하며 몸을 피해, 도리구치 옆으로 재빨리 이동했다.

"안녕히 주무셨습니까. 저어, 쥐라니———."

———또 쥐인가.

"———무슨 일입니까? 그."

에노키즈는 허탕을 치고 달려갔다. 이마가와가 어이없다는 듯이 입을 반쯤 벌렸다.

"아아. 세키구치 군. 한 이삼 일 전부터———정원에서 그 시체가 발견된 날부터인가? 그랬지요, 이마가와 군? 그래, 그날부터 쥐가 나온다오."

구온지 노인은 그렇게 말하며 종업원들이 있는 쪽을 돌아보았다.

"그런데 며칠이 지나도 피해가 줄지를 않소. 나는 노인이라 아침잠이 없다오. 그래서 매일 아침마다 계산대나 부엌을 감시하고 있었는데, 있더란 말이오. 이렇게 커다란 놈이."

노인은 양손을 벌렸다. 고양이나 개만큼은 된다.

도리구치가 말했다.

"그러니까 그렇게 큰 쥐는 없다니까요. 있다면 상당히

321

나이를 먹었을 겁니다. 고작해야 며칠 전부터 나오기 시작했는데 갑자기 그렇게 자란다면 요괴지요."

"하지만 저도 봤습니다. 꼬리뿐이었지만, 이 정도는 되었던 것 같아요."

종업원———아마 도키———가 양손 검지로 길이를 나타냈다.

한 척은 될까. 그게 사실이라면 큰 쥐다.

"흥! 그래서 내가 일부러 어제부터 퇴치해 주려고 분투하고 있는 거야!"

에노키즈는 그렇게 말하면서 다시 다가왔다.

나는 본능적으로 구온지 노인 쪽으로 몸을 바싹 붙였다.

노인은 턱을 당기고 몸을 비스듬히 기울여 에노키즈를 바라보며 말했다.

"세키구치 군, 뭐라고 말 좀 해 주지 않겠소? 이 탐정은 일이라곤 하나도 안 하는구려. 살인사건보다 쥐를 잡는 게 더 재미있나 보지요. 그렇지———."

노인은 갑자기 몸을 틀어 내 쪽을 보았다.

"듣자 하니———당신도 꽤 힘들었던 모양이던데."

"예. 뭐."

대답할 수가 없다.

눈앞에서 사람 하나가 죽었으니 힘들었음은 틀림없다.

"이마가와 군에게 들었소. 그런데 설마 또 살해될 거라고는———생각지 않았———소."

구온지 노인은 심각한 표정이 되었다. 사람의 죽음을,

특히 살인사건을 이야기하려면 그것은 당연한 표정이었을 것이다. 하지만 노인은 그 심각함을 떨치듯이 말을 이었다.

"———그래서 빨리 가자고 했는데, 상태가 이렇단 말이오. 전혀 일어나려고 들지를 않는구려. 세키구치 군, 뭐라고 말 좀 해 주시오."

"예에."

말은 그렇게 하지만———.

그 폐쇄감으로 가득 찬 우리[檻] 속에 이렇게 어울리지 않는 남자가 난입한다면———대체 어떻게 될까. 구온지 노인은 전폭적인 신뢰를 하는 모양이지만, 애초에 에노키즈 같은 사람이 명혜사에 가 있었다 해도 두 번째 살인을 막을 수 있었을지 어떨지는 의심스럽다. 동기도 아무것도 알 수 없는 것이다. 두 번째 피해자가 왜 다이젠 노사였는지, 그것은 범인밖에,

———에노키즈라면 알 수 있을까?

알———지도 모른다. 그러나 이제서 제삼자가———그것도 이런 시끄러운 남자가———현장에 들어갈 수 있을 것 같지는 않았다. 끝나고 나서 이런 말을 하는 것도 뭣하지만, 취재를 강행할 수 있었던 것 자체가 비상식적인 일이었을 거라는 생각이 든다.

문제의 탐정은 큰 소리로 말했다.

"나는 그 쥐 요괴가 보고 싶단 말이야. 본 적이 없거든. 놓친 쥐는 큰 법! 세키 군, 자네도 보고 싶지!"

에노키즈는 등 뒤에서 나를 딱 때렸다.

"아파요. 그런 건 보고 싶지 않습니다. 무엇보다 에노 씨, 어제 구온지 선생님의 의뢰를 받아들였던 거 아닙니 까? 그렇다면 일을 하셔야죠. 어제였다면 그나마 나았을 텐데 오늘은 들여보내 주지도 않을 겁니다."

"어째서?"

"명혜사는 살인 현장이니까요. 에노 씨처럼 불성실한 사람은 못 들어가요."

"어째서 내가 불성실하다는 거지?"

"부, 불성실하잖아요. 불경하다고 할 수도 있고요. 이 센고쿠로도 일단 시체가 발견된 현장입니다. 어쨌거나 사 람이 죽었으니 좀더 태도를 조심하셔야죠. 게다가 탐정이 니까."

"하!"

에노키즈는 모멸하는 듯한 시선을 내게 던졌다.

"그럼 뭐지? 무서운 얼굴을 하고 심각하게 있으면 죽은 사람이 되살아나고 범인이 참회하며 자수하기라도 한단 말인가? 숨 막히는 심오한 테마를 이야기하지 않는 사람 은 살인사건의 무대극에 오를 자격은 없다는 거야? 오오, 이 무슨 전근대적인 발상이란 말인가. 도대체가 이 중에 스님이 돌아가셔서 슬픈 마음이 드는 사람이 한 명이라도 있나? 죽은 스님의 부모형제나 연인이라도 가까이 있다 면, 나도 애도의 말 한마디쯤은 늘어놓을 수 있네! 오오, 정말 상심이 크시겠습니다 ——— 하고 말이야."

"아주 작은 인연이라도 인연이지요. 이마가와 씨에게도
―――."

거기에서 이마가와를 훔쳐보니 골동품상은 변함없는
표정을 하고 있어서 무슨 생각을 하고 있는지 전혀 알 수
없었다.

"――― 피해자 오니시 씨와는, 그."

"바보로군, 세키 군. 자네가 훌쩍훌쩍 우는 걸 좋아한다
면 그렇게 해 줄 수도 있지만 말일세. 화내거나 울거나
하는 것은 우리 살아 있는 사람들이 멋대로 하는 짓일 뿐,
죽은 사람과는 상관이 없잖나. 게다가 웃고 있다고 해서
고인에게 경의를 표하지 않는 것도 아니라고. 진정한 경의
란 판에 박힌 것 같은 눈물이 아닐세! 무엇보다 나는 스님
은 대단하다는 걸 알고 있어. 머리를 깎고 매일 경을 읽는
것만으로도 대단하다고 생각한다네. 존경스러워."

"왠지 화제가 빗나가 버렸는데요. 그런 얘기가 아니었
잖아요. 에노 씨, 당신 같은 사람은 이제 현장에 들어갈
수 없다는 얘기입니다."

"쓸데없는 걱정이로군! 나는 탐정이니 괜찮아. 세키 군,
내가 왜 이 세상에서 탐정 역할을 선택했는지, 자네도 알
고 있잖나."

"그런 걸 제가 어떻게 압니까."

"하! 탐정은 말이지, 신이기 때문일세. 자, 갑시다, 사몬
지 씨! 이봐, 마치코, 안내하게."

에노키즈는 갑자기 진지한 얼굴이 되어 이마가와를 가

리켰다.

에노키즈가 야무진 표정으로 결연하게 말하자 말수 적은 골동품상은 당황한 모양이었다.

"제가———안내하는 겁니까?"

"당연하지 않은가, 왜 그리 이상한 얼굴을 하지? 세키 군은 건망증이 심한 글쟁이고, 도리는 길을 잘 잃는 젊은 이일세. 그러니 자네밖에 없지 않은가, 마치코. 자, 빨리 하게!"

에노키즈는 시끄럽게 고함치면서 성큼성큼 나갔다.

이마가와는 약간 등을 웅크리고 나를 보더니,

"대체 어떻게 되는 걸까요?"

하고 어이없다는 표정으로 말하며 잔걸음으로 뒤를 쫓았다.

"음. 과연 대단하구려, 세키구치 군. 교묘하게 부추겼소."

구온지 노인은 그렇게 말하며 내 어깨를 두세 번 흔들고는 계속해서 말을 이었다. 어떻게 된 영문인지도 모른 채, 나는 에노키즈의 의욕에 불을 붙이고 만 모양이다.

이제 어떻게 되든 알 바 아니다.

도리구치가 옆에서 실실 웃으며 말했다.

"선생님, 이것은 혹시 표주박에서 깨가 나온 것일까요?"[†]

[†] 원래의 속담은 '표주박에서 망아지가 나오다'로, 생각지도 못했던 일이 사실로 실현되었을 때 쓰는 말이다. 일본어로 망아지는 '코마', 깨는 '고마'이다.

"그것은 깨가 아니라 망아지일세, 도리구치 군. 하지만 그 말이 맞아. 표주박에서 망아지가 나온 거지. 뭐, 귀찮은 방해꾼이 없어졌으니 좋은 일이야. 그보다 형사들은 어떻게 되었나?"

어젯밤에는 세 명 정도는 있었을 것이다.

"아아, 다섯 시 전에 모두 명혜사로 갔습니다. 아침부터 감식반이 들어올 거라고 해서, 지금 남아 있는 것은 마스다 씨와 경관 두세 명뿐입니다. 아아, 왔네요."

마치 에노키즈와 교대하듯이, 마스다를 선두로 아츠코와 이쿠보 여사가 큰 객실로 들어왔다.

나름대로는 꽤 일찍 일어났다고 생각했는데 일어난 순서는 내가 마지막이었던 모양이다.

이쿠보 뒤에는 교고쿠도가 대기하고 있었다.

마스다가 뭐라고 말하고 있다.

"그러면———뭐, 추젠지 씨도 일 때문에 오셨을 테니까요. 어쩔 수 없다고 할까———아아, 세키구치 선생님, 안녕히 주무셨습니까."

내가 자는 사이에 무슨 일이 있었던 것일까. 교고쿠도는 사건에 한바탕 끼어들 심산인 걸까.

"이보게, 교고쿠도. 자네는 어쩔 셈인가? 내친 김에 사건에 관여라도 할 생각인가?"

"듣기 거북한 말을 하는군. 나는 내 볼일이 있다고 몇 번을 말해야 알겠나? 지금부터 잠깐 조신 스님과 회견을 갖고 싶다고 마스다 군에게 부탁하고 있던 참일세. 여쭙고 싶은 것이 있거든."

"조신 스님과? 그래도 되나, 마스다 군?"

"물론, 이야기한다고 뭐가 어떻게 될 것 같지도 않아서 허가했습니다. 딱히 용의자이신 것도 아니고요. 우리끼리 니까 하는 얘긴데, 스가와라 씨는 조신 스님을 의심하고 있는 모양이지만요. 하하하, 아무도 없으니 말을 막 하게 되는군요."

"마스다 군. 그런 말을 민간인 앞에서 가볍게 입에 담는 것은 문제일세. 인권침해야. 수사상의 비밀엄수는 경관의 원칙이잖나."

교고쿠도는 평소 같은 말투로 말했지만 마스다는 따끔 하게 야단을 들었다고 생각한 모양이다.

"죄, 죄송합니다. 제, 제가 입이 가벼워서."

"이해가 갑니다."

도리구치가 크게 고개를 끄덕였다.

조신 스님은 별채 방석 위에서 경직해 있었다.

도코노마를 등지고 있다.

좌선의 형태가 아니라 정좌였다.

그 화려한 가사를 걸치고 입을 굳게 다문 채, 눈을 부릅 뜨고 목을 움츠리고 있다.

도코노마에는 꽃병이 놓여 있고 매화인지 뭔지가 꽂혀 있다.

등 뒤에는 수묵화가 그려진 족자가 걸려 있다.

그 앞에서 명혜사의 전좌는 몸을 딱딱하게 굳히고 앉아 있었다.

마스다가 오른쪽에 앉았다.

교고쿠도가 정면에 앉고, 나와 아츠코가 그 뒤에 나란히 앉았다.

도리구치와 이쿠보는 장지문 밖에서 대기하고 있다.

조신은 아무 말도 하지 않았고, 인사도 하지 않았다.

아마 조신은 상황을 모를 것이다. 대체 마스다는 어떻게 이야기했을까.

아니, 애초에 교고쿠도는 무슨 말로 마스다를 설득했을까. 예를 들면 왜 이 자리에 우리가 동석하고 있는 것인지, 솔직히 말해서 나 자신도 잘 모르겠다.

교고쿠도가 목례를 한 번 하고 말했다.

"명혜사 전좌 지사, 구와타 조신 님이십니까————."

은근한 태도다.

"제, 제가 구와타입니다."

"처음 뵙겠습니다. 저는 추젠지 아키히코라고 합니다. 무사시노에서 고서점을 운영하고 있습니다. 뒤에 앉아 있는 아츠코는 제 누이입니다. 그저께와 어제, 제 누이가 폐를 끼쳤다고 들었습니다. 우선은 제가 대신 사과를 드리겠습니다."

"아, 아니."

"사실을 말씀드리면 저는 어제 명혜사를 찾아뵐 생각이었습니다. 하지만 이 센고쿠로에 도착해서 흉사가 있었음을 알고, 이러지도 저러지도 못하고 있던 참입니다."

"무슨 용무이신지 모르겠지만——— 지금은——— 가도 용무를 보지 못하실 겁니다."

"예. 그래서——— 이리로 온 것입니다."

방은 그리 따뜻하지 않았다. 그러나 조신은 땀을 흘리고 있었다.

"경찰의 이야기로는——— 누군가가 조신 스님의 목숨을 노리고 있다면서요. 그래서 위험하실 것 같아 인원을 늘려 두었습니다. 저 혼자로는 아무래도 걱정이 되실 것 같아서."

"걱정?"

"아무리 허정염담(虛靜恬淡)[†] 칙천거사(則天去私)[††]의 불가 고승이라 해도 목숨에 관련되는 큰일이라면 얘기는 또 다르지요. 저처럼 내력도 알 수 없는 처음 보는 사람을 덜컥 믿으실 수는 없지 않겠습니까?"

"그, 그것은."

"생사사대(生死事大)[†††]. 목숨을 소중히 하십시오."

조신은 크게 숨을 들이쉬고는 삼키듯이 멈추었다. 그리고 서서히 내쉬면서 말했다.

"무엇을——— 알고 싶으신 겝니까."

"예. 실은 다른 게 아니라 명혜사 주인의 소재를 알고

[†] '고요하고 텅 비어 태연하고 담담하다'는 뜻.

[††] '하늘의 뜻에 따르며 나를 버린다'는 뜻.

[†††] '삶과 죽음이 가장 큰일이다'는 뜻.

싶습니다."

"주인? 그것은———."

교고쿠도는 손바닥을 내밀어 이야기를 가로막았다.

"사정은 들었습니다. 물론 그것은 돌아가신 오니시 다이젠 노사님이 저 뒤에 있는 사람들에게 이야기하신 정보에 따른 것이고, 그것이 진실인지 아닌지 판단할 만한 재료를 저는 갖고 있지 않습니다. 따라서 노사님이 허위 진술을 하시지 않았다는 가정 하에, 저는 명혜사의 사정을 알고 있습니다."

"다이젠 스님은———거짓말을 하시지 않습니다."

"저도 그렇게 생각합니다."

"그렇다면 그 질문이 나오는 것 자체가 이해가 안 가는군요. 명혜사는, 그 절은 각 종파가 모인———."

"저는 종파나 종문을 묻는 것이 아닙니다. 본래 선은 불심종(佛心宗), 종파를 묻는 것은 무의미하지요. 제가 여쭙고 있는 것은 다이쇼 지진 후에 그 땅을 절째로 사들인 것은 누구인가———물론 어느 정도 알고는 있습니다만———조신 스님은 그것을 아시는지 모르시는지, 그것을 여쭙고 싶군요."

"———모르겠군요."

"알겠습니다. 그럼, 질문을 바꾸지요. 그렇군요———명혜사에는 쇼와 시대 이후에 쓰인 선적(禪籍)이 있습니까?"

"그것은———있습니다. 아니, 하지만 각자가 얼마나

갖고 있는지는——— 예를 들어 돌아가신 다이젠 스님은 산에서 내려가시는 일이 거의 없었으니 서적 같은 것은 손에 넣기도 힘드셨을 것 같습니다만."

"그것은——— 승려 한 사람 한 사람의 장서라는 뜻이지요? 그러면 절의 공유 서고 같은 것은?"

"없습니다. 경장(經藏)은 있지만 통상적으로 사용하는 경전이 들어 있을 뿐이지요."

"그렇습니까———."

예상은 하고 있었지만 유감이다, 라는 말투다.

대체 이 고서점 주인은 무엇을 알고 싶은 것일까. 명혜사에 관련된 교고쿠도의 일이란——— 그 파묻힌 곳간을 말하는 것일까. 설마 그 곳간이 명혜사의 곳간이라도 된다는 것일까? 그럴 리는 없다. 너무 멀다. 수많은 하코네의 절 중에서도 명혜사는 가장 그 곳간을 이용하기 어려운 장소에 있지 않은가———.

"알겠습니다. 그러면 역시 저는 주인을 만날 수밖에 없겠군요——— 다시 말해서——— 조속한 해결이 필요하다, 는 뜻——— 인가."

교고쿠도는 중간부터 혼잣말 같은 말투가 되더니 고개를 숙이고 팔짱을 꼈다. 그리고 갑자기 얼굴을 들고,

"그런데 조신 스님."

하고 부르면서 약간 앞으로 몸을 내밀었다.

조신은 반대로 조금 물러났다.

"저는 선에 대해서는 그냥 조금 아는 정도에 불과한,

신심이라곤 없는 사람입니다. 다만 현재 장사로 선에 관한 책을 취급하고 있어 약간 고생을 하고 있지요. 그래서 여쭙고 싶은데——조신 스님은 아마 조동종이셨지요."

"그렇습니다."

"전좌의 지사쯤 되면 수행을 많이 쌓으셨겠군요."

"그렇지는 않습니다."

"하지만 전좌는 예로부터 도심(道心)의 사승(師僧), 발심(發心)이 높은 자에게 돌아오는 직책입니다.[†] 어중간한 사람이 맡을 수 있는 자리가 아니지요."

"소승은——말하자면 어쩔 수 없이 전좌를 맡게 되었습니다. 이렇게 말하면 뭣하지만 소승은 명혜사 안에서 별로 높은 평가를 받지 못하고 있었으니까요. 전좌의 위치가 비고, 남은 행각승 중에서는 소승이 제일 고참이었다는, 오직 그뿐입니다. 단순히 연공서열에 지나지 않지요."

"그, 전에 전좌였던 사람은 건강이 안 좋아졌다——그저께 말씀하셨지요?"

마스다가 보충하자 조신은 매우 불쾌하다는 듯이 희미하게 고개를 끄덕였다.

"뭐——그렇습니다. 소승 전의 전좌 지사는 소승보다 6년쯤 후에 들어왔지요. 나이는 저보다 위였지만 그

[†] 일본 도겐 선사가 기록한 《전좌교훈(典座敎訓)》의 한 대목으로, 전좌는 예부터 불도(佛道)를 추구하는 마음을 가진 사승이나 뛰어난 사람이 맡을 수 있었던 직책이라는 뜻.

사람이 소승보다 더 높은 평가를 받고 있었다는 뜻일까요."

"평가————라."

교고쿠도는 묘한 말투로 말했다.

조신은 왠지 약간 당황하며 변명 같은 말을 내뱉었다.

"이거, 대중일여(大衆一如)의 승당에서, 평가가 높고 낮다는 식의 말은 어느 모로 보나 적당하지 못한 표현이었군요. 발군무익(拔群無益)이라고나 할까요."

"무슨 뜻입니까?"

마스다가 교고쿠도에게 물었다.

"대중이라는 것은 많은 행각승을 말합니다. 이들이 모두 일체가 되어 똑같은 행동을 하는 것을 대중일여라고 하지요. 그중에서 한 사람만 뛰어나다 해도 아무런 이득도 없다는 것이 발군무익입니다. 그렇지요? 스님."

"바로 그렇습니다."

"하지만 그러면 아무리 시간이 지나도 뛰어난 스님은 나오지 않는데요. 언제까지나 모두 똑같은 거잖아요. 특출한 걸물이 나와서 그것을 쫓아가고 뛰어넘는 게 진보로 이어지는 것 아닙니까? 그렇지요, 세키구치 선생님?"

마스다는 내게 동의를 구했다.

이 젊은 형사는 아무래도 금세 탈선하는 버릇이 있는 모양이지만 그것은 이 청년의 머리 회전이 나름대로 빠르고, 또 그가 성실하다는 사실을 증명하는 것이다. 나는 무슨 얘기를 들어도 그런가 하고 납득하고 만다. 섭취하는 정보가 당장 피가 되고 살이 되지는 않는다. 자신의 생각과의 차이를 발견하기까지 시간이 걸리기 때문이다.

묵묵히 있을 수도 없어서 나는 되는 대로 지껄여 얼버무렸다.

"그것은 자본주의 경쟁사회에 우리가 익숙해졌기 때문에 그렇게 느끼는 걸세. 마스다 군."

아주 그럴 듯한 의견이지만 그리 깊이 생각하고 한 말은 아니었다.

그러나 조신은 두어 번 고개를 끄덕였다.

"그렇습니다. 수행이란 경쟁하는 것이 아니지요. 깨달음이라는 최종 목적이 있고, 누가 거기에 제일 먼저 도달하느냐를 경쟁하는 게 아닙니다. 그러니 청소하는 자는 청소를 하고 식사를 준비하는 자는 식사를 준비하고, 일행삼매(一行三昧), 주어진 작업을 그저 무심히 행하는 것이 우리 행각승의 수행입니다. 그것은 꼭 절 안에서만 그런 것은 아니지요. 이 사회도 마찬가지입니다. 어떤 직업이든, 그것이 빠지면 사회가 성립하지 않아요. 진십만계진실인체(盡十萬界眞實人體), 모든 존재가 진리인 이상, 한 사람의 노력은 전체에 대한 봉사가 되지요. 소승도 전좌라는 큰 역할을 맡아 그저 열심히 수행하고 있었을 뿐. 불평을 할 생각은 없습니다."

"흐음, 왠지 이야기가 너무 커져서 알 것 같기도 하고 모를 것 같기도 하고———뭐, 도덕적인 얘기이긴 합니다만."

"도덕이 아니오."

"그렇습니까? 하지만——— 당신은 불평이 없다고 하시지만, 주어진 직무에 불만이 있거나 하지는 않았습니까? 아니, 구와타 씨는 요리가 고생스럽지 않았을지도 모르지만, 개중에는 그 음식을 싫어하는 사람도 있을 테지요. 직업 선택의 자유는 없는 겁니까?"

"없습니다. 그런 것은 자유라고 하지 않소. 개성이란 그런 데서 드러나는 게 아니지요."

"그렇습니까? 개인의 적성이나 기호를 존중하는 것이 옳은 방식인 것 같은데요."

"마스다 군. 자네는 목적과 수단을 나누기 때문에 그런 결론이 나오는 걸세. 이 사람들에게는 그것은 불가분의 관계야. 자네가 그렇게 생각하는 것은 자네 마음이지만."

교고쿠도는 그렇게 말하며 마스다의 의견을 물렸다.

확실히——— 나 같은 사람도 목적을 달성하기 위한 수단으로 노동이 있다고 생각하는 구석은 있다. 목적이란 즉 돈을 번다는, 또는 넉넉한 생활을 한다는 종류의 것이고 그것은 직접적으로 노동과 이어지지는 않기도 한다. 그 경우 노동에 대한 보수가 목적 달성과 이어져 있다. 대가가 있기 때문에 일을 하는 것이다.

그러나 금전이나 명예와 상관없이 일 자체가 좋다, 일이 삶의 보람이라고 말하는 사람도 있다. 다만 잘 생각해 보면 그 경우에도 그리 차이가 없음을 알 수 있다. 일을 좋아한다는 사람은, 요컨대 자신의 기호와 욕구를 충족한다는 목적이 있고 노동 자체는 그 욕구를 채우기 위한 수단이다. 노동으로 얻어지는 쾌락이 보수를 대신하고 있을 뿐이다.

그것은 가령 사회 공헌, 자기실현과 같은 약간 고상한 표현으로 바꾸어 말해도 마찬가지다. 목적은 목적, 수단과 괴리되어 있음에는 변함이 없다.

그러나 일을 하기 위해 일하는 것이라면 걸레질을 하는 것이나 밥을 짓는 것이나, 손을 움직이는 것에는 차이가 없고 동작도 그리 다르지 않다.

"그것은 그렇다 치고———."

교고쿠도는 크게 어긋난 궤도를 수정했다.

하기야 이런 방해가 들어올 것은 알고 있었으리라. 동석한 사람을 고른 것은 마스다가 아니라 틀림없이 교고쿠도다. 그렇다면 전부 염두에 두고 사람을 골랐을 거라고 생각했다. 무엇을 꾸미고 있는 건지는 모르겠지만 이 남자는 항상 용의주도한 친구다.

"임제와 조동은 수행이 다르지 않습니까."

책사인 고서점 주인은 그렇게 말을 이었다.

양쪽 다 수행은 수행이라고 조신은 대답했다.

"다르다고 하자면 한 사람 한 사람 전부 각자 다르고, 같다고 하면 전부 같은 것이 되겠지요. 아까 당신은 본래부터 선은 불심종, 종파를 묻는 것은 무의미하다고 하셨는데, 그것은 참으로 옳은 말일 겁니다."

"그렇군요" 하고 교고쿠도는 마치 감탄한 듯이 고개를

끄덕였다.

"말씀하시는 뜻은 잘 알겠습니다. 설령 같은 종파라 해도 수행은 사람에 따라 각자 다르겠지요. 다만 문외한의 눈에는 임제와 조동은 입구가 다른 것처럼 보입니다. 확실히 교의는 매우 비슷하지만 한 자리에서 수행을 하시기에는 여러 가지로 지장이 있지 않았습니까? 아니, 문헌자료 등을 보면 역사적으로는 대립도 꽤나 있었던 것 같아서요. 그중에는 심한 욕설을 적은 글도 있고요. 어디가 그렇게까지 서로 양립할 수 없는 것인지, 그것을 알고 싶어서 말입니다."

조신은 천천히 오른쪽 어깨를 올렸다.

"심각한 싸움이라는 것은 —— 역사적으로도 그렇게 많지는 않았습니다. 물론 믿는 바를 의심하지 않고 진지한 자세를 갖고 수행하다 보면, 서로 받아들일 수 없는 부분에서 대립할 때도 있지요. 무릇 선승은 참선에는 몸과 마음을 다 바치고, 자신의 인생 전부를 걸고 임하니 말입니다. 그야 욕설도 나올 테지요. 예를 들어 현재 조동종은 묵조선(默照禪)이라고 불리고, 또는 스스로를 그렇게 칭하고 있지만 이것은 본래 욕이었습니다. 남송 초기, 중국 임제종의 대혜 종고(大慧宗杲)[†]가 마찬가지로 중국 조동종이었던 굉지 정각(宏智正覺)[††]을 비방하며 한 말입니다. 공안도

[†] 중국 송나라 때 임제종의 선승(1089~1163). 간화선의 독창적인 수행법을 창안했다.

[††] 중국 송나라 때 조동종의 선승(1091~1157). 조동종의 선풍에 새로운 수행법인 '묵조선'을 창안했다.

하지 않고 그냥 앉아 있기만 해서는 아무것도 되지 않는다는 뜻이지요. 그러나 그것을 들은 굉지 스님은 〈묵조록〉을 써서 묵조선이야말로 정도(正道)라고 설법했지요. 욕을 듣고도 칭찬하는 말로 바꾼 셈입니다. 그리고 반대로 대혜의 선을 간화선(看話禪)이라고 야유했어요. 공안만 꼬아대고 그냥 좌선을 하지 않는다, 입으로 나불대기만 하는 선이라는 뜻입니다. 하지만 지금은 간화선은 임제의 선풍(禪風)을 나타내는 좋은 말로 사용되고 있지요. 결국은 그런 것이라, 어느 쪽이 옳다는 승패는 없다오. 다를 뿐입니다."

"그러니까 그 다른 선풍을 가진 행각승이 모여서 대중일여가 되는 겁니까?"

"그것은———."

조신은 아주 살짝 아랫입술을 깨물고,

"——— 되지 않는다, 고 말할 수밖에 없으려나요."

하고 말했다.

"그렇겠지요. 조신 스님도 고생이 크셨겠습니다. 어쨌거나, 상대가 틀렸다면 규탄할 수 있지만 상대도 틀린 것은 아니니까 불평을 할 수도 없지요. 마스다 군에게 들은 걸로는 감원이신 지안 스님은 임제종이라면서요. 그 전의 감원은 돌아가신 료넨 스님이었지요. 료넨 스님도 임제종입니까?"

"그렇습니다. 그 분은———."

"파하(破夏)만 하는 파계승———입니까?"

"───소승에게는 그렇게밖에 보이지 않았습니다. 조동·임제·황벽은 전부 다르지요. 다른 것은 좋습니다. 하지만 료넨 스님의 방식만은 용서할 수 없었소. 확실히 앉아 있으나 서 있으나 수행은 수행이지요. 그렇다고 해서 무슨 짓을 해도 좋다는 것은 납득할 수 없소. 돈을 끌어모으는 것도 수행이고 돈을 버는 것도 수행, 불사음계(不邪淫戒)†를 깨는 것도 수행이라면, 시정의 무뢰한보다 더 나쁩니다."

"하지만 다이젠 노사님은 ───그래도 괜찮다고."

"그 분은 속이 깊은 분이셨겠지요. 하기야 노사님의 선풍으로 미루어보면 본래 료넨 스님과는 대립해야 마땅합니다. 무엇보다 료넨 스님은 노사님의 선을 도움도 안 되는 분별선(分別禪)이라며 깎아내리곤 했소. 노사님은 그것을 듣고도 그저 그렇지, 그렇지, 하시며."

"흐음, 그랬습니까───."

마스다는 나와 아츠코 쪽으로 얼굴을 돌리고 곤란한 듯이 눈썹을 팔자 모양으로 늘어뜨리며 두세 번 눈을 깜박였다.

"───다이젠 씨의 말씀은 료넨 씨를 꽤 높이 평가하신 것처럼 들렸는데요."

"노사님은───료넨 스님이 돌아가셨기 때문에 일부러 그렇게 말씀하신 게 아닐까요. 그 분은 대단한 승려가

---

† 속세에 있는 불교 신자가 지켜야 할 다섯 가지 계율(5계) 중 하나로, 음란한 짓을 하지 말라는 뜻.

아니라도 죽으면 과장스러운 시호를 내리시는, 그런 종류의 분이었으니까요."

조신은 푸르죽죽한 얼굴을 잠시 일그러뜨렸다.

교고쿠도는 몹시 동정하듯이 말했다.

"그렇군요. 그만큼 료넨 스님의 품행이 나빴다━━━는 거로군요."

"아니, 죽은 사람을 나쁘게 말하고 싶지는 않습니다만━━━."

조신은 뺨을 약간 상기시키며 말했다.

"조과에 나오는 것 외에는 제멋대로 행동하셨소. 그야말로 발군무익. 제멋대로 해도 수행이 된다면, 아무도 수행은 하지 않습니다. 재가의 선승도 계율은 지키는데, 그래서야 출가를 하신 의미가 없지요. 물론 계율만 지키면 된다는 것은 아니지만━━━ 지키지 않아도 된다는 것은 아니고, 하물며 지키지 말아야 한다는 태도는 좀 그렇지 않소이까. 술을 퍼마시고 고기를 먹으면서 성실하게 수행하는 사람을 야유하고, 그러면서 진정한 깨달음은 자신에게 있다는 식의 말을 하지요. 그것은 옳은 길이 아닙니다."

"그렇군요, 그렇군요. 잘 알겠습니다━━━."

교고쿠도치고는 몹시도 이해심이 넘치는 맞장구다.

"━━━ 입으로는 무슨 말이든 할 수 있다는 거군요."

"그렇습니다. 료넨 스님은 공안을 우습게 여겼다오. 논리를 꼬아 이치의 지옥에 빠진다고 하셨소. 그리고 그냥 앉아 있는 자에게는, 뭘 그리 자고 있느냐며 질타하셨지요. 옳으신 말씀입니다. 치밀하고 정교한 공안의 해답은 수행에는 보탬이 되지 않겠지요. 허나 잘 생각해 보면 료넨 스님도 마찬가지요. 제멋대로 파계를 저지르고, 그것을 정당화하는 논리를 만들어 내고 있었을 뿐입니다. 료넨 스님의 행동은 분명히 선승으로서는 이해할 수 없었지만, 그 이해할 수 없는 자신의 행동에 그럴 듯한 논리를 갖다 붙이는 것은 공안의 세련된 해답을 만들어 내는 것과 다를 바가 없소. 그리고 매일 하던 행위로 말하자면 자는 것보다 더 질이 나빴고."

"그래서 ——— 살해되었다고 생각하십니까?"

"바, 바보 같은 소리. 아, 아니, 솔직히 말씀드리자면 처음에는 그런 생각도 했습니다. 그 분은 문제가 많았소. 그래서 소승은 ———."

조신은 거기서 마스다를 신경 쓰며 말을 한번 끊었다.

"——— 료넨 스님이 명혜사에서 발견된 서화나 골동품을 전부 팔아 버린 것은 ——— 경찰에서도 아시지요?"

마스다는 평소와 똑같은 말투로 가볍게 대답했다.

"들었습니다. 하지만 ——— 그것도, 으음, 선(禪)에 예술은 상관없다, 그러니까 괜찮다고 하시던데요."

"물론 ——— 수행에 예술은 상관이 없습니다. 다만 선승이 사물을 만드는 행위는 수행의 일종이지요. 마찬가지로 사물을 보는 것 또한 수행. 아니, 설령 자신의 수행과 관련이 없다고 해도 팔아치워서 돈으로 바꾸는 게 과연 칭찬받을 수 있는 일일지 어떨지 ——— 결국, 그냥 있는 것은 있는 그대로 놔두면 그것으로 족한 것입니다. 돈으로 환산하니까 예술에 골동이라는 쓸데없는 가치가 붙는 것이지요. 절에 있을 때는 단순한 향로, 단순한 종이인데 업자의 손에 건너간 순간 시가가 수만, 수십만이나 되는 정체를 알 수 없는 것이 되오. 그러니 예술성이라는 직함은 사물 자체에 있는 것이 아니라, 그것을 취급하는 행위 자체에 있는 것입니다. 그래서———."

조신은 주먹을 움켜쥐고 있었다.

"———그때도 그것은 문제가 되었습니다."

"그때?"

"소승과 유켄 스님이 명혜사에 들어온 것이 18년 전. 계절은 이맘때였습니다. 당시 명혜사에는 노사님과 관수님, 그리고 료넨 스님밖에 없었습니다. 행각승도 열 명 정도밖에 없었고요. 저희가 입산하고 나서 사람 수도 늘었고, 그래서 망가져 있던 건물도 수선하고 청소를 하고, 요컨대 작무를 겸한 조사가 이루어졌습니다."

"아아———그렇지, 원래 당신들은 조사를 하러 온 거였지요."

"그렇습니다. 처음에는 일 년만 있으면 결과도 알게 될 테고 산을 내려가게 될 거라고 생각했기 때문에 사기가 넘쳤지요."

"그때 여러 가지가 나왔다고 노사님이 말씀하시던데요."

"나왔습니다. 서화나 골동품이었습니다."

"그것들을 보고———특정할 수는 없었습니까?"

교고쿠도가 갑자기 날카로운 목소리로 물었다. 방금 전까지의 사람 좋아 보이던 말씨와는 꽤나 다르다.

"———화찬(畵讚)이든 뭐든, 뭔가 쓰여 있었을 게 아닙니까?"

"물론. 다만 알 만한 이름은 거의 없었습니다. 아는 이름이 들어가 있는 것도 진짜인지 아닌지는 알 수 없었소. 연대를 알 수 있을 만한 것은 없었습니다. 수행승 중에 감정할 줄 아는 사람은 없습니다. 그래서 료넨 스님에게 맡겼지요. 그———결과가 그것입니다."

"팔아 버렸다?"

마스다가 말했다. 교고쿠도는 거기에 대해서는 더는 아무것도 묻지 않았다.

"그렇소. 좋은 값에 팔 수 있었으니 시대는 오래된 것이고 물건도 좋다, 그러니 이 절은 상당히 오래되었을 것이다———라고 료넨 스님은 말씀하셨소. 그 돈으로 다다미를 바꾸자고도 하더군요. 그때 료넨 스님은 취해 있었소."

"그렇군요, 그런 사람이었군요."

"그렇습니다. 우리는 실망했소. 그리고 상당히———다투었습니다. 처음에는 다이젠 노사님도 분개하셨소. 그분이 당신들에게 과연 어떻게 말씀하셨는지는 모르겠지만 서화류는 좋아하시는 것 같았으니까요."

다이젠 노사의 이야기에서 상상한 료넨의 모습과, 지금 들은 료넨의 모습 사이에는 몹시 격차가 있다. 그러나 어느 한쪽이 거짓말을 하고 있는 것은 아니다. 양쪽 다 같은 말을 하고 있는 것이다. 그 차이가 바로——— 서로 받아들일 수 없는 부분일까. 나는 판단할 수 없었다.

"그때, 료넨 스님의 처우에 대해서는 몇 번이나 이야기를 나누었습니다. 료넨 스님을 사이에 두고 소승과 유켄 스님의 조동종과, 다이젠 노사님과 가쿠탄 스님이 대치했어요. 하지만 이야기를 나눈다고 해서 어떻게 되는 것도 아니었지요. 그때 료넨 스님은 스스로를 고양이에 비유했소."

"고양이? 이번에는 고양이입니까?"

마스다는 내게 한심한 시선을 보냈다.

"그것은 '남전참묘(南泉斬猫)'입니까?"

교고쿠도가 말했다. 당연히 마스다가 되묻는다.

"야옹야옹 뭐라고요?"

"유명한 공안일세, 마스다 군. 그래서 료넨 스님은 어떻게 비유하시던가요?"

"료넨 스님은 이렇게 말씀하셨소."

———마치 빈승을 사이에 두고 서로 노려보며 동서 양쪽 승방의 승려들이 고양이 새끼를 다투는 것과도 같다. 누구든 바르게 말하지 못하면 즉시 베겠다는 것인가. 이 자리에 남전이 없고 또 짚신을 올려놓을 조주도 없으니, 어찌할 텐가.

"——— 라고."

"모르겠습니다. 전혀 모르겠어요."

마스다가 혼란에 빠졌다. 교고쿠도가 깨우쳐주듯이 말했다.

"마스다 군. 료넨 스님의 말에는 진짜 내용이 있다네."

"공안 ——— 말이지요? 일단 들려주십시오."

교고쿠도는 조신의 기색을 살피며 "내가 설명하는 것도 이상하네만" 하고 말했다. 그러나 마스다가 거듭 청했기 때문에 친구는 마지못해 그 공안을 이야기했다.

"어느 날, 남전†이라는 고승(高僧)의 제자들이 고양이를 사이에 두고 실랑이를 벌이고 있었네. 그곳에 남전 스님이 와서 말했지. 지금 여기서 불도에 맞는 말을 해라, 하지 못하면 고양이를 베어 죽이겠다 ——— 하고. 제자들은 대답이 막히고 말았네. 남전은 고양이를 베어 죽였지."

"죽였다고요? 고승이?"

"죽였네. 그리고 저녁때 제자 조주††가 돌아오자 남전이 그 이야기를 했네. 너라면 어떻게 하겠느냐고 물었더니 조주는 나막신을 머리에 올려놓고 부리나케 방을 나갔지. 그것을 본 남전은 아까 그 자리에 조주가 있었다면 고양이를 베지 않아도 되었을 텐데, 하고 한탄했다고 하네."

---

† 남전 보원(南泉普願, 748~834). 중국 당나라 때의 선승으로 후에 임제종으로 발전한 홍주종파(洪州宗派)를 이룬 마조 도일(馬祖道一)의 제자이다. '남천'이라 읽기도 하지만 '남전'으로 읽는 것이 일반적이다.

†† 조주 종심(趙州從諗, 778~897). 중국 당나라 때의 선승으로 그가 남긴 많은 공안들은 후대 선승들의 수행 과제가 되었다.

"거참, 더더욱 모르겠군요. 미쳤나 본데요. 그 반응은."

"몰라도 되네. 어쨌거나 료넨 스님은 그때의 고양이에 자신을 비유한 거군요. 그리고 이 재판에서 불도에 맞는 의견이 나오지 않으면 자신을 죽일 것인가, 그렇다 해도 죽이는 역할인 남전도, 짚신을 머리에 올려놓은 조주도 이곳에는 없다, 그러니 어쩔 텐가, 하고 따져 물은 것이겠지요."

"바로 그렇습니다. 소승은 물론이고 아무도 대답할 수가 없었습니다. 그래서 다이젠 스님은 용서하셨지요. 유켄 스님도 더는 묻지 않았소. 료넨 스님은 그 후로도 같은 짓을 되풀이했지만 아무도 뭐라 하지 않았소. 그 후———감원 이 바뀔 때까지는 그런 매매 행위가 계속되었던 모양입니다."

마스다가 물었다.

"당신은 일전에 료넨 씨는 처음부터 그 위치였다고 말씀하셨는데, 그것은 당신이 입산했을 때부터 료넨 씨는 감원이었다는 뜻입니까?"

"아아, 그건 좀 다릅니다. 소승이 그 위치라고 말씀드린 것은 재무관리나 교단과의 연락, 건물 수선 등 소위 말하는 4지사가 하는 직무를 모두 담당하고 계셨다는 뜻이고, 오히려 그 분은 처음부터 그 일을 하기 위해 입산했다고 들었습니다."

"그러니까 서무 일체를 혼자서 해내기 위해 명혜사에 왔다———고요?"

"그렇습니다. 다이젠 노사님이 요청했다고 들었습니다. 조사를 하려면 사람이 필요하지요. 사람이 오면 그런 역할을 할 사람이 필요하고요. 그래서 료넨 스님은 처음부터 지사로서, 가쿠탄 스님은 관수로서 명혜사에 들어오셨소."

　"흐음, 하지만 따지고 보면 다이젠 스님이 관수가 되어도 괜찮은 게 아닙니까?"

　"그런 사정은 저도 모릅니다. 다이젠 노사님은——— 소승이 입산했을 때, 당시에는 아직 일흔 정도이셨는데, 처음에는 고원(庫院)에서 전좌 같은 일을 하셨소."

　"전좌? 요리를?"

　"그렇습니다. 본디 선사(禪寺)의 조직은 지사와 두수(頭首)로 이루어져 있습니다. 지사는 경리와 관리를 담당하고 두수는 수행의 실무를 담당합니다. 두수는 수좌(首座), 서기(書記), 장주(藏主), 지객(知客), 지전(知殿), 지욕(知浴)의 여섯 직책입니다. 두수를 서반(西班), 지사를 동반(東班)이라고 부릅니다. 하지만 이것은 사원의 규모나 종파에 따라 다르지요. 명혜사는 아시다시피 혼합되어 있어서 처음에는 좀처럼 잘 굴러가지 않았습니다. 지금 같은 형태로 정해진 것은 아마 쇼와 14년(1939)의 일일 겁니다. 그때까지 료넨 스님이 혼자서 하시던 서무를 분담해, 직세는 유켄 스님, 전좌는 다이젠 스님, 소승이 유나를 맡게 되었고 료넨 스님은 감원이 되었소."

　"그것은 말하자면 행각승의 수가 늘었기 때문에 조직을

정비했다는 뜻입니까?"

"———꼭, 그런 것은 아니지만———이것은, 글쎄요———사람이 늘었다기보다 명혜사가 입문승을 받아들인 탓이 큽니다. 그 전까지는 각자가 데려온 시승(侍僧)밖에 없었기 때문에 조직은 필요하지 않았습니다. 처음으로 명혜사에 잠도(暫到)가 입산한 것은 쇼와 13년의 일. 그때는 다섯 명이었던가요."

"네? 으음, 쇼와 13년이라면 아마 지안 씨가 절에 들어오신 해가 아닙니까?"

마스다는 수첩을 넘겼다.

"———아아, 역시 맞네요."

"그렇습니다. 지안 스님도 그 해에 입산한 승려 중 한 명입니다. 아직 열세 살 정도였지만———그러니 지안 스님은 소승과 달리 다른 곳에서 온 승려가 아니지요. 명혜사가 키운 승려입니다."

지안은 이 산에서 승려가 된 것일까.

그는 그 절에서 불법을 배우고, 그 건물에서 좌선을 하고———.

그———우리 속에서———.

"아무래도 쓸데없는 강론만 길어진 것 같소만———."

조신은 마스다의 안색을 살피면서 스스로 궤도를 수정했다.

"———그 후 몇 번인가 직책이 바뀌고 결국 지안 스님이 감원이 되셨소. 그때 료넨 스님의 일이 다시 문제가 되었습니다. 지안 스님은 역시나 료넨 스님과 심하게 대립했습니다. 그래서 소승과 유켄 스님이 '남전참묘' 일화를 지안 스님께 이야기했지요. 그랬더니———."

"그랬더니요?"

조신의 푸르죽죽한 얼굴이 한층 더 어두워졌다.

"지안 스님은, 왜 그때 죽이지 않았느냐——— 고 하셨소."

"그것 참 과격하군요."

"지안 스님은 이렇게 말씀하셨소."

——— 조주 스님만큼 뛰어난 기지를 발휘하는 것은 무리라 해도 남전 선사처럼 베어 죽일 수는 있지 않았습니까. 죽여야 했습니다.

"소승은 그때 오싹했소. 헛소리가 아니라 진심이라고밖에 생각할 수 없었거든요."

"하지만 고양이와 사람은 다르지 않습니까."

"사람을 죽이든 고양이를 죽이든 불살생계를 깨면 지옥에 떨어지는 것은 마찬가지요. 남전 선사는 그것을 알면서도 고양이를 죽인 것입니다. 다시 말해서 실로 생사를 건 각오로 제자들에게 길을 설법한 것이지요. 무릇 사가(師家)나 선가(禪家)라고 불리는 자라면 그 정도의 각오가 필요하다고——— 지안 스님은 그런 뜻으로 말씀하신 거라고, 그때는 그렇게 생각했습니다만."

조신은 거기까지 말하고는 정면에서 왼쪽으로 얼굴을 돌리더니 축 늘어진 듯이 방바닥을 보았다. 겨우 그 동작만으로도 선승 특유의 위엄은 깨끗이 사라지고 말았다.

"———— 료넨 스님이 살해되었다고 들었을 때는, 솔직히 말해서 그때의 일이 생각났습니다. 전혀 생각하지 않았다고 하면 거짓말이지요."

"그럼 조신 씨, 당신은 지안 씨가 료넨 씨를 죽였다고 생각한 겁니까?"

"그렇지는 않소. 지안 스님 개인을 의심한 것은 아니지만————."

조신은 말꼬리를 흐렸다.

교고쿠도가 물었다.

"지안 스님이 감원이 되신 것은 언제입니까?"

"전쟁 중의 일입니다. 젊은 승려가 차례차례 출정하고, 소승들이 데려온 중견 승려는 모두 전사하고 말았거든요. 그때까지 수좌를 맡고 계셨던 지안 스님이 감원을 맡게 되셨지요. 전쟁 후에는 지객도 겸임하게 되었소."

"수좌라는 것은———— 수행승의 우두머리지요?"

"뭐, 그렇습니다. 그는 우수한 학승(學僧)이었습니다."

"하지만 전쟁 중에 지안 씨는 아직 열아홉이나 스무 살이었을 텐데요. 그것은 엄청난 발탁이 아닙니까?"

"다른 승려는 더 어리거나, 경험이 부족했소."

"그렇군요. 그래서 조신 스님, 명혜사에서 키워낸 지안 스님은 대체 어느 분의 법계입니까?"

"법계? 그것은 무슨————."

"명혜사는 혼합종파인데, 그 안에서 키워냈다면 대체

어떤 종파가 되는 걸까 하는 생각이 들어서요. 듣자 하니 지안 스님은 임제승이라면서요? 그것은 예를 들면 다이젠 노사님의 제자라든가, 료넨 스님의 제자라든가, 그렇게 되는 겁니까?"

"아아. 그런 뜻이었구려 ─── 현재는 각각의 지사가 몇 명씩 행각승을 맡아 수행을 지도하고 있습니다. 하지만 지안 스님이 입산하신 당시에는 잠도도 각 파에서 와 있었기 때문에 각자에게 일단은 사계(寺系)나 법계가 있었소. 지안 스님에게도 우리 절에 게이안 스님이라는 스승님이 계셨습니다. 그 분에게 득도(得度)를 받고 그 분의 소개로 명혜사에 왔지요. 게이안 스님은 다이젠 스님의 사형 되시는 분으로, 당시에는 일 년에 한두 번 오곤 하셨는데 전화에 휩쓸려 돌아가셨소. 그럼 그 게이안 스님은 어떤 법계였느냐 하면 ─── 소승은 잘 기억나지 않지만 ─── 그렇군요, 지안 스님은 소위 말하는 응등관(應燈關)의 한 파, 그중에서도 하쿠인 선사를 존경하는 것 같았소."

마스다가 끼어들었다.

"응등관이라는 건 뭡니까? 일일이 말허리를 자르는 것 같아 죄송하지만."

교고쿠도가 대답했다.

"응등관이란 말일세, 마스다 군. 대응국사(大應國師) 난보 조묘[南浦紹明]†, 대등국사(大燈國師) 슈호 묘초[宗峰妙超]††, 무

---

† 가마쿠라 시대의 임제종 선승(1235~1309)으로 난보 조묘부터 슈호 묘초와

상대사(無相大師) 간잔 에겐[關山慧玄]†의 응(應)과 등(燈)과 관(關)을 딴 임제종의 법계일세."

"그것은 뭔가 특수한 건가요?"

"마스다 군이 말하는 특수하다는 게 무슨 뜻인지 모르겠지만 ——— 특수하지는 않겠지요?"

마스다가 약간 진지한 말투가 되어 말했다.

"저기 말입니다, 무식한 경찰관에게는 선(禪)의 모든 것이 특수합니다. 사나흘 접하다 보니 조금씩 아는 것 같은 착각에 빠지고 있지만 역시 모르겠어요. 그저께 다이젠 노사님의 이야기를 듣고 조금 알 것 같더니, 지금 조신 씨의 이야기를 듣다 보니 또 모르겠군요. 하나의 절 안에서 일어난 사건인데 아무래도 하나의 가치관으로는 딱 잘라 말할 수가 없어요. 이게 만일 기업 내 범죄라면 아무리 관계자가 많아도 이렇게 혼란스럽지는 않을 겁니다. 물론 개인의 사상이나 지향은 전부 다르겠지만, 만일 동기가 영리 목적이라면 어떤 사상을 배경에 갖고 있든 영리 목적임에는 변함이 없거든요. 하지만 이번 사건은 무엇을 물어도 횡설수설입니다. 이래서는 손을 쓸 수가 없다고요."

"——— 그렇군. 아무래도 얘기가 복잡해질 테니 대략

간잔 에겐으로 연결되는 법계를 응등관이라 하며, 현재 일본 임제종은 모두 이 법계에 속한다고 할 수 있다.

†† (앞쪽)가마쿠라 말기의 임제종 선승(1282~1338)으로 교토에서 대덕사를 창건했다.

† 가마쿠라 말기의 임제종 선승(1277~1361)으로 난보 조묘의 법계를 계승했다.

적인 선종의 역사 정도는 알아 두는 게 좋으려나. 경찰
도."

교고쿠도는 그렇게 말하며 턱을 문질렀다.

"그렇습니다. 가르쳐 주십시오. 수사가 걸핏하면 막혀
서 아주 죽겠습니다. 기초를 몰라서 얼마나 고생을 했는
지. 다이젠 씨의 이야기도 이해하기 쉬웠지만 절반 정도는
상상으로 메운 거라―――."

그것은 나도 마찬가지였다. 보통은 이런 경우에는 공부
를 한다고 마스다는 말을 이었다.

"경찰관도 으스대기만 하는 건 아닙니다. 특수한 환경
에서 발생한 사건을 해결하는 경우에는 책도 읽고, 직접
범죄와 상관이 없는 이야기도 들으면서 이해하려고 노력
하지요. 하지만 여기에서는 그럴 수도 없습니다. 뭐라고
할까―――."

시간의 흐름이 조금 다르거든요, 하고 젊은 형사는 곤란
한 듯이 말했다.

"스님들도 바쁘고요. 유유히 이야기를 들을 수 있을 만
한 느긋한 전개가 아니에요. 그러니―――저기, 이런 기
회는 좀처럼 없는 셈입니다. 어떠십니까, 선에 대해서 가
르쳐 주시면 안 될까요?"

마스다는 교고쿠도를 보았다.

"나한테 말하는 건가? 나는 문외한일세. 조신 스님 같은
선승 앞에서 나 따위가 설명을 하는 것은 어불성설이고,
마음이 내키지 않는데―――."

"아니, 알고 있습니다. 다만 구와타 씨에게 직접 들어도 ——— 제가 이해할 수 있을 것 같지는 않아서요. 이야기가 어려운 게 아니라 제가 너무 무지해서 질문도 못 하겠어요. 조예가 깊은 민간인 분께서 통역이라도 해 주시지 않으면 말입니다."

"통역?"

"소승은 수행승이지 역사학자가 아니오. 듣자 하니 귀하께서 설명은 더 잘하실 것 같습니다."

조신은 그렇게 말했다.

"뭐, 새삼스럽다는 기분도 들지만 조신 스님께서 그렇게 말씀하신다면 그렇게 할까요. 경찰에게 협조하는 것은 민간인의 의무이기도 하니까요. 스님은 지루하시겠지만 ——— 제가 틀리거든 정정해 주십시오."

교고쿠도는 그렇게 말하고 몸을 틀어 나와 아츠코를 보았다.

그 얼굴을 보고 나는 이 전개도 그가 의도한 것임을 금세 알아차렸다. 평범한 방법을 사용할 친구가 아니다. 다만, 그가 무엇을 하려고 하는지 나는 알 수가 없었다.

그리고 갑자기 강의는 시작되었다.

"이제부터 이야기하는 것은 선(禪)의 지극히 피상적인 흐름일 뿐입니다. 깊은 부분까지는 쉽게 이야기할 수 있는 것이 아니에요. 아니, 쉽더라도 이야기할 수 없습니다. 말로 표현할 수 없는 것이 선이지요. 따라서 저는 선에 대해서 이야기하는 것이 아닙니다. 선의 흐름에 대해서 이야기하는 것이라는 사실을 양해해 주셨으면 합니다. 자, 이야기할 필요도 없는 데서부터 시작할 수밖에 없으려나요. 선의 기원은———."

마스다가 곧 끼어들었다.

"달마지요? 다이젠 씨도 그렇게 말했어요."

확실히 그것은 틀린 말이 아니고 그저께 다이젠도 그렇게 말했다.

그러나 교고쿠도는 한쪽 눈썹을 추켜올렸다.

"마스다 군. 바보 같은 소리를 해서는 안 되네. 선의 기원은 석가님일세. 불교이니 당연하지."

"예에? 그렇게까지 거슬러 올라갑니까?"

"물론이지. 석가님이 만년에 영취산(靈鷲山)의 정상에서 설법을 하셨을 때의 일일세. 그날따라 석가님은 아무 말씀도 하지 않으셨네. 그리고 잠자코 가까운 곳에 피어 있던 금바라화라는 꽃을 비틀어 보이셨네. 제자의 대부분은 뭐가 뭔지 알 수 없었지만 단 한 사람 마하가섭이라는 제자가 그 모습을 보고 싱긋 웃음을 지었네. 그것을 보고 석가님은 이렇게 말했지. 나에게 정법안장(正法眼藏), 열반묘심(涅槃妙心), 실상무상(實相無相), 미묘법문(微妙法門),[†] 교외별전(敎外別傳),[††] 불립문자(不立文字)[†††]가 있으니 마하가섭에게 전하

[†] 정법안장: 모든 것을 꿰뚫어 보고, 모든 것을 간직하는, 스스로 체득한 깨달음. 열반묘심: 번뇌와 미망에서 벗어난 오묘한 깨달음의 마음. 실상무상: 생멸계를 떠난 불변의 진리. 미묘법문: 진리를 깨닫는 마음.

[††] 경전 외의 특별한 전승이라는 의미. 스스로 체득한 깨달음은 언어나 문자

노라―――다시 말해서 말로 할 수 없고 글로 쓸 수 없는 가르침을 전부 마하가섭에게 전했다는 뜻이지. 어쨌든 마하가섭이 미소를 지은 이것을 염화미소(拈花微笑)라고 하는데 이것이 선의 시작일세. 그렇지요?"

조신은 말없이 고개를 끄덕였다.

"이렇게 마하가섭은 석가님에게 의발(衣鉢), 즉 옷과 바리때를 물려받았네. 이 마하가섭에게서 그 말로 할 수 없는 가르침―――의발은 가섭의 제자 아난에게, 또 그 제자에게 스물일곱 번 물려지고 스물여덟 번째, 천 년 가까이 지나서 겨우 달마에 이르는 걸세. 달마는 인도의 선에서는 28대조야. 그 후 달마는 중국으로 건너가 선을 전했네. 다시 말해 중국에서 달마는 선을 전파한 자, 중국 선에서는 개조(開祖)일세."

"뭐야. 역시 기원은 석가님이군요―――."

마스다는 미묘한 얼굴을 했다.

"―――달마가 생각한 게 아니었군요."

"하지만 보제 달마가 어떤 의미로 선의 시조라는 것도 확실하네. 현재까지 이어진 선의 기본은 달마에서 완성되었지. 석가에서 물려받은 '불립문자', '교외별전'에 '직지인심(直指人心)'†, '견성성불(見性成佛)'††을 더한, 소위 말하

―――――――――――――――――
에 의한 가르침으로 전달할 수 없으므로 따로 마음에서 마음으로 그 깨달음을 전함.

††† (앞쪽)깨달음의 진리는 문자로 표현할 수 없으므로 문자에 집착하지 않음.

† 직역하면 사람의 마음을 곧바로 가리킨다는 뜻으로 자기 마음을 바로 잡을 것, 즉 생각하거나 분석하지 말고 스스로를 파악하라는 의미.

는 '선의 사성구(四聖句)'는 달마가 주창한 것이라고 하네 ─── 뭐, 사실은 당나라 시대에 만들어진 것인 모양이니 달마가 주창했다는 것은 수상쩍긴 하네만───."

"말 자체는 후세에서 만든 것이겠지만 그것이 보제 달마의 마음이었겠지요. 이심전심(以心傳心), 전해진 마음을 후세 사람들이 기록한 것입니다."

조신은 그렇게 말했다. 교고쿠도는 고개를 끄덕인다.

"그럴지도 모르지요. 어쨌거나 이 시대의 선은 사자상승(師資相承)이라는 형태로 전해졌네. 다시 말해서 한 명의 스승에서 한 명의 제자에게 잔에서 잔으로 물을 옮기듯이, 의발─── 법은 물려진 셈일세. 그 수는 달마부터 세어서 여섯 번. 이 사이에 선은 계속 탄압을 받았네. 그랬지요?"

조신은 짧게 대답했다.

"그렇지요. 하지만 여섯 번째, 즉 6대조가 문제입니다. 여기에서 선은 둘로 갈라졌소."

"한 명에게 전해지는 것인데 후계 다툼이라도 있었습니까?"

"뭔가 이상한 비유지만 그렇다네. 5대조 홍인에게는 많은 제자가 있었는데 그중에서도 우수했던 자가 대통 신수(大通神秀)라는 사람으로, 이 사람은 요새 말하는 수재 엘리트였네. 이 신수가 바로 6대조가 되─── 어야 했는데

---

†† (앞쪽)인간이 본성을 깨치면 누구나 부처가 될 수 있다는 의미. 즉 본래의 마음을 깨치면 바로 깨달음의 경지에 이를 수 있다는 뜻.

여기서 생각지도 못한 복병에게 그 자리를 **빼앗기고** 말은 걸세. 그 사람이 대감 혜능(大鑑慧能)이라네."

"뭔가 다툼이 있었던 겁니까?"

"아니. 혜능이라는 사람은 나무꾼으로, 글자도 제대로 읽지 못하는 못 배운 자였네. 칠백 명이나 되는 홍인의 제자 중에서는 가장 최하층의, 쌀 찧는 어린 중이었지. 그런데 어찌된 셈인지 덥석 법을 물려받게 되었네. 하지만 그걸로 주류파가 잠잠해질 리도 없어서, 혜능은 의발을 물려받은 뒤 남쪽으로 도망친다네. 실제로는 도망친 것이 아닌 모양이지만 이해하기 쉬우니 그런 것으로 해 두는 게 좋겠네."

"왜 남쪽으로?"

"혜능이 본래 광동성의 신주 출신이었다는 사실이 이유가 될 수도 있겠지. 어쨌든 광동 부근은 당시 문화의 변경이었지만 혜능은 그곳에 뿌리를 내리고 지방 중심의 포교를 시작했네. 한편 신수는 도성 ——— 장안이나 낙양을 중심으로 활동하면서 한때는 절대적인 세력을 자랑했지만 ———이것은 끊기고 말았지. 혜능의 선을 남종선, 그에 비해 신수의 것을 북종선이라고 하네만."

"남북으로 갈라지고 만 거군요?"

"하지만 신수가 북종이라고 자칭한 것은 아니었겠지요."

조신이 말했다.

"그렇지요. 북이라는 것은 혜능이 보기에 북쪽이지 신

수에게는 자신이 북이라는 인식은 없었을 테고, 우선 자신이 정통이라고 믿는 자에게는 남이고 북이고 없었을 테니까요. 하지만 북종은 끊겼어요. 이것은 교의 운운하는 문제라기보다도 안사의 난 등에 의한 사회 정세의 격변으로 지지층을 잃은 것이 큰 원인 아니었을까요. 점오(漸悟)의 북종선에 비해 남종선은 돈오(頓悟). 귀족 중심의 북에 비해 농민 중심의 남——— 이런 구도는 남종이 살아남음으로써 승패를 결정하게 됩니다. 이것은 결과적으로 중국 불교가 교학불교에서 실천불교로 전개되는 것을 앞당기게 되었지요."

교고쿠도는 고개를 돌려 나를 힐끗 보았다.

나는 왠지 모르게 목을 움츠렸다.

왠지 조금 신경이 쓰였다.

그런 먼 옛날의 일이 어째서 신경 쓰였는지, 그것은 역시 알 수 없었다.

마스다가 말했다.

"과연, 북과 남은 지지층의 기반에 차이가 있었던 셈이군요. 귀족이나 상류계급 중심과 농민이나 하층계급 중심이라는. 도시형과 지방형이라고 할까, 중앙과 주변이라고 할까——— 중앙유착형은 확실히 정변에는 약하지요. 그래서 북은 쇠퇴했다는 거군요———그런데 교의라고 할까 수행이라고 할까, 그것도 남북이 다릅니까?"

"그렇지. 북종선은 수행을 계속하면서 천천히 점점 깨달아 가네. 남종선은 깨달을 때는 단번에 깨닫지."

"수행하지 않아도요?"

"그렇지는 않네. 남종의 깨달음——돈오라는 것은 단계적으로, 또는 서서히 깨달음의 단계에 이르는 북종과 대비되어 '금세 깨닫는다'는 것 같은 인상으로 받아들여지기 쉽지만, 본래 돈오의 '돈'은 시간적 경위를 나타내는 말이 아니고, 그렇지, 오히려 철저한 현실 긍정에 뿌리를 둔 탈락한 깨달음이라고 할까——."

"하지만 돈오를 제일 처음 설법한 것은 도생(道生)[†]이 아니었습니까? 그렇다면."

조신이 나 따위는 모르는 차원에서 이의를 제기하고, 교고쿠도는 거기에 대답했다.

"——그렇군요. '이체론(二諦論)'이었던가요? '불성당유론(佛性當有論)'이었던가요——그러면 즉시 깨닫는다고 해석해도 지장은 없으려나요. 어차피 돈오는 점오보다 차원이 높은 종교적 입장이라는 견해가 침투한——."

"아하. 교의에서도 남이 압승을 거둔 셈이군요."

"그렇지요. 다만 그렇다고 해서 선종의 흐름이 한 줄기가 되었느냐 하면 그렇지는 않습니다. 이 6대조 혜능에게는 또 몇 명의 제자가 있었는데, 그중에서 매끄럽게 7대조가 뽑혔느냐 하면 그게 또 문제여서——그렇지요, 스님?"

이 물음에 대답한 조신은 약간 침착해진 것 같았다.

---

† 중국 동진(東晉)의 승려(?~434). 돈오성불설(頓悟成佛說) 등을 주장해 당시 다른 학승들의 배척을 받았으나 이후 중국에서 활동한 인도 승려, 담무참(曇無讖)의 《열반경(涅槃經)》이 번역됨으로써 그의 설이 널리 인정을 받았다.

"조동종에서는 7대조가 청원 행사(靑原行思)†로 되어 있습니다. 이것에 대해서는 6대조는 누구인가 하는 논의도 포함해서 약간의 문헌 등도 남아 있는데―――."

"북종의 보적(普寂) 선사가 7대조로 나섰던 적도 있고, 상당한 혼란이 있었던 모양이더군요. 남종의 신회(神會)가 이의를 제기하며 자신이야말로 7대조라고 했다나요. ≪중화전심지선문사자승습도(中華傳心地禪門師資承襲圖)≫에는 보적과 신회가 둘 다 7대조라고 적혀 있고요."

"잘―――아시는군요―――그런 것은 소승도 모르는 일―――."

"적혀 있는 것을 읽기만 하는 것이라면, 글만 알면 누구든지 할 수 있습니다. 저는 책방 주인이니 놀라실 것도 없지요. 하지만 북종선이 쇠퇴한 후에 남종 안에서도 반(反) 신회파 중에서 7대조는 청원이다―――라는 움직임이 생겼던 것은 사실입니다. 그리고 그 후에 또 한 명의 뛰어난 제자, 남악 회양(南嶽懷讓)††을 7대조로 미는 일파까지 나타났어요. 하지만 생각해 보면 이것은 어느 쪽이든 상관없는 일이고, 결국 혜능의 제자 중 가장 후세에 영향을 준 사람이 청원과 남악이었다는 것만은 분명합니다. 다시 말해서 이 두 사람을 7대조로 하든, 7대조는 없다고 보든, 그것은 어느 쪽이든 마찬가지지요. 여기서 남종선은

---

† 중국 당나라 때의 선승(?~740). 혜능의 제자로 남악 회양과 함께 그의 법통을 계승했다.

†† 중국 당나라 때의 선승(677~744)으로 남종선의 거봉이다. 15세에 출가했으며 혜능 밑에서 크게 깨달았다.

또 둘로 나뉜 것입니다."

"그———청원과 남악으로요?"

마스다의 그 발음은 아무리 봐도 한자로 어떻게 쓰는지 모르는 것 같았다.

"그렇습니다. 의도하지는 않았겠지만 남종도 청원계와 남악계로 나뉘고 말았어요. 남악계에서는 마조 도일(馬祖道一)†, 백장 회해(百丈慧海)†† 등의 훌륭한 승려가 많이 나왔지요. 그리고 그것은 또 두 갈래로 나뉘어서 한쪽은 위앙(潙仰), 그리고 다른 한쪽은 임제 의현의 등장에 의해 임제종으로 결실을 맺게 되는 것입니다."

"아, 이제야 들어 본 이름이 나오네요."

마스다가 안심한 듯이 말했다. 나도 똑같이 생각했다. 그러나 생각해 보면 겨우 며칠 전까지는 그 임제 의현조차 내게는 친숙하지 않은 이름이었다.

"한편 청원계는———조동종 입장에서 보자면 이쪽이 본류(本流)라는 의견도 있겠지만———운문종(雲門宗), 법안종(法眼宗)이라는 두 종파를 배출하고, 또 동산 양개, 조산 본적(曹山本寂)†††의 법계를 이어받는 형태로 탄생한 것이 조산의 조, 동산의 동을 딴 조동종입니다."

"그렇군요!"

---

† 중국 당나라 때의 선승(709~788). 남악 회양의 법맥을 이었으며 그가 이룬 홍주종파(洪州宗派)는 임제종으로 발전했다.

†† 중국 당나라 때의 선승(749~814). 마조 도일을 만나 사사했다. 황벽 희운은 그의 제자이다.

††† 중국 당나라 때의 선승(840~901). 동산 양개가 그의 스승이다.

마스다가 손뼉을 쳤다.

"그래서 이쪽은 청원 7대조라고 하신 거군요. 조동종은 청원계인 거네요."

"뭐, 그렇겠지요. 이렇게 해서 중국 선, 특히 남종은 당나라 시대에는 오가칠종(五家七宗)이라는 말까지 나오게 되고 중국 불교계를 석권합니다."

한동안 입을 다물고 있던 아츠코가 발언했다.

"오가라는 것은 그 위앙, 임제, 운문, 법안, 조동을 말하는 거지요? 칠파라는 것은 뭔가요?"

"그 다섯 중에서 임제종이 다시 황벽파와 양지파로 나뉘었거든. 이 두 파를 더해서 일곱 개가 되는 것이지. 임, 운, 위, 조, 법은 오위(五緯)이고 양지, 황벽이 오파에 더해지는데, 또한 태양 태음이 칠요(七曜)를 이루는 것과 같다 ———."

후반은 무언가에서 인용한 것이겠지만 나는 역시 알지는 못한다.

교고쿠도는 거기까지 말하고는 자세를 바로 했다.

"그럼 여기서 드디어 우리나라의 선으로 옮길 수 있겠군요. 일본에 처음으로 선을 들여온 사람은 일반적으로는 천태승이었던 에이사이[榮西]† 선사 ——— 라고들 하지요. 그는 두 번 송나라에 들어가 천태산에서 임제종 황룡파의 선을 배우고 그것을 가지고 돌아왔어요. 하지만 이것은 금방 뿌리를 내린 것은 아니었어요. 천태종의 배척

† 일본 가마쿠라 시대 승려(1141~1215). 도겐과 함께 일본에 선종을 소개했다.

을 받으며 꽤나 고생했어요. 다만 철저하게 막부에 기대는 태도를 관철하며 다른 종파와 공존하려고 했기 때문에 단절되는 일은 없었습니다. 그 내용도 진언이나 천태를 배려한 겸수선(兼修禪)이었어요. 그래도 선은 선. 에이사이 선사의 평가가 갈리는 까닭은 당시의 권력에 타협적인 태도를 취했기 때문이지만 그렇지 않았다면 오늘날의 선은 없었을지도 모르니 나름 평가는 받아야 합니다. 하지만 같은 시기에 에이사이와 다른 형태로 흥선 활동(興禪活動)을 했던 사람이 있어요. 다이니치보 노닌[大日房能忍]입니다."

그 이름은.

─── 어디선가 들은 적이 있다.

"일반적인 지명도가 높은지 낮은지 저는 모릅니다. 노닌에 대해서는 정확한 기술도 적지요. 하지만 니치렌[日蓮] 상인(上人)† 같은 사람은 정토종의 호넨[法然]†† 과 노닌을 나란히 칭하며 비방했으니, 나름대로 영향력은 있었을 겁니다."

"저는 ─── 못 들어봤어요."

아츠코가 말했다. 확실히 에이사이에 비하면 못 들어본 이름이지만 나는 어디선가 들었다. 그것도 바로 최근의

---

† 가마쿠라 시대의 승려(1222~82). 일련종(日蓮宗)의 개조이다. 12세에 불문에 들어가 각지에서 여러 종파를 공부하다가 ≪법화경≫에 의해서만 말세의 국가 평안도 있을 수 있다는 것을 깨닫고 1253년에 일련종을 열었다. 본문의 '상인'은 승려를 높이 이르는 말이다.

†† 헤이안 말기에서 가마쿠라 초기에 살았던 일본의 승려. 정토종의 개조.

일이다———.

"노닌은 흥선 활동을 했지만 독학을 한 사람이라는 말도
있었고 누구를 사사한 것도 아니었어요. 하지만 사법(嗣法)
을 중시하는 선종이니 누군가의 법계에 속할 필요가 있었
지요. 그래서 송나라에 사람을 보내 법을 잇게 해 달라고
부탁했어요."

"그렇게 얼렁뚱땅———."

"그랬다네. 노닌은 결국 일본에 있으면서 임제종 양지
파의 졸암 덕광(拙庵德光)에게 사법을 허락받고, 정상(頂相)†
과 달마상, 선적(禪籍)을 받았네."

"아아! 그것은 거기에 있던 《위산경책》을 받았다는
둥 출판했다는 둥 하는———."

생각이 났다. 그것은 그 파묻힌 곳간에서 들은 이름이
다. 역시 교고쿠도는 단순히 선의 역사를 이야기하기 위해
이 자리를 계획한 것이 아니다. 그렇다면———.

교고쿠도는 누구를 어떻게 하려는 것일까? 그가 지금
붙잡으려고 하는 자는———구와타 조신일까? 그렇다면
그는———그런 것은 충분히 잘 아는 선승이 아닌가. 이
런 강의에 무슨 의미가 있을까?

교고쿠도는 아주 잠깐 나를 돌아보고,

"그렇다네. 잘 기억하고 있었군, 세키구치 군. 그래, 그

---

† 선종에서 스승 또는 고승의 초상화를 말함. 인가(印可)의 증거로 스승의 정
상을 제자에게 주었다. 중국 북송 시대에 성행했으며 일본에는 가마쿠라
시대에 전해져 무로마치, 에도 시대에 성행했다. 양식은 사실적이며, 일본
의 초상화 발달에 큰 영향을 미쳤다.

말이 맞네———."

하고 말했다. 그리고 이어서 이렇게 말을 맺었다.

"———그리고 노닌은 '일본 달마종'이라는 한 종파를
일으켰네."

"들은 적이 없는데요. 기억하기 쉬운 이름인데."

"그야 그럴 걸세, 마스다 군. 이것으로 황룡·양지, 양파
가 모두 일본에 전해지기는 전해졌어요. 하지만 에이사이
는 어떨지 몰라도 노닌은 살해되고 말았———지요?"

조신은 아무 대답도 하지 않았다.

"살해되었다고요?"

마스다가 한 박자 쉬고 나서 이상한 목소리로 말했다.

"걱정하지 않더라도 가마쿠라 시대의 일이니 시효는 지
났네, 마스다 군. 어쨌거나 에이사이도 노닌도 탄압을 받
은 것은 틀림없고, 그 뒤에 기성 교단이 있었던 것도 틀림
없어요. 노닌의 달마종은 선양(宣揚) 정지 처분을 받고 맙니
다. 노닌의 제자들은 산야로 내려가 선을 퍼뜨렸고, 이윽
고 도겐의 문하에 들어가 영평 교단———조동종을 형성
하는 중요한 역할을 했지요."

"그랬———던가요."

조신은 패기가 없었다.

"하지만 에이사이는 아까도 말한 것처럼 권세와 적절한
거리를 유지하며 흥선 활동을 계속했습니다. 거점을 가마
쿠라로 옮겼고, 그 결과 막부와의 관계도 더욱 밀접해지지
요. 이것이 나중에 도움이 되었어요. 에이사이는 교토에

건인사(建仁寺), 가마쿠라에 수복사(壽福寺)를 건립합니다. 그리고 ——— 드디어 도겐이 등장하지요."

이제야 도겐이다 ——— 나도 그렇게 생각했다. 석가에서부터 이야기했으니 당연하다. 공부는 되지만 아무 도움도 되지 않는다.

"도겐은 천태승으로서 연력사(延曆寺), 원성사(園城寺) 양쪽에서 공부한 후 ———."

그러니까, 연력사 ——— 산문(山門)과 원성사 ——— 사문(寺門)에 대해서는 얼마 전에 들은 참이다. 쥐 스님이 나오는 대목이었다.

"——— 다시 건인사에 들어갔고 그 후 에이사이의 제자인 묘젠[明全]과 함께 송나라로 건너가서 구도(求道) 끝에 천동 여정을 만나 그의 법을 사사한 후 일본으로 돌아옵니다. 여정은 조동종이었습니다. 이렇게 해서, 거의 처음으로 임제 이외의 선이 전해진 셈입니다. 하지만 도겐은 심한 탄압을 받지요. 물론 에이잔[叡山]에서 말입니다. 그리고 건인사의 승려와도 결별하게 돼요. 그야 그렇겠지요. 도겐이 사사한 것은 조동종. 아득히 멀리 6대조 혜능까지 거슬러 올라가지 않으면 임제종과는 합류하지 못하니까요 ———."

"선사(禪寺)의 타락에 실망한 거라는 말도 있습니다."

조신은 역시 힘없이 말했다.

안정을 찾은 만큼 기력이 쇠한 것 같다.

교고쿠도는 그렇군요 하고 고개를 끄덕이면서 물었다.

"하지만, 예를 들어 경행(經行) 하나만 보아도 조동과 임제는 작법(作法)이 다르지 않습니까?"

"그것은 ——— 그렇소만."

"경행이라니요?"

"뭐, 간단하게 말하자면 걸음걸이입니다. 차수당흉(叉手当胸)†은 다르지 않지만 조동종에서는 일족반보(一足半步), 즉 한 호흡을 하는 동안 반 보를 걷지요. 임제에서는 빠른 걸음으로 휙휙 걷고요. 조동 우보(牛步), 임제 호보(虎步)라고 합니다."

나는 법의 소매를 부풀리며 달리던 지안의 모습을 떠올렸다. 확실히 시원스러웠다.

"그리고 그렇게 달렸으니 제가 보기에 함께 수행을 할 수 있었을 것 같지는 않아요. 어쨌거나 도겐은 건인사를 나와서 백산계(白山系) 천태종이나 달마종 잔당 등의 도움을 얻어, 이윽고 에치젠[越前]††에 영평사를 열게 되는데요 ——— 한편 가마쿠라를 중심으로 권세와 결탁한 임제종 쪽은 속속 사원을 건립하고, 중국에서 무학 조원(無學祖元) 등의 승려를 불러 그 세력을 더욱더 넓혔습니다. 그 결과가 오산 사원(五山寺院)이고 오산파 교단(五山派教團)이지요. 처음에 호조 사다토키†††가 정지사(浄智寺)를 오산(五山)에 넣었고, 이하 건장사, 원각사, 수복사 등에 차례차례 오산의

---

† 왼손을, 엄지를 안으로 하여 쥐고 오른손으로 감싸 가슴에 댄 자세. 사찰 예법의 하나이다.

†† 현재의 후쿠이 현 중북부.

††† 가마쿠라 막부 제9대 집권(쇼군을 보좌하여 정무를 총괄하던 최고위직).

369

칭호가 주어져 가마쿠라 오산이 정해집니다. 후에는 교토 오산도 정해졌지요. 이것은 중국 남송을 흉내 낸 것입니다. 중국의 오산은 인도의 오정사(五精舍), 천축 오산을 본뜬 것이라고 하지만 이것은 억지로 갖다 붙인 듯한 느낌이 있지요."

"그렇 ——— 습니까?"

조신은 고개를 푹 숙였다.

"글쎄요, 옳은지 아닌지는 알 수 없지만 제 사견으로는 중국 남송의 오산은 풍수입니다. 한족의 문화를 정통(正統)으로 만들고 또한 강화하기 위해 실시한 마법 같은 것이지요. 나중에 불교적 근거를 부가하려면 불전(佛典)에서 찾을 수밖에 없고, 불전은 인도의 것이기 때문에 그렇게 되었을 뿐이지 인도를 흉내 낸 것은 아닐 겁니다. 하지만 우리나라의 오산 ——— 이것은 중국을 본뜬 것입니다."

"오산이란 산 다섯 개 ——— 가 아니라는 것 정도는 경찰관인 저도 알고 있지만, 그."

"하하하, 이것은 숫자가 아니라 칭호라네. 요컨대 사격(寺格), 높은 절의 지위지. 오산 중 제일이라고 하면 제일 높은 걸세. 다섯 번째라 하더라도 일반적인 절보다 훨씬 높네. 이 경우는 높다고 표현해도 되겠지. 남북조에서 무로마치로 넘어오면서 그 오산 사원을 정점으로 하는 사격 통제가 착착 진행되었고, 여러 번의 서열이나 선정 변경을 거친 후 무소 소세키 일문이 두각을 나타내면서 교토의 남선사(南禪寺)가 '오산의 상(上)'이라는 엄청나게 높은 절이 된 덕분에 교토의 오산이 우위라는 형태로 자리 잡았네."

"그래서 히에라르키(Hierarchie)†가 거의 정해졌다?"

"거의. 하지만 당연히 그 흐름에 가담하지 않은 종파도 있네. 그 종파들은 '오산'에 대응해서 '임하(林下)'라고 불렸다네. 조동종과, 임제종 계열에서는 대덕사(大德寺)파와 묘심사(妙心寺)파 ——— 즉 아까 나온 응등관의 한 파지."

"아아, 이제야 나왔군요."

마스다는 안심한 모양이었지만 이번에는 아츠코가 물었다.

"대덕사라니, 하지만 ——— 사격은 높지 않았나요?"

"높지. 이 대덕사의 슈호 묘초 ——— 응등관의 등은 무소와 어깨를 나란히 할 정도의 그릇이었거든. 거기에 주목한 것이 그 왜, 바로 고다이고 천황이야 ———."

고다이고 천황 ———.

작년. 우리는 그 고다이고 때문에 심한 일을 당했다.

"——— 고다이고 천황은 이 슈호에게 흥미를 보였고, 바로 그 건무(建武) 신정(新政)†† 때 대덕사에 남선사와 같은

---

† 상하 피라미드형으로 서열화 된 위계제도의 질서 또는 조직을 가리키는 말. 본래는 로마 가톨릭 교회의 교의에서 천상의 천사들의 서열을 의미했으나, 뜻이 바뀌어 교회 조직의 계층 질서를 가리키게 되었으며 나아가 중세봉건제의 신분질서를 의미하게 되었다. 현재는 군대나 큰 조직의 관료제 질서를 가리킨다.

†† 고다이고 천황이 원흥 3년(1333) 6월, 가마쿠라 막부를 토벌하고 천황의 친정(親政)에 의한 복고적 정권을 수립한 것. 기록소나 잡소, 결단소를 설치하고 일반 정무나 소송 문제를 처리했으나 무사계급의 불만을 해소하지 못해 2년 남짓 만에 남북조의 내란이 일어난다.

사격을 줘 버렸지. 아마 별로 큰 흥미도 없었을 텐데 말이다. 그러면서 고다이고는 무소에게 귀의하기도 했어."

"양다리군요" 하고 마스다는 말했다.

"그렇지. 무소는 점점 오산 내에서 세력을 확대해 갔네. 슈호는 무소의 라이벌이라 무소의 일대 세력과 친하게 지내기 어려웠어. 게다가 무로마치 시대가 되자 막부는 십만 주지제라는 것을 실시했네. 오산 사원은 법계와 상관없이 막부에서 임명한 자를 주지로 두어야 했어. 대덕사는 예부터 내려오는 사자상승(師資相承)을 지키고 있었기 때문에 결과적으로 오산에서 떨어져 나올 수밖에 없었지. 이렇게 임하계 ——— 응등관이나 조동종은 중앙을 떠나 지방에 뿌리를 내리게 되었네."

"흐음, 조동종도 지방 기반인가요? 아아, 원래 에치젠이었던가요? 영평사는 어디에 있습니까?"

"후쿠이 현."

"——— 그렇군요. 교토나 가마쿠라와는 떨어져 있네요. 도겐 씨라는 분은 아까 그 ——— 누구였지요? 으음, 중국의, 여섯 번째 ———."

마스다는 이제 성실한 청강생 같다.

"혜능 말인가?"

"맞아요. 그 사람과 비슷하지 않나요?"

"중앙과의 유착을 싫어하고 지방으로 도망친 점이 비슷하다는 건가? 과연 그러고 보니 그렇군. 임제 쇼군, 조동 백성이라고도 하지. 스승을 만나 돈오를 얻고 사법에 이르는 장면도 많이 비슷해. 마스다 군은 형사치고는 눈썰미가 좋군. 뭐, 나 자신은 도겐과 혜능은 결정적으로 다르다고 생각하네만————— 어떻습니까? 조신 스님."

"확실히 비교될 때도 있지요."

마스다는 의기양양하게 말했다.

"말하자면 지방에 기반을 둔 교단은 정변이 일어났을 때도 살아남기 쉽잖아요?"

"일본은 중국 같은 극적인 정변은 없으니까."

"어머나, 그런가요? 그럼 그 오산은 그 후에도 쇠퇴하지 않고, 없어지지도 않고 계속————."

"아니, 아니, 그렇지도 않아. 오산이라는 것은 일반 절에서 십찰(十刹)†, 그리고 오산으로 스님이 점점 출세할 수 있는 구조를 갖고 있는 것이고, 이것은 기업과 마찬가지야. 계속 올라가면 눌러앉고, 안정되면 타락하지. 한번 떨어지면 좀처럼 돌아가기는 어려워."

"아아, 알 것 같아요, 알 것 같습니다" 하고 마스다가 과장스럽게 말했다.

"사장을 그만둬도 회장이 되거나 고문이 되거나 해서 꼭대기에 계속 남는 노인네는 많으니까요. 바람이 잘 통하지 않게 되면 타락하지요. 기업이 아니더라도, 경찰도 마

---

† 임제종에서 오산에 이은 사격(寺格)을 가진 열 개의 절. 중국에서 시작되었으며 일본에서도 1341년 무로마치 막부가 정묘사(浄妙寺), 선흥사(禪興寺), 성복사(聖福寺), 산성만수사(山城万壽寺), 동승사(東勝寺), 상모만수사(相模万壽寺), 장락사(長樂寺), 진여사(眞如寺), 안국사(安國寺), 풍후만수사(豊後万壽寺)를 지정했다. 후에 여러 번 개정되어 16세기 말에는 전국에 60여 개가 되었다.

찬가지니까 그런 일은 있을 수 있겠지요."

"뭐, 경찰에 대해서는 모르겠지만, 오산 사원은 권세의 비호를 받아 국가의 문화·학예의 중심적 기능을 하면서도 최종적으로는 문화인이 모이는 살롱처럼 전락했네. 하지만 임하의 여러 파들은 그 사이에 그야말로 간난신고(艱難辛苦), 고심참담(苦心慘憺) 하며 흥선 활동을 계속했어. 어쨌거나 오산의 융성기는 선종이 정권과 가장 강하게 결합된 시기이고, 당연히 선종이 가장 번영한 시기이기도 하다는 사실은 틀림이 없지만 말일세. 한때는 스물네 개나 되는 선파(禪派)가 있었을 정도라네. 그 후, 전국 시대가 되자 무장들은 하나같이 선승과 친교를 맺었지만, 임하에 비해 오산 계열의 활동은 약간 생기를 잃게 되었네. 정권 기반이 안정되었을 때에야말로 권세를 휘두를 수 있는 구조이니 어쩔 수 없지. 임하의 종문(宗門)은 단련된 만큼 뿌리 깊게 살아남았어."

"역시 정변에 강하군요. 조동종은 지방 시대에 파고들어 세력을 확대했겠네요. 대성공이에요."

"그렇게 단순한 것도 아니고, 교단은 크기만 하면 좋다는 것도 아니네만——— 영평 교단이 전국 시대에 확대된 것은 사실일세. 도겐이 죽은 후, 교단 확대의 시비에 대해서는 조동도 두 파로 갈렸던가요?"

조신은 처음으로 표정을 흐리며 이의를 제기했다.

"갈렸다는 표현은 좀 그렇구려. 도겐 선사의 고고한 선풍을 따르는 자와 민중에 널리 그 가르침을 퍼뜨리려고 하는 자로 ———."

"갈린 것 맞지 않습니까" 하고 마스다가 말했다.

"반석 같은 단결은 아니게 된 거잖아요. 보수와 혁신이로군요."

"보수와 혁신 ——— 이라고요?"

조신은 곤란한 듯한 얼굴을 했다.

마스다는 그제야 승려들의 말과 형사의 말 사이에서 타협점을 찾아낸 모양이다. 나름대로 대화가 되고 있다.

"마스다 군이 말하는 혁신파는 4세 게이잔 조킨[瑩山紹瑾]†이 되려나? 게이잔 선사는 조직을 만드는 재능이 뛰어났던 모양입니다. 포교 대상을 지방 무사나 농민 중심으로 압축해서 전개한다는 작전도 게이잔 선사의 노력에 기인한 바가 컸지요?"

"하지만 주지 윤주제의 도입 등으로 교단의 문파 분열을 막은 것도 게이잔 선사입니다. 그러니 게이잔 선사는 교단 확대의 공로자이지, 보수파에 대한 혁신파라고 부르는 것은 ——— 역시 좀 그렇소이다."

조신은 납득이 가지 않는다는 분위기였다. 지금까지는 어땠는지 몰라도 이것은 자신이 신앙하는 종파의 이야기이니 당연할 것이다. 교고쿠도는 선선히 물러섰다.

"알겠습니다. 그 말씀이 옳습니다. 확실히 조동종은 표면적으로 영평사파와 총지사파 등으로 나뉘지는 않았어

---

† 일본 조동종의 승려(1268~1325). 영광사(永光寺)와 총지사를 열었다. 그의 사후 한때 제자들의 노력으로 그의 종파는 일본 최대의 종파가 되기도 했다.

요. 양조양본산(兩祖兩本山)†이고 게다가 사격(寺格)은 영평사가 상위로 자리잡았고, 특별한 다툼도 없지요."

조신은 고개를 끄덕였다.

"기겐[希玄]†† 도겐은 조동종의 ─── 본인은 그렇게 부르시지는 않았지만 ─── 종지수행(宗旨修行)의 기반을 만드신 분. 게이잔 조킨은 교단 문도(門徒) 조직의 기반을 만드신 분. 어느 한쪽이 없어도 우리 종파는 성립하지 않습니다. 한 명이라도 많은 중생을 구제하는 것이 종교의 역할이라면, 아무리 귀한 가르침이라 해도 그냥 산에 틀어박혀 있어서는 아무 소용도 없지요. 이것을 '지관타좌'를 정도로 삼는 도겐의 가르침에 반한다고 말씀하시는 분들도 개중에는 계시지만, 소승은 그렇게는 생각하지 않소. 이렇게 많은 민중의 지지를 얻고 전국 각지에 많은 도장과 사원이 생긴 까닭도 도겐 선사의 가르침이 훌륭한 것이었고, 또한 그것이 올바르게 전해졌기 때문입니다."

"그렇군요, 잘 알겠습니다. 분명히 ─── 명혜사에는 조동종 스님이 한 분 더 계셨지요. 나카지마 유켄 스님이었던가요."

"그렇습니다."

"그 부분에 대해서는, 유켄 스님도 조신 스님과 같은 견해이십니까?"

---

† 일본 조동종은 영평사를 연 도겐을 개조(開祖)로 하고, 총지사를 연 게이잔을 태조(太祖)로 삼는 양조, 양본산을 둔 독자적인 교단이다.

†† 도겐의 호.

"예———?"

조신은 허를 찔린 듯 한순간 당황했다.

"왜 그런 말씀을?"

"아니오. 다른 뜻은 없습니다. 이런 이야기를 들을 수 있는 기회는 저도 그리 많지는 않으니까요."

"예에——— 그 분은——— 소승이 보기에도 훌륭한 수행승입니다. 다만."

"다만?"

"유켄 스님은 특히 교단이나 조직에 대해서는 무관심하셨소."

"즐겨 말씀하시지 않았다는 뜻입니까?"

"아니, 싫어하셨소. 그런 이야기는 희론(戱論)이라고 하셨지요."

"희론?"

"수행에 도움이 되지 않는 무의미한 논의라는 뜻——— 이지요? 그러면 유켄 스님은———."

"아니오, 그런 뜻은."

"알겠습니다. 당신과는 달랐군요."

"그야——— 소승과는 다르겠지요. 그 사람은 충분했는지도 모르겠지만."

조신은 시선을 방바닥으로 떨어뜨렸다.

"알겠습니다. 그럼 마스다 군. 하던 이야기로 돌아가지. 여기까지 왔으면 이제는 간단해. 임하의 임제종에게는 환주파(幻住派)†의 활동이나 지방 유력 사원의 대두 등, 놓쳐

377

서는 안 될 사항이 몇 개 남아 있긴 하지만 약해지면서도 권위만은 계속 유지하던 임제 오산계 사원과 지방에서 세력을 확대한 조동종 ——— 이라는 구도를 유지한 채, 시대는 에도 시대로 넘어오게 되네. 거기에 은원 융기가 황벽파를 가져왔지. 이것이 자극이 되어 선은 활성화되었네. 어쨌거나 은원 하면 당시에는 유명한 고승(高僧)이었고, 그런 사람이 가져온 것이었으니 말일세. ≪은원어록 (隱元語錄)≫ 같은 것은 흔히 읽히곤 했겠지."

"그랬던 것 같소."

"은원이 일본으로 건너온 것에 대해서는 내란을 피하기 위한 망명 비슷한 면도 있었고, 게다가 받아들이는 일본 측에도 한바탕 실랑이가 있었던 모양이지만 이것은 어떤 의미로 획기적이었다는 사실에는 틀림이 없네. 일본의 선은 옛 시대에 씨앗을 수입해 일본의 토양이 길러내고 꽃을 피워 결실을 맺은 것이지만, 은원의 선은 중국의 토양에서 자란 것이거든. 같은 씨앗이라도 육성 환경이 다르면 맺는 열매도 다르지. 특히 은원의 선풍은 선에 정토종적인 요소를 도입한 참신한 교의였네. 조동종도 영향을 받았지요?"

"구체적으로 어떻다고는 말씀드릴 수 없습니다만."

"유켄 스님은 잘 아시지 않습니까?"

"예?"

---

† (앞쪽)중봉 명본(中峰明本)의 파. 중봉 명본은 중국 원나라 시대의 선승으로 '환주도인(幻住道人)'으로 불렸으며 일본에도 큰 영향을 미쳤다.

"예를 들어 유켄 스님은 황벽선을 높이 평가하시지는 않습니까?."

"그것은 ——— 글쎄요, 모르겠습니다."

"그렇습니까? 뭐, 영향을 받았든 반발했든, 큰 자극이 된 것은 사실이겠지요. 그것은 임제계에 대해서도 마찬가지였는데, 이 황벽의 염불선(念佛禪)에 반쯤 반발하듯이 쇠퇴하고 있던 임제의 본류(本流) ——— 응등관의 한 파가 서서히 다시 숨을 쉬게 됩니다. 그리고 에도 시대 중반기에 접어들어, 이 응등관의 흐름을 잇는 일본 임제종 중흥의 공로자, 하쿠인 에카쿠가 등장하지요. 하쿠인은 기성 선종 교단에 대한 반케이 등의 통렬한 비판을 역으로 비판적으로 도입해, 종래의 공안선을 새롭게 했어요. 이것은 널리 서민에게도 ——— 진의가 전해졌는지 아닌지는 별도로 치고 ——— 친숙해졌습니다. 공안선의 일본적 전개는 선의 침투에 크게 공헌했지요."

그 말에 조신은 "거기에 대해서는 이의가 없습니다" 하고 말했다.

"이렇게 임제 · 조동 · 황벽, 현재의 일본 선종은 이 시대에 대략 원형을 갖추었어요 ———."

교고쿠도는 의미심장하게 조신을 보았다.

"자, 조신 스님의 적절한 주석을 받아 가며 아주 대충, 그리고 수박 겉핥기로 선의 역사를 이야기해 보았는데 ——— 조금은 도움이 되었나? 마스다 군."

"흐음, 조금 똑똑해진 것 같은 기분이 드는데요."

마스다는 이마를 긁적이며 그렇게 말했다. 예비지식이 늘어서 수사를 원활하게 진행할 수 있겠다 ——— 는 정도의 감상일 것이다. 그때 교고쿠도는 몸을 비스듬히 돌려 뒤쪽으로 조용히 물렸다. 나와 아츠코는 장애물이 사라지자 조신과 직접 얼굴을 마주하게 되었다. 명혜사 내 율전에서 대견했을 때와는 상당히 분위기 달랐다. 그것은 조신 스님이 겁을 먹었다거나 기운이 없다거나, 그런 것은 아니다.

이곳은 산이 아니다.

이물은 조신이다.

명혜사에서 우리가 이물이었던 것처럼.

예를 들어 지안 스님이 이 센고쿠로를 찾았을 때 ——— 그때는 지안 스님이 있던 방이 절 안과 마찬가지로 이계(異界)로 변했다. 그러나 지금의 조신 스님에게는 그때의 지안 스님처럼 주위에 결계를 칠 정도의 위력이 없는 것이리라. 지금 이 방에 결계를 친 것은 아무래도 승려가 ——— 아닌 것 같다.

교고쿠도는 말했다.

"이 ——— 천 년에 이르는 일본 선의 역사가 명혜사에는 그대로 들어 있어요. 명혜사는 마치 선의 모형정원 같습니다. 의도적인 것은 아니더라도 명혜사는 일본의 선사(禪史)를 담은 별천지 같은 곳이 된 것 같군요."

마스다는 이상하다는 얼굴을 했다.

"흐음, 그건 무슨 뜻입니까?"

"가령 지안 스님이라는 분은 응등관 일파의 후예, 하쿠인 선사에게 경도되어 있다고 조신 스님은 말씀하셨지요. 돌아가신 다이젠 노사님은 아무래도 오랜 전통을 가진 훌륭한 오산 임제승의 선풍이었던 것 같고요. 다시 말해서 다이젠 스님과 지안 스님 사이는 삼백 년이 벌어져 있는 것입니다. 이것은 서로 친숙해질 수는 있을지도 모르지만, 같은 토양에 설 수는 없지요. 유켄 스님을 초기 영평 교단, 이쪽에 계시는 조신 스님을 게이잔 이후의 조동종으로 대입하면 더욱 알기 쉽습니다."

"과분한 말씀———을."

조신은 얼굴을 흐렸다.

"물론 비유입니다. 현실은 그렇게 도식대로 되어 있는 것은 아니에요. 이것은 도겐을 혜능에 비유해 풀이하는 거와 같은 것. 소위 말하는 방편입니다. 그리고 료넨 스님은———잇큐이고, 쇼산이고, 반케이지요———다시 말해서 당신들 모두의 안티테제였던 셈입니다."

마스다가 팔짱을 끼며 말했다.

"아아, 그리고 보니 경찰은 명혜사 승려의 상관관계를 아무래도 파악하기가 어려워서 어려움을 겪고 있었습니다. 어째서 같은 종파인데 마음이 맞지 않는 것인지, 어째서 서로 다른 종파인 사람이 동일한 대상을 똑같이 나쁘게 말하는 것인지. 같다고 해도 같지 않은 것이로군요. 흐음, 조금, 아주 조금이나마 알기 쉬워진 기분이 드네요."

교고쿠도는 이제 마스다에게는 볼일이 없다는 얼굴을

하고,

"하지만 제게는 아무래도 알 수 없는 것이 딱 한 가지 있습니다———."

하고 말하며, 이번에는 분명하게 조신을 응시했다.

"———이들을 통솔하는 관수님은——— 대체 어느 위치에 계시는지."

관수의 종파———.

생각해 보면 그런 것은 지금까지 아무도 신경 쓰지 않은 것이었다.

조직 전체는 여기저기서 긁어모은 것이고 혼합이겠지만, 개인은 다르다. 선승이라면 임제나 조동 어느 법계도 아닌, 어느 종파에도 속하지 않는 승려——— 라는 것은 있을 수 없을 것이다. 경찰도 파벌의 역학관계를 파악하고 싶었다면 우선 가장 위에 있는 사람이 어느 파벌에 속하는지를 물어야 했었다.

조신은 한순간 공허한 눈을 했다.

그리고,

"가쿠탄 선사님은———조동종은 아니오."

하고 말했다.

교고쿠도는 그 말을 듣자 눈을 살짝 가늘게 뜨며,

"그렇군요. 모르시는 겁니까. 그러면———."

하고 말하더니 자신의 정좌한 무릎을 철썩 때렸다.

조신은 흠칫하며 어깨를 떨었다.

"당신을 죽이려고 하는 것은 누구입니까?"

"그, 그것은———."

"죽고 싶지 않다, 죽는 것이 무섭다, 그것은 당연한 일입니다. 선승이라고 각오를 하고 있을 수는 없어요. 그렇다면 솔직하게 말씀하셔야 합니다."

"하, 하지만———."

"세상은 밥을 먹고 돈을 벌고 잠을 자고 일어나고, 그후에는 죽을 뿐이다———그런 것은 어쩔 수 없다는 것을 알고 허세를 부리는 거지요. 사는 것이나 죽는 것이나 매한가지라면 죽음을 각오하는 것은 삶을 각오하는 것이기도 합니다. 어려워하실 필요도, 허세를 부리실 필요도 없어요. 억지로 참는 것도 안 됩니다. 말을 바꾸지요. 당신을 죽이려 한다고, 당신이 생각하고 있는 사람은———."

"그것은———."

"그것은 나카지마 유켄 스님이지요?"

"그, 그렇습니다."

"네? 그, 그게 사실입니까! 우와, 이거 큰일인데!"

확실히 의외의 결론이었다.

일어서려고 엉덩이를 든 마스다를 교고쿠도가 막았다.

"됐네. 마스다 군. 앉게."

"하지만 추젠지 씨."

"우선 나카지마 씨는 경찰의 감시 하에 있으니 서두를 것은 없네. 게다가 나카지마 씨가 범인이더라도 노릴 상대는 이곳에만 있으니까."

조신은 후우, 하고 크게 숨을 내쉬었다.

"추젠지 님. 귀하는 어떻게―――그 사실을."

그렇다. 어디에 힌트가 있었는지, 나는 전혀 알 수가 없었다. 마치 독심술이나 어림짐작―――어느 쪽도 교고쿠도와는 인연이 없겠지만―――같다고 생각할 수밖에 없었다. 나는 '남전참묘'의 일화로 보아 가장 의심스러운 것은 지안―――이라고 생각하고 있었을 정도다.

그러나 교고쿠도는 의외의 말을 했다.

"조신 스님. 걱정 마십시오. 저는 어림짐작으로 말씀드렸을 뿐입니다. 어쨌거나 저는 명혜사에 대해서는 아무것도 모르고, 판단 재료가 없으니까요."

"하지만 귀하는 웬만한 선승보다 더 많은 지식을 갖고 계시는 것 같소."

"무슨 말씀이십니까, 조신 스님. 이 정도는 누구나 알고 있습니다. 자, 여기에 있는 마스다 군은 형사입니다. 경찰은 국민을 지키기 위해 있지요. 당신은 이 마스다 군에게 몸을 지켜 달라고 할 권리가 있어요. 그러니 속내를 드러내는 것이 좋을 겁니다. 지금, 여기서."

교고쿠도는 석가를 현혹하는 마라(魔羅)[†]처럼, 낮은 목소리로 속삭이듯이 말했다. 선승은 눈꺼풀에 힘을 주고 크게 숨을 들이쉬더니, 결국 그 유혹에 졌다.

"소승은 처음에―――료넨 스님이 살해되었다는 소식

―――――――――――――――――――
† 승려의 수행을 방해하는 악마.

을 들은 순간, 한때는 지안 스님을 의심했습니다. 하지만 냉정하게 생각하면 그런 일이 있을 리 없지요. 료넨 스님은 절에만 있지는 않았고 게다가 절 밖에서 살해되었으니 외부인의 소행일 거라고 생각을 바꾸었습니다. 그런데 다이젠 스님이 살해되자, 이것은 경고라고 ———."

"다음은 너다, 조심하라는?"

"네."

"어째서입니까? 어째서 료넨, 다이젠 스님 다음은 당신입니까?"

"그것은 뇌파조사와 관계가 있겠군요."

"맞습 ——— 니다."

아츠코가 말했다.

"그러고 보니 다이젠 노사님은 이번 조사에 찬성한 것은 료넨 스님과 ——— 여기 계시는 조신 스님이라고 하시지 않았던가요? 노사님 본인도 찬성하셨고 지안 스님이 반대했다고."

"맞아요, 맞아. 다이젠 씨는 조신 씨, 당신이 무리하게 추진했다고 했어요. 어? 잠깐만요. 그때 ——— 분명히 유켄 씨는 어느 쪽이든 상관없었다는 말도 하시지 않았습니까? 그렇지요, 세키구치 씨."

"그랬지."

마스다의 말이 옳다. 노사의 말투로 보면 정면에서 반대한 것은 지안뿐인 듯한 인상이었다.

조신은 흥분한 듯이 말했다.

"아니오. 유켄 스님은 반대했소. 지안 스님과 달리 입 밖에 내지 않았을 뿐이고 사실은 가장 반대하셨소! 소승은 조사가 실시되기로 결정되고 나서——— 얼마나 고민했는지 모르오. 소승은 그 분의 무언의 압력을 견디지 못하고 있었습니다."

"하지만 그렇게 유켄 씨가 무서웠다면 그만두지 그랬습니까. 일단 받아들이긴 했지만 역시 싫다고, 편지든 뭐든 보냈으면 될 텐데."

"통신사업은 료넨 스님이 하고 계셨소. 그 분은 조사에 찬성하고 있었습니다. 게다가 노사님도 관수님도, 최종적으로는 지안 스님까지 납득하셨소. 허락하는 답신도 지안 스님이 쓰셨고. 소승 혼자의 뜻으로 이제 와서 거절할 수는 없게 되고 말았소."

"하지만 유켄 씨도 싫으면 싫다고 했으면 될 텐데요. 말은 안 하지만 사실은 반대라니, 그건 기각입니다. 다수결로 민주적으로 결정을 내린 거잖아요. 검토 중에 의견도 말하지 않고 그러다니, 그것은."

"그 사람은 그런 사람이오."

"아까는 훌륭한 수행승이라고 했잖아요."

"그러니까 그 사람은 훌륭한 수행승일 뿐입니다."

그때 교고쿠도가 마스다를 제지하듯이 말했다.

"그 말씀으로 미루어 보자면——— 유켄 스님은 본인의 수행이 완성되는 것에만 집착하고 계셨다는 뜻입니까?"

조신은 다시 흠칫 경련하더니 약하게 대답했다.

"그런 식으로 말씀하시면, 조금 다른 것 같은 기분이 듭니다만———."

"뭐, 그것은 잠시 옆으로 제쳐 둡시다. 유켄 스님이 어떤 사람이든, 당신의 눈에는 그렇게 비쳤다는 뜻이겠지요."

"——— 그렇습니다."

왠지 조신은 빈틈투성이다. 마스다가 즉시 그 빈틈을 파고들었다.

"그럼 백 보 양보해서 유켄 씨가 뇌파측정에 부정적이었던 것은 인정한다 해도 그, 지안 씨는 정면에서 반대했었던 거잖아요? 만일 그 뇌파측정 반대가 이번 살인의 동기라면 우선 지안 씨를 의심하는 것이 도리겠지요. 아까 그 고양이를 죽이는 이야기도 그렇고, 제가 듣기에는 그 사람이 훨씬 더 수상해요."

그 말을 받은 것은 아츠코였다.

"하지만 마스다 씨. 만일 뇌파측정이 동기라면——— 저는 그런 건 동기가 될 수 없다고 생각하지만——— 지안 스님은 오히려 범인으로 상정하기 어려워요."

"어째서요?"

"왜냐하면 지안 스님은 지객과 감원을 겸할 정도의 실력자니까요. 진심으로 반대했다면 얼마든지 저지할 수 있었을 거예요. 실시하기로 결정된 후에 그것을 중지하기 위해 살인까지 저지를 필요성은 전혀 없어요. 무엇보다 답신을 준 것은 지안 스님 본인이잖아요. 아무리 다수결로 결정되었다 해도, 관수의 결재가 내려졌다 해도, 불살생계를 범하면서까지 이의를 제기할 정도의 신념이 있었다면 직접 답장을 썼을까요?"

"그야 그렇지만──── 그런 겁니까? 조신 씨."

마스다의 물음에 조신은 표정을 굳히며 어색하게 대답했다.

"지안 스님은 분명히 심하게 반대하시기는 했지만, 이번 조사는 결국 그 분과는 무관한 게 되었소──── 그러니 그 사람이 범인이라고는 생각할 수 없습니다. 아니──── 그것은 절대로 있을 수 없는 일이오."

"근거라도 있습니까?"

"근거는 있습니다. 게다가 지안 스님은 적어도 료넨 스님을 살해한 범인일 수는 없습니다. 우선, 뭐라고 하나요, 그, 그때 거기에 계시지 않았다는 증거──── 알리바."

"아아, 알리바이."

"맞소. 경찰의 이야기에 따르면 료넨 스님이 살해된 것은 실종된 날 밤의 일이라고 하는데, 그날 밤에 소승은 지안 스님과 함께 있었습니다. 소승은 생각하는 바가 있어, 지난 한 달 정도 스스로 야좌(夜坐)를 하고 있습니다. 그날 밤에도 선당에 있었습니다. 거기에 지안 스님이 시승(侍僧)을 데리고 오셨습니다."

"아아, 그러고 보니 그것은 첫 번째 사정청취 때 들었군요. 지안 씨도 같은 말을 했어요──── 잠깐. 아니, 그 사람은 얼굴이 보이지 않기 때문에 진짜 그것이 당신인지 아닌지는 알 수 없다고 했지요———당신은 알 수 있었습니까?"

"그야 알 수 있지요. 아니, 소승은 어떨지 몰라도 지안 스님은 나중에 오셨으니, 설령 얼굴이 보이지 않더라도 소승이 누구인지 모르셨을 리 없는데."

"얼굴이 보이지 않는데 어떻게 압니까?"

"앉는 장소———단(單)은 각자 정해져 있습니다."

"아아, 지정석인가요? 그럼 알겠군요. 하지만 당신은 어떻습니까? 좌선을 하고 있는 동안에는 집중하잖아요? 등을 돌리고 있으면 누가 들어왔는지는 알 수 없을 텐데요."

"좌선 중에는 자는 것이 아니오. 눈을 감고 있는 것도 아니고. 신경은 날카롭게 곤두서서 평소보다 사물은 잘 보이고 소리도 잘 들리지요. 선당에서 바늘을 떨어뜨리면 앉아 있는 승려는 모두 알아차릴 거요. 어디쯤에 몇 명이 앉았는지는 보지 않아도 알 수 있소. 그것은 지안 스님이었소."

"그 말이 사실이라면———갑자기 알리바이가 생기는군요."

"그뿐이 아니오. 실은———뇌파측정의 실험대상이 될 행각승은 소승과 유켄 스님의 제자, 즉 조동계 승려 중에서 고른다는 것이, 지안 스님이 조사를 승낙한 조건이었습니다."

"아———그것 참."

설령 어떤 조사 결과가 나오더라도 임제계 승려와는 상관이 없다는 뜻이다. 마스다도 그렇게 생각한 모양이다.

"──그렇게 되는 건가. 하지만 당신은 그런 불리한 조건까지 수락하면서, 그때는 유켄 씨의 동의를 얻었다고 생각한 겁니까?"

"그 조건을 제안한 것은 료넨 스님이었습니다. 측정되면 곤란한 것 아니냐고 주장했더니, 그렇다면 그렇게 해라, 그럼 불만은 없겠지 하고 말씀하셨소. 소승은 상관없다고 생각했고, 적어도 유켄 스님은 그런 것은 아무래도 상관없다고 생각할 거라고──그때는 생각했습니다."

"상관없지 않았군요."

"──상관없지 않았겠지요. 하지만 지안 스님은 할 테면 하라──고 말씀하셨소. 료넨 스님이나 다이젠 노사님이 왜 측정에 찬동하셨는지──그 진의는 소승도 모르지만, 가쿠탄 선사님도 그렇게 하면 되겠다고 하셨지요. 그러니 조사를 싫어하는 것은 조동계 사람. 아니, 유켄 스님밖에 없소."

"그렇군요. 그런데 조신 씨. 당신은 어째서 그렇게 열심히 뇌파측정을 실시하기를 바란 겁니까? 바랐다기보다 집착하고 있었다는 느낌이잖아요."

"그것에 대해서는──꼭 듣고 싶군요. 조신 스님."

잠시 형사를 내버려두고 있던 고서점 주인은 그 한마디로 다시 주도권을 얻었다.

"다이젠 노사님이 조사에 찬동하신 이유는, 노사님 본인의 입으로 여기 계시는 분들이 들었습니다. 료넨 스님의 기분도 대강 상상이 가는군요. 하지만 당신이 그렇게 과학 조사에 열심이신 이유는———뭐, 모르는 것도 아니지만———아직 확실하지가 않아요."

"그것은 단지."

"후학을 위해 들려주시기 바랍니다."

"하지만."

"만일 정말로 누군가가 당신을 노린다면 그것은 그, 당신이 안고 있는 이유 때문에 그가 당신을 노린다는 것과 같은 뜻이 되겠지요."

교고쿠도는 품에서 팔을 꺼내어 자신의 턱을 문질렀다.

"불염오수증(不染汚修證)†을 수행하시는 조동의 선승께서 어떤 이유로 과학 같은 것에 몸을 맡기기에 이르렀는지, 저로서는 몹시———흥미가 있어요."

조신은 버티듯이 힘을 주고 있던 오른쪽 어깨를 늘어뜨렸다.

"그것은———뭐라고 말씀드려야———좋을지."

마라는 턱에서 손을 떼고 위로 들어 올려 이마에 늘어진 머리카락을 쓸어 올렸다.

"무엇부터든, 어디서부터든 말씀하시지요. 스님."

"아아———."

선승은 다시 달콤한 말에 굴복했다.

---

† 오염되지 않은 수행과 체험. 순수한 수행과 체험.

"소승이 ——— 득도한 것은 쇼와 원년(1926)의 일입니다. 당시에는 대학생이었습니다. 절에서 태어난 것도 아니고 스스로 원해서 출가한 것이었소. 그 무렵에는 선이 무엇인지도 모르고, 그냥 건방진 소리를 지껄이며 한 출가였습니다."

"건방지다니요?"

"세상의 무상함이 어떻다는 둥 ——— 젊은 사람이 한 번은 빠지는 현실도피였던 것 같소. 하지만 소승의 스승님은 엄격한 분이었습니다. 소승은 처음 일 년 만에 나가떨어졌지요. 하루 종일 작무를 하고 예법에 얽매이는 생활은, 어리석은 애송이의 착각을 파괴하기에 충분했습니다. 그로부터 십 년 동안, 소승은 그 스승님 밑에서 수행했소. 하지만 수행은 되지 않았지요. 소승은 어디에도 이르지 못하고 명혜사로 보내졌소. 그리고 한 번 철저하게 부서진 세계관을, 스승님 없이 혼자서 다시 구축해야만 했습니다 ———."

나는 상상했다.

눈에 가로막힌 산길을 오르는 젊은 유켄과 조신의 모습을. 눈을 밟는 소리. 부드럽게 우는 산새.

이 푸르죽죽한 얼굴을 한 승려는 그때 명혜사의 ———.

이 산의 포로가 된 것이다 ———.

왜일까. 나는 그렇게 생각했다.

"——— 함께 입산한 유켄 스님은 소승보다 여덟 살 정도 위였는데, 그 무렵 이미 지금의 선풍(禪風)을 확립하고 계셨소. 소승은 그 분께 큰 영향을 받았습니다."

"하지만 아까 당신은 유켄 스님의 사람 됨됨이에 대해서 이렇게 말했어요. 그 사람은 훌륭한 수행승일 뿐━━━ 이라고. 그 말씀은 아무리 들어도 칭찬처럼 들리지 않았는 데요━━━제가 잘못 들은 걸까요?"

은근한 말투지만 심술궂은 질문이다. 이렇게 마라는 상 대방의 껍질을 한 장씩 벗긴다. 그리고 대치하는 사람은 맨몸을 드러내게 된다.

"그것은━━━그렇습니다. 아뇨, 그랬습니다. 하지만 소승은 유켄 스님의 선풍을 헐뜯을 생각은 없소. 오히려 그것은 옳은 방식이라고 생각하오. 유켄 스님은 정당합니 다. ≪정법안장≫의 〈변도화(辨道話)〉에도 있다시피 단전 정직(單傳正直)†의 불법은 최상 중에 최상이고, 참견지식 (參見知識)††의 처음부터 나아가 분향·예배·염불·수참 (修懺)·간경(看經)†††을 이용하지 않고, 오직 타좌(打坐)하여 신심탈락(身心脫落)††††함을 얻으라━━━그저 오로지 앉아 있는 도겐 선사의 선풍을 강하게 따르고, 그러면서도 거 기에 그치지 않고 공부도 많이 하셨지요. 아니, 이것은 말로 얼버무리는 것이 아니오. 소승은 정말로 그렇게 생

---

† 글이나 말이 아니라, 거짓이나 꾸밈이 없는 바르고 곧은 마음으로 전함.

†† 지도자를 상견하고 가르침을 받는 것.

††† 불교에서 참회하는 의식을 수참이라 하고, 소리 내며 경전을 보는 것을 간 경이라 한다.

†††† 선종에서, 몸과 마음이 온갖 번뇌와 망상에서 벗어나 자유자재한 무심 의 경지에 들어감을 이르는 말.

각하고 있었소. 같은 종문의 사람으로서 존경하고 있었
소."

"그렇군요. 그러면 유켄 스님은 종통복고(宗統復古)적인
생각을 갖고 계셨던 ——— 것은 아닙니까?"

종통복고, 다시 말해서 원점회귀라는 뜻이리라.

아무리 단순한 구조의 교의라 해도 긴 역사를 거쳐 전해
지다 보면 반드시 왜곡되고 복잡해지는 법이다. 그런 경
우, 어떤 시점에서 반드시 원점으로 돌아가려는 움직임은
발생한다. 조동종에도 과거에 그런 일은 있었을 것이다.

조신은 교고쿠도가 한 질문이 의도하는 점을 곧 알아들
었다.

"아아, 그래서 귀하는 아까 황벽 운운하셨군요. 아니,
복고운동의 첫째는 일사인증(一師印證)†, 스승의 면수사법
(面授嗣法)††이 흐트러진 것을 바로잡으려고 한 면이 컸던
모양이지만 ——— 그렇기 때문에 더욱이 에도 시대의 복
고운동은 율법을 중시하는 황벽선에 자극을 받아 일어난
것이지만 ——— 유켄 스님은 그런 것은 그리 중시하지 않
으셨던 것 같소."

"그러면 어떤?"

"그 분은 ——— 그저 도겐 선사처럼 수행하고 도겐 선

---

† 선승은 한 스승에게 사법(嗣法)하면, 그 후에는 다른 스승에게 사법하지
않음을 의미한다.

†† 스승이 법문(法門)의 비법을 글이 아닌 말로 전수하는 일. 인도에서는 옛
날부터 불전을 글로 전하는 일은 그 신성함을 해치는 것이라 하여 구전
의 방법으로 많이 전수했는데 면수는 여기서 유래했다고도 한다.

사처럼 깨닫는 것을 이상으로 삼으셨소. 《영평청규(永平淸
規)》[†]에 따라 도환(道環)[††]의 행지(行持)를 행하고, 그 후에
는 오직 타좌를 할 뿐. 유켄 스님은 실로 훌륭한 좌선을
하셨소. 좌선에 일관된 그 무엇이 있었습니다."

"그것은 대단하군요."

"예. 유켄 스님과 소승은 스승이 다르지만, 다시 말해서
법계는 다르지만 조동종은 임제만큼 크게 법계가 나뉘어
있지는 않습니다. 따라서 소승은 유켄 스님의 선풍을 접하
고 매우 감탄했소. 하지만———."

조신의 표정은 불가해하게 무너졌다.

"——— 말하자면 그것은 ——— 그것뿐이었습니다."

교고쿠도는 자기 뜻대로 되었다는 듯한 얼굴을 했다.

"충족되어 있었다?"

"그렇소. 충족되어 있었습니다. 소승은 도저히 그 경지
에는 이를 수 없었소. 그래서 그냥 앉아 수행했습니다. 하
지만——— 안 되었소."

"안 되다니요?"

마스다가 흥미를 가졌다.

"앉아 있어도 안 된다는 것은, 예를 들자면 그 잡념이
뭉게뭉게 끓어오른다든가. 식욕이 솟아오른다든가, 말하
자면 그런 일이라도 있는 겁니까?"

"그런 일도——— 없는 것은 아니겠지만 소승이 말하

[†] 일본의 도겐 선사가 중국의 《백장청규》를 모방해 지은 글.

[††] 진리는 둥근 바퀴(고리) 모양을 이루어 그 끝이 없다는 뜻.

는 것은 그런 뜻이 아니오. 말하자면 좌선을 오래 계속하면 분명히 잠이 올 때가 있소. 그것은 혼침(昏沈)이라고 하지요. 그런 경우는 경책으로 맞게 됩니다."

"아아, 맞는군요. 자면 안 되는 거군요."

"물론이오. 하지만 깨어 있어도——말하자면 속세에 대해서 생각하고 있어도 그것은 안 되는 것이오. 배가 고프다거나, 어제 싫은 일이 있었다거나——."

"그것은 내면에 시선을 향하는, 즉 그——명상하는 것과는 다른 건가요?"

아츠코가 물었다.

물론 그것은 아츠코가 자발적으로 한 질문이다. 그러나 그녀는 이런 질문을 하기 위해 이 자리에 준비된 장치다. 그러니까 이런 전개는 전부 마라——교고쿠도의 계획인 것이다.

"명상과——좌선은 전혀 다른 것이라고 알고 있습니다. 하기야 소승은 명상이 무엇인지를 자세히는 모릅니다만——."

"명상이란 눈을 감고, 눈앞의 세계와 자신을 차단하고 상상을 하면서 조용한 안정을 얻는 것입니다."

교고쿠도는 사전에 나와 있는 설명 같은 말을 했다.

"그렇습니까. 그렇다면 다릅니다. 상상 같은 것을 해서는 안 되오. 안정하지도 않지요. 눈도 감지 않소. 호흡을 가다듬는 조식(調息)이라는 것을 하기 때문에, 그것에 의해 몸은 안정됩니다. 하지만 그것은 어디까지나 몸의 안정.

정신의 안정이나 불안정 같은 것과는 무관합니다. 또 이것은 정신수양도, 자기단련도 아니오. 큰 의미로는 수양이고 단련이겠지만 스스로를 단련한다는 좁은 경지에 있는 동안은 아직 먼 것이지요."

"잘 모르겠군요."

"모르시겠습니까."

"어쩔 수 없습니다. 선을 말로 전할 수는 없으니까요. 조신 스님."

교고쿠도가 그렇게 말하자 조신은 쓸쓸한 얼굴을 했다.

"오오. 옳으신 말씀입니다 ──── 그랬지요. 당연합니다. 소승은 이십여 년이나 앉아 있었는데 아직 깨닫지 못했소. 그렇소, 깨닫지 못했습니다."

"그렇게 어려운 것일까요? 깨닫는다는 것은. 하지만 아까 들은 이야기로는 분명히 지금 일본에 전해져 있는 선은 돈오라고 했나? 아마 단번에 깨닫는다는."

"그렇소 ──── 깨닫는 것 자체는 어려운 일이 아닐 것이오. 아니, 그저 앉아 있다 보면 문득 보이는 것은 있소."

"무엇이 말입니까?"

"글쎄요, 세상과 자신이 하나가 되었다고 할까 ──── 아까도 말했지만 좌선 중에는 신경이 날카롭게 곤두서게 됩니다. 평소에 보이지 않는 것이 보이게 되오. 들릴 리 없는 소리 ──── 예를 들면 선당 밖의 마른 나뭇잎 한 장이 가지에서 떨어질 때의 소리 ──── 가 들리기도 한다오."

"그것은 ——— 착각인가요? 아니면."

아츠코는 거기에서 오빠를 신경 쓰며 말을 멈추었다.

아마 아츠코는 그 후, 아니면 초능력인가요, 라고 말을 잇고 싶었을 것이다. 교고쿠도가 그 말을 몹시 싫어하기 때문에 삼간 것이다.

"글쎄요. 그때는 착각이라는 생각은 들지 않소. 게다가 그런 일이 계속되면, 가령 평소에 보이지 않는 풍경이 이상하리만치 신선하게 보이기도 한다오. 세상이 새로워진 것 같은, 청정한 기분이 들지요. 그야말로 불경계(佛境界)가 아닌가 하는 기분이 듭니다."

"그것은 역시 깨달음의 경지겠지요. 저 같은 사람은 어디에 가도 그런 신선한 기분은 느끼지 못할 테니까요. 직업상 범죄가 일어난 곳에만 가는 탓도 있겠지만."

"아닙니다. 그것이 바로 마경이오."

"마경? 마경이라면 악마의 마?"

"그렇소. 바로 악마의 경지라오."

"그런 청정한 경지가 말입니까?"

"그렇소. 그것은 단순히 그런 기분일 뿐이고 수행 따위 하지 않아도 흔히 있는 일. 깨달은 것 같은 기분이 들게 하는 단순한 마경이오. 마경은 《능엄경(楞嚴經)》에 따르면 그 종류가 수십에 이른다오. 그런 것은 깨달음도 무엇도 아니다 ——— 라고 합니다."

"그런가? 나쁜 일은 아닌 것 같은데요."

교고쿠도가 주석을 덧붙였다.

"마스다 군. 예를 들면 아침에 일어나서 '아아, 좋은 기분이다' 하는 생각이 드는 날이 있을 걸세. 그리고 비록 시시한 일이더라도 좋은 일이 있었던 날은 좀 나은 기분이 들고. 그것은 자신과 상관없이, 말하자면 기후가 좋다거나 몸 상태가 좋다거나 또는 운이 좋다거나, 그런 외적 요인으로 일어나는 기분일세. 하지만 사람은 그것을 자신의 내적 결과로 파악하고 '아아, 정말 멋지구나' 하고 생각하지. 나쁜 일은 아니지만 그것이 자신의 인덕 덕분, 평소의 행동이 좋았던 덕분이라고 생각한다면 오만해지고 마네. 안이나 밖이 있는 동안에는 선에 가까이 갈 수 없는 것이지."

"날씨가 좋아서 기분이 좋은 것과 다르지 않은 겁니까?"

"다르지 않네. 아니, 더 질이 나쁜 것은 수행자가 보는 그것은 우연히 찾아오는 그것과는 달리 능동적으로 나타나는 것이거든. 수행의 결과와 착각하기 쉽지. 게다가 그것은 어느 날 갑자기 나타나네. 실로 돈오한 듯한 기분이 든단 말일세. 엄청난 논리가 떠오르네. 눈앞에 부처님이 나타나서 가르침을 설법하고. 심할 때는 우주의 목소리가 들리거나 초월자와 일체가 된 것 같은 신비한 도취감을 갖게 된다네. 이런 것은 전부 망상이야. 환각이란 말이지."

"환각입니까? 부처님이 보여도?"

"그런 것은 환상일세. 일부 신흥종교 같은 데서 수행

중에 부처님을 느꼈다는 둥 해탈했다는 둥 하면서 난리를 치는 녀석들이 있는데, 그런 것을 보고 기뻐하는 사람은 구제하기 힘든 엄청난 바보일세, 마스다 군."

"엄청난 바보 ——— 라고요?"

"엄청난 바보지. 그런 것은 모두 물리적으로, 또는 생물학적으로 설명할 수 있는, 소위 말하는 생리현상에 지나지 않네. 과학적 사고로 해결할 수 있는 이상 그것은 신비일 수 없고, 깨달음이란 신비적인 것도 아닐세. 따라서 선에서는 그런 상태가 되었을 때 그것을 당연한 일로 흘려버리라고, 그렇게 말하네. 그렇지요? 스님."

"그렇 ——— 습니다. 하지만 ———."

조신은 동요하고 있다.

"——— 마스다 님이 말씀하신 것처럼 돈오선에서는 진정한 깨달음도 갑자기 깨닫소. 갑자기 환하게 대오에 이르는 것입니다. 솔직히 말씀드리면 ——— 소승은 아직 대오를 모르는 형편없는 수행승이오. 아니오, 아무 말씀도 하지 말아 주시오. 수증일등, 그저 앉아 있는 것이야말로 깨달음이라면 지금 같은 말은 나올 리도 없지요. 그것은 잘 압니다. 그러니 이제부터 말씀드릴 것은 선승으로서 드리는 말씀이 아니오. 지금까지 잘난 척 선승 같은 말을 해왔지만 이것은 모두 단순한 지식. 본증(本證)[†]에서 나온 말이 아니었소."

조신은 무언가에 굴복한 것 같았다.

[†] 본래 얻어져 있는 부처의 깨달음.

마스다는 몹시 의외라는 듯한 말투로,

"흐음, 그렇습니까? 그렇다고 하는 것도 이상하지만, 제게는 추젠지 씨도 조신 씨도 모두 똑같이 선의 달인으로밖에 여겨지지 않습니다."

하고 말했다. 교고쿠도는 싫은 얼굴을 했다.

"마스다 군. 그것은 조신 스님께 실례일세. 나는 태어나서 지금까지 단 한 번도 좌선을 한 적이 없어. 똑같이 취급해서는 안 되네."

"아니. 추젠지 님. 그것은 아니겠지요. 귀하는 많은 지식을 갖고 계시오. 다만 말씀하신 대로 귀하는 선자(禪者)는 아닙니다. 하지만 그렇다면 소승도 선자는 아니오. 행각승의 차림을 하고 있을 뿐이지요. 소승은 모양만 내고 있는 것이오. 하지만 그것은 중요한 일인 것 같소. 예를 들면 ——— 마스다 님. 당신은 소승을 보고 누구라고 생각하셨습니까?"

"그야 스님이구나, 하고."

"그렇겠지요. 불제자, 불교 신자라는 것은 아실 수 있었을 것이오. 하지만 선승이라는 것은 알아보셨소?"

"예? 아니, 그러니까 저 같은 사람은 스님에 종류가 있다는 것 자체를 잘 몰랐습니다. 선이라면 라쿠고 '곤약[蒟蒻] 문답'으로 알고 있었을 정도니까요. 바로 얼마 전까

---

† 라쿠고의 일종. 하야시야 쇼조[林家正蔵]의 작품이라고 전해진다. 벼락치기로 승려가 된 곤약(우무)가게 주인 로쿠베에가, 떠돌이 승려가 던진 선문답을 곤약의 상태를 묻는 것이라 생각하고 엉뚱하게 대답해 선승을 이긴다는 이야기.

지 스님은 전부 나무아미타불이라고 말하는 줄 알았습니다. 저는 장례식에서 염불을 외는 모습 말고는 승려에 대해서 모릅니다. 그래서 절에서는 모두 좌선을 하는 줄 알았지요. 뭐, 덕분에 지금은 꽤 자세히 알게 되었지만, 반대로 선종 이외의 스님 중에 어떤 분이 계시는지는 전혀 모릅니다. 정말 부끄러워서 얼굴이 빨개질 뿐———."

마스다는 뒷머리를 긁적이며 수줍어했다.

"그렇겠지요. 하지만 부끄러워할 필요는 없소. 그게 보통입니다. 추젠지 님처럼 불교에 조예가 깊은 분이 더 특수하겠지요. 다시 말해서."

조신은 눈을 감았다.

"우리는——— 무의미합니다."

"무의미?"

마스다가 눈썹을 찌푸렸다.

"무의미하다니——— 무슨 뜻입니까?"

"사회와 단절되어 있소."

그렇게 말하고 나서 조신은 천천히 눈을 떴다.

그리고 힘없는 시선으로 우리를 순서대로 둘러보았다.

그러나 그 시선은 결코 누구의 시선과도 마주치지 않고 오직 무릎이나 방바닥, 방석 위만 슬슬 미끄러졌다.

"고승이 아무리 엄한 수행을 쌓더라도 세상 사람들은 누구 하나 선이라는 것을 알지 못하오. 아니, 부처님의 가르침이 무엇인지조차 아는 사람이 적습니다. 그것이 실정이라오. 소승이 앉아 있든 서 있든 뭐가 어떻게 되는 것도 아니오. 선승이 산에 틀어박혀 앉아 있어도 세상은 조금도 좋아지지 않습니다. 그래도 되는 것인가——— 그렇게 생각했소. 강하게 생각했소. 그 생각에 이른 후로 소승은 망설임을 끊을 수가 없었소. 실로 마경에 떨어진 것이지요."

"마경——— 이라고요?"

"그렇소. 그것은 전쟁 중의 일이었소. 세상에 난리가 난 동안에도——— 소승은 앉아 있었소. 잠도나 젊은 행각승들은 모두 전쟁에 나갔지요. 노인과 중견들만 남았습니다. 소승은 마흔이었소. 조금만 더 젊었다면 전쟁에 나갔겠지요. 하지만 그럴 기미는 없었고 산속에는 멀리 떨어진 총성도 들리지 않았소. 거기에서 소승은———."

조신은 교고쿠도를 응시했다.

"——— 어떻습니까, 추젠지 님. 지난 전쟁 때, 과연 불자들은 무엇을 했습니까? 국책에 이의를 제기하고 과감하게 반전운동을 한 승려가 일본에 얼마나 있었을까요. 소승이 원래 있던 절에서도, 후방에서는 행각승이 승병 같은 옷차림으로 열심히 군사 훈련을 했소. 범종은 녹아서 총탄이 되었고, 많은 승려가 출정해서 외국인을 죽였고 또 목숨을 잃었소. 이것이 정법(正法)을 배우는 승려의 모습일까요? 소승은 아니라고 생각했소. 소승은 지금 산을 내려가는 것이야말로 우리가 할 일이 아닐까 하고——— 그렇게 생각했소. 아니, 전쟁이 어쨌다는 둥, 그런 뜻이 아니오. 산을 버리고 하계로 내려가는 것이 바로 선승에게 필요한 수행이 아닐까 하고 진심으로 생각했소. 진정한 깨달음은

403

거기에 있다는 생각이 들어서 견딜 수가 없었다오. 이것은 깨달은 것은 아닐지도 모르지만, 소승에게는 하나의 진리라는 생각이 들었소. 그래서 소승은 유켄 스님에게 그 경지를 이야기했소."

"유켄 스님은 그것도 마경이라고 말씀하셨군요."

교고쿠도는 냉혹하게 내뱉었다.

"그렇습니다" 하고 조신은 대답했다.

"물론 그것은 몹시 도덕적이고, 게다가 지나치리만큼 이치에 맞는 말이오. 깨달음과는 멀리 떨어진 견해겠지요. 하지만 잘못된 것일까요? 설령 깨달음은 아니라고 해도, 소승은 그것이 옳다고 생각했소. 하지만 유켄 스님은 물리치셨소."

"그야 그러셨겠지요. 당신은 아까 유켄 스님은 충족되어 있었다———고 하지 않으셨습니까."

"그렇소, 충족되어 있었소. 그저 앉아서, 자신이 거기에 있는 것에 만족하고 계셨지요. 하지만 추젠지 님. 그것은 흔히 말하는 자기만족이 아닙니까? 그 분은 산을 내려가려고는 하지 않소. 그 훌륭한 법을 널리 세상에 알리지 않았소. 그것은 그 사람에게는 쓸데없는 일일 뿐이었지요. 선승이라는 것은 그래도 되는 겁니까?"

"안 되겠지요."

교고쿠도는 선뜻 대답했다.

"물을 것까지도 없어요. 맹세코 중생을 인도하고 일신을 위해 혼자 해탈을 구하지 말아야 한다———고 도겐 선사의 《좌선의(坐禪義)》에도 되어 있지요."

"그, 그렇습니다. 소승은 그 말을 하고 싶었던 거요. 그
런데 유켄 스님은 일소에 부치셨소."

"저어."

마스다가 머뭇머뭇 말했다. 무슨 말을 하기도 전에 모든
것을 알아차린 교고쿠도는 즉각 해설을 덧붙였다.

"아아, 그러니까 선을 하는 자는 길을 잃고 헤매는 많은
사람들을 구하겠노라고 맹세해야 하며 자신 혼자만을 위
한 해탈을 추구해서는 안 된다 ─── 는 뜻이라네, 마스
다 군."

"아하, 알겠습니다. 여기 계시는 조신 씨는, 유켄 씨는
훌륭한 수행자이기는 했지만 훌륭한 뜻을 갖고 있지 않은
사람이었다고 말하고 싶었던 거군요. 유켄 씨는 역시 자
신만 깨달으면 된다는, 이기적인 사람이었다는 뜻이지
요?"

"이기적인 것과는 다르지만 ───."

조신은 불가해한 표정을 한 채 당혹스러워하고 있다.
아마 지금 이곳에서 하는 이야기는 그에게 오랫동안 금기
나 마찬가지였을 것이다.

"─── 예를 들어 한 뛰어난 지자(知者)가 있소. 그 뛰어
난 법을 단 한 명의 제자가 물려받지요. 그것을 또 한 명의
제자가 물려받습니다. 이렇게 해서 뛰어난 법이 면면히
이어집니다. 이것은 과연 의미가 있는 일일까요. 세상에는
수억 수만이라는 인간이 있습니다. 그중 단 한 사람이 깨

달았다고 해서 무슨 의미가 있을까요. 그 법을 널리 세상에 알리고 한 명이라도 많은 사람을 구제하는 것이 지자가 해야 할 일이 아닌가 하고 —— 소승은 생각했소. 그것이 종교가 아닐까요."

"그것이 종교겠지요. 하지만 선은 종교입니까?"

"뭐라고요?"

"분명히 조동종은 종교 교단입니다. 하지만 선 자체는 종교입니까? 중생을 구하는 것은 교단의 역할입니다. 선은 중생을 구하는 교단의 일원으로서 어울리는 선승이 되기 위해서 있는 게 아닙니까? 중생을 구한다는 목적을 세우고 그 성취를 위해 좌선을 한다면 수행은 성립되지 않겠지요. 좌선은 목적을 갖고 하는 것이 아니에요. 자신이 자신이고 세계가 세계라는 것을 알기 위해서 좌선을 하는 것이겠지요. 처음에 당신이 말씀하셨지 않습니까 —— 진십만계진실일체, 모든 존재가 진리인 이상, 한 사람의 노력은 전체에 대한 봉사가 된다고. 그렇다면 —— 유켄 스님의 방식 자체는 잘못된 게 아니겠지요."

"하지만 —— 추젠지 님, 아까 ——."

"제가 안 된다고 말한 것은 다른 뜻입니다. 안 되는 것은 유켄 스님이, 아니, 당신들이 교단을 떠나 버린 것이에요. 교단을 떠나 버린 이상, 유켄 스님처럼 행동할 수밖에 없겠지요."

"아 ——."

조신은 입을 조금 벌리고 그대로 굳어졌다.

"조신 스님."

교고쿠도는 등을 곧게 펴고 선승과 마주했다.

"이제 알겠습니다. 당신의 몸속에 둥지를 틀고 있는 커다란 쥐의 정체를."

"쥐――?"

"그래요. 당신의 목숨을 당신 안에서 노리고 있는 그 쥐 말입니다."

"소, 소승을 노리고 있는 것은――."

"당신을 노리고 있는 것은 나카지마 유켄 스님이 아니라 나카지마 유켄의 모습을 한 커다란 쥐입니다."

교고쿠도는 그렇게 말했다.

조신은 의아한 얼굴을 했다.

"뜻을―― 모르겠습니다만."

정말 알 수가 없었다.

유켄의 모습을 한 쥐라니――.

철서인가?

"무슨 뜻이에요? 오빠."

아츠코가 수상하다는 기색을 가득 띠며 물었다.

"오빠는 이제 알았다고 했는데, 조신 스님은 왜 조사에 찬성한 것인지 아직 한마디도 하시지 않았어요. 지금 하신 이야기랑 뇌파측정이 잘 연결되지 않는데. 지금 하신 이야기는 오히려 종교란 무엇이냐고 묻는 것 같은 좀더 깊은 문제가――."

"바보야, 문제에 깊고 얕은 게 어디 있니."

교고쿠도는 누이의 의견을 일축했다.

"잘 들어라, 아츠코. 이 조신 씨라는 분은 단순한 승려가 아니야. 일반 승려가 필요로 하는 것 이상의 과학적 소양을 갖고 있는 사람이라고 나는 생각한다. 대학에서 무엇을 배우셨는지는 모르겠지만 뇌파측정의 결과는 당연히 예측하셨을 거야. 그렇기 때문에 뇌파측정을 허락했지. 아닙니까?"

"그, 그것은."

"예측이라니———그것은 미지의 영역이에요. 주최자 측인 나도, 실시하는 학자들도 예측할 수 없는 일이라고요. 예측할 수 없기 때문에 조사 측정을 하는 거지요. 아니면, 오빠는 결과를 알기라도 한다는 거예요?"

"물론이지. 간단한 거야. 뇌파측정이잖니? 말하자면 대뇌피질의 미량의 전위(電位) 차이를 측정하는 것이지. 뇌파라고 하는 걸 보면, 그것은 파도의 모양으로 측정될 거다. 다시 말해서 전위 차이를 진폭으로 파악하고 어느 정도의 진폭이 시간당 몇 회 있느냐 하는 식으로 측정하는 것인데, 시간폭 상에 진폭을 기록하니까 지렁이가 꿈틀꿈틀 기어간 것 같은 형태가 되지. 말하자면 뇌파측정이라는 것은 어떤 뇌의 상태도 이 주파수 형태로 치환해 버린다는 뜻이야. 살아 있는 한 뇌파는 나오지. 그러니 울고 있든 화가 났든, 그 이유가 무엇이든 전부 파도가 되어 버린단 말이다. 그렇지, 아츠코?"

"그건 그렇지만."

"그렇다면. 좌선을 시작한 단계에서는 나름대로 긴장한 상태, 즉 통상의 생활을 보내는 것과 같은 파형(波形)일 거다. 아무래도 그렇겠지. 그때까지 평범하게 행동했으니까. 이 상태라면 진폭의 간격은 짧을 거야. 그 후에는 서서히 차분해지기 시작하고 긴장은 이완되기 시작할 거다. 다시 말해서 서서히 진폭의 간격이 벌어지겠지. 마지막에는 잠든 것과 다름없는 상태가 될 거야."

"잠든 상태? 자면 안 되잖아요."

"자는 것은 아니야. 자는 것에 한없이 가까운 파형이 된다는 것뿐이지. 깨어 있는 상태에서 그런 파형이 된다면 보통은 장애가 있다고 여겨지겠지만, 어쩔 수 없어. 그렇게 될 것이 틀림없다."

"왜요? 어떻게 알아요, 오빠?"

"왜냐하면 파도 모양은 모두 똑같기 때문이지. 간격이 긴가 짧은가, 진폭이 큰가 작은가 하는 것밖에는 차이가 없어."

"그렇긴 한데."

"그렇다면 그렇게 될 수밖에 없는 거다. 깨어 있을 때 이상으로 간격이 짧아지는 일은 있을 수 없어. 그런 뇌의 상태는 그야말로 이상하지. 변화가 있다면 간격이 벌어져 가는 방향으로 향할 게 뻔해. 그런 것은 어떤 판단 기준도 되지 못하지."

"잠깐만요, 오빠. 뇌파는 분명히 긴장이 이완되면 주파수가 낮아져요. 하지만 그것은 각성에서 수면으로 이행할 때 검지(檢知)되는 변화라기보다, 우선 눈을 뜨고 있느냐 감고 있느냐에 따라 현저한 차이가 나타날 텐데요. 눈을 뜨고 자는 사람은 없으니까 그것은 당연하지만, 깨어 있어도 눈을 감으면 주파수는 내려가요. 눈을 뜬 순간 주파수는 높아지지요. 다시 말해서 뇌파의 주파수가 내려가는 조건으로는 수용기관의 차단, 특히 시각의 차단이라는 게 큰 포인트가 될 텐데, 하지만 좌선 중에는 눈을 감지 않잖아요? 눈을 감지 않으면서 그런 상태가 되다니, 기절한 것도 아니고———."

"눈을 감는 것과 시각 차단은 같은 뜻이 아니잖니."

"그것도 그렇지만요. 시신경에서 보내지는 정보를 뇌가 차단해 버리면 눈을 뜨고 있어도 보이지 않게 되겠지요. 하지만 아까부터 조신 씨는 좌선 중에는 평소보다 사물이 잘 보인다고 말씀하셨어요. 그러니까 사물은 보이는 거지요. 시각계는 살아 있는 셈이잖아요?"

"잘 보이는데도 보이지 않는 것과 같은 상태가 되는 것, 또는 보이지 않는데도 보일 때보다 잘 보이는 상태가 좌선이야. 그러니 그런 것을 뇌파로 재 봐야 '알 수 없습니다'라고 말할 수밖에 없지. 의식은 있는데 의식을 잃은 것 같은 뇌파가 나온다, 이거 곤란하네, 하고 과학자는 말할 거다."

"하지만———."

"가령 심박수나 발한, 체온 같은 것을 함께 잰다고 해도 고작해야 그 정도일 거야. 그런 빈약한 정보로는 아무것도 얻을 수 없어. 피험자는 아주 차분합니다, 정도일 테지."

"그럼 조사는 무의미하다는 뜻이에요?"

"뭐, 무의미하다는 것을 확인한다는 점에서 의미는 있지. 수만 배나 정보량이 풍부한 말로도 전할 수 없는 것을 한 줄기 파선(波線)으로 알 수 있겠니?"

아츠코는 대꾸할 말이 없는 것 같았다.

물론 마스다도 나설 차례가 아니다. 그리고 나는, 교고쿠도가 예상했을 그대로의 발언을 했다.

"하지만 교고쿠도 ――― 그러면 여기 계시는 조신 스님은 그것을 내다보고 있었다는 건가? 실시해도 아무것도 알 수 없을 테니까 괜찮다고?"

"아닐세, 세키구치 군. 의학적으로는 자는 것이나 좌선을 하는 것이나 다름없다, 하물며 마경과 깨달음 사이에 차이는 없다 ――― 바로 그것을 증명하고 싶었던 거야. 아닙니까? 조신 스님."

"그런 것은 ――― 소승은 모릅니다. 뇌파라는 것이 어떤 것인지, 지금 처음 안 것이나 마찬가지고 ―――."

"그렇다면 왜 열심히 조사에 찬동하셨습니까?"

"그 ――― 그것은 ――― 그렇지. 선의 사상을 널리 세상에 해방하고 싶었소!"

조신은 조금 상기되어 얼굴을 들었지만 그 시선은 교고쿠도를 살짝 비껴나 있었다. 그러나 교고쿠도 쪽은 그 양서류 같은 얼굴을 똑똑히 응시하고 있었다.

"말씀해 보시지요."

목소리가 ── 다르다.

퇴마가 시작되었다.

── 그 큰 쥐인가?

교고쿠도는 조신에게 철서를 떼어 내려고 하는 것일까.

조신은 이야기하기 시작했다.

"종교를 세상에 퍼뜨리는 방법에는 두 가지가 있소. 하나는 권세에 기대는 것. 권력에 영합하면 그 종파는 큰 비호자를 얻게 되니 당연히 안정되지요. 권력자가 바뀔 때까지는 반석의 체제를 유지할 수 있소. 하지만 이 방법은 실행하기 어렵소. 그리고 ── 추락하지요. 선의 역사를 풀어보면 그것은 분명합니다. 이것은 안 될 일이오."

조신은 희미하게 고개를 저었다.

"또 하나의 방법은 ── 민중에 널리 교의를 침투시켜 지지를 얻는 것이오. 이 경우는 많은 사람에게 알기 쉽게 가르침을 설법한다는 노력이 필요하지요. 이것도 꽤 어렵소. 하지만 이것이야말로 올바른 방법이라고 소승은 생각했소. 중생의 구제야말로 종교의 의무니까요."

"그 말씀이 맞습니다" 하고 교고쿠도는 말했다.

"그렇다면 이 쇼와 시대에 흥선 활동을 하기 위해서는 무엇이 필요할까. 소승은 그것만 생각하고 있었소. 그때 뇌파조사 이야기가 들어왔소. 과학밖에 없다고 생각했습니다. 본래 선은 앉아 있기만 하는 것이 아니오. 행주좌와(行住坐臥) 모든 것이 선입니다. 하지만 많은 사람들은 그렇게 생각하지 않소. 산에 틀어박혀 앉아 있기만 하는 선 따윈 아무 도움도 되지 않습니다. 그것을 세상에 알리기 위해서는———."

"우선 좌선의 유효성을 파괴하고 싶었던 거군요."

교고쿠도의 목소리가 조신의 말을 가로막았다.

"뭐———뭐라고요."

조신은 눈을 부릅떴다.

마라는 실로 악마적인 어투로 말을 이었다.

"아닙니까, 조신 스님? 물론 좌선은 깨달음의 현관입니다. 하지만 그것은 하나의 입구에 지나지 않아요. 입구는 몇 개나 있지요. 따라서 무엇을 하든 선 수행은 할 수 있다고———."

"그, 그러면 료넨과 다를 것이 없소!"

"그렇습니다. 다르지 않기 때문에 당신은 료넨 스님을 싫어했던 것 아닙니까? 곰곰이 생각해 보면 료넨 스님과 마찬가지가 되고 마니까———인정하고 싶지 않았던 거지요."

"소승은 료넨과는 다, 다르오."

"그야 다르기는 다르겠지요. 당신은 계율을 버리고, 수행을 버리고도 깨달을 수 있다고는 생각하지 않아요. 하지만 한편으로 계율을 지키고 수행을 계속해도 깨달을 수 없을지도 모른다———는 생각도 하고 있었던 겁니다."

조신의 얼굴에서는 핏기가 완전히 가셨다.

원래 검푸른 그 얼굴은 완전히 창백해졌다.

"하지만——— 당신은 역시 발칙하기 짝이 없는 방종한 생활 속에서 깨달음 따위를 찾을 수는 없었고, 찾고 싶지도 않았겠지요. 그렇다고 해서 산속에서 계속 좌선만 하는 것에서도 의미를 찾을 수 없었어요. 다행인지 불행인지, 당신을 둘러싼 환경, 명혜사라는 폐쇄 공간에는 정형화된 선승들이 다 모여 있었지요. 그리고 그중 누구도 당신의 스승은 될 수 없었어요. 말하자면 당신은 기성의 대부분의 선에서는 이미 자신의 자리를 찾을 수 없을 것이라는 가능성을 깨닫고 만 것입니다. 그래서 선의 새로운 전개——— 과학과의 공생에, 헤아릴 수 없는 매력을 느꼈지요."

과학과 종교의 공생——— 그것은 과연———.

"교고쿠도, 선은 과연 과학과 융합될 수 있을까?"

그것은——— 내 영역이다.

"선에 대한 과학의 접근이 최근 서서히 활발해지고 있는 것은 사실일세, 세키구치 군. 예를 들어 모리타 마사타케가 모리타 요법을 확립하면서 선 사상에 크게 영향을 받은 것은 유명하고, 도겐이 저술한 ≪부죽반법(赴粥飯法)≫이나 ≪전좌교훈(典座敎訓)≫ 등에서 식사 요법이나 건강식의 모범을 찾는 사람도 있네. 전 문부대신 하시다 구니히코는 제국대 생리학 연구실에 있었던 의사인데, 이 사람은 ≪정법안장≫을 애독했지. 그 일문은 '전기성의학(全機性醫學)'이라는 것을 주장하기 시작했네. 전기란 모든 것이 기능한다

는 뜻이고, 부분과 전체가 호응하여 기능하면서 회복한다
는 바이오테크놀로지 같은 발상의 의혹인데, 이 전기도
선에 나오는 말일세."

마치 미리 준비한 대답 같았다.

"분명히 심리학이나 정신병리학도 선에 주목하기 시작
했다는 말은 들었네. 아마 이번 조사라는 것도 그 일환일
테지."

내가 그렇게 말하자 교고쿠도는 뺨을 실룩거리며,

"아아———아마 자네가 알고 있는 그것은 안 될 걸
세."

하고 말했다.

"안 된다고? 안 되나?"

"선은 연금술이 아니거든. 어리석은 일이지."

"어리석다?"

"어리석다고 말하지 않을 수 없겠지. 우선 선의 방법론
에서 배우는 것은 좋네. 선적(禪籍)의 기술을 응용하는 것
도 좋아. 선적(禪的)인 사상을 배경으로 과학적 사고를 하
는 것도 좋네. 말하자면 모리타 요법도 전기성의학도 유
효하다는 뜻일세. 하지만 심리학은 안 돼. 어리석은 짓일
세."

"하지만 융 파의 심리학자들은 특히 동양적인 신비사상
에 접근해 성과를 올리고 있지 않은가. 모리타 선생의 입
장과 다를 게 없을 텐데."

"곤란하군, 세키구치 군."

415

교고쿠도는 눈썹을 찌푸리며 나를 보았다.

"모리타 선생은 서양의 관념론적인 정신분석을 모방하는 데 한계를 느끼고 독자적인 임상치료를 개발하면서 선적인 발상을 배경에 둔 걸세. 하지만 자네가 말하는 것은 그게 아니잖나. 아마 ≪유식론(唯識論)≫[†]과 심층심리학을 대응시키거나 하는 멍청한 녀석도 있었지? 예를 들면 유식에서 말하는 말나식(末那識)^{††}을 무의식에, 아라야식(阿羅耶識)^{†††}을 집합적 무의식에 비교한다는 것은 큰 착각이라고 나는 생각하거든. 유식유가행(唯識喩伽行)파가 말하는 유식은 반야경에서 말하는 공(空)의 이론에 기초한 것으로, 오직 마음이 있을 뿐 그것을 둘러싼 사상(事象)^{††††}은 존재하지 않는다는 사고방식이니 아무래도 이것은 추상화의 레벨이 다르다네."

"그것은 유물론에 대비되는 유심론인가?"

"아닐세, 세키구치 군. 오직 마음이 있다는 것이 유심론이지 않나. 유식은 마음조차 부정해 버리는 거야. 오직 있

---

† 법상종의 주요 경전. 인도의 승려인 바수반두의 유심(唯心) 사상의 대표작인 ≪유식삼십송(唯識三十頌)≫을 해석한 여러 학설을 중국 당나라 현장이 비판적으로 종합하여 번역했다. 팔식(八識)을 자세히 말하여 인식의 과정을 명확히 하고 실천 수행의 다섯 계위를 밝히고 있다.

†† 모든 감각이나 의식을 통괄하여 자기라는 의식을 낳게 하는 마음의 작용. 객관의 사물을 자아로 여겨 모든 미망(迷妄)의 근원이 되는 잘못된 인식 작용을 이른다.

††† 아뢰야식. 과거의 인식·행위·경험·학습 등에 의해 형성된 인상(印象)·잠재력, 곧 종자(種子)를 저장하고, 육근(六根)의 지각 작용을 가능하게 하는 가장 근원적인 심층 의식.

†††† 변화하고 낱낱이 차별되어 있는 현상계의 모양.

는 것은 마음이 아니라 '식(識)'인 걸세."

"식이란 뭔가?"

"간단하게도 묻는군. '식'은 요컨대 인식의 식인데, 이것은 인식하는 것과 인식되는 것의 경계 같은 걸세. 보통은 바깥에 사상이 있고 안이 그것을 인식한다고 생각하지만 불교에는 바깥의 사상은 모두 안쪽, 즉 마음의 움직임이 나타난 것에 지나지 않는다는 사고방식도 있네. 이것이 유심. 다음으로 그 마음 자체도 공이라고 생각하는 걸세. 안 팎이 모두 없어지고 식만 있다, 아니, 있을 것이다———이것이 '유식론'이지. 인식 대상은 인식하는 자의식 안에 있다는 사고방식일세. 이 경우, 식에는 인식하는 것과 인식되는 것의 계기가 모두 내재하지. 이비안설신의(耳鼻眼舌 身意), 말나, 아라야, 이들 팔식은 심리상태를 설명하는 것도, 정신구조를 설명하는 것도 아닐세."

"이해가 잘 안 되네, 교고쿠도."

"그래? 그렇군, 자네는 아직 보지 못했다고 하지만, 텔레비전을 떠올려 보게. 모양은 알 테지."

"텔레비전이라고?"

"그래. 거기에는 화상이 비치지. 텔레비전에 비치는 극장이나 좌담회 같은 것을 방송이라고 하네."

"그 정도는 아네. 라디오와 똑같지."

"그래. 알겠나, 세키구치 군, 자네는 감옥에 들어가서 텔레비전을 보고 있네. 우리 안이니까 자네는 움직일 수 없어. 텔레비전밖에 볼 수 없네. 수상기 바깥에는 자네밖에 없어. 그런 상황을 그려 보게."

"어째서 내가 투옥되어야 하나?"

"지금도 마찬가지 아닌가. 뭐, 죄수인 자네에게는 수상 기에 비치는 방송이 바깥세계의 사상(事象)의 전부일세. 하지만 보고 있는 자네에게 방송은 허상일 뿐이고 실체는 없지. 바깥세계의 사상은 자네 없이는 인식되지 않아. 이것은 유심론이라고 생각하게. 하지만 보고 있는 자네는 이렇게 멍청한 사람이니 심히 미덥지 못하지. 있는지 없는지 알 수가 없어. 잠들어 버릴지도 모르네. 하지만 자네가 보고 있지 않아도 브라운관에는 그림이 비치네. 수신하지 않아도 브라운관은 존재해. 우선 브라운관은 있네. 이것이 유식론일세."

"알겠네. 알겠어. 심리학은 방송의 좋고 나쁨을 이러쿵 저러쿵 말하기 위해 학문의 영역에 있는 주제에 브라운관을 끌어들이고 있는 셈이로군."

"그래, 그래. 애초에 과학자는 방송 제작자 같은 것이니까 방송의 내용에 대해서밖에 논할 수 없을 텐데, 심리학만은 잘난 얼굴을 하고 시청자를 평론하고 있는 걸세. 처음부터 태도가 나빠. 시청자를 생각하고 방송을 만드는 것은 좋지만, 시청자에게 참견하는 것은 신중히 했으면 하는데 말일세. 하물며 브라운관의 이야기를 예로 내세우는 것은 말이지. 예로 들려면 다른 형태로 해 주지 않으면 곤란해."

교고쿠도는 거기에서 말을 멈추었다.

"아아———알겠네."

그 잠깐의 침묵으로 나는 그가 말하려는 것을 어렴풋이 알아차렸다.

"예를 들면 선(禪)의 마음을 가진 과학자가 있는 것은 유익한 일이지만 선을 과학하는 것은 유효하지 않다———그런 뜻인가?"

"뭐, 그렇지. 선은 특히 어렵거든, 세키구치 군."

교고쿠도는 다시 나를 보더니 천천히 긴장을 풀었다.

"선은 인도에서 태어나 중국에서 자랐지만 진실로 개화한 것은 일본에서일세. 나는 이것은 우연이 아니라고 생각해."

"왜지?"

"말 때문일세. 선은 말로는 나타낼 수 없어. 하지만 일본어는 그 나타내기 어려운 것을 나타내기에 비교적 적합했던 것이 아닐까. 게다가 고도의 추상화(抽象化)를 일상적으로 행하곤 하는 일본의 문화도 선을 받아들이기에 어울리는 것이었을 테지. 그러니———예를 들어 서양인은 선적(禪的)인 것은 이해할 수 있어도 표현하는 것은 서툴다네. 선을 메디테이션(meditation), 그러니까 명상이라고 번역하는 짓을 태연하게 저지르지. 아까 조신 스님도 말했지만 명상은 선과는 다른 것일세. 먼 옛날 지둔(支遁)[†]의 시 등에 이를 혼동한 것 같은 기술이 있는데, 그것을 반대로 명상이

[†] 중국 동진(東晉)의 승려. 자는 도림(道林)이며 격의불교(格義佛敎)의 대표적 인물이다.

라고 일역(日譯)하는 바람에 일어난 혼란이야. 서양인이 그
것을 깨닫는 데는 생물학적 지장은 물론 없지만, 문화적
지장은 아주 많을 테지. 따라서 어차피 선은 그들에게 가
부키나 노'와 마찬가지로 박물학적인 흥미의 대상이 될
뿐일세. 그러니 조신 스님———."

나는 조신을 부르는 교고쿠도 말에 맞추어 조신에게 시
선을 보냈다.

조신은 ——— 두려워하고 있었다.

그러나 이제 그를 위협하는 것은 유켄이 아니라 교고쿠
도였다.

"——— 일본어로도 나타내기 어려운 것을 영어 따위로
번역하면 더욱 뜻을 알 수 없게 될 뿐입니다. 하물며 숫자
나 파형으로 그것이 전해질까요? 수치화할 수 없는 것은
우선 과학의 대상이 될 수 없습니다. 수치화한다는 것도
일종의 추상화에 지나지 않을 테니, 말하자면 선을 과학한
다는 것은 커틀릿 튀김을 만드는 거와 같은 것. 먹을 만한
것이 아닙니다."

"그 ——— 것이야말로 ——— 무의미하다는."

"그렇습니다. 선을 보급하고 싶다는 당신의 생각은 충
분히 이해가 갑니다. 하지만 그 수단으로 과학을 선택하는
것은 글쎄요. 오해를 부르는 것이 고작일 겁니다. 분명히
하쿠인은 공안을 수단으로 삼아 폭발적으로 선을 넓히는
데 성공했지만 많은 중생들은 공안을 수수께끼 풀이 정도

† 일본의 중세 예술로, 무용과 연극의 요소를 포함한 것.

로 생각하고 있었을 뿐이에요. 이번 상대는 과학. 같은 전철을 밟는다면 그나마 낫겠지만, 자칫하면 돌이킬 수 없는 일이 일어날 겁니다."

"돌이킬———수 없는———일?"

"아시겠습니까. 가령 마경과 깨달음은 생리학적으로는 구별을 할 수 있는 게 아니지요. 그렇다면 마경이야말로 깨달음이라고, 많은 사람들은 생각할 겁니다. 그러면 어쩌면, 깨닫기 위해 약물을 사용하는 바보가 나올 수도 있어요."

"약물? 환각제 말인가?"

"그렇다네, 세키구치 군. 자네가 잘 아는 것이지. 특히 단락적인 일부 서양인은 그 길을 선택할 거야. 수행하는 것보다 훨씬 편하고, 어쨌거나 의학적으로는 마경이나 깨달음이나 구분이 가지 않네. 수중일등이라는 말은 옮기기 어려우니 말일세."

LSD 등 흥분 계열의 환각제———마약은 분명히 오감을 예민하게 만들고 게다가 신비체험도 가져다준다.

"그래? 알겠네, 교고쿠도. 좌선이라는 함은 약물을 사용하지 않고 약물을 투여했을 때와 똑같은 생리적 효과를 가져다주는 행위인 것이로군. 정보량이 적은 상태에서 오감을 예민하게 곤두세우면 당연히 생리적인 변화가 일어나네. 뇌 속에서 마약이 생성되는 경우도 있지. 멋진 환각———신비가 찾아올 때도 있고. 하지만 그것을———흘려 넘기기 때문에 수행인 것이로군. 아니, 흘려 넘길 수 있게 되기 위해서 수행을 하는——것일까? 위해서라는 말을 하면 안 되는 건가?"

"그렇지. 마경이라는 것은 그 멋지고 청정한 환각 자체를 말하는 것이 아닐세. 그 환각과 망상을 깨달음과 착각하고 마는 상황을 말하는 거야. 같은 환각을 보아도 수행이 되어 있지 않은 사람은 거기에 빠지고, 되어 있는 사람은 흘려 넘길 뿐일세. 그러니 생리적인 구별은 없지. 깨달음은 뇌파로 잴 수 없네——아시겠습니까, 조신 스님. 과학과 종교는 서로를 보충할 수는 있어도 서로 가까워져서는 안 되는 것입니다."

그것은——어디선가 들은 논리다.

"과학을 과신해서는 안 된다는 말씀이시오?"

"아니오. 과학은 신용할 수 있어요."

교고쿠도는 단언했다.

"요즘 과학에 불신을 품고 종교로 내달리는 사람들이 있는데, 그것은 이치에 맞지 않아요. 논리적 정합성이 있기 때문에, 틀리지 않았기 때문에 과학인 겁니다. 불신을 품을 틈은 없어요. 과학이라는 것은 전폭적인 신뢰를 기울여야 하는 것입니다. 물론 과학적 의문은 가질 수 있고, 과학 기술의 사용 방법에 대해서는 크게 불신을 가져도 되지만 과학적 사고 자체에 불신을 품는다는 것은 기초적인 교육이 되어 있지 않다고밖에 말할 수 없어요. 의심해야 하는 것은 과학을 사용하는 인간 쪽입니다. 그것과 마찬가지로——종교에 수상함을 느끼고 과학으로 내달린다는 것도 잘못된 일이지요. 아시겠습니까, 종교는 결코 과학을 대신하지 못합니다. 아니, 해서는 안 되지요. 또 과학을 종교의 대용으로 삼는 것도 안 돼요. 과학을 신앙화 하는 것도, 신앙을 과학화 하는 것도 해서는 안 되는 일입니다. 과학은 과학, 종교는 종교, 잘못된 방법으로 관여하면 나라가 망하게 됩니다."

조신은 비지땀을 흘리고 있었다.

"소승은——— 틀렸——— 던 것일까요."

"틀리지는 않았습니다."

교고쿠도는 약간 눈치를 살피듯이 조신을 보았다.

"조신 스님. 당신이 성직자로서 사회와 관계 맺는 것을 신중하게 생각하고 있었던 것은 확실하겠지요. 하지만 저로서는 스님의 머리에 전극을 달고 뇌파를 잰다고 해서 그 종교적 비원(悲願)을 달성할 수 있을 것이라고는 도저히 생각할 수 없고——— 그것은 당신도 알고 있었을 겁니다."

"그야——— 소승도 당장 어떻게 될 거라고는 생각하지 않았습니다만———."

"조사 자체에 의미가 없다는 말은 아닙니다. 정신의학 측으로서는 스님도 단순한 인간, 피험자에 지나지 않는 것이니 샘플 데이터를 수집한다는 의미로는 의의가 있지요. 하지만 그것이 홍선 활동이 되느냐 하면, 그건 아닐 겁니다. 고작해야 이 친구가 쓴 잡지 기사를 읽은, 다 안다는 얼굴을 한 어중이떠중이들이 흥미 본위로 소란을 피울

뿐입니다. 당신은 ──── 그것 또한 알고 있었어요."

"아니 ────."

조신은 허둥거린다. 교고쿠도의 설봉(舌鋒)은 멈추지 않는다.

"다시 말해서 의식적이지는 않았다 해도 당신이 지금 한 이야기는 대의명분에 지나지 않습니다. 당신은 단순히 ──── 열등감을 갖고 있었을 뿐입니다."

"열등감 ────?"

"당신은 아무리 수행을 해도 대오에 이르지 못했을 뿐 아니라 충족되지도 못했어요. 그래서 그냥 앉아 있기만 해도 충분했던 유켄 스님이 부러웠던 것입니다."

"부러움 ────."

"그래요. 하지만 그 질투심은 유켄 스님을 향하지는 않았어요. 승려로서의 존재 방식에 대한 의문으로 나타났습니다. 하지만 성실한 당신은 오랫동안 계속해 온 수행을 내팽개칠 수도 없었어요. 그래서 일찌감치 수행을 내팽개치고 깨달았다는 얼굴을 하고 있는 료넨 스님에게 심하게 반발했지요."

"──── 료넨 스님."

고결한 선승의 고매한 사상은 악마에 의해 차례차례 껍질이 벗겨지고, 순식간에 비속한 감정으로 해체되었다. 악마의 말은 멈추지 않았다.

"따라서 조신 스님. 당신이 뇌파측정에 강한 매력을 느낀 직접적인 이유는 역시 좌선의 유효성을 제삼자가 부정해 주기를 바랐기 때문———아니, 유켄 스님의 수행을 해체하고 싶었기 때문———에 불과해요."

조신은 이미 목소리를 잃었다.

"그렇기 때문에 당신은 유켄 스님의 반응을 두려워했던 것입니다. 당신은 마음 깊은 곳에서 존경하는 유켄 스님을———아니, 도겐 선사를 마음 어디에선가 더럽히고 있었어요. 그래서 그 현현(顯現)이라고도 할 수 있는 뇌파측정의 날이 다가옴에 따라, 당신은 동요했지요. 이걸로 되었다는 신념과 이래도 되는 것일까 하는 의심이 당신 안에서 갈등을 낳았고, 당신은 흐트러지는 마음을 가라앉히기 위해 매일 밤마다 좌선을 했어요."

"———아아———그렇습니다. 결국 소승은 앉아 있었어요. 습관이 되었던 것입니다."

"유켄 스님은———하지만 평소와 다름없이 당신을 대했지요?"

"그———그렇소. 어쩌면 자신의 수행이 무의미해지고 말지도 모르는데도, 그 분은 동요하지 않았소. 그럴 리는 없을 테지요. 오랫동안 믿은 것이 무너질지도 모르는데, 그 태도는———."

"그것이 당신이 말하는 유켄 스님의 무언의 압력이군요. 그러던 차에 연달아 흉사가 발생했어요. 당신 안의 죄책감은 이제 반대로 당신을 다음 피해자로 만들고 말았습니다. 그것이 제가 말하는 쥐입니다."

"쥐———쥐라니."

"교고쿠도. 자네는 철서 얘기를 하는 건가?"

교고쿠도는 내 쪽을 보고 웃었다.

"그렇다네. 그 말이 맞아, 세키구치 군. 조신 스님, 당신은 라이고를 아시지요?"

"원성사의 승려——지요."

"예. 죽은 후, 심한 원망 끝에 쥐로 변하여 전생해서 히에이잔 산의 경문을 갉아 망쳐 놓은 라이고 아자리 말입니다."

"그것은 사실(史實)이 아니오. 속신(俗信)이 아닙니까."

"물론 속신입니다. 그런 바보 같은 일이 실제로 있을 리는 없지요. 하지만 이것은 그럴듯하게 소문이 나서 많은 문헌자료에 기록되었고, 또한 재미있고 익살스럽게 면면히 전해져 내려왔어요. 그 이유가 무엇이라고 생각하십니까?"

"그러니까 히에이잔 산의 라이고 아자리는 비원을 이루지 못하고——."

"죽은 사람은 아무것도 할 수 없습니다. 원망하며 죽는다 해도 사람은 죽으면 그걸로 끝이에요. 혼백이 이 세상에 머무는 일은 있을 수 없습니다. 그런다고 쥐로 변하거나 한다면 쥐가 불쌍하지요. 이것은 살아 있는 사람의 짓입니다."

"그래서 생전의 한을 이야기로 전해——."

"그것도 아닐 겁니다. 분명히 분하기는 했겠지만, 고승이 '나는 죽으면 축생도에 떨어져 쥐가 될 것이다'라는 유언을 남기겠습니까? 반대로 자신이나 자신의 절을 우습게 본 조정과 히에이잔 산이야말로 지옥에 떨어지라고 저주를 한다면 이해가 가지만."

"그렇다면 헛소리 ——— 유언비어일까요."

"그런 소문을 누가 무엇 때문에 퍼뜨리겠습니까?"

"사문(寺門) 측 ——— 원성사는 계단(戒壇) 설립이 이루어지지 않은 데다 아자리를 잃고 산문(山門) 측을 심하게 원망하고 있었으니 ———."

"그런 바보 같은. 원성사 측이 그런 소문을 퍼뜨릴 리가 없습니다. 사문의 입장에서 보자면 자신이 정당하지요. 설령 아무리 심한 일을 당했다 해도, 또 산문 측이 아무리 악랄하고 무도한 짓을 했다고 해도 정법을 가르치는 사문의 고승이 진에(瞋恚)가 극에 달한 끝에 마도에 떨어져 축생으로 환생하다니 ——— 스스로의 정통을 버리는 거나 마찬가지예요."

"그러면 산문 쪽에서 ——— 사문을 멸시하기 위해서?"

내가 그렇게 말하자 아츠코가 그 말을 받아 말했다.

"그것도 ——— 잘 생각해 보면 이상한 이야기네요. 산문은 산문대로, 그런 이야기가 퍼지면 자신의 잘못을 인정하는 거나 마찬가지가 되지 않나요? 억지를 부려 계단 설립을 저지한 것은 연력사라고 인정하는 게 되고 말잖아요. 게다가 귀중한 불경을 쥐가 갉았다니, 마치 자신의 절에 법력이 없다고 선언하는 것 같잖아요?"

교고쿠도는 조신을 바라본 채 대답했다.

"그렇지. 그러니까 이것은 처음에 싸움을 계속하던 사문과 산문 양쪽을 야유하는 유언비어였을 거다. 하지만 양쪽 모두 이런 유언비어를 막지 않았어. 오히려 개찬(改竄)해서 유포한 것 같은 구석이 있지."

"개찬?"

"예를 들면 사문에서는 라이고를 죽음 직전에 팔만사천의 쥐를 호흡과 함께 내뱉었다고 전하는데, 이것은 죽은 후에 환생한 것도, 분노한 나머지 둔갑한 것도 아니야. 법력으로 타락한 산문을 혼내준다는 모양새의 이야기지. 한편 산문에서는 다이토쿠(大德) 아자리가 법력으로 큰 고양이를 만들어 맞서 싸웠다고 전해지고 있어. 서로 법력 싸움으로 바꿔치기하긴 했지만 인정은 하고 있는 거다. 게다가 산문은 사카모토에 고양이의 궁을 지었다거나, 사문은 쥐의 궁을 지었다고까지 하지. 이래서는 종문의 싸움이 아니라 술법 대전쟁이야."

확실히 교의도 가르침도 없는 황당무계한 이야기다.

"뭐, 원성사의 계단 설립이 이루어지지 않은 것은 사실이고 산문과 사문 사이에 대립과 싸움이 있었던 것도 사실이지만 실제로 연력사가 조정에 압력을 가했는지 어떤지, 사실은 알 수가 없어. 탄원서를 낸 것이 사실이라 해도 그것을 받아들인 것은 시라카와 천황이고, 산문 측은 주장을 늘어놓았을 뿐이니 원한을 살 이유는 없을 테지. 이런 풍문이라면 연력사 측은 말살할 필요도 없었어. 묵살하는 것으로 충분했을 거다. 그런데───아무리 생각해도 이것은 지나쳐."

"왜 그랬을까?"

"연력사는 원성사에 대해서 부당한 죄책감을 품고 있었던 걸세. 세키구치 군."

조신은 차분함을 잃었다.

"부당한——— 죄책감?"

"사실상 이것은 사문과 조정의 다툼이고 연력사가 무슨 짓을 저지른 것은 아니에요. 산문은 산문의 정통을 믿고 있어요. 꺼림칙한 데는 아무것도 없지요. 하지만———그런데도 아마 그들은 표면적으로 드러낼 수 없는 죄책감을 품고 있었을 것이 틀림없습니다. 잘못했다고 사과할 이유는 전혀 없고, 사과할 필요도 없어요. 하지만 입 밖에 낼 수 없는 부담이 있지요. 그래서——— 경문을 쥐가 갉아먹었다는 부끄러운 이야기도 감수했습니다. 오히려 그런 이야기를 만들어 냈어요. 그것은 피해자가 됨으로써 완곡하게 죄를 인정한다는 행위이고, 굴절된 자기 정당화이기도 하지요. 이쪽이야말로 피해자라는 감정은 죄책감을 상쇄한다는 효과도 갖는 거거든요."

"아아, 소승은——— 터무니없는 망상을 품고 있었던 것인가——— 그렇습니까, 추젠지 님?"

"그렇습니다, 조신 스님. 나카지마 유켄 스님은 살인범이 아니에요. 물론 당신을 노리고 있지도 않고요. 당신을 노리고 있는 것은 당신 안에 있는 부당한 죄책감이 만들어 낸 요괴입니다. 그 증거로, 당신 안에 있는 꺼림칙한 마음을 없애면 유켄 스님을 의심해야 할 이유는 무엇 하나 없을 테지요."

마스다는 어라라 하고 이상한 목소리를 내며 힘을 쭉 뺐다.

"조신 스님. 유켄 스님은 뇌파조사 따윈 전혀 신경 쓰지 않았을 겁니다. 아마 관심도 없었을 거예요. 왜냐하면 그런 것이 아무 효력도 없다는 것을 잘 알고 계셨기 때문입니다. 저를 포함해서 이곳에 있는 속세의 사람은 지금처럼 많은 말을 사용하지 않고서는 그것을 알 수 없지만 유켄 스님은 틀림없이 처음부터 알고 있었을 거예요. 그래서 태연하게 행동했던 겁니다."

조신은 뭔가 말하려고 했지만 교고쿠도는 그것을 가로막으며 한층 더 잘 울리는 목소리로 말했다.

"선은 뇌파측정의 결과 따위로 흔들리는 게 아니에요."

조신은 어깨를 힘없이 늘어뜨리고 몸을 약간 앞으로 숙여 방바닥에 손을 짚었다.

"소승은 ———— 아니, 저는 대체 ————."

옷도 거죽도 벗겨지고, 거기에는 가사만을 두른 그저 이완된 남자가 앉아 있었다.

악마는 ———— 부드러운 목소리로 말했다.

"조신 스님. 그런 선승답지 않은 모습을 하실 필요는 없어요. 의연하셔야지요."

"하지만."

"당신은 훌륭한 수행자입니다. 당신이 진지한 신앙심을 갖고 열심히 수행해 온 것은 누구보다도 당신이 잘 알고 있어요. 뭔가 돌이킬 수 없는 잘못을 저지른 것은 아니지 않습니까."

"하지만———— 저는———— 어떻게 해야 했을지."

"간단합니다."

"간단———— 하다고요?"

"당신은 당신이 생각한 대로, 이런 산에서는 일찌감치 내려가야 했습니다."

"산을?"

내려간다———— 하고 조신은 소리 내지 않고 말했다.

"일본인은 당신의 말대로 몇 번의 전쟁을 통해 큰 잘못을 저질렀어요. 반성은 필요할 테지요. 사죄도 해야 합니다. 하지만 비굴해질 필요는 없어요. 고쳐야 할 것은 고치고, 보상해야 할 것은 보상하면 돼요. 고치는 것도 치유하는 것도 당신들의 역할입니다."

"하지만———— 저 같은 것이———— 무엇을."

"조신 스님. 당신은 혼자가 아니지 않습니까."

"혼자가 아니라고요?"

"당신과 같은 뜻이나 문제의식을 가진 사람들이 하계에는 많이 계십니다. 당신이 명혜사에 틀어박혀 있는 사이에 하계는 크게 바뀌었습니다. 전쟁 전의 종교단체법은 패전과 함께 사라지고 포츠담 이후 발령되었던 완교법인령은 재작년에 정식으로 종교법인법으로 반포되었습니다. 교단을 둘러싼 환경도 바뀌었어요. 부당한 탄압은 사라지고 신도의 자유가 보장되었지요. 대신 권세는 정교분리 원칙에 따라 종교를 멀리했어요. 그런 가운데 전통적 종교는 현재 현대사회와 공존을 모색하고 있습니다. 아시겠습니까? 그러니까 지금부터가 중요합니다. 과학은 충분한 성과를 올리고 있어요. 경제도 발전하고 세상도 안정되기 시작했지요. 패전의 구멍은 그것들로 메워지고 있단 말입니다. 멍청히 있다간 당신들 종교인이 짊어져야 할 부분을 다른——— 뭔가 터무니없는 것에게 빼앗기고 말 가능성이 있어요."

"터무니없는——— 것———."

"일본인에게는 종교심이 없다고 흔히들 말하지요. 하지만 그렇지는 않아요. 일본인은 어떤 종교든 수용할 수 있을 정도의 현명함을 갖고 있을 뿐입니다. 따라서 세상에 자랑할 만한 교의를 갖고 있는 종교도 많이 있어요. 물론 선도 그중 하나지요. 지금이야말로 전통적 종교가 진가를 발휘해야 합니다. 선을 박물관 진열대에 올려놓아서는 안 됩니다. 그러니 당신 같은 분이야말로 지금의 종교계에는 필요한 것입니다. 당시도 말씀하셨지 않습니까. 산을 버리고 들로 내려갈 필요가 있다, 진정한 깨달음은 거기에 있다——— 고. 그것은 옳아요———."

조신은 미간에 힘을 주었다.

"조신 스님. 당신은 어째서 발원과 동시에 산을 내려가시지 않았습니까? 당신은 시시한 간계를 꾸미지 않더라도 당장 명혜사를 떠날 수 있었을 겁니다. 왜 그러지 못했습니까? 그럴 마음이 없었던 것도 아닐 텐데요."

"나는———무언가에 반발하듯이 출가했소. 그것은 아까도 말했다시피 대상이 뚜렷하지 않은 저항, 욕구불만의 염세관 같은 것에서 기인한 출가였습니다. 하지만 그런 것은 곧 사라졌지요. 그리고 이제부터 시작이구나 할 때에 이 산에 들어왔고———그리고 나갈 수 없게 되고 말았소. 그렇소, 나갈 수 없게 된 것이오. 본산(本山)과도 벌써 몇 년이나———아니, 십여 년이나 연락조차 하지 않았소. 스승도 돌아가셨지요. 나는 조동의 승려이기는 하지만 당신의 말대로 교단과는 끊겨 있었던 거요. 분명히 조동종의 절이나 도장은 일본에 수도 없이 많이 있고, 모두 거기서 수행을 하고 있지요. 나는 그것을 완전히 까맣게 잊고 있었소. 그들은 모두———사회와 단절되지 않고 수행하고 있었던 거요? 하지만."

"나는 무언가에 사로잡혀 있었소."

조신은 그렇게 말했다.

순간 교고쿠도는 오싹한 듯한, 그로서는 드문 표정을 보였다.

왠지 모르게 공기가 청정해졌다.

다만 방바닥 위에는 아직 무거운 기체가 희미하게 떠돌

고 있는 것 같은 기분이 들었다.

교고쿠도가 말했다.

"한 가지 여쭈어도 되겠습니까. 스님."

"무엇이든 말씀하시오."

"돌아가신 료넨 스님이 하신 말씀인 것 같은데, 스님은 명혜사가 문화재로 지정될 가능성이 있다고 생각하셨다면서요."

조신은 처음으로 웃었다.

"그렇소. 바보 같은 얘기지만 관광사(觀光寺)라도 되면 상황도 바뀔지 모른다고, 그렇게 생각했소. 아니, 추젠지 님이 말씀하신 대로 그런 비속한 것으로 무언가를 부수려고 했던 거겠지요. 료넨 스님과 마찬가지로구려."

"정식으로 조사하면 그렇게 될 가능성은 있다고 생각하십니까?"

"있지 ─── 않을까요? 사견이지만 그 절은 에도 시대의 것이 아니오."

"그렇습니까? 고맙습니다."

교고쿠도는 정중하게 고개를 숙여 절을 했다.

조신도 머리를 낮게 숙이며,

"아니. 인사를 드려야 할 사람은 접니다. 추젠지 님."

하고 말했다.

─── 아아, 떨어졌다.

교고쿠도에 의해 철서라는 이름이 붙여진 그것은, 조신에게서 완전히 떨어져 나갔다.

그러나———.

———이런다고 나갈 수 있을 것 같지는 않다.

그런 생각이 등골을 스쳤다.

조신은 다음으로 마스다를 보고,

"마스다 님. 유켄 스님을 쓸데없이 의심하지 말아 주시기를, 모쪼록 부탁드립니다. 제가———소승이 헛소리를 한 것뿐입니다. 용서해 주십시오."

하고 말했다. 마스다는 펴 놓은 수첩을 바라보며 한바탕 곤란한 기색을 주위에 과시하고 나서 결국 이렇게 말했다.

"아니, 그, 뭐, 하지만 조신 씨, 당신은, 아니, 뭐랄까, 솔직히 말하면 당신이 의심을 받고 있었습니다. 형사인 제가 이런 말을 하면 안 되지만요."

"소승이? 하지만 소승은 범인이 아니오."

"아아, 그, 당신은 정말 야좌(夜坐)를 하고 있었나요?"

"하고 있었소."

"다쿠유 씨는 같이 있지 않았고."

"아아, 한심스러운 생각에 쫓기고 있었소. 도저히 다른 종파의 사람과는 함께 있을 수 없었지요."

"다른 종파? 다쿠유 씨는 조동계가 아닙니까?"

"무슨무슨 계라기보다 다쿠유는 관수님의 제자입니다. 본래는 이전 전좌의 시승이었소."

"관수?"

교고쿠도가 몹시 의아하다는 듯이 말했다.

"예. 다쿠유는 전쟁이 끝나던 해에 입산했는데, 아마 가쿠탄 스님의 인연이었을 겁니다. 다쿠유는 2년째에는 관수를 따라 수행했고, 3년째부터는 이전 전좌의 행자(行者)가되었는데, 전좌가 소승으로 바뀌고 나서는 계속————."

"잠깐만요. 그 이전 전좌라는 것은 누굽니까? 명부를 보면 그 비슷한 나이인 분도 계시지 않고, 지사는 돌아가면서 맡는다고요? 아니로군요. 당신이 입산하고 나서 6년 후에 입산했다고 하셨나요?"

조신은 처음에 그렇게 말했을 것이다. 마스다는 수첩을 보고 있다. 승려 명부를 옮겨 적은 것인지도 모른다.

"아아."

조신은 뭔가 생각난 듯한 얼굴을 했다.

"이제 와서 숨겨 봐야 소용없겠지요. 저 산에 있을 때는 입이 찢어져도 말할 수 없는 분위기였지만———소승 전에 전좌였던 분은 하쿠교 스님이라고 합니다. 전쟁이 시작되던 해 봄에 산으로 오셔서 명혜사에서 득도(得度), 그러니까 스님이 되셨소."

"명혜사에서 득도라니, 그 전까지는 스님이 아니었던 겁니까?"

"전직은 모르겠지만 그런 모양이오. 당시 예순에 가까운 나이였던 것 같소. 정확하게는 모르겠소만. 하쿠교 스님은 연세도 있고 해서 관수 밑에서 매우 훌륭하게 수행을 하셨소. 그래서 겨우 3, 4년 만에 전좌까지 되셨소. 하지만 신경에 병이 생기고 말았지요."

"아하, 그래서 산을 내려가셨군요."

"아니오. 아직 산에 있습니다."

"네?"

"하쿠교 스님은 어떤 사건을 계기로 정신을 놓으시고 번뇌의 지옥에 떨어지고 말았소. 지금은 토굴에서 연금된 채 생활하고 계시지요."

"연금했다고요? 그건 문제인데요."

"그런 생각도 듭니다. 다만 조만간———가까운 시일 안에———원래대로 돌아올 거라고 모두들 생각하고 있소. 하지만 어쨌거나 행동이 흉포하거든요. 난폭하게 행패를 부린단 말이지요. 어쩔 수 없는 일이오."

"그것은———안 됩니다."

나는 나도 모르게 끼어들었다.

"만일 그 사람이 분열증 등의 정신장애를 갖고 있는 거라면 그냥 연금한다고 해서 어떻게 되지는 않을 겁니다. 의사의 손에 맡기는 게 본인을 위한 길입니다. 아니, 주위 사람에게도 좋은 일인 것 같지는 않군요."

설령 가벼운 정신장애라 해도 연금———그것도 토굴에 가두는 대우가 효과가 있을 것 같지는 않다. 특히 이 분야를 말하자면 일본의 풍토는 아직 후진적이다. 물론 다른 나라가 선진적이냐 하면 그렇지도 않은 모양이지만.

내 말을 듣고 조신은 두세 번 고개를 끄덕였다.

"그 말씀이 옳을지도 모르겠구려. 다만 하쿠교 스님은 자신의 어리석은 행동을 후회하며 최근에는 매일 좌선을 하고 계신다고 들었소. 그러니 이미 회복하셨을지도 모르지만——— 알겠습니다. 그것에 대해서는 소승이 어떻게든 해보지요——— 어쨌거나 그 사건이 있었던 덕분에 소승은 전좌라는 큰 임무를 맡게 되고 말았소."

"그 사건이라는 건 뭡니까? 뭔가 하나가 정리되면 다른 문제가 하나 발생하는 것 같아서, 형사로서는 정말 일하기 힘들군요."

마스다는 그렇게 말하더니 입가를 일그러뜨리며 묘한 얼굴을 했다.

"아아——— 하지만 그것만은 개인의 명예와 관련된 일이니, 이번 사건과 연관이 있다는 것이 확실해질 때까지는 소승의 입으로는 말씀드릴 수 없소."

"그렇습니까——— 그래도 그 사람의 존재만은 야마시타에게 보고하겠습니다. 괜찮겠지요."

조신은 "좋소" 하고 말했다.

마스다는 완전히 의기소침한 모양이다.

무리도 아니다.

어쨌거나 교고쿠도의 길고 장황한 계략은, 이번만은 아무래도 사건해결과는 무관했던 모양이다. 마스다는 교고쿠도의 장기말로 실컷 이용당했을 뿐인 것이다.

"그런가——— 그럼. 다쿠유 씨의 증언도 거짓이 아닌 건가? 다시 오리무중인 건가."

조신이 묘한 얼굴을 했다.

"마스다 님. 다쿠유의 증언이라니요?"

"아아, 당신이 야좌하고 있는 사이에 료넨 씨가 당신의 암자 ——— 각증전(覺證殿)에서 나왔다는 겁니다."

"그것은 ——— 모릅니다. 듣지 못했소."

"예? 다쿠유 씨가 아무 말도 하지 않았습니까? 경서를 잊어버리고 놓고 온 것이 들키면 혼날 거라고 생각했나?"

"경서를 잊어버렸다고요? 그것도 모릅니다. 그가 경찰에는 그렇게 말했소?"

"그러던데요. 그래서 당신이 의심을 받고 있어요."

"아니, 다쿠유가 각증전에 경서를 두고 갔을 리가 없는데. 뭐, 만에 하나 있었다 치더라도, 아니, 하지만 ——— 왜 료넨 스님이 각증전에 ———."

조신은 고개를 갸웃거렸다.

"그러고 보니 그것은 다쿠유 ——— 였나?"

"그것?"

"어제 승식구배(僧食九拜) 후에 조닌[淨人]에게 죽을 부탁하고 관수님을 찾아뵌 후의 일이었소. 소승은 하쿠교 스님이 있는 곳에 죽을 가져갔지요. 평소에는 고원(庫院)의 승려가 가져가지만 경찰이나 취재 오신 분들이 있으니 조심하자고 지안 스님이 말씀하셨기 때문에 ——— 아아, 하쿠교 스님에 대해서는 토굴에서 마음대로 나가지도 못하는 셈이니 사건과는 관련이 없다고 판단하고 덮어두기로 한 것이오."

마스다는 이번에는 약간 입을 오므렸다.

"그래서요?"

"그때 토굴에서 나온 승려가 있었소. 멀리서 본 것이라 누군지는 확인할 수 없었지만 소승은 다쿠유라고 생각했다오. 그 승려는 그대로 식당 쪽을 향해 갔소. 하지만 생각해 보면 그때 다쿠유는 분명히 ——— 여러분과 함께 있었지요?"

조신이 갑자기 돌아보았기 때문에 아츠코는 잠시 당혹스러워하더니 검지를 이마에 대고 생각에 잠겼다.

"네? 그게 시간으로는 몇 시쯤입니까?"

"관수님이 계시는 곳에는 다섯 시 이십 분쯤부터 십 분 정도 있었습니다. 다섯 시 반에는 행발이 시작되지요. 관수도 같은 시간에 진지를 드십니다. 소승도 마찬가지요. 하지만 우선 하쿠교 스님께 죽을 가져다드릴 생각이었소. 그러니까 그렇지, 한창 행발을 하던 중이었소."

"그렇다면 우리는 식당에 있었을 텐데 ——— 다쿠유 씨가 있었나요? 기억나지 않아요. 세키구치 선생님은 기억나세요?"

전혀 기억에 없었다. 내 기억 속에서는 안내해 준 승려는 둘 다 같은 얼굴 ——— 아니, 놋페라보[†]였다. 이름도 잘 기억나지 않는다.

"글쎄. 나는 스님들의 식사에 압도되어서 넋을 잃고 구경하고 있었으니까 ——— 하지만 마스다 씨도 같이 있었지요."

"저요? 저는 도리구치 씨가 사진 찍는 것을 보고 있었습

---

† 눈코입이 없는 요괴.

니다. 저기 말이지요, 일단 그때는 여러분이 용의자였거든요."

"그럼 모르시겠군요."

"그렇구려———."

기분 탓인지 조신의 눈에 어두운 그림자가 스쳤다.

아무래도——— 꺼림칙하다.

그래도 조신은 완전히 사람이 바뀐 것처럼 자기 자신을 되찾은 모양이었다.

겁에 질려 있지도 않다. 당황하지도 않는다. 침착하고, 오히려 품격마저 있는 승려다.

그리고 헤매던 선승은 일단 명혜사로 돌아갔다가 교고쿠도의 충고대로 가까운 시일 안에 산을 내려가겠다———고 말했다.

마스다는 호위 경관을 붙이기 전에, 명혜사로 돌아가는 것은 내일 아침 이후로 해 달라고 조신에게 부탁했다. 본인이 뭐라고 말하든 여전히 그는 중요한 참고인이었고, 어쨌거나 범인이 잡히지 않은 이상 여러 가지 의미로 단독행동이 위험한 것은 분명했다.

그렇다. 사건은 무엇 하나 해결되지 않았다.

교고쿠도는 뭔가 끊임없이 생각하고 있었다.

우리가 자리에서 일어서자 조신은 다시 깊이 절을 했다.

장지문 밖에는 도리구치와 이쿠보가 있었다.

보아하니 계속 듣고 있었던 모양이지만 상황을 어디까

지 알고 있는지는 알 수 없었다.

마스다를 남겨두고 우리는 큰 객실로 이동했다.

객실의 모습은 전혀 달라지지 않았다.

교고쿠도는 팔짱을 끼고 방석에 앉더니,

"아아, 또 공짜로 일을 하고 말았어. 게다가 상당히 힘겨웠네. 이제, 철서 같은 보기 드문 놈은 질색이야."

하고 말하며 손으로 이마를 문질렀다.

"보기 드문가? 요전에는 유명하다고 했잖나. 몰랐던 내게 무지몽매하다고 그렇게 타박을 하더니. 일본인인지 아닌지까지 의심했지. 이제 와서 보기 드물다니 무슨 소린가."

"정말 바보 같은 말을 하는군, 세키구치 군. 라이고는 유명하지만 그런 상태에 있는 스님이 세상에 그렇게 많이 있겠나? 호랑이는 어린애도 알고 있지만 마을에 호랑이가 우글우글하는 것은 아니잖나. 마을에 없다고 해서 호랑이를 모르는 것은 역시 무지일 텐데."

"미안하게 됐네. 나는 무지해. 하지만 자네, 그 모습을 보아하니 상당히 힘들었나 보군?"

"그것도 승려가 아니면 별 것 아닐세. 단순한 망집(妄執)이니까. 그런 경우에는 이름 따윈 아무래도 상관없는데 말이야. 스님인 데다 그것이니 역시 철서지. 스님, 특히 선승은 힘들거든. 저 조신 씨는 이성적이고 솔직한 사람이었으니 그나마 다행이었지만 ——— 그래도 우선 저 사람은 자신이 어떤 위치에 있는가 하는 것조차 잊고 있었으니 말일세. 덕분에 있는 얘기 없는 얘기 다 말해 버렸어. 통상의 세 배 정도 요금을 ───아아, 공짜였지."

교고쿠도는 기분 나쁜 듯이 어깨를 두드렸다. 도리구치가 살금살금 다가와 물었다.

"뭔가 굉장했지요. 목소리만 듣자니 너무 어려워서, 저는 문 앞에 있었는데도 아무리 배워도 불경은 못 읽겠더군요.† 한자를 모르겠어요. 추워서 잠도 안 오고요. 그런데 누가 범인입니까?"

"여전히 뭐가 뭔지 모를 속담이로군. 게다가 범인이라니 무슨 소린가, 도리구치 군?"

"성격 나쁘시네요, 세키구치 선생님. 범인 말입니다."

"범인은 알 수 없네. 그렇지, 아츠코?"

"네."

"예? 하지만 스승님이 잘하시는 것을 술술."

"나는 내 일을 했을 뿐이야, 도리구치 군. 사건과는 상관없다고 몇 번을 말해야 알겠나?"

"우헤에, 그럼 제령은."

"그야 뗐지. 나는 전문가일세."

"그렇다면."

"그러니까 내가 뗀 것은 사람에게 붙은 요괴일세. 범인

---

† 원래의 속담은 '문전도시의 애들은 배우지도 않은 불경을 읽는다'이다. 서당개 삼 년이면 풍월을 읊는다는 것과 비슷한 일본 속담. 에도 시대에는 큰 절이 있는 곳에 도시가 발달하였는데, 이런 곳을 '문전(門前)도시'라고 불렀다. 도리구치가 방문 앞에서 이야기를 듣고 있었던 것과 이 속담을 견주어 말장난을 한 것.

을 잡는 것은 경찰. 원고를 내놓는 것은 세키구치 군이지. 무엇보다 난 책방 주인이란 말일세. 살인에는 흥미가 없어. 이런 형태로 선승과 관여하는 것도 사실은 싫네. 난항을 겪고 있는 일을 원활하게 돌아가게 하기 위해 어쩔 수 없이 한 것이지."

"일이라니 무슨 일이요?"

"그러니까 책방 주인의 일일세, 도리구치 군. 범인보다 판형, 살인보다 권수†가 문제야. 하지만 아무래도 일이 귀찮아질 것 같군."

교고쿠도는 턱에 손을 대고 정원에 있는 커다란 나무를 보았다.

"아아———그렇습니까?"

도리구치는 약간 모인 눈에다 눈썹까지 찌푸리고, 뭔가를 조르는 강아지 같은 얼굴로 나를 보았다.

"선생님."

"그 얼굴은 뭔가? 배라도 고픈 겐가?"

"뭐, 배도 고프긴 하지만 그보다 저한테 지금 생각난 게 있어요."

"그러니까 뭔데 그러나. 자네가 길을 잘 잃는다든가 잠들면 일어나지 않는다든가 그런 것이라면 생각해 낼 필요도 없네."

"그게 아닙니다. 너무하시네요. 저는 말이지요, 선생님.

---

† 범인(한닌, はんにん)보다 판형(한케이, はんがた), 살인(사츠진, さつじん)보다 권수(사츠스, さつすう). 발음이 비슷하지만 한자가 다른 말을 이용한 말장난이다.

잡지 ≪실록범죄≫의 기자입니다."

"지금은 없어진 ≪실록범죄≫겠지."

"지금도 있습니다. 그리고 저는 지금 카메라를 갖고 있어요. 필름도 아직 있고요. 그리고 ≪희담월보≫의 촬영은 끝났지요. 게다가 ─── 저는 지금 살인사건의 한가운데에 있어요. 첫 번째 발견자이고, 한 번은 용의자까지 된데다 사건은 아직 ─── 해결되지 않았지요."

"그게 어쨌다고?"

"둔하시네요. 그러니까 에노키즈 대장님한테 쥐어박히시죠. 저는 이 사건을 기사로 쓰겠습니다. 이걸로 반 년만에 잡지를 낼 수 있겠어요. 저는 해결을 볼 때까지 취재를 계속하겠습니다. 그러니까 다시 한 번 명혜사로 가 보겠어요."

"하지만 도리구치 군. 지금 분위기로는 조기해결도 어려울 것 같지 않나? 게다가 명혜사에 가도 그 야마시타 씨가 ───."

"대장님이 가 있습니다."

그러고 보니 에노키즈는 명혜사로 향했다.

"틀림없이 현장은 혼란에 빠져 있을 겁니다. 잠입은 가능해요."

"그건 확실히 그렇겠군. 하지만 수사방해로 체포될 걸세."

"각오하고 있습니다. 경찰 따위에게 맡겨 놓을 수는 없어요. 게다가 선생님 ───."

도리구치는 약간 남자다운 표정이 되었다. 이 익살스러운 청년도 점잖을 빼고 있으면 그럭저럭 미남이다.

"——— 저는 그 다이젠 씨가 살해된 것이, 실은 꽤 충격이었습니다. 자고 있는 사이에 살해되었다는 것도 있지만 ——— 실감이 안 나요. 사람 좋아 보이는 할아버지였잖습니까———."

도리구치는 그 우스울 정도로 우롱당한 다이젠의 시체를 보지 못했다. 그에게 다이젠 노사의 죽음은 아직 특별한 죽음이다.

"——— 저는 사건기자니까 이런 사건에는 익숙하지만, 기자란 보통 사건이 일어난 후에 취재하러 가는 법입니다. 취재한 직후에 엎어지면 코 닿을 거리에서 살해되다니 ——— 처음 있는 일이에요. 기자 근성도 끓어오르지만 분한 기분도 꽤 든단 말이지요. 정의의 사도 흉내를 낼 생각은 없지만 흥미본위로 이러는 것도 아닙니다."

"아아, 그래———?"

작년 여름. 도리구치가 깊이 관여했던 참극 때도 많은 사람들이 죽었다. 그러나 분명히 도리구치 본인은 피해자와 이런 식으로 관계를 맺고 있지는 않았다.

나는 지금의 도리구치가 어떤 기분인지 조금은 알 수 있었다.

"선생님, 그."

"아아. 자네 마음은 알겠지만 나는 이제———."

이 우리에서 나가고 싶었다.

"그렇습니까. 아츠코 씨나 이쿠보 씨는———."

"저는———글쎄요. 어차피 이번 기획은 폐기될 테고
———."

"폐기되는 거냐? 아아, 너는 조신 씨가 절로 돌아가서
뇌파측정을 막을 거라고 생각하니?"

"아아, 뇌파측정도———중지해야겠죠. 머리를 좀 식
히고———뭐, 제국대 쪽은 처음부터 머리는 식어 있었
을 테니까, 종교와 무관한 순수한 생리학적 탐구라는 것을
이해할 수 있는 피험자를 찾아서 상황을 다시 설정해야
———하지만 그건 그거고, 료넨 씨가 돌아가신 단계에
서는 아직 뭐라고 말할 수 없었지만, 이제 그곳은 살인사
건의 무대가 되고 말았으니까요———그러니까."

아츠코는 이쿠보에게 동의를 구했다. 이쿠보는 희미하
게 고개를 끄덕이며,

"네."

라고만 말했다.

"아아. 그렇군. 도리구치 군과 달리 딱딱한 너희 회사에
서는, 이 상황에서 기사를 싣는 것은 아무리 사건과 무관
한 내용이라 해도 어렵겠구나."

잡지의 성격상 공공질서와 미풍양속에 반하는 기사를
게재하기는 어렵다.

"맞아요. 나카무라 편집장님에게 오늘 아침 전화로 사정
을 설명했는데, 다른 부서나 대학 쪽과의 균형 문제도 있어
서 당장 결정할 수는 없다는 둥, 상사와 상의해 볼 테니까

대기하라는 둥, 확실하게 말을 못 하더라고요 ――― 아마
안 되겠죠."

"안 되려나요" 하고 도리구치가 말한다.

"안 될 거예요. 절의 이름을 숨기고 게재할 수도 없을
테고, 저도 이런 건 싫어요. 다만 말은 그렇게 해도 이대로
는 왠지 아무래도 ――― 다행히 저와 이쿠보 씨는 경찰에
발이 묶여 있는 걸로 되어 있고 ――― 그러니까 같이 갈게
요. 도리구치 씨."

"오오, 그래요? 그렇게 해 주신다면 범이 날개를 단 격
이지요. 그런데 아츠코 씨, 이곳 숙박료 지불은 ―――."

"괜찮을 거예요. 아마 경비로 해 주시겠지요."

"그거 정말 다행입니다. 그럼 가시지요. 아, 이쿠보 씨는
어떻게 하시겠습니까?"

"저는 ―――."

이쿠보는 결정을 못 내리겠다는 듯이 우선 아츠코를 보
았다. 그러고 나서 교고쿠도를 보았다.

그러자 나도 교고쿠도가 신경이 쓰였다. 견실하면서도
비뚤어진 친구는 이런 경우에는 대개 소란을 떠는 젊은이
에게 찬물을 끼얹어 진정시킨다. 특히 누이가 탐정 같은
행동을 취하는 것을, 비뚤어진 오라비는 매우 싫어하는
것이다.

그러나 예상과 달리 교고쿠도는 아무 말도 하지 않았다.

아니, 아무 말도 하지 않았을 뿐 아니라 아무것도 들리
지 않는 것 같은 태도다.

그러나 어느 쪽을 향하고 있든 무엇을 하고 있든, 이 남자는 늘 주위의 소리를 확실하게 듣고 있다. 그러니 이 것은 모르는 척, 보고도 못 본 척하는 것이리라. 교고쿠도 는 마치 무언가를 견디기라도 하는 듯한 표정으로———.

그저 정원의 나무를 바라보고 있었다.

그때.

쿵쾅거리는 두서없는 발소리가 들렸다.

장지문을 열고 들어온 것은 안경을 쓴 순사였다.

"저어, 이짝에 마스다 씨 계십니까?"

"응? 아니, 없지만 금방 올 겁니다. 지금 별채에 있습니 다."

"아아."

순사는 별채로 향하기 위해, 가볍게 발을 구르듯이 몸을 돌렸다.

그 코앞에 마스다가 있었다.

"무슨 일입니까, 아베 씨. 무슨 일 있었어요?"

"아, 네! 있었습니다. 유모토 주재소 쪽에서 아까 연락 이 왔는데, 경부보님께 당장 보고해야겠다 싶어서 서둘러 왔습니다. 그, 수상한 스님을 보호하고 있따는 소식이 들 어왔습니다."

"수상한 스님?"

아츠코와 이쿠보가 동시에 얼굴을 그쪽으로 향했다.

"그건, 무슨?"

"예에, 아까 들어온 연락 내용에 따르면 으음, 그러니가, 오쿠유모토의 사사와라 다케이치 씨 댁에서 있었던 일인데, 입주 하녀, 아아, 보고에는 하녀라고 되어 있지만 가정부겠지요. 예, 하녀의———."

"하녀가 무슨 말인지는 알겠어요."

"사사와라 다케이치? 이보게, 교고쿠도, 그것은."

"됐으니까 들어나 보게."

교고쿠도는 차갑게 말했다.

"그, 가정부, 예, 요코야마 스에 씨가 오늘 오전 다섯 시 이십 분, 아아, 노인은 아침잠이 없지요. 예, 다섯 시 이십 분쯤, 정원에 나갔다가 수상한 승려를 발견, 무슨 볼일이라도 있으시냐고 물었떠니 도망쳤다는군요. 하지만 우연히 그곳에 있떤 인부 두 명이 뒤를 쫓아가 붙잡아서 신고, 했다고 합니다. 예, 그런데 아무래도 무엇을 물어도 진술이 애매하다고 해서, 하코네 산 승려 연속살인사건본부에서 수상한 승려에 대한 보호를 요청하는 알림장이 와 있었으니 이짝에 연락하라고, 우선 제가 있는 곳으로 연락이 온 것이지요."

"이런, 이런. 이것은———."

마스다는 어떻게 해야 좋을지 모르겠다는 듯이 교고쿠도를 보았다.

교고쿠도가 한쪽 무릎을 세우며 물었다.

"그런데 이름은 말했습니까?"

"예에? 아베 노부츠구라고 합니다만."

"아니, 아베 씨, 그게 아니에요. 그 승려는 이름을 말했습니까, 라고 여쭌 것입니다."

"아아! 이거 실례했습니다. 으음, 마."

아베 순사는 안경테를 손가락으로 잡으며 수첩을 둘러보았다.

"마, 즈, 미———으음."

"네?"

"아아. 마츠미야 진뇨라나요. 진뇨라고."

"마츠미야? 마츠미야라고 했나요?———"

이쿠보가 절박한 목소리로 외쳤다.

그녀는 어제 지안과 접촉하지 못했던 것이다.

정확하게 말하면 좌선 중인 지안 가까이에는 있었지만 말을 걸 기회가 없었다. 다시 말해 가마쿠라에서 명혜사를 찾아온 승려의 이름———그것이 마츠미야 히토시인지 아닌지———를 확인할 수는 없었다.

"———그 스님은 마츠미야라고 했단 말이지요?"

"예에? 아니, 진뇨."

"마스다 군!"

교고쿠도는 잘 울리는 목소리로 형사를 불렀다.

"그 승려를 좀 만날 수 없겠나?"

마스다는 눈을 동그랗게 떴다.

"예? 그, 그야 범인이라면 면회는 할 수 없겠지만 상관없는 사람이라면 당장 만날 수 있을 테고, 그건 지금은 판단할 수 없는데요, 그러니까."

"지금 어디에 있지?"

"유모토 주재소 ——— 지요? 아베 씨."

"그렇습니다."

"어쩌려는 겐가, 교고쿠도!"

"찾는 수고를 덜었어. 나는 가겠네."

"찾는 수고? 가다니, 그 스님을 만나러 말인가?"

"그렇다네. 그걸로 볼일이 끝날지도 몰라."

"볼일? 볼일이라니 자네의 일 말인가?"

"저도 ——— 저도 가겠어요."

이쿠보가 말했다. 마스다가 허둥거렸다.

"저어, 그렇게 멋대로, 으음."

"미안하지만 마스다 군. 자네 상사의 의향을 물어볼 시간은 없네. 걱정하지 않아도 자네에게 폐를 끼치지는 않을 테니 꼼꼼하게 수사해 주게."

"네, 네?"

마스다는 그저 머뭇거리고 있었다.

교고쿠도가 일어선 것을 계기로 나를 제외한 거의 모두가 일어섰다.

몸둘 바도, 할 말도 잃은 마스다는 거들떠보지도 않고, 교고쿠도는 걸음을 옮겼다.

이쿠보가 바로 뒤를 쫓았다.

"저도 ——— 가겠어요. 같이 가게 해 주세요."

"이봐, 기다려. 나도 가겠네."

나는 몸을 일으켰다.

어차피 후지미야로 돌아갈 생각이었다.

교고쿠도는 갑자기 돌아보았다.

그리고 우두커니 서 있는 아츠코와 도리구치를 보며,

"너무 깊이 들어가지 마라."

하고 말했다.

이제 와서 무슨 소리를 하는 거냐———고 나는 생각했다.

옮긴이 | 김소연

한국외국어대학교에서 프랑스어를 전공했으며, 현재 출판기획자 겸 번역가
로 활동하고 있다. 옮긴 책으로 교고쿠 나츠히코의 ≪우부메의 여름≫, ≪망
량의 상자≫, ≪광골의 꿈≫과 ≪음양사≫ 시리즈, ≪샤바케≫ 시리즈, ≪집
지기가 들려주는 기이한 이야기≫, 미야베 미유키의 ≪마술은 속삭인다≫,
≪외딴집≫, ≪혼조 후카가와의 기이한 이야기≫, ≪메롱≫ 등이 있다.

철서의 우리 中

교고쿠 나츠히코 지음 | 김소연 옮김

초판 1쇄 발행 2010년 6월 21일
초판 2쇄 발행 2010년 7월 23일

발 행 인 박광운
책임편집 김남철
기획편집 김은경

발행처 도서출판 손안의책
출판등록 2002년 10월 7일(제313-2002-450호)
주소 서울 마포구 동교동 159-6 파라다이스텔 1307호(우편번호 121-898)
전화 02)325-2375 | 팩스 02)325-2376
홈페이지 http://www.bookinhand.co.kr, http://cafe.naver.com/bookinhand

ISBN 978-89-90028-58-7   04830

값은 뒤표지에 있습니다.
파본이나 잘못된 책은 구입하신 곳에서 교환해 드립니다.